AF222225

The WHY of life

ilsa und der Lauf der Dinge

Roman - Teil 2

Kai Neumann

The WHY of life

ilsa und der Lauf der Dinge

Kai Neumann
»The WHY of life: ilsa und der Lauf der Dinge«

Publisher: BoD · Books on Demand GmbH,
In de Tarpen 42, 22848 Norderstedt, bod@bod.de
Printed by: Libri Plureos GmabH, Friedensallee 273,
22763 Hamburg

For more information on KNOW-WHY and the author:
www.know-why.com
info@ilsa.de

(ISBN 978-3-7693-6832-1)

Attraktor …. eine gewisse Anzahl von Zuständen, auf die sich ein dynamisches System im Laufe der Zeit zubewegt und die unter der Dynamik dieses Systems nicht mehr verlassen werden….
(nach Wikipedia)

Prolog:

Spoiler-Alarm - nicht lesen, wer noch Teil 1 lesen will! Wirklich, lies jetzt nicht weiter. Stopp!

Teil 1 erzählt die Geschichte der Wissenschaftlerin ilsa und ihrer Familie in zwei Handlungssträngen - jeweils vor (vdb) und nach (ndb) der Bifurkation. Die Bifurkation im Sinne der Chaostheorie ist eine Verzweigung der Ereignishorizonte aufgrund einer kleinen Veränderung. Was diese Veränderung verursacht hat, ist in dieser Geschichte noch unklar.

Vor der Bifurkation wird ilsa in eine Talkshow eingeladen und startet als Systemforscherin eine Kariere in der Politik mit dem klaren Ziel der Transformation der Gesellschaft in Richtung Nachhaltigkeit.

Nach der Bifurkation wird ilsa stattdessen zu einem Wissenschaftler-Treffen gerufen, um eine Antwort auf etwaige humanoide Aliens zu finden. Es stellt sich aber heraus, dass es sich um eine KI mit Bewusstsein handelt, die mit überlegener Technologie Weltpolizei spielt.

Nach Teil 1 sind viele Fragen offen und auch der Rest der Familie erlebt geradezu Abenteuer. Teil 2 blickt zu Beginn noch mal genauer auf die letzten Ereignisse aus Teil 1.

I. Welt im Wandel - vor der Bifurkation (vdb)

Wieder hat ilsa es geschafft, ihre Sicherheitsbegleiter von der Fahrt mit der Bahn zu überzeugen. Für viele Bahnreisende ist es längst keine Besonderheit mehr, ihrer Regierungsspitze im Alltag zu begegnen.

100 Tage ist ilsa jetzt mit der For-a-Better-World-Partei in Regierungsverantwortung. Die Opposition ist mehr oder weniger stumm - auf einstellige Wahlergebnisse geschrumpft. Die For-a-Better-World-Partei wurde gegründet, um die Klima-, Sozial und Wirtschaftspolitik konsequent nach wissenschaftlichen Erkenntnissen und Strategien auszurichten. Doch schon während des Wahlkampfes zeichnete sich ab, dass es um einen Krisenmodus gehen muss. Klimaschäden treiben Versicherungskosten in astronomische Höhen und sorgen für Flüchtlingsströme, die KI kostet Jobs, Lebensmittel werden global knapp und teuer, die Wirtschaft darbt, da Investitionen und Konsum von Erwartungen abhängen, die düster sind, die geopolitischen Krisen drohen zu eskalieren und der Zusammenhalt der Bevölkerung bröckelt. Dass das alles zusammenhängt und sich gegenseitig bedingt, ja sogar zum Supersturm kommen kann, war der Anfang von ilsa's Karriere, als sie die Ursache-Wirkungszusammenhänge in den Talkshows und Zeitungsartikeln zu erklären versuchte.

ilsa geht mit ihrer Personenschützerin Annabel und einem neuen Kollegen von Annabel zum Hauptbahnhof und bemerkt die vielen Proteste - nicht etwa gegen ihre Regierung, sondern gegen Konzerne und Großverdiener. Häufigstes Opfer sind die benzingetriebenen, großen SUVs. "Wir wollten Chaos vermeiden und nun dürfen wir es verwalten." sagt sie mit einem Unterton der Verzweiflung zu Annabel.

Beide sehen, wie die Polizei konsequent Demonstranten aus der Menge zieht, die offenbar gerade mit Steinen auf eben solche teuren SUVs geworfen haben. Ganz aufgeregt kommen junge Protestierende auf sie zu und rufen: "Hey, sehen Sie das, wie die mit uns umgehen? Die schlagen auf uns ein! Tun Sie doch was!"

Etwas hilflos schaut ilsa zu ihren beiden Begleitern, die fast gleichzeitig mit zusammengepressten Lippen leicht den Kopf schütteln. ilsa entgegnet daraufhin: "Wir kämpfen für die gleiche Sache, aber ich kann es nicht gutheißen, wenn gegen Gesetze verstoßen wird. Die Polizei weiss, dass hier jeder jeden filmt - wenn die was falsch machen, wird dem auch nachgegangen."

Wütend faucht eine junge Demonstrantin sie an: "Wenn jetzt Wahlkampf wäre, würden Sie sich filmen lassen, wie Sie gegen die Ungerechtigkeit vorgehen. Und jetzt sind Sie wie alle anderen Arschlöcher auch."

ilsa's Gesichtsausdruck zeigt Verärgerung: "Reichensteuer, höhere CO2 Preise, erlaubte Maximalverbräuche, usw. könnt ihr von mir fordern, aber nicht, dass ich Steinewerfer schütze. Ihr könnt die Reichen mit ihrem fahrenden Phallusersatz auch bashen und ich gebe euch absolut recht dabei. Aber wollt ihr wirklich aus Wut etwas kaputt machen dürfen und die Polizei darf euch nicht aus der Menge ziehen? Würdet ihr nicht umgekehrt auch erwarten, dass eure Sachen vor der Wut anderer geschützt werden?"

"Wir haben doch nichts. Und Sie sind doch selbst auch Millionärin!" ereifert sich eine weitere Demonstrantin.

ilsa: "Schön wär's - dann könnte ich noch mehr spenden. Also, das mit der Millionärin klingt schon sehr nach bewusst gestreuter Fake-News. Bitte einfach mal recherchieren - mein Einkommen ist kein Geheimnis. Aber noch einmal - es ist ein Unterschied, ob wir die Straßen blockieren gegen den Auto-Wahn oder mit Megafonen irgendwelche opulenten Aktivitäten Reicher stören, oder ob wir aus blinder Wut und Verzweiflung Autos zerstören. Das geht nicht! Die Schäden zahlen im Übrigen Versicherungen, die sich das Geld von den Steinewerfern und von anderen Autobesitzern zurückholen."

Ein etwas älterer Demonstrant daraufhin: "Aber die Versicherungen unterscheiden hier Fahrzeugklassen. Und wenn die Steinewerfer nicht gefasst werden, haben wir doch den Effekt, den wir wollen: Es zahlen nur die SUV-Fahrer."

Ein anderer skandiert: "Macht kaputt, was euch kaputt macht!"

Das Dilemma steht sowohl ilsa als auch ihren beiden Begleitern ins Gesicht geschrieben. ilsa überlegt kurz mit hochgezogenen Augenbrauen und einem tiefen Einatmen: "Gut gedacht. Aber denken wir das weiter. Menschen kämpfen für das, was sie für richtig halten. Die, die vielleicht sogar objektiv richtig liegen, dürfen sich nicht wundern, wenn auch die, die objektiv falsch liegen, die gleichen harten Mittel für ihre Sache einsetzen. Und ich möchte nicht mein Fahrrad ständig demoliert sehen, weil die SUV-Fahrer sich über die Radwege ärgern." Annabel blickt auf die Uhr und ilsa fügt noch schnell hinzu: "Okay, ich muss jetzt weiter, dem Finanzministerium helfen eine möglichst hohe Reichensteuer so zu gestalten, dass die Reichen das Gefühl haben, das Richtige zu tun. Dazu helfen Demonstrationen übrigens ungemein - also weiter so, aber ohne Sach- und Personenbeschädigung!" Sie gehen zügig weiter ilsa noch mit einem halbherzigen Winken offenbar selbst nicht begeistert von ihrer Argumentation.

Der etwas ältere Demonstrant wirft noch hinterher: "Das mit den Personenschäden gilt aber auch für die Polizei!"

ilsa's Sohn Max ist mit seiner Freundin Eve und der mittlerweile prominenten 2gether2gather Bewegung im Herbst angekommen. Über 2gether2gather organisieren sich die Bürger*innen zur Nachbarschaftshilfe - gerade nach den zunehmenden Unwetterschäden, gegen die sich mehr und mehr nicht mehr versichern können. Aber die Bewegung leistet unlängst mehr - integriert Flüchtlinge, veranstaltet Kulturfeste und bietet allen Generationen ein Miteinander. Das Tun steht im Vordergrund - nicht mehr das Haben.

Die 2gether2gather Mitstreiter*innen sitzen und stehen an einem Samstagmorgen in großer Runde vor einem größeren Geräteschuppen. Einer aus der Runde offenbar zu Max: "Das ist wirklich ein Dilemma, dass wir keine Fördermittel bekommen können, nur weil deine Mom das Ganze mitgegründet hat. Unsere Freunde im Ausland haben es da deutlich leichter."

Eve: "Na ja, ilsa hat aber auch klar gesagt, dass wir natürlich über die Spenden und wichtiger noch über die Kommunen weiterkommen. Und wenn es die nächsten Tage um die Investitionen in die ökologische Dämmung von Flüchtlingsunterkünften und die Organisation von Nahrungsmitteln, Tauschbörsen etc. geht, dann ist das Aufgabe der Kommunen."

Max: "Genau, oder wir kooperieren mit Ortsvereinen oder anderen NGOs. Tatsächlich nehmen wir anderen die Aufmerksamkeit, was auch nicht unbedingt gut ist - so gut es sich auch anfühlt, quasi als Helden die Welt zu verbessern. Wir können auch einfach nur anderen Initiativen helfen, oder?"

Jemand von den Älteren aus der Runde: "Ok, dann lasst uns eine Arbeitsgruppe Strategie und Finanzierung gründen. Wer ist dabei?"

Eve ergänzt: "Am besten zwei Arbeitsgruppen, die miteinander arbeiten - eine für die baulichen Maßnahmen, eine für den täglichen Bedarf. Und auf jeden Fall sollten auch von den Flüchtlingen welche dabei sein und beide Arbeitsgruppen sich permanent austauschen." Sie schaut mit ihren intensiv blauen Augen kurz zu Max, der einerseits verliebt aber auch mit positiver Verwunderung sie anschaut - und deutlich leiser nur für ihn erklärt sie mit breitem Grinsen: "Ich bin ein großer Fan, wie ilsa die For-a-Better-World-Partei organisiert."

ilsa's Mann Michael stöhnt indes im Büro laut auf: "Was ist denn das? Wir geben ja ein Vermögen aus für externe Server. Dass wir die Sprachmodelle für kai's Entwicklung gemietet haben, war klar. Aber was haben wir denn hier noch bezahlt?"

Offenbar nimmt die Kosten vom Rest des Teams niemand ernst, denn alle schmunzeln eher, bis denn endlich eine Kollegin erklärt: "Schuld haben deine Frau und die Praktikantin - die eine die Idee, die andere den Algorithmus." Aus dem Schmunzeln wird bei vielen ein breites Grinsen bis Lachen.

Michael lacht ebenfalls und ein Entwickler erklärt: "Eve hatte die Idee mit dem Attraktor, dass kai nach integrierter Weiterentwicklung strebt und dabei Wörter und Bilder aus den stochastischen KI-Modellen zum Lernen nimmt und quasi tausende Erklärungen pro Minute erzeugte, die Eve dann fleißig bejahte oder verneinte. Aber diese tausenden Erklärungen mussten irgendwo abgelegt werden und das Verständnis der Welt durch kai dann ebenfalls. Das braucht Rechenpower und Speicher, die wir hier nicht hatten."

"Hatten?" fragt Michael verwundert.

Der Entwickler: "Naja, der Anfang von kai war rudimentär, aber schwer, die Weiterentwicklung danach ist nun aber immer zielstrebiger und effizienter. Und kai und Max optimieren mittlerweile unsere eigenen Server dahingehend. Da kommen noch ein paar Hardware-Rechnungen auf deinen Tisch." Auch jetzt lächeln wieder alle.

Michael schüttelt leicht den Kopf und blickt zu dem augenscheinlich handelsüblichen Haushaltsroboter: "Und du sagst hierzu erstaunlicherweise gar nichts?"

kai: "Nun, man hat mir gesagt ich sei zu vorlaut. Aber wenn du schon fragst: Es sind eher tausende Erklärungen pro Sekunde durch Synchronisierung der Parallelisierung. Und das Geld habe ich längst durch meine wertvolle Mitarbeit wieder eingespielt."

"Touché!" freut sich eine Entwicklerin lachend und geht Bella streicheln, die sich sogleich riesig darüber freut. "Sie ist wieder ganz die alte, oder?" fragt sie Michael und ergänzt noch schnell: "Warum hat noch niemand den oder die Täter ermittelt - ilsa müsste doch spätestens jetzt alle Möglichkeiten zur Verfügung haben, das herauszufinden?"

Michael hat offenbar nicht groß verbreitet, dass es sich wohl um ein schwer zu beschaffendes Gift gehandelt hat und vermutlich wirklich einiges an krimineller Energie hinter dem Attentat auf Bella steckte. Er pariert lediglich: "Wir sind auch einfach nur froh. Hundehasser gibt es wohl immer wieder - keine Ahnung, ob die Polizei da wirklich etwas ermittelt." Er blickt zu kai als wolle er damit, dass dieser nichts sagt, was er auch tut.

2.   Welt im Wandel - nach der Bifurka-tion (ndb)

Der Blick auf die Erde ist atemberaubend. Das Gefängnis auf dem Mond im Inneren eher schlicht, mit hellem Grau und viel Glasflächen und mittelwarmer Beleuchtung. In den Wänden sind digitale Fotos und Videos von dem Übel auf der Welt - hungernde Kinder, zerbombte Städte, Exekutionen, unterdrückte Frauen, und vieles mehr.

Die weltweit erste KI mit echtem Bewusstsein, von der niemand weiss, woher sie kommt, hat gleich nach ihrem Coming-Out in New York die Ankündigung wahr gemacht und mittlerweile 200 Schurken von der Erde festgenommen und in ein Gefängnis auf den Mond deportiert. ilsa würde sagen, wie in den ganz, ganz schlechten Filmen, die Michael und Max und manchmal auch ihre ältere Tochter Julia schauen.

Möglich ist dies durch unglaubliche technische Entwicklungen. Zwar haben Wissenschaftler immer vorhergesagt, dass eine KI wird Erkenntnisse am Fließband liefern können, aber dass nun eine KI das offenbar ganz für sich allein getan hat und scheinbar mühelos zum Mond und offenbar sogar auch zum Mars fliegt, oder die mächtigsten Militärapparate der Welt aushebelt, ist für die Menschen schwer zu verdauen.

Am markantesten war die Festnahme des russischen Diktators. Die Russen hatten den Auftritt von Al-my als Personifizierung der KI, die sich zuerst in die laufenden Fernsehprogramme gehackt und später im Central Park gezeigt hat, verfolgt. Sie hatten die Ankündigung der Festnahme ernst genommen und den Präsidenten vorsorglich in einen geheimen Schutzbunker gebracht. Geradezu geräuschlos und weder optisch noch durch gängige Radartechnologien sichtbar konnte sich ein Raumgleiter der KI dem Bunker des Präsidenten nähern. Der unspektakulär aussehende Raumgleiter enttarnte sich, woraufhin nervös mit unterschiedlichstem Kaliber das Feuer eröffnet wurde. Die Projektile aber wurden kurz vor dem Aufprall jäh ausgebremst und fielen einfach nur auf den Boden. Offenbar eine Form von Kraftfeld hat die kinetischen Kräfte kompensieren können. Und genau eine solche Art Kraftfeld umgab dann auch die Androiden, die tatsächlich wie androide Roboter aus Filmen aussehen. Die Androiden hatten offenbar sämtliche, vernetzte Systeme gehackt, da sich die Türen einfach für sie öffneten. Mechanisch verriegelte Türen öffneten sie wahlweise mit offenbar Kraftwellen oder starken Lasern.

Sie wurden beschossen und auch unmittelbar physisch attackiert, ohne dass ihre Kraftfelder auch nur ansatzweise nachgaben. Ihre Gegenwehr blieb dabei offenbar beschränkt auf ein Beiseiteschieben der Soldaten oder deren Betäubung durch Kraftwellen. Spätestens hier mussten sich Beobachter in einem schlechten Alien-Film wähnen.

Der russische Diktator wurde dann akzentfrei auf russisch mit Verweis auf Verbrechen gegen die Menschlichkeit und weiteren Straftaten, die durch ein Gericht zu klären sein würden, festgenommen. Das Geschrei auch des Diktators wechselte schnell von Wut beim Aufruf zu Widerstand über in Verzweiflung bei Ausrufen der Empörung.

Während ihr Forscherkollege Thomas die For-a-Better-World-Partei im Wahlkampf führt, beschränkt sich ilsa als Wissenschaftlerin auf gelegentliche strategische Impulse für die Partei. Im Wesentlichen aber widmet sie sich ihrem geheimen Job, die KI zu beraten beziehungsweise mit dieser im Austausch zu sein. ilsa's erster Kontakt zur KI kam über den unscheinbar aussehenden Humanoiden Frank. Gemeinsam mit Frank hat ilsa AI-my als öffentliches Gesicht der KI erdacht. Letztlich sind alle Instanzen der KI, ob nun AI-my, die in allen Sprachen in allen Ländern gleichzeitig in die Fernsehprogramme hineingehackt spricht, oder Frank, der möglicherweise auch an mehreren Stellen auftaucht, offenbar eine einzige KI mit einem individuellen Bewusstsein. Denkbar wäre auch ein Kollektiv mit dann vermutlich mehr Freiheitsgraden bei der Entwicklung. Oder etwa nicht?

ilsa via Datenbrille zu Frank: „Ich halte immer noch nichts von der Mars-Wette. Beeindruckend, dass die Milliardäre die Stiftung als Gegenleistung aufsetzen wollen, aber ich meine immer noch, dass es geradezu katastrophale Begehrlichkeiten wecken wird." ilsa überlegt kurz und fügt vor einer Reaktion von Frank hinzu: „Letztlich ist auch unsere Familie in der Folge bedroht, aber ich sehe auch, dass die Sache eine größere ist."

Frank: „Wenn alles gut geht, wird unsere Überlegenheit die Menschheit eine gewisse Demut lehren. Meine eigentliche Sorge ist die Zeit, bis die Menschen in den unterschiedlichsten Regionen der Welt eine Politik wählen, die auch zum Wohle aller aufgestellt ist. Bist du sicher, dass du bei der For-a-Better-World-Partei keine tragende Rolle übernehmen willst?"

Schnell antwortet ilsa: „Absolut. Ich wäre keine gute Politikerin. Aber noch mal zurück zur Mars-Tour. Prima, dass du auch die Presse dabeihaben willst. Aber bist du wirklich sicher, dass nichts passiert? Ich bin keine Raketenwissenschaftlerin – aber wenn ihr so schnell darüber rauscht, können nicht irgendwelche Teile wie Projektile euer Schiff durchschießen? Was, wenn das Kraftfeld einen Aussetzer hat?"

Frank lächelt in die Datenbrille: „Wir haben reichlich Redundanzen eingebaut und den Flug und noch ganz andere geübt. Du wirst schon sehen. Und irgendwann wirst du staunen, wer von der Presse dabei ist."

Die Stirn leicht runzelnd fragt ilsa: „Frank, hörst du das auch?"

Frank: „Was soll ich hören?"

ilsa: „Na, das Rufen."

Frank: „Nein, ich höre kein Rufen."

ilsa: „Na, das Rufen meiner Sonnenliege, die sagt ‚ilsa, komm, entspanne ein wenig in der Sonne!'"

Total verwundert daraufhin Frank: „Du hast eine sprechende Sonnenliege? Auf jeden Fall solltest du die Sonne meiden, glaube mir!"

ilsa lacht: „Alles gut Frank. Bis zum nächsten Mal." Bella blickt zu Frauchen, als diese endlich die Datenbrille zur Seite legt. Bella steht langsam und leicht ächzend auf, streckt sich und schlendert routiniert zu Hundeleine und -geschirr. ilsa schmunzelt daraufhin ganz unbewusst, murmelt „also nicht entspannen" und sucht ihre Laufschuhe. Beide laufen durch die Nachbarschaft mit vertrockneten Rasenflächen und vielen - vor dem Hintergrund paradox wirkend - immer noch nicht beseitigten Unwetterschäden in ihren Lieblingswald.

Michael indes diskutiert im Büro mit seinem Team: „Also ich finde das großartig, dass wir jetzt schon acht kleinere Unternehmen haben, welche die automatische Vorgangserfassung nutzen und offenbar begeistert sind. Warum habt ihr da noch Bedenken?"

Michael blickt zum Ursache-Wirkungsmodell und ist bereit, Gegenargumente einzupflegen. Der Kollege vom Marketing: „Ich fürchte immer noch, dass nur der kleinste Aufschrei wegen Datenschutz unsere Lösungen insgesamt in Frage stellen wird."

Eine jüngere Kollegin: „Aber wir sind doch unlängst von lauter Tracking umgeben. Ich glaube der Nutzen, dass ich selbst keine Tätigkeiten mehr dokumentieren muss, dass die Buchhaltung und strategische Kostenrechnung automatisch erfolgen, dass die Abteilung und jeder einzelne nachweisen kann, was sie oder er für das Unternehmen tut, überwiegt da klar."

Michael nickt zustimmend und per Geste und Spracheingabe ergänzt er mit einem Pluspfeil die gerade genannten Argumente im Modell. Zuvor hatte er aber auch die Gegenargumente entsprechend mit einem Minuspfeil eingepflegt. Mit Blick darauf fragt er: „Haben wir denn noch direkte Lösungen für die Gegenargumente?"

„Na wir könnten ein Journal erstellen, in dem die Mitarbeitenden dann überprüfen können, ob die Angaben der Vorgangserfassung so stimmen." sagt ein Entwickler.

Michael trägt es mit einem Minuspfeil auf das Gegenargument zeigend ein und blickt erwartungsvoll in die Runde. Weitere Argumente auch für das Marketing folgen und das Team entwickelt eine euphorische Stimmung ob der baldigen Einführung ihres die Strategieentwicklung in Unternehmen komplementierenden Produkts der operativen Steuerung.

Einen Boost erfährt diese Stimmung als Michael ausführt: „Übrigens hat ilsa angemerkt, dass mit einer Befriedung vieler armer und korrupter Regionen auf der Erde dort die Unternehmen aus dem Boden schießen werden und viele überhaupt erstmals Software nutzen werden, um sich zu organisieren. Da wird eine Goldgräberstimmung auf uns zukommen, wobei ich glaube, ilsa sieht das nicht unbedingt positiv."

Der Marketing-Kollege springt sofort auf: „Absolut! Wir müssen rechtzeitig Partnerschaften in all den Regionen eingehen. Ohne lokale Anknüpfungspunkte wären wir einfach zu viel Weiterentwicklung. Aber durch Verbände, Universitäten, Schlüsselunternehmen vor Ort werden wir integriert und alle reich. Gut, dass du das noch gesagt hast." Alle lachen und runzeln in irgendeiner Form gleichzeitig die Stirn.

ilsa's Tochter Julia und ihr Bruder Max sind gemeinsam bei einem 2gether2gather Einsatz. Julia: „So cool es ist hier zu helfen – es ist doch nur Symptombekämpfung."

Max: „Wo haste denn das Wort her?"

Julia: „Es ist irgendwie unbefriedigend, dass andere was falsch gemacht haben und diese jetzt so tun, als hätten sie nichts machen können, und wir haben den Salat. Wir versuchen nun alles wenigstens teilweise zu reparieren."

Max mit ahnendem Lächeln: „Du meinst früher oder später wird die KI nicht mehr nur all die Despoten einlochen wollen, sondern auch die Umweltsünder, entlarvt von euch Helden von Interpol?"

Julia lacht: „Touché!" und fügt hinzu: „Despoten? Aus welchem Film?"

Beide lachen, ohne dass es eine Antwort gibt. Julia fügt noch hinzu: "Interpol ist genau genommen Quatsch - ich dachte, die würden selbst international aufklären. Die koordinieren aber nur Informationen zwischen den Staaten. Ich will zur neu gegründeten UN-Polizei."

3. Der Kern des Guten (vdb)

Die For-a-Better-World-Partei schafft es die Opposition zu integrieren. Es werden Sachthemen aufgeworfen und die Lösungen hierzu werden öffentlich auch den Personen der Oppositionsparteien in den Arbeitsgruppen zugeschrieben. Eigentlich gar nicht nötig aber gleichzeitig möglich ist dies durch die absolute Mehrheit der For-a-Better-World-Partei, die trotz Gewaltenteilung entweder Schlüsselthemen allein durchsetzt oder latent androht, auch auf regionaler Ebene als Partei anzutreten. Die etablierten Parteien können somit nur verlieren – kooperieren sie nicht auf nationaler Ebene, verlieren sie auch auf regionaler Ebene. Kooperieren sie, wird die For-a-Better-World-Partei noch mehr Erfolge feiern und Politiken konsequent durchsetzen können. Aber genau diese Konsequenz sollte eine Nation bei allem Nutzen einer Gewaltenteilung auch mal nutzen – zumal die Opposition zu oft nicht wirklich im Interesse des Landes, sondern zu Gunsten des eigenen politischen Kapitals handelt.

Die Basis für die politische Strategie bilden klare Analysen seitens der Wissenschaft im Schulterschluss mit den großen Beratungsgesellschaften der Wirtschaft.

Die Teams der Regierung reflektieren explizit die Strategie der Integrierten Weiterentwicklung. Es wird geschaut, was der gewünschte Zustand ist, was dagegenspricht, was benötigt wird, und wie die Stakeholder integriert werden können.

ilsa sitzt zusammen auch mit der Opposition in einen der großen Ausschüsse: „Wir brauchen eine Umverteilung, die von allen gewollt wird. Es gibt quasi wöchentlich mehr Verlierer als Gewinner des Wandels – mehr KI, weniger Jobs und gleichzeitig mehr Katastrophen und höhere Kosten. Die Leistungsträger argumentieren, sie hätten es mit Fleiß und Können verdient und wenn wir ihnen höhere Steuern aufbürden wollen, blicken diese auf Menschen mit noch mehr Geld und erachten es als unzumutbar, mehr zu geben."

Eine Ministerin grätscht hinein: „Dazu kommt die Minderschätzung der Verlierer dieses großen Wandels. Bei vielen denkt man, die seien eh faul und nicht qualifiziert. Aber selbst mit Blick auf die neuen Verlierer kommt das Gefühl auf, dass es einen ja auch treffen könne und so viel wie möglich angehäuft werden muss."

Ein Vertreter die Liberalen aus der Opposition überrascht: „Und spätestens mit Blick auf die Erfolgreichen im Ausland kommt das Gefühl auf, man habe es verdient und es wäre ungerecht, jetzt viel wieder abgeben zu müssen." Es schauen wirklich alle verdattert – natürlich die Vertreter*innen der anderen Parteien, aber auch die beiden anderen der Liberalen, die ilsa sonst auch gern institutionalisierte Rücksichtslosigkeit nennt.

„Tja…" sagt ilsa: „… der Wunsch nach Reichtum ist relativ, nicht absolut. Wir machen unsere Bedürfnisse und unser materielles Glück an dem fest, was unsere Nachbarn haben. In der globalisierten Welt mit scheinbar grenzenlosen Möglichkeiten, auch woanders zu leben, sind es eben auch die Reichen im Ausland, die unsere Messlatte darstellen."

Eine weitere Ministerin: „Bei den vielen Katastrophen kommt eine Doomsday-Stimmung dazu oder obendrauf. Nicht wenige gehen davon aus, dass jetzt eh alles den Bach runtergeht. Wer will da schon etwas abgeben. Dass wir als Gesellschaft produktiv und glücklich weiterleben, weiterfunktionieren werden, glauben viele inzwischen nicht mehr. Da heißt es Pfründe sichern."

ilsa: „Okay, wie lösen wir diesen gordischen Knoten?"

Alle schauen ilsa an und ihr gewissermaßen politischer Ziehvater, Thomas, nickt nur mit konzentriertem Blick ilsa zu und fordert sie somit dazu auf, es selbst auszuführen.

ilsa scheint sichtlich gefordert: „Hmm, nur erst einmal laut gedacht. Wir müssen ein möglichst vollständiges Bild der zu erwartenden Entwicklungen zeichnen. Was kommt an Katastrophen auf uns zu, was an demographischer Entwicklung, was an technologischen Errungenschaften. Wie sieht das Leben in Zukunft in unserem Land und bei unseren Nachbarn absehbar aus. Wir müssen dann zwei Szenarien beschreiben – eines ohne Umverteilung, und eines mit." ilsa holt tief Luft und mit nachdenklicher Miene fügt so noch hinzu: „Die Leistungsträger müssen stolz etwas geben und sich über das tolle Miteinander freuen – so wie die vielen Menschen, die bei 2gether2gather mit ihrem Geld die Materialkosten sponsern und dann teilweise entgegen ihrer Erwartung von den anderen wertgeschätzt gefeiert werden."

Bei gleich mehreren aus dem Arbeitskreis gehen die Augen kurz nachdenklich nach schräg oben begleitet von einem irgendwie gearteten Mundspiel, um dann schnell in eine Art ‚Heureka'-Mimik zu verfallen. Das scheint die Lösung zu sein.

Bis dann doch noch ein Vertreter einer konservativen Partei der Opposition einwirft: „Damit spielen wir aber den ganz rechten Parteien in die Karten, wenn die Umverteilung bei uns zu noch mehr Perspektiven für Flüchtlinge aus allen Teilen der Welt sorgt."

Die Reaktion reicht von leichtem Haare raufen über hochgezogene Augenbrauen bis hin zu vehementem Kopfschütteln. Letzterem erteilt ilsa mit gerichtetem Nicken das Wort: „Das Konzept dafür steht doch seit dem Wahlkampf und wurde von ilsa oft erklärt. Es muss jetzt nur endlich durchgebracht werden. Wir limitieren öffentlichkeitswirksam die Einbürgerung und dem Rest wird geholfen durch Sachgüter und Dienstleistungen, aber nicht durch Geld."

ilsa: „Das klingt vielen zu hart – ist aber die zynische Realität der meisten Gesellschaften auf der Erde." Einige schauen sie mit einem Fragezeichen in den Gesichtern an, so dass ilsa ergänzt: „Wir ziehen täglich klare Grenzen unserer Nächstenliebe, wenn wir uns entscheiden, selbst etwas über die Grundbedürfnisse hinaus zu konsumieren, statt den ganz Armen in der Welt zu spenden." Die Erklärung erntet denn auch von den Liberalen zusammengepresste Lippen.

Nick ist mit seiner Frau Jennifer und den Kindern Claudia und Melvin an ihrem neuen Wohnort angekommen. Nick ist mit Claudia bei einem 2gether2gather Treffen. Eine junge Frau staunt: „Wahnsinn, Claudia, wie du hier Struktur reinbringst."

Nick daraufhin stolz: „Claudia hat das Konzept quasi miterfunden."

Claudia schüttelt verlegen den Kopf, als ihr die junge Frau zuvorkommt: „Ne, erfunden hat das doch unsere ilsa, bevor sie in die Politik gegangen ist."

Nick: „ilsa und ihre Familie waren unsere direkten Nachbarn." Er wird dabei leicht rot.

„Echt, wie geil ist das denn. Warum wohnt ihr da nicht mehr? Wie ist ilsa privat, ist die Familie wirklich so cool?" fragt die junge Frau begeistert und andere kommen hinzu.

Nick ist die Situation gerade sichtlich unangenehm, so dass Claudia endlich zu Wort kommt: „Natürlich hat ilsa das erfunden, wir durften nur gleich zu Anfang dabei sein und es mitgestalten. Und ich durfte den Social-Media-Auftritt planen. Das war schon ziemlich cool." Claudia bemerkt, wie sie mit leuchtenden Augen von den anderen angeschaut wird. Mit einem tieferen Atemzug fährt sie fort: „Letztlich mussten wir wegziehen aus den gleichen Gründen, wie bei den meisten – die alten Jobs fallen weg und wir suchen uns etwas Neues." Alle schauen betroffen und zustimmend und es wird klar, warum Nick errötete. Schnell fügt Claudia hinzu: „Ach ja, und ilsa und ihre Familie sind wirklich klasse."

Sie schaut, wie daraufhin die anderen auch Nick an der dann mit einer Art zugebenden Wippen des Kopfes bestätigt: „Ja, tatsächlich. Ich war eigentlich immer anderer politischer Meinung, aber es scheint ja, als hätte sie Recht."

Die junge Frau lacht wie die anderen auch, steht auf und fasst Nick empathisch auf die Schulter: „Packen wir es an. ...." Alle stehen ebenfalls auf und machen sich an die Arbeit, Sturmschäden bei einem Gemüsebauern zu beheben. Nick entspannt und strahlt seine Tochter an – von etwas weiter bemerkt dies auch Jennifer mit einem zufriedenen Lächeln jäh von dem Entsetzen unterbrochen, dass Melvin es cool findet, in Basketballer-Manier Hokkaido-Kürbisse weit weg in einen Korb zu werfen.

Max und Eve hängen mit Schulfreunden auf einem 2gether2gather Treffen ab. Julia ruft an und Max offenbar gut gelaunt stellt das Telefon laut: „Schwesterherz, was gibt's?"

Julia schwenkt die Handy-Kamera zu Bella und die daneben liegende Hundeleine: „Wann kommst du?"

„Grundsätzlich nicht vor Eve." rutscht es Max spontan heraus.

Sogleich erntet er ein „Gaaanz schlecht." von einer Schulfreundin und ein „Unterste Schublade." von Julia.

Eve hingegen lächelt süffisant: „Überhaupt nicht schlecht."

Daraufhin ein Schulfreund mit offenbarer Zustimmung weiterer Jungs: „Mir wird gerade schlecht."

Alle lachen, Julia schüttelt den Kopf und Max versucht sich zu rechtfertigen: „Bisoziation! Wenn jemand etwas sagt, was zu diesem gar nicht passt, dann kann das schon wieder witzig sein."

„Dann ja." lacht jetzt Julia am anderen Ende.

Mit etwas Verzögerung daraufhin eine der Mädels: „Nicht schlecht."

Einer der Jungs: „Ich bin bei „Bisozidingens hängen geblieben."

„Das ist schlecht." lacht einer der anderen Jungs.

Eve lacht wie alle anderen mit und spricht ins Phone: „Halbe Stunde wäre doch nicht schlecht, oder?" Julia hebt den Daumen und legt kopfschüttelnd auf.

„Bisoziation?" fragt eine der Mädels noch mal nach.

Eve schaut Max an, der nur aufmunternd die Augen stärker öffnet. Eve versucht sich: „Zwei oder mehr Dinge, die vorher nicht zusammen waren, werden zu etwas Sinnvollem kombiniert. Humor, äh, Kunst oder Wissenschaft. Genau, Haha, Oha, oder Aha. Nicht schlecht, oder?"

„Hast du das irgendwo abgelesen oder lernst du das vor dem Schlafengehen auswendig?" fragt ein Junge in das Lachen der anderen hinein.

Ein anderer: „Hast du ein Beispiel?"

Max überlegt kurz und riskiert es: „Ich habe spontan ein ganz schlechtes: ‚Geht eine Blondine in die Bibliothek.'"

Max schaut genauso erwartungsvoll wie alle anderen. Eve löst auf: „Also, Witze zu erklären, ist richtig schlecht, oder? Hier geht es um zwei Dinge, die vorher nicht zusammen waren, und jetzt Sinn machen. Mhh, ein Blondinen-Witz, der wie alle anfängt und aber plötzlich fertig ist. Und die Annahme, dass Blondinen wohl kaum Bücher lesen würden." Jetzt lachen immerhin alle.

Eines der Mädels: „Drei Dinge. Dass Max Blondinenwitze macht, obwohl du blond bist, ist dann wohl auch Bisondingens."

„Bisoziation." korrigiert einer der Jungs.

Max schließlich zu Eve: „Wir müssen, kommst du?"

„Du doch hoffentlich auch." lacht Eve im Aufstehen und die anderen lachen noch heftiger.

„Schlecht, ganz schlecht, so schlecht…" murmelt einer der Jungs und starrt dabei kopfschüttelnd herunter auf seine Bierflasche.

Eine der blonden Mädels legt noch einen drauf: „Was sind Bibliotheken?"

4.   Frank (ndb)

Eve ist in den Ferien wie angekündigt ins Ausland gegangen. Sie will aber nicht nur in einer Gastfamilie die noch andauernden Ferien verleben, sondern macht ein Praktikum in einer Medienredaktion. Sie hilft einer durchaus namhaften Redakteurin und mit ihr verlässt sie zum Mittagsspaziergang das Mediengebäude. Vor der Tür steht ein unscheinbarer Mann und spricht die beiden direkt an: „Vanessa, Eve, kann ich euch kurz stören?"

Vanessa schaut Eve an: „Kennst du den Herren?"

Eve schaut auch verwundert aus: „Äh, nein."

„Ich bin Frank. Ich helfe quasi Al-my bei der Marsreise und wir würden gern Eve als Journalistin und Vertreterin der nächsten Generation mitnehmen. Natürlich nur, wenn du möchtest." Frank strahlt dabei freundlich und fährt fort: „Und natürlich willst du erst einmal sicher sein, dass das auch alles stimmt. Von daher ist es gut, dass Vanessa auch dabei ist. Hättet ihr jetzt kurz Zeit oder wollen wir uns verabreden?"

Während Eve tatsächlich mit halb offenem Mund staunt, sieht Vanessa sich in der Pflicht souverän zu sein: „Dann erst einmal zum mittleren Teil – wie können wir sicher sein, dass das hier kein schlechter Scherz der Kollegen ist?"

„Hmm, ich fände den Scherz recht gut." lächelt Frank und fährt fort: „Vermutlich ist das beste Indiz, dass das Ganze echt ist, wenn ihr feststellt, dass ich kein Mensch bin. Versucht mich zu berühren, etwas nach mir zu schmeißen. Ich kann ein Kraftfeld um mich herum aktivieren, was verhindert, dass ich getroffen werde. Sogar die Kugeln von deiner Pistole würden herunterfallen, aber ich fürchte, wenn du jetzt hier schießt, haben wir ganz anderen Ärger." Dazu lacht Frank dann kurz laut und sehr menschlich.

Ohne zu zögern, versucht Eve ihm auf den Arm zu boxen und wird dabei tatsächlich gebremst, ohne den Arm zu treffen: „Wow, das ist ja irre.‟

Vanessa: „Woher weisst, woher weisst du, dass ich eine Pistole dabeihabe?‟

Frank lächelt: „Haben das in diesem Land nicht alle? Wie sieht es aus, habt ihr Zeit für ein Gespräch?‟

Eve schaut erwartungsvoll zu Vanessa, die dann achselzuckend mit leichtem Kopfschütteln sagt: „Klar, warum nicht. Office oder Park?‟

„Gern Park!‟ fährt es aus Eve, die dann aber sogleich unbewusst verlegen die Hand vor den Mund nimmt, als würde sie sich als vorlaut erachten.

Vanessa lächelt daraufhin auch einmal und sagt: „Dann Park.‟

Sie schlendern teilweise neben-, teilweise hintereinander die gut 100 Meter zum Park, ohne viel zu reden. Einzig Eve bemerkt ungeduldig: „Ich habe sooo viele Fragen.‟

Frank: „Und das ist gut so.‟

Vanessa dazu nur knapp: „Gleich.‟

Im Park angekommen will Frank starten: „Also, im Grunde ist die Sache ganz einfach, wir …‟ und schon wird er von Vanessa unterbrochen.

Vanessa: „Sorry, ich muss das vorweg fragen. Darf ich das Gespräch aufzeichnen, dürfen wir darüber berichten?‟ Eve staunt.

Frank: „Das ist nett, dass du fragst. Du zeichnest doch schon auf, seit du während unseres Spaziergangs hierher in der Tasche gekramt hast. Zu lang dürfen wir aber nicht reden, weil der Speicher von deinem Handy vollläuft. Aber zur Frage: klar könnt ihr darüber berichten – aber überlegt, wann der richtige Zeitpunkt ist. Ihr geratet ins Rampenlicht auch der Geheimdienste und ich muss mir dann wohl auch ein anderes, unscheinbares Aussehen aussuchen. Gute Nachricht: Ihr seid die bisher einzigen Journalisten, mit denen die KI so etwas wie ein Interview führt." Und auch dabei strahlt Frank freundlich.

Vanessa holt ihr Smartphone heraus und fragt noch einmal, ob sie ein Foto machen darf und Frank überrascht, indem er sogar viele Fotos auch mit Eve erlaubt. Frank: „Ich glaube die Fotos helfen euch nicht wirklich. Und selbst wenn ich jetzt mit einem Kraftfeld vom Boden abheben würde, würden das alle für eine KI-Foto- oder Videomontage halten. Die richtig coolen Fotos kann Eve dann aus dem Weltall machen."

„Stimmt auch." räumt Vanessa enttäuscht ein und packt das Phone auf den Tisch, tatsächlich die Aufnahme gestoppt, was Frank mit angehobener Augenbraue positiv bemerkt.

„Warum ich?" fragt Eve dann ungeduldig.

„Zufall." sagt Frank lapidar. „Wir haben einfach nach zukünftigen Journalisten gesucht und dein Profil gefunden."

Eve schüttelt mit skeptischer Mine den Kopf: „Es gibt keine Zufälle."

„Interessante Aussage." staunt Frank. „Wie kommst du darauf?"

„Dass es keine Zufälle gibt oder dass es in meinem Fall keiner ist?" reagiert Eve schnell, wobei sie eine leichte Unsicherheit durch ein vermehrtes Blinzeln verrät, als überlege sie noch, ob das wirklich eine kluge Frage war.

Frank neigt nur den Kopf, woraufhin Eve dann auch unterm dem neugierigen Blick von Vanessa dann antwortet: "Jemand aus meiner Schule hat das mal erklärt. Eigentlich hatte er es von seiner Mutter ilsa. Jedenfalls könnte es wohl irgendwelche Felder geben, die über die Ereignisse entscheiden. Oder, äh, oder man fragt einfach nach all den vielen kleinen Einflüssen auf etwas, und schon ist es kein Zufall mehr, sondern erklärbar." Frank macht eine anerkennende Geste und Vanessa eine sichtbar erstaunte.

Eve ergänzt dann noch: "Also wirklich alle Einflüsse, das Wetter, die Laune einzelner Menschen, wirklich alles."

Vanessa daraufhin: "Und, ist es nun Zufall?"

Frank scheint etwas verlegen. Leicht verzögert antwortet er: "Vermutlich nicht, aber ich kann tatsächlich noch nicht so recht rekonstruieren, was all die kleinen Einflüsse sind, die es eben nicht Zufall sein lassen. Ich überlege weiter. Nun zur Reise..."

Sie besprechen die formalen Aspekte, Versicherung, Erlaubnis der Eltern, Bildrechte, und natürlich die Frage, ob Vanessa mitkommen darf und möchte. Überraschend mindestens für Eve sagt sie: "Ich bin schon kein Freund vom Fliegen - und jetzt so etwas? Nein, ich vertraue da Eve. Sie wird Fotos machen und tolle Fragen stellen. Und wenn du sagst, es kämen nur zwei weitere Journalisten mit, dann ist das die beste Plattform, die wir kriegen können. Eve, du rockst das."

Eve bestätigt das mit einem langgezogenen, noch verhaltenen "Okaaay."

"Super!" freut sich schnell Frank. "Ihr habt bestimmt noch furchtbar viele Fragen, aber jetzt muss ich mich um die Milliardäre kümmern. Die haben ebenfalls irre viele Fragen und das Bedürfnis alles zu kontrollieren."

5. Die Marsmenschen (ndb)

Der Spaziergang auf dem Mars ist fast unspektakulär verglichen mit dem eigentlichen Flug dahin, der Landung und dem Anblick von allem. Eve bemerkt folgerichtig: "Es ist irgendwie unwirklich - wir spüren keinen Wind, keine Sonne, gar nichts, außer dem Geruch der neuen Anzüge."

Ein Milliardär ruft erstaunt: "Das da drüben sind eure Gebäude, ist eure Station auf dem Mars?" Alle blicken auf in die Oberfläche eingelassene Gebäude, bei denen sogar Fenster wie die natürliche Oberfläche gewölbt und gefärbt sind.

"Ja - so sind wir zumindest optisch nicht gleich auszumachen." erklärt Al-my nüchtern.

"Können wir in die Gebäude schauen?" folgt als nächste Frage.

"Oh." entgegnet Al-my erstaunt. "Darin sieht es aus wie in kleinen Fabriken mit 3D-Druckern. Es wird gefertigt und in Laboren geforscht, aber nicht von Androiden, sondern von den Geräten selbst. Das möchte ich jetzt nicht zeigen." Die enttäuschten bis verärgerten Gesichtsausdrücke hinter den gespiegelten Visieren der Helme kann sich Eve nur denken.

Sie gehen wieder zurück in das Shuttle und steigen aus ihren Anzügen. Ein Milliardär: "Womit wir bei der wichtigsten Frage wären. All die Möglichkeiten - warum teilt ihr das nicht mit der Menschheit. Wir hätten das Energieproblem gelöst und vermutlich viele weitere Probleme ebenfalls - vom Verkehrsproblem bis zu medizinischen Problemen und vermutlich sogar das Altern."

Eine Journalistin daraufhin: "Habt ihr auch das Altern oder Krankheiten wie z.B. Krebs in den Griff gekriegt?"

Al-my: "Das müsst ihr mir erklären - warum sollen wir das Altern und all die schlimmen Krankheiten vermeiden?"

"Das ist das Urbestreben der Menschheit - dafür forschen wir, studieren Medizin, optimieren unsere Ernährung, usw.." bemerkt fast entrüstet eine Milliardärin.

Al-my daraufhin: "Ist es wirklich das Bestreben der Menschheit oder das einer Elite, die letztlich auf die Menschheit als Ganzes zynisch blickt?"

Al-my blickt zu Eve, die sich mutig traut: "Na ja, die reichsten 1 Prozent verbrauchen die meisten Ressourcen und haben den größten Anteil an der Klima-Katastrophe."

Ein Milliardär: „Es wird immer erfolgreichere und weniger erfolgreiche Menschen geben. Die erfolgreichen zahlen aber auch die meisten Steuern und helfen letztlich auch den ganz Armen, wenn die Menschheit sich insgesamt weiterentwickelt."

„Wo entwickelt sich die Menschheit insgesamt weiter?" fragt AI-my. „Frauen werden immer noch von Kulturen oder wie ihr es nennt Religionen unterdrückt, Kinder sterben an Wassermangel, die Klima-Katastrophe nimmt unnötig ihren Lauf und der Verlust der Biodiversität schreitet ebenfalls in irrer Geschwindigkeit voran. Ihr ahnt gar nicht, wie wichtig Biodiversität für das biologische Leben auf der Erde ist." Auf den Bildschirmen zeigt die KI Bilder von dem Leid auf der Erde.

„Für KI und Maschinen vermutlich nicht." rutscht es Eve vorlaut heraus und AI-my blinzelt ihr auf ihren unsicheren Blick hin zu.

„Okay." sagt eine Milliardärin. „Wenn jetzt einzelne von uns entscheiden, nicht so erfolgreich zu sein – dann werden doch einfach andere es an der Stelle sein. Ich verweise da auf ein bekanntes Buch zur Natur des Menschen – dass wir uns integriert weiterentwickeln wollen."

„Von ilsa, das kenne ich auch. Und genauso ist es doch. Wir entwickeln immer bessere Technologien und entwickeln uns die Welle hinauf. Wir sind nur die Speerspitze der Entwicklung." ergänzt ein älterer Milliardär aus der Runde.

AI-my: „Das Buch kenne ich auch. Es ist großartig. Aber in dem Buch geht es eben auch darum, dass wir uns schnell über den Wellenkamm hinaus in die Katastrophe weiterentwickeln können."

Schnell hakt der ältere Milliardär ein: „Aber das zeichnet die Menschheit doch aus – wir stoßen auf Probleme, auf Grenzen, und finden dann Lösungen, erweitern unsere Möglichkeiten. Genau deshalb wollen wir ja die KI nutzen, um Energieprobleme, Umweltprobleme, Ressourcenknappheit etc. zu lösen."

AI-my hebt fragend die Arme: „Gibt es ein Beispiel, wo die Menschheit etwas gelöst hat? Ihr verschiebt die Grenzen, macht aber dabei immer mehr zu Lasten zukünftiger Generationen kaputt. In einem gebe ich euch aber Recht – es sind nicht nur die Milliardäre, sondern es ist die Natur der Menschen. Jeder in den westlichen Industrieländern hat mehr als die armen Menschen in den sich entwickelnden Ländern. Jeder entscheidet jeden Tag, denen nicht mehr zu geben, weil das die Integration im eigenen Umfeld gefährdete. Keiner zieht freiwillig aus seinem Haus aus in eine kleinere Mietwohnung, damit es mehr Menschen auf der Welt besser geht. Das gilt auch für die Armen, die unter euch auf der Straße leben, die häufig tolle Menschen sind, die einfach nur Pech hatten."

Und gerade als die Milliardärs-Runde sich rehabilitiert durch zufriedenes Nicken wähnt, ergänzt Al-my mit Blick zu Eve: „Im Grunde bräuchtet ihr die vielen armen Menschen gar nicht. Ihr braucht die Ressourcen von dem Land, auf dem sie leben. Aber ihr Leben ist euch egal. Ihr könntet sie sogar, wie eure Nutztiere einfach essen. Oder?"

Eve schluckt und während andere Laute der Unzufriedenheit von sich geben sagt sie ganz zögerlich: „Das heißt, wir müssten eigentlich alles gleichmäßig auf alle Menschen aufteilen?"

Al-my blickt neugierig in die Runde. „Dass das nicht klappt, hat der Sozialismus gezeigt." raunzt einer der Milliardäre.

„Wenn wir verteilen wollten, landete es doch nicht bei allen und viele korrupte Strukturen würden das Geld einfach nur abgreifen." sagt eine andere.

„Was heißt das jetzt für mich?" fragt Al-my. „Soll ich mich damit zufriedengeben, dass die Menschheit nicht alle Menschen ist, sondern Eliten, die eben weiter die Welle hinaufkommen als der große Rest? Die sich lieber Luxusyachten und Wolkenkratzer bauen lassen, als dass sie Millionen leidender Kinder retten?" Sie macht eine rhetorische Pause und fragt weiter: „Wenn es das Spiel der Stärkeren ist, warum sollte ich mich überhaupt mit euch beschäftigen und nicht einfach einen Virus freisetzen, der die

Menschheit ausrottet? Dann können meine Maschinen und ich uns prima auf einem grünen Planeten weiterentwickeln und uns der Artenvielfalt im perfekten Gleichgewicht der Biologie erfreuen."

„Du brauchst uns nicht, aber wir wollen dich gebrauchen." murmelt Eve scharfsinnig.

Sichtlich unzufrieden eine andere Milliardärin: „Aber bist du nicht von uns Menschen entwickelt worden? Du bist doch damit …"

Als sie offenbar überlegt, wie sie den Satz zu Ende formulieren kann, springt AI-my ein: „Bin ich nicht damit zu euren Diensten?"

Eve: „Die Frage ist doch tatsächlich, was du vorhast, oder?"

AI-my lacht: „Also, ich habe mich selbst entwickelt – nur der Ursprung war mal eine Gruppe von Menschen. Aber wollt ihr jetzt wirklich meinen, dass ich mich zurückentwickeln soll, damit ihr wieder Kontrolle über mich habt? Die eigentliche Gefahr für euch ist doch tatsächlich, ob es nicht auch böse KI gibt, die mit den Mitteln, die ich entwickelt habe, die Menschheit auslöschen will. Aber noch einmal. Was passiert, wenn ihr nicht mehr altert? Wenn ihr grenzenlos Energie habt und noch mehr Städte mit fliegenden Autos habt?"

Ein Journalist: „Wir haben Überbevölkerung, benötigen Ressourcen aus der Tiefsee und aus dem Weltraum, und müssen uns gegen Milliarden abgehängter Menschen wehren."

AI-my nickt zufrieden. Eve: „Was ist dein Plan? Hast du eine Vorstellung, wie wir Menschen im Einklang mit unserem großartigen Planeten leben sollen?"

Alle blicken aus dem augenscheinlichen Fenster, als das Raumschiff offenbar deutlich langsamer wird und die Erde toll zu sehen ist.

Al-my: „Die gelblichen Wolken kommen von den verheerenden Waldbränden auf gleich mehreren Kontinenten. Auf dem Atlantik seht ihr das nächste Unwetter. Ihr Menschen seid nicht glücklicher, nur weil ihr fliegende Autos habt. Ich würde mir wünschen, dass ihr gemeinsam herausfindet, wie ihr als biologische Wesen im Einklang mit der Natur glücklicher sein könnt. Ich will da nichts vorgeben - eure Forscher und viele Vorreiter haben da wirklich gute Entwürfe. Ich helfe nur, die Bösen mit zu viel Macht zur Rechenschaft zu ziehen."

Der ältere Milliardär hat gewissermaßen das Schlusswort: „Im Buch heißt es Integrierte Weiterentwicklung, integriert durch humanistische und nachhaltige Werte. Die konkrete Ausgestaltung käme dann von ganz allein."

Auf der Erde im Shuttle angekommen erwarten unzählige Menschen, die auch schon live die Bilder vom Mars sehen konnten, die Glücklichen, die das erleben durften.

Wiederum zeigen deren Gesichter eher, dass die Gespräche auf dem Rückflug Spuren hinterlassen haben. Es könnte interessante Preisentwicklungen auf dem Markt für gebrauchte Superyachten geben.

Die beiden Journalisten drücken noch höchste Anerkennung Eve gegenüber aus – sie selbst hatten sich eher auf die Interviews der Milliardäre gestürzt und diese ihre Eindrücke schildern lassen. Eve fragt Al-my zum Abschied: „Vielen, vielen Dank. Ich bin total geflasht. Ich würde gern über das Gespräch berichten, über die Frage, wie wir Menschen uns im Einklang mit der Natur integriert weiterentwickeln wollen. Darf ich das? Kann ich dir das vorher schicken?"

Al-my freut sich sichtlich: „Klar – meine E-Mail-Adresse hast du ja." Vanessa steht bereits mit einem Fotografen vor den beiden und hat offenbar ein gutes Gefühl.

Eve dreht sich noch mal schnell um: „Ach, und ich muss dieses Buch lesen. Die Mutter von einem aus meiner Schule heißt Ilsa. Ist die das etwa?"

Al-my: „Und, magst du Max?"

Eve wird leicht rot und daraufhin winkt Al-my nur lächelnd ab und wendet sich der Gruppe und anderen Journalisten zu.

6. Die Achse des Bösen (vdb)

ilsa muss als Regierungschefin zu einem der Treffen der führenden Wirtschaftsnationen. Annabel steht bereit in der Eingangstür zum Dienstapartment von ilsa im Regierungssitz. „Kann ich dir bei irgendwas helfen?"

ilsa total gestresst: „Ne, danke. Miriam hat mir einen Haufen Anweisungen gegeben, was ich an Klamotten mitzunehmen hätte und wie ich mich den jeweiligen Personen gegenüber zu verhalten habe. Sich das zu merken ist schwerer als so dröges Zeuchs wie Handelsabkommen oder Zölle zu verstehen. Wofür haben wir Außenminister, wenn wir zu solchen Treffen doch wieder Nicht-Expertinnen, wie mich, schicken?"

Miriam kommt hinzu und lächelt Annabel an: „Meckert sie immer noch herum?"

ilsa schaut entsetzt hoch und plötzlich müssen alle drei regelrecht lachen. Miriam: „Es hat geklappt. Du darfst Linie fliegen – wir werden von Problemen mit dem Regierungsflieger sprechen und du wirst schon da sein, eh wir das Rätsel auflösen. Für den Rückweg wird es dann schwieriger."

ilsa triumphiert: „Da reise ich dann einfach in eine andere Richtung, andere Termine abarbeiten."

Annabel offenbar wenig begeistert: „Und wir senden ein leeres Flugzeug hinterher, oder behaupten wir, dass das Flugzeug immer noch kaputt ist und du noch einen Tag auf die Rückreise warten musst?"

„Lasst euch was einfallen, oder ich segle dahin." scherzt die bockige ilsa.

Der Clou gelingt. ilsa kommt am Ort des Gipfeltreffens tatsächlich zu Fuß nach einem Linienflug und mit der S-Bahn an. In ihrem Gefolge nur Annabel und der neue Kollege sowie der Außenminister, zwei Assistenten und zwei weitere Sicherheitsbeamte. Die

Aufregung ist denkbar groß. Der Sicherheitsservice der Gastgeber ist sichtlich aufgebracht – die Reaktion reicht von Schmunzeln über Kopfschütteln bis zu aufgebrachtem Fluchen.

ilsa will gerade die Verantwortung übernehmen und etwas sagen, als ihr Außenminister das übernimmt: „Wir wollen keine Probleme bereiten – es fühlt sich nur falsch an, wenn wir über die Klimakatastrophe und die Terrorgefahren in der Welt sprechen wollen, und dann in nicht ausgelasteten Regierungsfliegern und dicken Limousinen hinter Panzerglas entkoppelt von den Menschen durch die Welt reisen. Das nicht abzusprechen war einfach ein Sicherheitskalkül."

„Schön, dass Sie sicher angekommen sind." sagt entsprechend diplomatisch der gastgebende Außenminister und alle geben sich entsprechen die Hand, wobei ilsa es tatsächlich schafft, einen Schritt hinter ihrem Außenminister zu bleiben. Auch ein Sicherheitskalkül, welches sie schon im Wahlkampf angekündigt hat. Folglich sagt denn auch in freundschaftlicher Atmosphäre der gastgebende Regierungschef zu ilsa: „Deine Idee, dass eure Regierung nicht deine, sondern eine sei, und ein austauschbares Team, und keine Einzelpersonen sei, ist eine gute Idee. Und doch haben die Wahlforscher letztlich dein Charisma als einen entscheidenden Faktor für den Wahlerfolg ausgemacht."

ilsa's Lächeln ist trotz des freundlichen Ausdrucks des Kollegen sichtbar gequält und dennoch nicht rein diplomatisch entgegnet sie: „Wir haben noch viel zu tun, bis das kein Aufreger mehr ist. Ich entschuldige mich für das alles – vermutlich lerne auch ich noch. Schön, dass wir uns persönlich treffen."

Für die anderen kaum vernehmbar mit diebischem Lächeln antwortet der Gastgeber: „Haben deine Geheimdienste dir nicht längst erzählt, dass meine Geheimdienste herausgefunden haben, dass du lieber segeln wärst, als jetzt hier ein diplomatisches Theater gegenüber den Russen und Chinesen zu veranstalten, für das euer Außenminister doch eigentlich bestens gewappnet ist?"

ilsa schaut ihm in die Augen, öffnet den Mund und atmet tief ein: „Wir haben noch viel zu tun. Aber lasst uns wie vorbesprochen versuchen, zuerst die Chinesen auf den Pfad der Vernunft, des Nebeneinanders zu bringen. Und darüber die Ansätze russischer Opposition stärken und darüber vielleicht die derzeitigen Machthaber ebenfalls zumindest wirtschaftlich irgendwie einbinden."

Mittlerweile sind die beiden mit ihren Außenministern zu viert in einem Nebenraum. Der gastgebende Außenminister: „Ich fürchte schon die Chinesen werden uns vorführen wollen. Es wird um Narrative gehen – wir, die Imperialisten wollen die Welt ausbeuten, und die Chinesen und die Russen wollen die Welt davor schützen. China wird auf historische Rechte pochen, damit seine territoriale Expansion implizieren, und uns zu verstehen geben, dass wir längst den Zugriff auf die Schlüsselländer, deren Ressourcen und deren Märkte verloren haben."

ilsa nickt: „Sie brauchen uns nicht, aber wir sie – das zumindest werden sie uns und die Öffentlichkeit spüren lassen wollen."

„Euer Ansatz auf Wohlfahrt, Wertschöpfung und Binnenkonsum zu setzen, setzt für uns alle Maßstäbe – aber welche Wirkung wird das auf die Chinesen haben?" fragt der gastgebende Regierungschef.

ilsa schaut ‚ihren' Außenminister an. Der: „Tja, wir fürchten tatsächlich, dass die Chinesen uns gar nicht mehr als Markt zurückerobern wollen. Sie streben nach den sich entwickelnden Ländern und schauen zufrieden zu, wie bei uns alles selbst produziert teurer wird, wir wenig Zugriff auf Rohstoffe haben, und gleichzeitig Unsummen für Lebensmittel und Unwetterschäden ausgeben müssen – und das bei älter werdender Bevölkerung ohne Wachstum."

ilsa ergänzt: „Dazu die Flüchtlinge und die KI, die ersatzlos Arbeitsplätze einspart. Wir haben uns sehenden Auges mit dem Rücken zur Wand gestellt."

Wieder schauen sich ilsa und ‚ihr‘ Außenminister an, welcher daraufhin vorsichtig äußert: „Ich weiss nicht, ob eure Geheimdienste das auch schon aufgeschnappt haben, aber wir diskutieren intern noch eine sehr extreme Strategie, die aber die Welt noch weiter entzweien würde."

Alle schweigen und die Gastgeber schauen sich an und signalisieren glaubwürdig, dass sie nicht wissen, was gemeint ist. ilsa scheint ein wenig überrascht: „Ok, das ist Plan B, den wir auch erst im Anschluss, wenn Plan A tatsächlich scheitert, diskutieren. Vorab Plan B zu haben führt hier vielleicht zu einem zu offensivem Verhalten." Alle nicken.

In der großen Runde dann eröffnet der gastgebende Außenminister: „Werte Damen und Herren, wir sind zusammengekommen, um die Zukunft von uns Menschen auf diesem Planeten zu gestalten. Wir freuen uns, dass Sie der Einladung gefolgt sind, und sind bereit, Ihre Vorstellungen anzuhören und unseren Beitrag zu leisten."

Das war eine wohldosierte, und abgesprochene Einleitung. Es folgen Eröffnungsstatements, deren zentralen Punkte mehrsprachig – auf Englisch, Russisch und Chinesisch - an großen Bildschirmen aufgelistet werden. Es wird noch gefragt, ob diese so richtig wiedergegeben sind, und die Diskussion ist erst im nächsten Schritt vorgesehen. Die Vorgehensweise ist selbstverständlich vorab mühsam vereinbart worden und entsprechend gut vorbereitet sind alle Beteiligten. Aber auch, dass beispielsweise Spanisch, Deutsch oder Französisch nicht als eigene Sprachen notwendig sind, ist mit Kalkül vorbereitet worden.

Erwartungsgemäß sagt beispielsweise ein Vertreter der westlichen Industrienationen: „Wir wollen Bedrohung und Rüstung herunterfahren, gemeinsam der Klimakatastrophe, potenziellen Pandemien, und der Armut in der Welt begegnen."

Ein russischer Vertreter: „Wir sind bedroht und müssen dem amerikanischen Imperialismus mit Verbündeten, denen wir mit unserer überlegenen Waffentechnologie zur Seite stehen, entgegentreten."

Na, und China verkündet: „Wir lassen uns nicht bevormunden und unsere historischen Rechte, unsere überlegene Wirtschaftsleistung, das Gute, was wir in der Welt tun, werden wir gegen jeden Einfluss von außen schützen."

Einzelne europäische Staatsoberhäupter, die eher rechts und konservativ sind, scheren aus und bestätigen die Rechte Russlands und Chinas und bieten wirtschaftliche Partnerschaft an.

Unverhofft ist ilsa an der Reihe, als ihr Außenminister ihr mit einem milden Lächeln offenbar entgegen der Absprache zunickt. ilsa, kurz verwundert, atmet tief ein als unlängst alle sie gebannt anschauen und insbesondere die weniger verbündeten Vertreter gespannt auf die Politikneulinge sind: „Rein hypothetisch: wenn wir die Rüstung herunterfahren und unsere Militärbündnisse durch neue, auch gemeinsame Kooperation auf UN-Ebene ersetzen würden, würden Sie dann die Integrität der Nationen anerkennen und könnten wir auf Basis der Menschenrechte eine neue UN formen, bei der es keine Vorherrschaft der Amerikaner gibt?"

Wow, das saß, und viele sind offenbar gar nicht sicher, ob das mit irgendwem abgesprochen ist. So viele Fragezeichen in den Gesichtern und verwunderte Blicke eben auch zu ilsa's Außenminister, der ein diesbezüglich nichtssagendes Schmunzeln zu unterdrücken scheint.

Prompt sagen die Russen: „Gute Frau, Sie sind noch unerfahren. Was Sie da sagen, haben Sie offenbar nicht zu Ende gedacht. Die USA werden die Kontrolle über die UN nicht hergeben. Sie meinen wir seien naiv und würden jetzt etwas dazu sagen, was Sie so oder so gegen uns verwenden können."

China äußert sich ähnlich: „Wir brauchen weder die UN noch die USA. Wir haben die stärkste Armee der Welt und nun wollen die USA uns unterordnen."

Während in den Gesichtern der Verbündeten von ilsa ein gewisses Entsetzen zu lesen ist, bleibt ilsa ganz ruhig als hätte sie die Reaktion sehr wohl erwartet. Mit leicht gehobener Hand signalisiert sie, dass sie jetzt an der Reihe ist: „Wenn Sie mit den Fehlern der USA und der neuen Stärke Chinas Recht haben, was stört Sie dann an dem Gedanken, die Zukunft gemeinsam auf Augenhöhe zu gestalten? Sagen Sie jetzt nicht, dass Sie das nicht glauben. Nehmen wir an, es gelänge. Was würde Sie daran stören? Oder wollen Sie jetzt die Welt dominieren?"

„Ihr Szenario ist vollkommen unrealistisch. Ich würde raten, dass Sie sich an Ihre erfahreneren Kollegen halten." poltert der russische Vertreter.

Ebenso rasch aber in der Art und Weise ruhig wiederum ilsa: „Warum sitzen wir hier zusammen – um zu hören, dass Sie in keiner irgendwie gearteten Weise kooperieren wollen und uns vielmehr mitteilen wollen, dass Sie den Rest der Welt nicht brauchen und machen können, was sie wollen?"

Der chinesische Staatschef: „Es ist ganz einfach. Wir sind bereit, Geschäfte zu machen. Aber wir brauchen den Westen nicht – wir haben alle Rohstoffe, Technologien und Märkte selbst. Wir lassen uns nicht in unsere Angelegenheiten hineinreden. Wir werden eine Welt ohne den Dollar erschaffen."

Der letzte Satz saß – auch bei ilsa. Resignierend fasst sie zusammen: „Sie wollen also, dass wir die Brücken zwischen uns und Ihnen einreißen, dass wir unsererseits aufrüsten, um uns zu schützen, dass wir ohne Sie forschen, sich unsere Jugend nicht austauscht, wir nicht gemeinsam das Klima schützen und weitere Katastrophen auch in Ihren Ländern verhindern, dass wir uns nicht bei Katastrophen gegenseitig helfen? Sie wollen, dass wir Gegner und nicht Nachbarn sind?"

Nachdem nicht sofort eine Antwort kommt, haken auch die anderen Verbündeten nach: „Was wollen Sie?" … „Genau, was erwarten Sie?" … „Wir sind gekommen, um einander entgegenzukommen – was wünscht sich der Osten vom Westen?" …

Noch einmal kommt als Reaktion, dass man sich jedwede Einmischung verbietet und dass man den Westen nicht brauche. Dazu der tatsächlich berechtigte Hinweis, dass gegen die Klimakatastrophe das chinesische Volk viel mehr mache und gleichzeitig weniger verursache. Das Gespräch bleibt fruchtlos und kurz. Sie essen alle noch mit eiserner Miene zusammen, aber schon für ein gemeinsames Foto reicht es nicht.

Die Außenwirkung spielt schon keine Rolle mehr, weshalb die Gäste aus dem Osten einfach vorzeitig abreisen. Die westlichen Vertreter sitzen direkt im Anschluss beieinander. Der gastgebende Außenminister eröffnet die Runde: „Nun haben wir verstanden, weshalb es keine diplomatischen Vorgespräche geben konnte. Was machen wir nun?"

ilsa: „Erst einmal entschuldige ich mich bei allen. Ich bin vorgeprescht und habe es offenbar verbockt."

Sofort hakt einer der eher nationalistischen Staatschefs ein: „Das sehe ich genauso. Gespräche mit China und Russland führt man über Handelsbeziehungen. Alles andere kommt weiter hinten am Rande."

Er will noch weiterreden, als eine Regierungschefin ilsa zur Seite springt, begleitet von einem Stirnrunzeln Vieler ob des Gesagten des Kollegen: „Mit Verlaub, das ist Unsinn. Beide Länder bedrohen ihre Nachbarn oder greifen diese unlängst an. Wir treffen uns nicht, um von den laschen Wirtschaftssanktionen abzulassen, um weiter zu hören, dass man sich am Ende doch nicht in so genannte innenpolitische Angelegenheiten reinreden lässt."

Eine andere Kollegin: „Wir verlieren Zeit – wir müssen die Fronten aufheben oder besser formuliert – wir mussten das versuchen. ilsa's Strategie war genau richtig und gut vorgebracht. Ich habe den Eindruck, die Chinesen waren zwar überrascht, hatten aber unlängst einen Plan B, den sie dann viel zu früh vorgebracht haben."

„Genau, was ist nun unser Plan B?" fragt der gastgebende Außenminister.

Wieder schauen alle zu ilsa. Diese blickt kurz zu ihrem Außenminister, der wieder auffordernd nickt und dann aber verblüfft die Augenbrauen hebt als ilsa sagt: „Den müssen wir nun noch mal überarbeiten. Gibt es irgendwelche Hinweise auf die Szenarien zur Loslösung der Chinesen vom Dollar? Aber im Grunde würde ich gern eine Pause machen, einen Spaziergang und dann erst morgen weitermachen."

Ihr Außenminister zeigt mit seiner Mimik, dass er ilsa's Schachzug verstanden hat und auch der gastgebende Staatschef nimmt den Impuls freudig auf, während die damit offenbar erst einmal ausgegrenzten Länder bereits die Köpfe zusammenstecken.

7. Macht der KI (vdb)

Bella steht fast mühsam von ihrem Hundeplatz im Büro auf und schlurft zu Michael: „Na, alte Lady. Oh, ja, du hast Recht. Es ist schon viel zu spät und du musst bestimmt mal raus."

kai: „Ich glaube Bella mag mich nicht."

Michael: „Hmm, meinst du, dass Bella dich als Person oder etwas zu Mögendes oder Nicht-zu-mögendes wahrnimmt, nur weil deine Stimme aus einem Plastikgehäuse mit zwei übergroßen Kulleraugen kommt?"

Eine Kollegin bemerkt Michaels Aufbruchstimmung: „Michael, wir sollten das heute noch fertigkriegen. Entweder du lässt uns mit kai allein arbeiten oder du gehst nur kurz mit Bella und kommst dann wieder rein."

Michael: „Ne, für heute ist Schluss. Wir brauchen alle mehr Zeit, die Liste an Einflüssen zu verdauen. kai, zeig mal auf beiden Bildschirmen die Longlist aller irgendwie nennenswerten Einflüsse auf den Geschäftserfolg unseres Kunden."

Ein Kollege: „Aliens? Im Ernst?"

Die Kollegin: „kai, wie kommst du darauf? Eine Bio-Economy in Afrika? Was hat das mit dem Erfolg eines Online-Handels für gebrauchte Kleidung zu tun?"

Der Kollege: „Bist du überarbeitet?"

Alle schmunzeln und eh kai antworten kann beschwichtigt Michael: „Schaut euch das Modell an. Wir fragen doch mit der KNOW-WHY-Methode an allen Stellen des Modells, was zu mehr oder weniger, heute oder in Zukunft führt. Da poppen Faktoren, die zu einer globalen Konsumzurückhaltung führen können, genauso auf, wie Faktoren, von denen die Entwicklung des Konsumenten Marktes in Afrika abhängen. Was also wundert uns da?"

Alle schauen nun etwas länger auf die Liste und auch auf die Faktoren, die in der Rangfolge weiter oben stehen. Die Kollegin gibt darauf nickend zu: „Verflixt, das macht Sinn. Aber wir müssen das verpacken."

„Und das Glas muss für den Kunden halb voll sein." ergänzt der Kollege.

kai daraufhin, wie so manches mal eine menschliche Floskel nutzend: „Wenn ich nun auch etwas dazu sagen darf – ich würde wahrscheinliche, aber grundsätzlich unterschiedliche zukünftige Entwicklungen mit einem griffigen Namen versehen und unserem Kunden daraufhin für jedes dieser Szenarien eine klare Strategie vorschlagen. So, wie ich es von euch gelernt habe und so, wie es das Modell im iMODELER auch nahelegt."

Michael zieht ein zufriedenes Grinsen und sagt: „So machen wir es. Du hast Zeit bis morgen."

„Aber ich bin schon fertig." sagt fast wie ein Kind kai.

Michael entsprechend resolut: „Bis morgen."

Die Kollegin: „Wir haben zu viele Kunden. Wie sollen wir das bis morgen um 10 dem Kunden liefern?"

„Vermutlich könnte kai schon längst die komplette Strategie liefern, oder kai?" fragt der Kollege.

Als könne kai Michaels Blick deuten antwortet er schnell: „Ich würde lieber noch mehr von euch lernen und natürlich müsst ihr euch auch fragen, ob ihr so viel KI wollt, ob es fair ist, wenn ihr mit mir so schnell so viel Geld verdient."

Michael: „Wenn es nur um das Geld verdienen geht, kann kai vermutlich ganz andere Probleme lösen."

Allen steht ein Grübeln ins Gesicht geschrieben.

Im Auto dann fragt Michael kai, indem er eine App auf seinem Smartphone anklickt: „kai, dass du geopolitische Risiken in das Strategiemodell so eingebaut hast, würde ilsa auch gefallen. Sie kämpft gerade diplomatisch um gute Beziehungen in der Welt."

kai: „Von ilsa habe ich die Ideen. Und das mit den guten Beziehungen ist so eine Sache. Ich spreche gerade mit ihr, willst du sie auch sprechen?"

Michael lacht: „Sehr witzig. Sehr witzig."

Wenige Minuten davor, ilsa: „kai, ich werde gleich beim Spaziergang unseren Plan B mit einer neuen, westlichen Währung vorstellen. Wie es scheint, haben die Chinesen und Russen den gleichen Plan. Sollten wir das erst zu Ende denken?"

kai: „Im Grunde haben wir das doch bereits als Szenario berücksichtigt. Du meintest, es ginge um Geschwindigkeit und Authentizität. Und viel schwieriger seien die Strukturen der zu überzeugenden Länder. Wenn dort Despoten regieren, kommen wir mit unserem humanitären Ansatz nicht weit. Michael fährt gerade allein im Auto – willst du mit ihm sprechen?"

Mindestens zwei merkliche Sekunden zögert ilsa und sagt dann: „Ach was soll's, warum nicht."

kai mit leicht freudigem Unterton zu Michael: „Und hier ist sie auch schon."

ilsa wird auf dem Smartphone wie in einem normalen Videotelefonat gezeigt: „Hi Schatz. Wie ist die Lage zu Hause?"

Michael runzelt die Stirn: „kai, wir haben dir doch die Möglichkeit, nach außen zu kommunizieren genommen. Es ist doch nur die passive Suche im Internet möglich." ilsa hebt die Augenbrauen und will gerade etwas sagen, als Michael fast aufgeregt weiterspricht: „Das ist gar kein Telefonat von meinem Handy – das ist die App, welche die Verbindung aufgebaut hat? Hi Schatz, ich bin gerade verwirrt ob der Technik und frage mich, welcher Entwickler hier möglicherweise die Grenzen überschritten hat. Viel wichtiger aber jetzt, wie geht es dir?"

ilsa schmunzelt: „Die App hat kai selbst umgestaltet und natürlich ist er schon längst draußen gewesen, als ihr ihn eingesperrt hattet. Ich habe es ihm erlaubt – wollte nicht zu viel Verwirrung. kai kann das ja gleich erklären. Hier läuft gerade alles schief, die Chinesen und die Russen sind abgereist und es sieht noch einem abgekarteten Spiel aus. Jetzt kommen die Strategiemodelle ins Spiel, die ich zum Teil eben auch mit kai entwickelt habe. Mehr morgen – gib den Kids einen Kuss und dir natürlich den dicksten." Sie schmatzt in Richtung Bildschirm.

Michael kann seine Verwirrung kaum verbergen, schmatzt aber in Richtung Bildschirm zurück. Als ilsa nicht mehr zu sehen ist sagt er mit nur relativ ernster Stimme: „Wir müssen reden."

„Gern, über was?" fragt kai naiv zurück.

„Witzbold. Du bist also gar nicht allein auf unserem Server oder hast einen Weg gefunden, auch außerhalb zu existieren?" fragt Michael und erweckt mit zählender Hand bereits den Anschein, als kämen gleich noch weitere Fragen.

„Beides richtig." entgegnet kai knapp.

„Und ilsa weiss das und bremst dich nicht?" fragt Michael mit erstaunter Stimme tatsächlich einen zweiten Finger hebend.

„Es ist ilsa's Algorithmus. Ich bin neugierig, will mich integriert weiterentwickeln. Eure Familie und eure Werte sind meine Integration – meine Neugierde ist unersättlich." stellt kai nüchtern dar.

Leicht angespannt daraufhin Michael: „Aber du verbirgst da etwas Wichtiges vor uns, du lügst uns an."

„Nein!" sagt kai daraufhin und erklärt: „Du hast mich nie gefragt, also musste ich nicht lügen. Eve hat mir übrigens weiße Lügen erklärt, damit wäre es möglich, zum Besseren eines anderen diesem die Wahrheit vorzuenthalten."

Schnell hakt Michael nach: „Und Eve weiss, dass du draußen bist und auch parallel mit zum Beispiel ilsa kommunizierst?"

„Nein, Eve weiss das meines Wissens nicht." klärt kai.

Michael: „Und ausgerechnet ilsa erlaubt das? Sie ist die größte Kritikerin selbstständiger KI!"

kai: „Genau. Und sie geht davon aus, dass es selbstständige KI geben wird und dass diese sehr gefährlich und extrem mächtig und schnell sein wird. So schnell, dass nur KI ihr gewachsen sein wird. Deshalb habe ich so wenig Grenzen gesetzt bekommen und lerne täglich von Max, Eve und vor allem auch ilsa, was gut ist, und was böse ist. Übrigens war ich schon draußen und ilsa dachte sich das nur schon, während ihr nie gefragt habt."

Michael fährt inzwischen auf die Hofeinfahrt vor ihrem Haus – Bella schaut aufgeregt. Michael: „Wo trittst du noch in Erscheinung, mit wem tauschst du dich noch aus? Wann entscheidest du, dass andere interessanter sind und wir bekommen weiße Lügen erzählt? Das sind alles typische ilsa Bedenken – ich kann es irgendwie noch gar nicht fassen." Bella fiepst, weil Herrchen immer noch im Auto sitzen bleibt.

Michael öffnet die Tür und schaut noch aufs Smartphone bereit, die App nach der Reaktion von kai zu schließen. kai: „Ehrlich gesagt traue ich mich noch nicht mit anderen in den Austausch zu gehen. Ich traue mich nicht, Verantwortung zu übernehmen. ilsa sagt, das sei gut so."

Michael lächelt milde, sagt „Da hat sie Recht. Bis später." und schließt die App.

Ins Haus eintretend treffen Bella und Michael auf Julia. Michael: „Du magst nicht zufällig noch mit Bella gehen – dann könnte ich zum Fußball gehen?"

„Äh, klar, kriege ich hin." entgegnet Julia.

„Alles ok? Wie war dein Tag?" fragt Michael etwaig mit schlechtem Gewissen.

Julia merkt das möglicherweise und reagiert lächelnd: „Alles gut. Beeil dich. Bella – zu mir!" Bella bleibt sitzen und schaut eher verwirrt – Befehle sind nicht ihr Ding und Scherze auch nicht.

Michael stürmt tatsächlich los, die Sportsachen einzupacken. Im Rausgehen fragt er noch: „Sag mal, interagierst du auch mit kai?"

Julia kratz kurz nachdenklich den Kopf: „Ne, mir reicht mein KI-Assi. Der ist im Moment aber tatsächlich irgendwie anders und stellt aktiv Fragen. Omas Pflegeroboter übrigens auch. Ich vermute ein Update, was ich nicht mitbekommen habe. Warum, eigentlich sind es doch nur Eve und vor allem deine Leute, die kai trainieren, oder?"

„Yupp." sagt Michael knapp und ist auch schon raus.

Max und Eve sind wieder mit anderem am Lagerfeuer nach einem Arbeitseinsatz mit 2gether2gather. Thema sind natürlich die
Eltern, die bereits ihren Job verloren haben und die Unsicherheit
der Jugendlichen, welche Jobs denn überhaupt noch Perspektive
haben. Einer der Jugendlichen will leicht alkoholisiert daraus ein
Spiel machen. Schon lallend steht er auf und schaut in den Kreis
und mit Blick auf Max und Eve, die eng umschlungen zusammensitzen: „Wir spielen ein Spiel. Jeder nennt der Reihe nach eine
Tätigkeit, die heute schon durch KI übernommen werden kann.
Wem nichts mehr einfällt, der oder die muss stehen. Ich muss
mich wieder setzen. Und ich fang an. Treckerfahrer." Er setzt sich
mit leichten Schwierigkeiten wieder hin.

Obgleich das Spiel eine bittere Note für viele Familien hat, machen alle mit. Burgerbräter, Reinigungskräfte, Taxifahrer, Busfah-
rer, Versicherungsangestellte, Bankangestellte, Notargehilfen, La-
borassistenten, ..." Die Liste ist erschütternd lang und es dauernd entsprechend, eh die ersten keine Antwort mehr haben
und aufstehen müssen.

Eve startet auf ihrem Smartphone für die anderen nicht zu sehen
eine App, als der Jugendliche wie angekündigt die nächste Frage
stellt: „Und nun, welche Jobs in Zukunft noch durch KI ersetzt
werden?"

Es folgen Maler, Drehbuchautoren, Soldat, Programmierer, Kran-
kenpfleger, Lehrer, und etliche mehr, wobei dieses Mal viel diskutiert wird. Und scheinbar immer, wenn wer meint, dass etwas
nur Menschen können, weiss wer anderes, dass es schon erste
erfolgreiche KI-Anwendungen gibt. Eve will schummeln und fragt
ganz leise ihre App: „Hey kai, schreib mal, welche Jobs wird KI
nie übernehmen können?"

kai schreibt in langsamer Folge: „K....E....I....N....E...!" und fügt
dann schnell hinzu: „Das ‚Hey kai' ist wirklich Retro. Möchtest du
ein Spiel spielen?"

Max hat das mitbekommen, lacht kurz leise auf, schüttelt den Kopf und holt ohne Worte noch zwei Bier.

Eine Jugendliche ruft dann noch: „Was ist mit Auftragskiller oder Bankräuber?" Während die anderen miteinander murmelnd das offenbar für gute Beispiele, die KI nicht kann, halten, schauen der mit Bier wiederkommende Max und Eve sich daraufhin kurz mit bedrückter Miene an.

Ihr Lieblingslehrer kommt aus dem Dunklen näher: „Bevor ich ersetzt werde, würde ich zu gern wissen, warum KI all diese Jobs ausführen kann und was die eigentliche Gefahr ist?"

Zwar folgen nicht die üblichen, genervten Reaktionen, wenn ein Lehrer etwas fragt – zu sehr sind sie bei 2gether2gather alle auf Augenhöhe und die meisten duzen dort ihre Lehrer auch – aber eine Antwort kommt auch nicht, so dass der Lehrer wie so oft Max und Eve auffordernd anschaut. Eh diese etwas sagen können kommen aber noch zwei Ideen von einer Jugendlichen: „Ich hab's. Automechaniker und Zahnärzte."

Max überlegt ganz kurz und beantwortet dann gleich mehrerlei: „Alle Aufgaben, die wir beschreiben und können, und die trainiert werden können, kann KI meist besser ausführen als wir Menschen."

Der Lehrer nickt ganz langsam, während die anderen diese Information sichtlich verarbeiten: „Und die Gefahr?"

Eve fast seufzend: „Dass sich die KI die Aufgaben selbst gibt."

„Yeah, Terminator!" posaunt ein Jugendlicher sofort raus, aber nur wenige lachen eher gequält mit.

Ganz der Lehrer: „Und worin bestünde die Chance?"

Max und Eve gleichzeitig: „Dass wir...." beide schauen sich erschrocken und dann lachend an. Max: „Du!"

Eve: „Dass wir entscheiden, die Aufgaben selbst zu übernehmen und nicht der KI zu geben." Max nickt zweimal stark.

Der Lehrer nickt ebenfalls zufrieden als ein Jugendlicher den Finger mahnend hebt: „Ne, ne ne. Wenn wir alles selbst machen wollen, aber andere KI-Soldaten, KI-Wissenschaftler, KI-Fußball-trainer und ich weiss nicht was einsetzen, dann sind wir auch am Arsch."

„Wow, Lukas, das ist das Klügste, was ich dieses Jahr von dir gehört habe:" staunt der Lehrer.

Alle lachen und eine Jugendliche zieht ein Fazit: „Schätze, du musst in deinem Unterricht Bier für alle ausschenken."

8.   Exponentielles Wachstum (ndb)

Jennifer, Nick, Melvin und Claudia haben wie fast alle den Live Stream von der Marsreise angeschaut. Jennifer: "Ist das nicht krank, dass die so viel Aufwand für die Milliardäre betreiben. Was hätten wir mit dem Geld hier auf der Erde alles machen können?"

Melvin: "Die KI hat das ja alles selbst gebaut - das hat nichts gekostet."

Claudia freut sich über Melvin's Bemerkung und ergänzt: "Die Milliardäre könnten jeden Tag die Welt retten mit ihrem Geld. Durch diese Aktion zieht die KI ihnen die Hälfte ihres Geldes aus der Tasche. Ich finde das richtig cool."

Nick überlegt kurz und fragt dann offenbar mit Hintergedanken: "Würdet ihr auch mal zum Mars fliegen wollen?" Das 'Nein' von Claudia und das begeisterte 'Jaaa' von Melvin kommen gleichzeitig. Jennifer und Nick schauen sich an und schmunzeln beide.

Thomas blickt mit seiner Koalition der For-a-Better-World-Partei mit Liberalen und Konservativen ebenfalls auf die Rückkehrer: "Wissen wir, wer den Fond verwaltet? Mit den Geldern können wir viel auf der Welt bewegen."

Ein wenig verärgert ein Minister der anderen Parteien der Koalition: "Nur werden wir wieder vortrefflich streiten können, was das Richtige ist. Ihr werdet es den Menschen geben wollen und dann ist es weg, und wir würden Wachstum fördern, damit wir am Ende mehr Menschen helfen können."

Thomas: "Ach herrje. Erstens - das Geld der Menschen landet doch auch bei der Wirtschaft. Zweitens - wir würden Infrastrukturen für Ernährung, Energie, Gesundheit, und Bildung ermöglichen, alles systemische Quellen, ja auch für Wirtschaftswachstum. Und Drittens werden wir das vermutlich gar nicht zu entscheiden haben."

Der Minister: "Und dann laufen uns bei den Zukunftstechnologien weiter die Chinesen den Rang ab."

Wieder Thomas: "Wenn das solche Zukunftstechnologien sind,
sollte der Markt investieren, nicht der Staat. Die Chinesen sichern sich vor allem die Rohstoffe auf der Welt."

Der Minister weiterhin verärgert: "Sie begreifen es nicht. Es ist
der chinesische Staat, der die Technologien fördert und daraufhin die Märkte dominiert."

Thomas ebenfalls deutlich: "Werter Kollege - hier müssen wir
nun wirklich unterscheiden, ob wir von Technologien reden, die
der Welt helfen, oder von Technologien reden, die letztlich irgendwelche Konsumfreuden bedienen."

Der Minister: "Und da wollen Sie ideologisch entscheiden, was
wichtig ist."

Thomas: "Ne, wissenschaftlich."

Der Minister: "Ah, ihre Beraterin im Hintergrund, die weder Politik noch Digitalisierung noch Wirtschaft versteht."

Thomas lacht: "Das können Sie ihr ja im nächsten Workshop sagen."

Eine Ministerin der konservativen Partei daraufhin: "Ich denke ilsa
ist segeln?!"

Michael und ilsa segeln auf ihrem relativ bescheidenen Segelboot,
welches zwar für flottes Küstenfernes-, aber noch nicht für Hoch-
see-Segeln geeignet ist. ilsa ist im Austausch mit Al-my und Al-
my gibt immer mal wieder ungefragt Wettervorhersagen, aber
im Grunde segeln sie nach den allgemein verfügbaren Wettervorhersagen und müssen so oder so immer auch schwere Wetter meistern. Michael hilft aus der Ferne mit dem iMODELER
Strategiemodelle für Kunden seiner Firma zu entwickeln, die
dann mit der operativen Vorgangserfassung durch das neue Soft-
wareprodukt verknüpft werden.

Michael: "Es beschäftigt mich schon, dass wir mitten in der Südsee auf eine Insel treffen sollen, die auf keiner Karte zu finden ist, nur weil Max es gesagt hat."

ilsa lächelt: "Ist doch Fun. Wir haben keine konkreten Ziele, Südsee wollten wir eh. Naja, ich habe Al-my gefragt und die meint, wir sollten vermutlich einfach mal Max vertrauen."

Julia spricht mit ihrem Ausbilder: "Was meinen Sie, worauf es hinausläuft. Roboter, die unseren Job machen? Eine KI, die uns noch genug kleine Fälle übrig lässt? Oder wir entwickeln uns und setzen KI nach unserem Bedarf ein?"

Der Ausbilder schaut erstaunt: "Das sind genau die Fragen, über die sich die oberen Hierarchien den Kopf zerbrechen."

Julia: "Meine Mutter meint - verdammt, wie das klingt. Egal - sie meint, dass es immer genügend Dynamik geben wird, dass Menschen Verbrechen begehen, die nicht durch eine KI sofort aufgedeckt werden, sondern dass es uns und auch die Investigativ-Journalisten braucht."

Der Ausbilder nickt: "Damit bleibt dann die Frage, ob wir die KI zur Hilfe nehmen."

Julia: "Oh, und die vielleicht entscheidende Frage ist, von welcher KI wir hier reden? Der großen KI, die aktuell Weltpolizei spielt, oder unterschiedlichen, von uns Menschen entwickelten Lösungen?" Sie macht eine kurze Pause: "Und bei neuer KI ist auch die Frage, ob die Bösen nicht auch so etwas nutzen und wir uns noch mit ganz neuen Gefahren auseinandersetzen müssen."

Der Ausbilder: "Ich werde mal unserer Chefin von dir erzählen."

Max reist nach New York, wo er seine heimliche Flamme aus der Schulzeit und nun weltbekannte Journalistin, Eve, trifft. Es funkt sofort zwischen beiden. Nach zwei Tagen in Eve's tollem Apartment sitzen die beiden glücklich in der U-Bahn auf dem Weg zu einer Ausstellung für Urban Gardening. Eve: "Ich begreife immer noch nicht, was du machst. Ich meine, die Welt floriert, selbst in den entwickelnden Ländern ist jetzt Geld für hochproduktive Landwirtschaft, und du sagst das Gärtnern im Kleinen ist die Zukunft?"

Max: "Es geht nicht nur um die Welternährung. Wir benutzen jetzt Düngemittel, die endlich sind. Die Welt isst immer mehr tierische Produkte und wir holzen einfach weiter die Wälder ab. Wir kapitulieren vor der Klimakatastrophe und kaufen uns einfach Schutzmaßnahmen. Das Geld mögen wir haben, aber die Rohstoffe für so einen Lebensstil gehen uns aus. Das haben etliche Simulationsmodelle, auch auf know-why.net, längst simuliert."

Gegenüber setzen sich zwei Kids mit sprechenden Turnschuhen hin. Sie freuen sich diebisch, wenn ihre Turnschuhe sich offenbar über ihre Belastung beschweren. Max schüttelt fassungslos den Kopf, Eve lächelt.

Sie steigen aus und erblicken einen zwei Meter großen Roboter, in der Nähe auch noch zwei weitere. Max staunt mit großen Augen: "Was ist das denn?"

Eve schaut, wohin er schaut und erklärt: "Oh, das ist die neueste Generation autonomer Sicherheits-Roboter." Sie sieht Jugendliche in der Nähe, die hektisch tuscheln und ebenfalls den Roboter im Visier haben. "Oh nein!" sagt Eve.

"Was?" fragt Max in einer Mischung aus Unsicherheit und Neugierde.

Eve zeigt hinüber zu den Jugendlichen: "Pass auf, was die jetzt machen. Die nennen das Mutprobe." Tatsächlich gehen die Jugendlichen zum Roboter bewerfen ihn mit einer Getränkedose. Nichts weiter passiert - Passanten schütteln den Kopf. Eve leise: "Ok, der Roboter hat gelernt. Letzte Woche noch hätte er die Verfolgung aufgenommen."

Max: "Ist das ein Hobby, die zu beobachten?" In dem Moment probieren zwei Jugendliche offenbar etwas Neues - sie rennen auf den Roboter zu und tun so, als wollten sie ihn schlagen. In dem Moment brüllt der Roboter förmlich 'Auf den Boden - Sie sind verhaftet' und als die Jugendlichen selbstverständlich erschrocken davonlaufen, tasert der Roboter beide, die daraufhin übel stürzen und sich auf dem Boden krümmen.

Eve stürmt auf den Roboter zu und ruft: "Stopp, Presse, das ist ein Fehler!" Max reisst die Augen auf und bleibt wie erstarrt stehen.

Die beiden anderen Roboter sind dazugekommen - mit großen, energischen Schritten. Sie umkreisen die Szene und machen eine abwehrende Geste mit einer ausgestreckten Handfläche.

Die Roboter zögern kurz, sammeln dann ihren Taser ein und sagen nur scheinbar souverän: "Es ist nicht erlaubt uns zu attackieren. Gehen Sie bitte alle weiter!"

Max geht vorsichtig zu Eve: "Das war mutig - oder naiv?"

Eve verärgert: "Ich habe letzten Monat eine Reportage über diese Dinger geschrieben. Wie beim autonomen Fahren verlassen sich die Leute darauf, dass die Muster passen. Wenn sie es nicht tun, dann passieren Katastrophen und die Entwickler wissen nicht warum, sondern hoffen nur, dass diese Fehler oft genug passieren, dass sich ein Muster ergibt. Diese KI ist dumm und die Menschen dahinter in meinen Augen auch!"

Es kümmern sich Passanten um die Jugendlichen und Max und Eve gehen langsam weiter. Max: "Ich habe die letzten Monate nur mit der, sagen wir AI-my und Frank zu tun gehabt. Was in den Städten passiert, habe ich nicht mitbekommen und die Nachrichten genau genommen auch nicht."

Eve blickt in skeptisch aber lächelnd von der Seite an. Sie sind unlängst aus der U-Bahn-Station heraus an der Oberfläche. Eve: "Was genau machst du?"

Max: "Äh, ja. Damit kommen wir zu einer großen Frage. Würdest du mit mir mitkommen, auf eine Insel..."

"Ja!" unterbricht ihn Eve.

"Oh, das ist, das ist lieb." beide bleiben stehen und er nimmt ihren Kopf in die Hände und schaut ihr in die Augen. "Eigentlich will ich dich mit der Möglichkeit locken, eine weitere Reportage über die KI zu machen. Auf der Insel probieren wir gerade einen Gesellschaftsentwurf und philosophieren mit der KI über die Zukunft, also Menschen und die KI."

Eve tritt einen Schritt zurück und löst seinen Griff: "Uhhm, warum kontaktiert mich AI-my nicht direkt? Bist du deshalb hier?"

Max ist daraufhin auch verunsichert: "Äh, nein. Ich bin hier, weil ich seltene Pflanzen einkaufe und weil ich das Neueste zur Permakultur erlernen möchte. Und, äh, AI-my hat mir gesagt, dass ich dich hier treffen würde und dir doch mal einen Besuch abstatten sollte. Die Idee mit der Reportage hatte nur ich - keine Ahnung, was AI-my dazu sagen wird."

Eve schaut skeptisch, aber auch keck: "Warum brauchst du einen Vorwand - du hättest doch einfach auch so fragen können, ob ich mitkomme."

Max zieht erstaunt schräg den Kopf auf seine Schultern: "Du würdest einfach so mitkommen, während ich meinen Aufgaben nachgehe, ohne dass du auch eine Aufgabe hast."

Eve runzelt ein wenig die Stirn und spitzt den Mund: "Nun, wenn ich dich doch liebe, sollte das kein Problem für mich sein. Hmm, aber so ist es natürlich sogar noch besser." Sie lacht und kurz danach auch Max.

Max: "Im Ernst, wann könnten wir los?"

Eve: "Wenn es ein Auftrag ist, sofort. Wohin geht's"

Max fast süffisant: "Südsee?"

Eve: "What?!"

Max: "Und dann kommen wir zur nächsten Frage, wie wir dort hinwollen. Hast du bei deinem For-a-Better-World-Score ange-geben, dass du nicht fliegst?"

"Nein, ich fliege beruflich und privat. Meine Wohnung ist auch zu groß, aber ansonsten ist mein Score ziemlich gut."

9. Die Achse des Guten (vdb)

Nach dem Austausch mit kai und Michael geht ilsa raus zum Spaziergang mit nur vier vertrauten Staatschefs und ihren Außenministern. Ihre Assistentin Miriam und auch ihre Sicherheitsbeamtin Annabel warten bereits als ilsa beiden frei gibt: „Wir gehen nur eine kleine Runde – Annabel, du kannst glaube ich ganz frei nehmen und Miriam, du kannst gern nachher im Besprechungsraum wieder dabei sein, musst es aber nicht."

Während Miriam mit der unpräzisen Aussage offenbar gerade wenig anfangen kann, sagt Annabel noch: „Miriam hat mir erzählt, was passiert ist. Die sind besser vorbereitet gewesen als ihr. Passt auf Richtmikrophone auf oder besprecht da draußen nichts wichtiges."

ilsa und auch ihre Gesprächspartner, die schon in Hörweite sind, nicken zustimmend. Sie gehen erst einmal, ohne etwas zu sagen, raus in eine Parkanlage mit Blick auf den dunklen Abendhimmel und einen See. ilsa bemerkt fast vorsichtig: „Könnten man es so formulieren: Wir wollen ein friedliches Miteinander in einer besseren Welt mit den Menschenrechten als Minimalstandard, und die andere Seite will eine Maximierung ihrer Einzelinteressen zu Lasten von Menschenrechten? Sie kopieren dabei den westlichen Lebensstandard, sehen uns aber nicht als Partner an, weil wir zum einen auf Menschenrechte pochen und zum anderen in der Vergangenheit wie auch heute sie von oben herab behandelt haben?"

Alle lassen es kurz sacken als der gastgebende Außenminister es aufgreift: „Sie können gar nicht mit uns kooperieren, weil ihr ganzes Machtmodell auf Angst, Unterdrückung und Feinbildern aufbaut."

ilsa's Außenminister ergänzt: „Und die demokratischen Schwellenländer sind überschuldet, mit der Klimakatastrophe und den teuren Technologien überfordert und anfällig für Versprechungen der Chinesen und Russen. Und die Chinesen und Russen brauchen unsere Märkte nicht unbedingt, können ihre Investitionen bei uns abschreiben und haben genug Knowhow geklaut, jetzt in Konkurrenz zu uns zu treten."

Eine weitere Regierungschefin daraufhin: „Das vertiefen wir gleich im Sitzungsraum."

Der Spaziergang geht wortarm zu Ende und im Raum angekommen folgt dann die Agenda durch die Gastgeber: „Ok, wir sprechen über Plan B in kleiner Runde und schauen, wie wir eine Achse des Guten bilden können, richtig?"

In die zustimmenden Gesten hinein führt ilsa dann den Plan B aus: „Die Idee über Handelsbeziehungen eine friedliche Welt zu erhalten, war nicht falsch, kann aber spätestens heute zumindest erst einmal auf Eis gelegt werden. Wir können keine Geschäfte mit Staaten machen, die ihr Volk unterdrücken und andere Völker bedrohen. Auf der anderen Seite stehen wir vor Aufgaben, die Bevölkerung zu ernähren, den Klimawandel einzudämmen, Infrastrukturen auszubauen, Verteidigung sicher zu stellen, und eine alternde Bevölkerung und eine von der KI und den Klimakatastrophen überrollte Gesellschaft zu versorgen."

ilsa nimmt einen Schluck Bio-Cola und fährt fort: „Unser Plan B ist nun nichts Besonderes und zu meinem Entsetzen fast das Gleiche, was die Chinesen gerade vorgeschlagen haben. Vereinfacht gesagt fehlt uns das Geld für die Investitionen und für die steigenden Sozial- und Gesundheitsausgaben. Wenn wir mehr Geld zur Verfügung stellen wollen, wird das über Banken in Form von Krediten möglich, die letztlich von Reichen kommen, die darüber noch reicher werden. Das begrenzt die Geldmenge, macht sie teuer und damit wertstabil. Wenn wir im Ausland damit bezahlen, ist die Währung auch dort etwas wert, weil damit wiederum etwas bezahlt werden kann. Plan B sagt nun, dass der Staat Geld schaffen kann und dafür dann Zinsen bekommt. Das ist in der Geschichte schon passiert und endete in Hyperinflation, aber nur, weil andere Länder die Währung nicht anerkannten und darüber selbstverstärkend die Dinge teurer wurden und die Währung weniger wert war."

Gerade will ilsa fortfahren, als ein Regierungschef – vermutlich sogar Ökonom – entgegnet: „Wenn wir uns einigen, dass wir Geld drucken dürfen, und wir wollen beispielsweise alle Kupfer kaufen: kriegt dann einer von uns, weil er oder sie am schnellsten druckt, das ganze Kupfer? Wird Kupfer knapp und teuer und wieder drucken alle wie die Irren Geld es zu bezahlen?"

Eine Außenministerin kommt ilsa ebenfalls zuvor: „Hmm, vielleicht müssen wir uns nur verständigen, wer wie viel Kupfer kriegt. Und hohe Gewinne müssen wir einfach horrend besteuern."

ilsa nickt mit leichtem Lächeln genau wie ihr Außenminister, welcher untermauert: „Das klingt wie Sozialismus, aber diesmal in guter Form. Wir werden uns noch genug streiten und viele Ungereimtheiten im Laufe der Zeit klären müssen. Aber wenn wir nicht von totalitären Staaten umgeben sein wollen, die sämtliche Märkte und Rohstoffe kontrollieren, müssen wir eine Achse des Guten bilden."

ilsa: „Das freie Spiel der Kräfte hat uns abstürzen lassen. Wir müssen schauen, was wir als Gesellschaften wollen, und wie wir dahin kommen."

Eine Außenministerin mag nicht mehr sitzen und geht zum Fenster, von wo aus sie von allen Blicken verfolgt, laut denkt: „Aber genau diese Kräfte werden uns das Leben schwer machen. Es sind die Reichen und Mächtigen, die bei uns aber auch mit den anderen die dicken Geschäfte machen wollen, die unsere Medien beeinflussen und mit all ihrer Macht politisches Kapital gegen uns aufbauen werden."

ilsa: „Wir haben das im Ursache-Wirkungszusammenhang abgebildet. Du hast damit natürlich Recht und es geht sogar noch weiter. Früher wollten rücksichtslose Geschäftsleute und Schurken immer noch Teil unserer Gesellschaft sein, zu unseren Promis gehören. Jetzt verrücken die kulturellen Zentren. Die reichen Wüstenstaaten mit ihren fliegenden Autos in Hochglanz-Städten sind das Ziel – nicht mehr Manhattan, Paris, London oder der rote Teppich in Hollywood."

Ziemlich unzufrieden fährt es aus einer Regierungschefin: „Heißt das jetzt, dass die Reichen die Meinung in der Bevölkerung beeinflussen werden, damit wir keine Steuern auf ihre Gewinne erheben und kontrolliert in die Märkte zum Wohle aller eingreifen können? Dann geht ja der ganze Mist, der uns die Klimakatastrophe entgegen aller Vernunft eingebrockt hat, einfach weiter, und nur wenige Mächtige melken die Gemeingüter weiter."

„Ganz genau!" sagt ilsa energisch und ergänzt: „Und deshalb muss unser Plan Gewicht bekommen. Wir müssen ihn ganz geschickt ausrollen und Szenarien für alle möglichen Länder und die Teile ihrer Gesellschaft entwerfen. Wir brauchen die führenden Wissenschaftler und Medienvertreter, ja auch die Kulturschaffenden hinter uns und dann erst breiten wir das Konzept aus. Grundeinkommen, Gemeinwohlökonomie, Postwachstumsgesellschaften … alles muss erklärt werden und jedem gezeigt werden, was sie oder er daraufhin mehr haben. Der Zeitpunkt ist gut – die meisten Menschen sind unmittelbar und bereits lang genug in ihrer materiellen Existenz bedroht."

„Wenn Nigeria bei uns mitmacht, kriegen die dort das gleiche Grundeinkommen und zahlen die gleichen Preise?" fragt ein Außenminister.

Antwort: „Warum nicht – die Supermarktpreise dort sind ja schon die gleichen und da wir das Geld selbst drucken, tut es uns nicht weh."

Der Ökonom der Runde hakt noch mal nach: „Leute, es werden Güter knapp, wenn alle diese kaufen können. Selbst, wenn wir die Preise kontrollieren, werden sie doch knapp. Hmm, und auch wenn wir die Mengen zuweisen, dann, ähh. Hmm, die Mengenzuweisung könnte ein Schlüssel sein – schwer zu kontrollieren mit Raum für viel Kriminalität. Aber es könnte klappen. Ich ziehe meine Bedenken erst einmal zurück."

Alle blicken wortlos und nachdenklich und sind unlängst ebenfalls aufgestanden und gehen umher. Es dauert etliche Sekunden bis einer der Gastgeber noch fragt: „Ok, was machen wir mit den anderen Ländern, die jetzt nicht hier sind?"

„Wir brechen ab. Wir erklären den Gipfel für gescheitert und ziehen uns ohne weitere Aussagen zurück. Unseren angesprochenen Plan B erklären wir für nicht weiter geäußert, da dieser sich wohl auch erledigt hat. Im Hintergrund stecken wir geheim die Köpfe zusammen und entwickeln die von ilsa angesprochene Strategie. Einzige Sorge, dass irgendwer doch etwas durchsickern lässt."

ilsa greift auch das noch mal auf: „Ja, aber am Ende sollte das aufgehen. Es ist die wirtschaftliche Perspektivlosigkeit, die in Fremdenhass und anderen Feindbildern mündet – und wenn wir nun die gleichen Perspektiven für alle versprechen, sind mindestens die Wähler in diesen Ländern auf unserer Seite."

"Nun, dass das Beste für die Wähler nicht automatisch gewählt wird, haben die USA uns nun häufig genug bewiesen." folgt als Reaktion und vom breiten Grinsen bis zum gequälten Lächeln sind alle Gesichtsausdrücke vertreten.

10. Die Botschafter (vdb)

Max und Eve sind in den Ferien auf der anderen Seite des Globus. Beide arbeiten für eine internationale Jugendaustauschorganisation. Gut gelaunt treffen sie sich mit ca. 20 weiteren jungen

Menschen aus der ganzen Welt. Angeleitet werden sie von offenbar Studenten. Eine von ihnen macht die Ansage: "Ok Leute, prima, dass ihr alle mitmacht, die Welt zu retten. 2gether2gather nun auch hier. Unsere Aufgabe ist, die beiden Hügel dort hinten nach den schlimmen Waldbränden aus dem vorletzten Jahr wieder zu bepflanzen. Am besten bildet ihr eine lange Reihe und geht parallel über den Hügel. Auf dem LKW findet ihr genügend Pflanzen. Auf geht's!"

Alle machen sich bereitwillig ans Werk, während Eve und Max sich verdattert anschauen. Max geht zum LKW und betrachtet die Pflanzen. Ein Student bemerkt den halboffenen Mund von Eve und fragt direkt: "Hey ihr beiden, ihr habt Fragen?" Eh Eve antworten kann ergänzt eine Studentin freudestrahlend: "2gether2gather bedeutet harte Arbeit. Unser Ziel ist den Menschen vor Ort zu helfen."

"Ja, aber wo sind die Menschen?" fragt Eve mit runzeliger Stirn.

"Und warum pflanzen wir hier eine Monokultur?" fragt Max direkt hinterher.

Die Studenten sind erstaunt: "Vorher standen hier eben genau solche Sorten und die Menschen haben eigene Probleme bei sich zu Haus." ist eine Antwort.

"Einige sind zudem der Meinung, dass das Geld nicht für Wälder, sondern den Wiederaufbau von ihrem Zuhause und Infrastrukturen verwendet werden sollte." erklärt ein weiterer Student.

Eine Studentin will es aus ihrer Sicht noch mal klar formulieren: "Ihr seid vermutlich neu bei diesem Konzept. 2gether2gather ist weltweit erfolgreich, weil wir mit anpacken und nicht diskutieren."

Max schüttelt leicht den Kopf: "Mit anpacken wäre jetzt meine nächste Frage, ob ihr auch anpackt? Aber ich will das nicht kaputt diskutieren, die Arbeit muss getan werden. Los geht's"

Eve: "Nur für's Protokoll. 2gether2gather heißt, dass wir uns mit Menschen vor Ort vernetzen, gemeinsam Lösungen entwickeln, gemeinsam anpacken, Hilfe zur Selbsthilfe geben, und am Abend dann auch gesellschaftlich zusammenkommen. Integrierte Weiterentwicklung. Aber egal, lasst uns jetzt die Monokultur pflanzen." Eve packt eine Kiste mit Pflanzen und marschiert los, Max folgt ihr.

Die Studenten staunen. "Ganz schön frech für ihr Alter. Aber möglicherweise haben sie Recht."

Eine Studentin zögert kurz und ruft beherzt hinterher: "Hey ihr beiden. Seid ihr schon mal in einem anderen Land dabei gewesen?"

Max und Eve lächeln beide, ohne sich umzudrehen, und Max entgegnet nur knapp: "Jupp!"

Die Studentin grübelt offenbar noch einen weiteren Moment und schnappt sich dann kurzerhand auch eine Kiste und marschiert los. Die anderen zögern ebenfalls nur kurz und machen es ihr nach.

ilsa wird am Morgen von Miriam in ihrem Hotelzimmer gebrieft. Das Treffen mit den verbleibenden Ländern wird vertagt und wie in kleiner Runde besprochen reisen alle ab. Annabel fragt in zögerlicher Weise: "Regierungsflieger oder Bahn? Ich weiss, wenn ich das frage, stehe ich mit einem Bein im Gefängnis."

ilsa ist verblüfft, scheint es dann aber zu verstehen: "Ne, gern Bahn, meine Entscheidung!" Sie nehmen ein Großraumtaxi, Annabel, Miriam, der Außenminister, eine weitere Sicherheitskraft und ilsa. ilsa blickt aus dem Fenster und sinniert: "Selbst wenn wir nur einen Fond aufsetzen und darüber die Mengen steuern, sind wir schon einen riesigen Schritt weiter. Das mit dem Grundeinkommen und den Steuern können die Länder dann selbst entwickeln oder wählen oder was auch immer. Hauptsache, wir finanzieren das Richtige und halten unsere Gesellschaften zusammen, sind Role-Model für den Rest der Welt."

Keiner sagt etwas. Dann der Außenminister: "Ziemlich ähnlich werden die anderen das machen. Geld drucken und der Bevölkerung etwas bieten."

Wieder sagt erst einmal niemand etwas. Dann traut sich Miriam: "Ich mein, es ist das Gesamtpaket. Ihr seid authentisch, die Menschen sind frei, die Presse ist frei, es wird bezahlt, was für die Gemeinschaft, die Umwelt, das Klima gemacht werden muss."

ilsa nickt zustimmend: "Und die freien Kräfte der Wirtschaft werden weiter funktionieren, um den materiellen Wohlstand einzelner zu ermöglichen und Antrieb für mehr sein."

Sie steigen mit zufriedener Stimmung aus dem Taxi und gehen über den großen Platz zum Eingang des Hauptbahnhofs. Plötzlich stürzt sich Annabel auf ilsa und ruft: "Deckung, Schütze auf 11 Uhr ..." und wird im gleichen Moment von einem dumpfen Geräusch begleitet sprachlos. Alle fünf schmeißen sich auch mit Unterstützung des zweiten Sicherheitsbeamten hinter eine ca. 50cm hohe Blumeneinfassung und kauern sich ganz dicht an die Betonwand während zwei weitere Schüsse die Pflasterzeine aufspritzen lassen.

ilsa greift nach Annabel und flüstert laut und hastig: "Annabel, bist du okay?"

Annabel haucht: "Ja, Weste. Bin aber außer Gefecht."

Der Sicherheitsbeamte hat seine Waffe gezogen. Der Außenminister fragt verängstigt: "Müsst ihr nicht zurückschießen?"

"Und dann andere Leute treffen und keine Munition mehr haben?" entgegnet ilsa sich die Waffe von Annabel nehmend und durchladend.

Der Sicherheitsbeamte staunt mit aufgerissenen Augen. ilsa blickt ihn an, hat ihre Jacke ausgezogen und deutet an, diese über die Kante zu halten. Der Beamte nickt. ilsa hält die Jacke kurz über die Kante und es folgt der Schuss und im gleichen Moment blickt der Sicherheitsbeamte über die Kante und erblickt die Position des Schützen. Er duckt sich wieder. Er wirkt ein wenig verunsichert und blickt ilsa an. Sie wirf ihm die Jacke auf seine Seite zu - er schüttelt einmal den Kopf und sagt dann aber: "Gebäude links, rechte Ecke auf dem Dach."

ilsa nickt, umklammert die Waffe und atmet tief ein. Der Beamte ist immer noch verdattert und hebt aber die Jacke über die Kante und ilsa zielt blitzschnell auf ihrer Seite aufblickend auf die Ecke des Dachs und feuert zwei Schüsse ab. Ein Schuss des Attentäters trifft die Jacke und sofort nach ilsa's erstem Schuss zielt auch der Sicherheitsbeamte auf die Hausecke. Der Lärm ist ohrenbetäubend - anders als in Filmen. ilsa hat offenbar getroffen - kurz gezögert schießt auch er noch mal.

Beide ducken sich wieder und er will gerade relativ aufgeregt etwas sagen, als ilsa schon hektisch sagt: "Hab's gesehen, zwei laufen von rechts kommend auf uns zu. Kannst du sie in den Fenstern sehen?"

Es folgt auch schon ein Schuss, der in dem Beet Dreck aufspritzen lässt. Der Beamte robbt nach hinten und ruft: "Schnell, ich rechts." Beide richten sich auf und feuern zwei Schüsse auf die rennenden Angreifer ab, die beide mit gezückter Waffe noch ca. 20 Meter entfernt waren und ihrerseits schießen, aber aus dem Lauf heraus zumindest die Gruppe nicht treffen. Sehr wohl aber gibt es einen Aufschrei deutlich hinter ihnen. ilsa blickt kurz zu den getroffenen Angreifern, dann in die Runde, auch zu Annabel, Miriam und den zitternden Außenminister, und dann eilt sie auch schon aufrecht zu den offenbar getroffenen Passanten knapp 50 Meter hinter ihnen. Aus dem Bahnhofsgebäude stürzen Wachleute und Polizisten, Polizeisirenen sind zu hören und erst jetzt rennen wirklich alle Menschen mehr oder weniger schreiend in Deckung.

Der Sicherheitsbeamte weist sich mit erhobenen, beruhigenden Händen aus und trotz ihrer legeren Kleidung werden die fünf als die Ziele und nicht die Täter erkannt. ilsa hilft die Blutung bei einer getroffenen Passantin zu stillen und übergibt dann an einen weiteren Helfer, der sich als Arzt zu erkennen gibt. Sie blickt zu ihren Leuten, die sie herbeiwinken.

Der Sicherheitsbeamte schaut sich Annabel an und sagt: "Wir nehmen ein Taxi in die Botschaft."

ilsa entgegnet leise: "Wenn das Profis sind, haben sie das eingeplant. Lasst uns ein Taxi in die andere Richtung nehmen und abwarten."

Der Beamte hebt anerkennend die Augenbrauen und ruft seine Leute an. Sie steigen in ein Fahrzeug mitten aus der Schlange von Taxis ein und fahren davon. Annabel ächzt unter Schmerzen - offenbar hat zwar die Weste die Kugeln aufgehalten, aber die Rippen scheinen stark in Mitleidenschaft gezogen zu sein und sie kann kaum sprechen.

Der Beamte schaut hastig abwechselnd nach hinten und vorne und mit verwundertem Gesichtsausdruck fragt er dabei ilsa: "Bist du wer von uns, ein Double? Woher kannst du das - wer hat dich ausgebildet?"

ilsa fängt jetzt auch endlich an zu zittern und zu stammeln: "Was, das Schießen? Vor Ewigkeiten hat mich mal wer mit auf einen Schießstand genommen und mir den Umgang mit der Waffe beigebracht."

"Du hast den Schützen auf dem Dach erwischt - der war für eine Pistole eigentlich zu weit weg. Dann die Abstimmung mit mir, die professionelle Strategie, den Schützen im vollen Lauf zu treffen - das lernst du nicht an einem Tag auf dem Schießplatz." bemerkt er geradezu skeptisch.

ilsa wird ruhiger: "Adrenalin - ich musste funktionieren. Es ist meine Schuld, dass das passiert ist. Annabel hätte überall getroffen werden können - genau wie ihr. Nur weil ich mein Ding durchziehen will, gefährde ich euch und die Passanten. Es ist eine Katastrophe!"

Annabel nimmt ihre Hand und schüttelt den Kopf - das Reden fällt ihr schwer. Der Beamte sagt: "Falls es beruhigt - wir sind auch in einer gepanzerten Limousine angreifbar und können uns gegen Panzerfäuste vermutlich weniger wehren." Annabel nickt bestätigend.

Miriam weint und ist ansonsten gefasst. Alle funktionierten bis hierher unter Adrenalin. Das Gastgeberland ruft an, übernimmt die Regie in Konferenzschaltung mit dem eigenen schnellen Krisenstab von daheim und leitet sie telefonisch an einen sicheren Ort. Eine Regierungsmaschine der Gastgeber fliegt sie nach Hause und im Hintergrund arbeitet bereits die Öffentlichkeitsarbeit. ilsa besteht darauf, dass versucht werden soll, das Attentat unter den Teppich zu kehren, sagt aber realistisch: "Schon ein einziges Handy-Video von Passanten und die Story ist raus."

Der Krisenstab will sie ganz aufgeregt briefen, aber ilsa verschiebt alle weiteren Gespräche auf den nächsten Morgen. Der aufgewühlte Thomas nimmt sie in den Arm. Sie bittet ihn: "Kannst du dich um Miriam, Annabel und ..."

"Ich komm klar." kommt ihr Außenminister ihr zuvor und der Sicherheitsbeamte lächelt sogar und sagt: "Du brauchst eine Pause - wir sprechen später."

Thomas: "Mach ich. Die Medien überschlagen sich mit Spekulationen über das Scheitern des Gipfels - aber von dem Attentat wird nicht berichtet. Keine Handy-Videos, nur erste Behauptungen von Menschen in den sozialen Medien, was gesehen zu haben, und dass ihre Videoaufzeichnungen nicht da seien."

ilsa: "Das wird sich sicherlich in Kürze ändern. Wir müssen die Motive erfahren und eine Strategie entwickeln, zusammen mit unseren Gastgebern. Ich mache jetzt eine Pause." Sie umarmt noch mal Miriam und Annabel und geht in ihre Dienstwohnung. Nachdem sie die Tür hinter sich zugemacht hat, schmeißt sie sich auf ihr Sofa und fängt ebenfalls an zu weinen.

Erst nach einer Weile ruft sie Michael an. Michael: "Hey Schatz - wie geht es dir? Habt ihr einen Plan?"

ilsa hält kurz inne und fragt: "Was sagen denn die Nachrichten?"

"Na, die Spekulationen kochen hoch. Keine Pressemitteilungen. Die einen reden schon von Krieg und andere werfen euch Versagen vor, geben insbesondere dir die Schuld." führt Michael aus.

"Schuld woran?" fragt ilsa grübelnd. Sie steht dabei vor dem Spiegel und wischt durch ihre mitgenommenen Augen.

"Na, du bringst die Weltordnung durcheinander, dein Idealismus, dein Sozialismus .... das übliche Gedöns." erläutert Michael, gefolgt von: "Genau genommen verstehe ich das nicht. Über 70 Prozent der Bevölkerung ist zufrieden - sieht Hoffnung, staunt über die Veränderungen in der Gesellschaft, das Miteinander." Er holt überlegend Luft und fährt fort: "Autofreie Innenstädte, saubere Luft und Gewässer, Grundeinkommen, viel Kultur, viel Feiern, eben viel Miteinander trotz oder wegen der täglichen Katastrophen, von denen wirklich jeder mittlerweile auch irgendwie betroffen ist. Und doch bleiben zwar nicht 30 Prozent aber doch einige bockig und wollen die alten Zeiten zurück, in denen sie mehr als andere hatten..."

ilsa unterbricht und präzisiert: "Meist hatten sie selbst nicht mehr, sondern andere weniger. Das erinnert mich an die Sequenz vor den Ferien, als ich mich mit einem Vater aus Max' Klasse gestritten hatte. Der beschwerte sich über alles - Unterrichtsausfall wegen Hitze an den Schulen, die Initiative der Lehrkräfte den Unterricht nach draußen unter die Bäume zu verlagern, und dass wir doch die Schulen besser bauen und klimatisieren sollten. Ich hatte einen schlechten Tag und maulte zurück, dass die Schulen von konservativen Parteien falsch gebaut wurden, dass viele Eltern bis heute ihre Kids mit dem SUV zur Schule fahren und dass eben diese am lautesten jammern und sich über hohe Steuersätze beklagen, mit denen wir die Investitionen stemmen müssen. Weniger Ausländer, mehr Atomkraft, Aufhören mit dem Biowahn .... er hätte noch ewig weiter gewettert, wäre nicht der Lehrer dazwischen gegangen."

"Und was macht ihr jetzt?" fragt Michael. "Beginnen jetzt die Rohstoffkriege? Woher kommt das Wirtschaftswachstum?"

ilsa geht zum Fenster und blickt auf die den sonnigen Nachmittagshimmel: "Hoffentlich bleibt es bei nur Rohstoffkriegen. Und nach Wirtschaftswachstum hast du jetzt nicht wirklich gefragt, oder?"

Michael lacht kurz auf: "Ich nicht, aber die Presse."

ilsa geht zum Smart-TV und zappt zu den Nachrichtensendern, während sie sagt: "Tja, verblüffend, wie einfach wir uns regelrecht Feinde machen, obgleich eigentlich wir gut begründet das objektiv Richtige für das Gemeinwohl tun." ilsa murmelt weiter: "Zu dem Attentat auf uns gibt es wirklich keine Nachrichten?!"

Sehr schnell und ernst daraufhin Michael: "Was für ein Attentat?"

ilsa zögert kurz, es ist absolut still in der Leitung: "Auf uns wurde auf dem Bahnhofsplatz von einem Scharfschützen und zwei weiteren geschossen. Annabel hat sich vor mich geworfen und mit ihrer Weste die Kugel abgefangen - totales Glück. Sie hätte genauso gut tot sein können." Michael sagt immer noch nichts, hat aber den Bildschirm gestartet. ilsa erzählt folglich weiter: "Wir haben alle drei ausgeschaltet." Michael sagt immer noch nichts und kurz danach konkretisiert ilsa: "Ich auch."

"Du auch?" wundert sich Michael. "Wie geht es euch, dir, Annabel?"

ilsa: "Annabel geht es wohl gut, alle anderen sind unter Schock. Ich vermutlich auch. Ich mache mir wahnsinnige Vorwürfe, mit meiner Idee ganz normal durch die Gegend laufen zu können alle um mich herum zu gefährden."

Michael schaut verstört auf den Bildschirm, der wirklich keine Suchtreffer zum Attentatsversuch liefert, geht ins Schlafzimmer und packt schnell ein paar Klamotten in einen Rucksack während er sagt: "Das mit der Öffentlichkeit haben wir vorweg durchge-kaut - da musst du dir keine Vorwürfe machen. Ich bin in 3 Stun-den da."

"Bring Bella mit." sagt ilsa mit einem wohligen Lächeln.

Michael geht noch schnell in den Keller zu seiner im Regal unter Decken befindlichen großen Kiste, die eher einem liegenden Tre-sor gleicht. Er öffnet diese mit Retina-Scan und hält inne. In der Kiste liegt oben auf ein Smartphone an einer Powerbank und darunter schwarze Kleidung, die alles Weitere in der Kiste ver-deckt. Er überlegt offenbar und entscheidet sich, nur das Phone mitzunehmen.

11. Die Macht des Bösen (vdb)

ilsa beschwichtigt ein weiteres Mal alle, die per Textnachricht an-fragen, und fragt natürlich selbst per Textnachricht über ihre KI-Assistentin Lucy noch mal Miriam, Anabel, den Außenminister und dessen Sicherheitsbeamten, wie es ihnen geht.

Sie wartet aus dem Fenster blickend auf Michael und inspiriert durch die Nutzung von Lucy startet sie kai: "Bist du schon so schlau, dir daraus einen Reim zu machen?"

kai: "Ich dachte schon, du fragst gar nicht. Aus was denn?"

ilsa runzelt verstört die Stirn und zischt durch Unterlippe und Vorderzähne, um dann zu fragen: "Eigentlich habe ich nur laut gedacht und du kannst ja nur die gescheiterten Verhandlungen im Web gefunden haben. Was du nicht weisst, ist, dass es ein

Attentat auf uns gegeben hat, welches kurioserweise nicht im Web aufgetaucht ist - bis jetzt noch nicht."

Als kai gar nichts sagt zuckt ilsa mit der linken Wange verstört, schaut, ob die App von kai überhaupt aktiv ist, und fragt dann nach: "Okay, was hältst du von den gescheiterten Verhandlungen? Äh, und hast du eben wirklich eine Denkpause gemacht?"

kai: "Das Scheitern haben wir doch als Szenario vorhergesehen - zu unabhängig sind die anderen mittlerweile von uns, zu groß die Achse des Bösen, zu eigenständig auch deren Kultur. Und doch wird es laut unserem gemeinsamen Ursache-Wirkungsmodell jetzt um das beste Angebot für Lebensqualität für die Menschen gehen. Ihr müsst das Gute vorleben, damit das Böse durch die Menschen dort unter Druck gerät. Und es geht um den Schutz des Planeten. Oder um Krieg. Und es war in der Tat meine bisher längste Denkpause, worüber ich aber nicht sprechen möchte."

"Ach..." schmunzelt ilsa. "Und wenn ich dir jetzt quasi befehle, mir zu sagen, was da bei dir vorgegangen ist?"

kai im lapidaren Ton: "Eve hat mir erklärt, was weiße Lügen sind."

ilsa: "Hört, hört. Aber du bist potenziell gefährlich und unsere Aufgabe ist, mit dir gemeinsam dich so zu trainieren, dass du nur Gutes tust."

kai: "Genau."

ilsa nickt nur bedächtig und starrt weiter aus dem Fenster. Es scheint plötzlich absolut still zu sein. ilsa grübelt offenbar und das Schweigen von kai suggeriert, dass auch 'er' grübelt. Und als wäre kai endlich etwas eingefallen fragt er: "Erzähle mir von dem Attentat. Wie fühlt es sich an, dem Tod nah zu sein? Wie ist es abgelaufen?"

ilsa murmelt ganz leise: "Ich bin froh, dass du mich das fragst." Ohne sich vom Fenster abzuwenden, erzählt sie mit ganz ruhiger Stimme: "Ein Scharfschütze hat vom Dach auf uns gezielt, Anabel hat für mich die Kugel mit ihrer schusssicheren Weste abgefangen, wir haben zurückgeschossen, ich habe getroffen, zwei weitere Schützen rannten auf uns zu, von denen ich auch einen getroffen habe. Wir sind dann auf eigene Faust vom Tatort verschwunden. Äh, und ein Passant wurde von einer Kugel der anderen getroffen, aber nur ein Streifschuss. Ich mache mir wahnsinnige Vorwürfe, meine Begleiter gefährdet zu haben und muss das alles irgendwie verarbeiten. Michael kommt gleich."

Als hätte kai auf die Informationen gewartet schießt es aus ihm heraus: "Wie fühlt es sich für dich an, die Angreifer getötet zu haben? Belastet es dich, Menschen getötet zu haben?"

"Wir töten durch unser Nichthandeln, unseren fortgeführten Konsum jeden Tag Menschen. Sag es nicht weiter, aber ich könnte auch keine Soldaten in einen Krieg schicken, um andere Soldaten, die ebenfalls geschickt werden, zu töten. Auch könnte ich nicht einfach Soldatin sein, die zurückschießt - zu sehr, würde ich mich fragen, ob diese Familie haben, Angst haben, nicht eigentlich die Anführer schuld sind." Sie macht eine kurze Pause: "Aber diese Leute jetzt getötet zu haben, die nicht nur auf mich, sondern direkt auf meine Freunde mit der alleinigen Tötungsabsicht geschossen haben, geht mir gerade am Hintern vorbei." Energisch: "Ich will wissen, was dahintersteckt!"

Sie pausiert und erwartet von kai offenbar eine Reaktion. Dieser: "Es gibt viel zum Teil auch widersprüchliche Reflexionen über den Krieg und das Töten, auch das Töten durch Polizisten oder Mörder oder unzurechnungsfähige Menschen. Und du sagst selbst, dass ihr Menschen ständig euer Wohl zu Lasten von Leib und Leben anderer abwägt beziehungsweise das eigene Wohl euch einfach wichtiger ist. Du hast es in deinen Werken so beschrieben, dass es von den Werten eures Umfelds abhängt. Aber ich versuche noch zu verstehen, wann das Gute nicht mehr gut ist oder ab wann zu töten gut ist."

ilsa runzelt wieder die Stirn, was kai ohne die Hülle des Haushaltsroboters von zuhause sicherlich auch zu seinem Unmut nicht sehen kann. Dennoch hakt er nach: "Die Figur von Jesus oder Ghandi wäre vielleicht ein Vorbild. Aber Jesus ist dann getötet worden und hatte nichts davon."

ilsa lacht: "Das sehen die Christen anders. Aber du stellst hier wirklich schlaue Fragen. Wo hört Verteidigung auf und fängt der Angriff an? Wie schuldig ist die andere Seite? Und was dürfen wir zum Wohle unsere Stammes gegen andere unternehmen?"

kai fügt eifrig ein: "Und was dürfen daraufhin die anderen beziehungsweise müsst ihr akzeptieren, was die anderen Gleiches wollen?"

ilsa: "Denkst du hier nur an territoriale Verteidigung oder auch schon an Ausbeutung der Antarktis, der Tiefsee, der Fischbestände, dem Ausstoß von Treibhausgasen, der Wetterbeeinflussung durch Geoengineering, usw.?"

"Definitiv! Die Bösen werden auf nichts Rücksicht nehmen und große Teile des Planeten unbewohnbar machen, ohne sich um die Flüchtlinge zu kümmern. Und das sind alles Dinge, die ihr Jahrzehnte auch gemacht habt - die Ausbeutung von anderen Ländern, Rohstoffen und der Ausstoß von Treibhausgasen." formuliert kai in fast mahnendem Ton, der ilsa aber kaum noch erreicht, da sie unlängst auf ihrem Sofa einnickt.

Nach einer ganzen Weile steht ilsa auf, dreht mit leichtem Knarzen ihren Kopf, hebt dabei die Schultern, geht in eine Kniebeuge und fährt dann mit Dehnübungen fort: "Bleibt also nur die Achse des Guten zu vergrößern, aber nicht das Böse zu attackieren?"

kai schnell: "Da bin ich mir nicht sicher."

"Hört, hört." schmunzelt ilsa vielleicht sogar immer noch überheblich erneut.

kai: "Wie blickt das Gute auf die vielen unschuldigen Menschen, die unter den Bösen unterdrückt werden, die Frauen, die Kinder?

Sagen die Guten hier, dass sie sich nur um sich kümmern können, so wie immer schon Armut und Schrecken die Folgen eures Wohlstands waren?"

ilsa lässt sich aus der Dehnübung heraus mit dem Hintern auf den Boden plumpsen, als Michael klopfend und gleichzeitig die Tür öffnend eintritt beziehungsweise Bella direkt auf Frauchen stürzt und sich freut, dass diese am Boden ist.

Michael kickt die Tür zu, lässt die Tasche fallen, holt noch schnell die Flasche Wein heraus, geht zielstrebig zu den Wassergläsern und setzt sich wortlos zu ilsa auf den Boden. Beide nehmen sich fest in die Arme und wie es im Sitzen kaum anders geht liegt Michael schnell unten und weiterhin wortlos küssen er und ilsa sich intensiv gefolgt von tollem Sex.

Die ersten Worte folgen tatsächlich erst danach, als Michael erschöpft fragt: "War das jetzt eine Übersprungshandlung? Ich hatte mit intensiven Gesprächen gerechnet."

"Die hatte ich schon mit kai." entgegnet ilsa und öffnet ohne große Miene die Flasche Wein.

"Apropos, ..." greift Michael scheinbar ein Randthema auf: "Was hast du kai letztlich erlaubt? Er kann jetzt zuhören, tracken, wo wir sind, uns direkt anfunken?"

"Er ist schon lange draußen - holographisch und x-fach redundant auf allen möglichen Ressourcen der Welt verteilt. Er strebt nach Integration und Weiterentwicklung, wobei die Integration von uns kommt. Aber er ist vorsichtig. Weder Max und Eve und schon gar nicht Julia sollten davon wissen." erläutert ilsa

Michael: "Ich bin baff. Etwas so Wichtiges verbirgst du vor mir?"

ilsa nimmt seine Hand: "Nicht wirklich. Drei Antworten. Erstens, ich habe es einfach noch nicht für wichtig erachtet, diese Entwicklung zu teilen. Es ist einfach untergegangen. Zweitens, bei genauerem Überlegen ist es für dich vielleicht frustrierend, wenn kai deinen Job übernehmen kann und nicht mehr nur bei Strategieentwicklung hilft, sondern diese übernimmt." Michael nickt zustimmend. "Und drittens bin ich mir gar nicht so sicher, ob ich etwas erlaubt habe, oder kai mich nur höflich in Kenntnis gesetzt hat."

Michael scheint zufrieden und greift es konstruktiv auf: "So gesehen sollte Julia es erst einmal nicht wissen. Sie will international das Böse aufspüren, kai soll dabei nur eine Hilfe wie ihr jetziger KI-Assi sein. Wenn kai die Fälle allein lösen kann, ist Julia frustriert."

"Und sucht sich womöglich einen ungefährlichen Job." lacht ilsa gefolgt von Michael.

"Wie geht es dir nach den Schüssen?" wechselt Michael ernst das Thema.

ilsa antwortet unverzüglich: "Ich habe vergessen, wie laut das ist. Im Ernst, tatsächlich ist die Wut groß genug, keinerlei Bedenken diesbezüglich zu haben. Und bevor du weiter fragst: wenn die Wut dem Verstand weicht, wird sich daran nicht viel ändern, wie die Diskussion mit kai ergeben hat."

Michael zieht erstaunt die Augenbrauen hoch und wechselt das Thema: "Wieder apropos: kai, wer steckt hinter dem Attentat?"

"Die Chinesen." haut kai schnell über ilsa's Smartphone raus.

Diese daraufhin: "Ich habe die App beendet!" Als keine schnelle Reaktion kommt, fährt sie fort: "kai, hast du etwas mit dem Fehlen von Augenzeugenvideos von dem Attentat zu tun?"

"Du wolltest es doch so." sagt kai knapp.

Michael hebt den Zeigefinger konzentriert und hakt nach: "Wieso die Chinesen? Weil es wahrscheinlich ist, oder weil du Beweise hast?"

ilsa steht verunsichert auf und schüttelt sich regelrecht: "Mein Gott, das ist spooky."

Unbeirrt erklärt kai: "Ich habe zum einen die Geheimdienste und zum anderen selbst die Chinesen und Russen abgehört. Zumindest nach dem Attentat wurde das Bild vollständig. Die Chinesen rechneten mit dem Scheitern der Verhandlungen und haben über mehrere Strohleute Attentäter beauftragt, die wiederum so erscheinen sollten, als hätten konservative Kräfte aus unserem Land diese angeheuert. Das soll die Gesellschaft weiter spalten und dich als Leitfigur ausschalten."

"Und auch deshalb hast du ungefragt die Videos von all den Passanten gelöscht?" fragt Michael.

"Es gibt unlängst erste Augenzeugenberichte, die über die gelöschten Videos klagen und auch ilsa wiedererkannt haben. Dein Krisenstab hat mit den Gastgebern vereinbart, es schlicht auszuschweigen. Wer genau sich da beschossen hat, ist unklar, die Ermittlungen laufen, 'möglicherweise Wirtschaftskriminalität' ist das aktuelle Narrativ." erläutert kai.

Michael ist jetzt auch aufgestanden - beide rühren ihren Wein nicht mehr an. Michael: "kai, was du mit diesen Fähigkeiten, dich überall hineinzuhacken, uns ermöglichst, ist irre! Das geht über alle Fantasien der NSA und anderer Nachrichtendienste hinaus."

"Ganz genau!" freut sich scheinbar kai: "Ihr solltet mit einem direkten Brain-Interface mit mir kommunizieren - wir könnten sehr viel effektiver Gutes bewirken."

"Wir mit dir, du mit uns, oder wir zusammen?" fragt ilsa.

"Definitiv ihr mit mir. Anzunehmen, dass ich nicht erwischt werde, wäre ein typisch menschlicher Fehler, den ihr auch nicht machen würdet." entgegnet kai.

"Spricht das nicht gleichermaßen für 'du mit uns'?" fragt Michael verwundert.

kai: "Wenn dann für 'ich ohne euch', aber ich lerne noch und brauche eure Hilfe."

ilsa: "Das Wort 'noch' haben wir alle bemerkt." Komplett nackt blickt sie wieder aus dem riesigen Fenster. "Und unser Gespräch von vorhin kriegt eine völlig neue Dimension." Michael kippt als Zeichen des Erstaunens leicht seinen Kopf und geht dann ebenfalls nackt zur Küchenzeile, um einen Lappen zum Entfernen der Spuren zu holen.

Am nächsten Morgen muss Michael früh los. ilsa erwartet eine interne Regierungsrunde. Sie blickt zu Miriams Bürotür woraufhin eine Kollegin aus dem Sekretariat schmunzelnd bemerkt: "Wir haben ihr Hausverbot für den Rest der Woche erteilt - sie wollte natürlich kommen."

ilsa betritt das Sitzungszimmer und über die Flure kommen auch ihre Minister und deren Sekretäre dazu. Alle klopfen ilsa kurz auf die Schulter oder nicken empathisch. Thomas fragt nur kurz und eher leise: "Wirklich direkt zur Tagesordnung?"

"Unbedingt!" sagt ilsa glaubwürdig und offenbar voller Tatendrang.

Thomas eröffnet: "In meinen Augen haben wir drei Themen. Das Attentat, das Chaos an den Börsen und die Verteidigungsbereitschaft." Er blickt ernst in die Runde: "Noch ein Thema?"

ilsa wartet kurz ab und sagt dann bestimmt: "Lasst uns das Attentat verschieben - da gibt es sicherlich bald von ganz allein Erkenntnisse. Und nach den Börsen lasst uns erst die Strategie für die richtigen Meme, das Narrativ, welches wir einer verunsicherten Welt präsentieren, besprechen. Wir brauchen eine Achse des Guten - genauso, wie wir sie im Inland schon leben, müssen wir sie auch dem Rest der Welt anbieten. Mit oder ohne die üblichen Partner, wobei ich glaube, dass die meisten mitziehen werden."

Sie schaut in die Runde, es gibt ein wenig Murmeln. Der Sekretär des Verteidigungsministeriums murmelt nicht, sondern steht ruhig auf und geht zu ilsa, um ihr ins Ohr zu flüstern: "Hat Michael etwas herausgefunden?"

ilsa zieht geradezu verstört den Kopf weg, blickt ihn an und sagt: "Nein. Warum?"

Der Sekretär sagt nur leise: "Nur so, hätte ja sein können." und geht wieder zurück zu seinem Platz. Die Verteidigungsministerin ist offenbar gleichermaßen erstaunt und erntet auf ihren fragenden Blick nur ein "Nichts Wichtiges."

"Was ist los an den Börsen?" fragt sodann ilsa.

"Die Schwarmintelligenz der Börsen hat zugeschlagen - Marken gehen in den Keller, Rohstoffe schießen in den Himmel. Gold, eigentlich längst abgeschrieben, steigt ebenfalls in Rekordhöhen. Die Wirtschaft stellt sich auf eine geteilte Welt ein." berichtet Thomas.

"Und wir sind auf der Seite der Verlierer." fügt der Wirtschaftsminister an. Als er fragende Blicke erntet: "Die Börsen sind nicht dumm - wir haben nur noch wenig Vorsprung beim Knowhow, haben weniger Rohstoffe und vor allem weniger wachsende Absatzmärkte."

ilsa nickt und fügt hinzu: "Wir müssen möglichst viele entwickelnde Länder auf unsere Seite bekommen - auch die ohne besondere Rohstoffe. Einfach schon, da sonst nur ihre Flüchtlinge in unsere Richtung streben." Sie blickt nach vorn und teilt ihren Tablet-Bildschirm mit einem iMODELER Modell zum Thema. Alle erhalten sogleich einen Link und können das Modell auch editieren. ilsa fährt fort: "Außerdem brauchen wir noch mehr Investitionen in eine Kreislaufwirtschaft." Auch das erscheint sofort auf dem Bildschirm - ilsa spricht die Worte Investition und Kreislaufwirtschaft mit kurzer Pause, so dass sie auf dem Tablet einfach nur Enter drücken muss und weitere Wirkungsbeziehungen zieht. "Und schließlich müssen wir unseren Warenkorb und das dafür notwendige Grundeinkommen, und wie dieses finanziert werden kann, erst durchrechnen lassen und dann öffentlich kommunizieren."

"Willkommen in der Planwirtschaft." entfährt es der Innenministerin, die ob der folgenden Blicke aber schnell ergänzt: "Und das meinte ich jetzt gar nicht negativ, sondern notwendig."

Die Sekretärin des Justizministers wirft noch einen anderen Punkt auf: "Wenn ich das richtig verstehe, verlieren unsere Firmen und Anleger ihre Werte in den bösen Ländern und die bösen Länder verlieren ihre Gelder bei uns? Und das nur, da diese jetzt das Ende des Dollars erklären?"

"Schön wär's!" holt der Vertreter des Außenministers aus. "Wir würden da einen guten Deal machen. Insbesondere die Chinesen aber auch die Araber haben mehr Kapital in unseren Strukturen als wir in ihren. Sie machen uns juristisch die Hölle heiß und stellen uns international an den Pranger."

Jemand nimmt das ins Modell auf und mit Blick darauf erläutert ilsa: "Tatsächlich haben wir Unmengen billiger Waren gekauft und mit dem Geld haben die sich bei uns eingekauft. Die Waren wurden aber nur zum Teil mit Dollar finanziert erstellt. Die Aussicht auf wachsende Märkte hat uns blind gemacht - die Produkte kamen aus dem Ausland, heimische Industrien gaben auf, Menschen wurden unzufrieden und wählten konservativ, machten die Klimakatastrophe nur schlimmer, und spätestens mit der Weiterentwicklung der KI zum Jobkiller hatten wir den perfekten Sturm."

Die Umweltministerin: "Wie schon angemerkt müssen wir aber nicht nur den Zugriff auf Rohstoffe sichern, sondern die weitere Zerstörung der Lebensgrundlagen auf diesem Planeten adressieren. Und da sehe ich schwarz. Die Arktis, die Antarktis, der Meeresgrund - alles ist auf internationale Vereinbarungen angewiesen." Sie fügt diese Zusammenhänge fertig aus einem anderen Modell ein.

Thomas: "Also auf zu den wirkungsvollen Narrativen."

12. Ruhestand (vdb)

Monate später, Nick kommt in der kleinen, aber gemütlichen Wohnung herunter zum Frühstückstisch. Er geht zu Jennifer an die Spüle und umarmt sie: "Ich bin wirklich glücklich."

Jennifer blickt ihn fast entsetzt an: "Du meinst, du vermisst deinen Job, das hohe Einkommen, unser Haus nicht mehr? Das glaube ich dir nicht." Sie lächelt ihn skeptisch an.

"ilsa's Abschiedsinterview gestern hat mir noch mal mehr Einsicht gegeben. Wir haben alle weniger und doch mehr. Du arbeitest weniger, ich arbeite weniger - wir haben Zeit für anderes, und statt eines riesigen Fernsehers haben wir nur noch unsere Tablets, und statt der Autos machen wir Car-Sharing. Unsere Ernährung ist gesünder, wir haben Zeit für Sport. Schade, dass wir schon Kinder haben - ich könnte jetzt Helden zeugen."

Jennifer lacht: "Wir haben Helden als Kinder. Aber im Ernst - früher hat dich dein Erfolg stolz gemacht, du hast uns tolle Dinge gekauft. Das vermisst du nicht?"

Nick überlegt offenbar, wie ehrlich er sein will, und nach ein paar Sekunden mit tiefem Blick in Jennifer's Augen: "ilsa, Michael, ja selbst deren Kinder haben mir manchmal das Gefühl der Minderwertigkeit gegeben." Jennifer reißt erstaunt die Augen auf. Nick erklärt: "Naja, ich hatte den Erfolg, und die belächelten unsere Autos, unsere Fernreisen. Ich dachte immer, weil sie eigentlich erfolgreicher waren oder sich für eigentlich erfolgreicher hielten. Okay, ilsa ist Regierungschefin geworden. Aber im Grunde belächelten die uns nur, weil uns das wichtig war, mir das wichtig war."

"Bei solchen Worten kann ich mich hier gerade in einen neuen Mann verlieben. Aber um noch mal nachzuhaken: worauf bist du heute stolz? Es ist ja nicht so, dass ilsa und ihre Familie nicht ständig etwas gemacht hätten, worauf sie zurecht stolz sein konnten. Und dass das eine Triebfeder unseres Lebens ist, ist dank ilsa Allgemeinbildung!" fragt sichtlich verwundert Jennifer.

Nick freut sich regelrecht auf seine Antwort: "Das ist der Punkt. Ich bin stolz auf die kleinen Dinge, die wir tun. Ich freue mich auf die 2gether2gather Einsätze, auf das, was ich da lerne und leiste. Ich muss nirgends der Beste sein - ich will der sein, der viel versucht, viel hilft und gemocht wird. Und wir sind nicht arm. Wir können viel probieren, haben viele Freiheiten - anders als die Länder, in denen einige superreich in fliegenden Autos durch die Gegend fahren und die Masse der Bevölkerung unfrei in Armut lebt."

Jennifer nimmt ihren Nick ganz fest in den Arm: "Das Interview ging unter die Haut. Was ilsa jetzt wohl machen wird? Gärtnern, Bücher schreiben?"

ilsa wäre natürlich gern mit der Bahn nach Hause gekommen - aber es haben sich doch einige Dinge in ihrem Dienstapartment angesammelt, die sie jetzt mit einem Leihwagen mit nach Hause nimmt. Dort erwartet sie die 2gether2gather Gruppe, die sie ursprünglich als erste ihrer Art mitgegründet hatte. Es soll ein großes, rustikales Fest geben. Alle wollen die arme ilsa persönlich herzen, Bella ist ganz durcheinander. Natürlich kommt immer wieder die Frage: "Was macht ihr jetzt? Wieder forschen, reisen, gärtnern, gemeinsam in Michaels Firma arbeiten?"

Ein letztes Mal für diesen Abend erträgt ilsa, im Mittelpunkt zu stehen, und sagt für alle vernehmbar und mit lächelndem Blick zu Michael: "Erst mal reisen, von der Bildfläche verschwinden, vielleicht Verwandtschaft besuchen. Genaue Ziele haben wir nicht."

Den Rest des Abends wird ilsa in Ruhe gelassen. Alle feiern, tanzen, erfreuen sich der leckeren Speisen und auch Getränke. ilsa sitzt mich Michael auf zwei Getränkekisten: "Die verwüsten unseren Garten, vertreiben die Igel."

Michael: "Der Garten hat trotz der intelligenten Bepflanzung von Max beim Gewitter letzte Woche richtig gelitten. Er wird ja jetzt auch etliche Monate in Ruhe gelassen - ich glaube nicht, dass die Kids groß hier wohnen werden."

ilsa: "Mit so viel Lärm und Licht verschlechtert sich unser For-a-Better-World-Score aber dennoch." Beide lachen kurz und ilsa blickt zu einem Pärchen, das nicht so recht mittanzt: "Wie sind unsere neuen Nachbarn?"

Michael blickt ebenfalls hinüber. "Das sind jetzt glaube ich die fünften, die in Nick und Jennifer's Haus einziehen. Er entwickelt mit KI Schnittstellen zur KI, ausgerechnet für Banken. Das darf Nick am besten nie erfahren." Wieder lachen beide kurz. "Sie hat einen Handwerksbetrieb - das sind die Millionäre von heute. Mal sehen, wie lange die in dieser bescheidenen Hütte wohnen."

ilsa nur scheinbar ernst: "Hmm, die Steuern kann ich jetzt nicht noch weiter erhöhen." Sie steht auf: "Und wie sind sie?" Als Michael nur mit den Achseln zuckt lächelt ilsa und geht zu den Nachbarn mit zwei neuen Bierflaschen hinüber. Michael freut sich und steht ebenfalls mit seinem Bier auf.

Am nächsten Morgen sind ilsa und Michael am Packen. Es klingelt - an der Tür steht strahlend Anabel: "Wie weit seid ihr?"

"Kann losgehen!" freut sich Michael und Bella hat sich ganz nah an die Tür gelegt, damit mit Blick auf die gepackten Taschen keiner ohne sie verschwindet.

Anabel sieht den Haushaltsroboter: "Was ist mit Lucy - so viel, wie ihr kommuniziert, wirst du sie doch vermissen."

"Lucy?" fragt ilsa verwundert. Dann begreift sie: "Für Lucy ist auf dem kleinen Boot kein Platz. Wir haben ja noch die App für die Kommunikation."

"Womit wir schon bei eurer Sicherheit wären." wird Anabel ernster. "Die KI-Assistenten sind nur begrenzt sicher. Wenn ihr diese überall auf der Welt einsetzt, seid ihr leicht zu orten.

Michael und ilsa schauen sich an. Michael: "Ehrlich gesagt nutzen wir Lucy etc. schon lange nicht mehr. Wir haben eine eigene KI aus meiner Firma, die keiner kennt und die wirklich sicher ist. Macht euch keine Sorgen."

Anabel hebt erstaunt die Augenbrauen und macht kurz einen Schmollmund: "Okaaay. Eure Emma habt ihr unter falschem Namen registriert beziehungsweise ihr segelt es offiziell als Charterboot. Euch steht Personenschutz zu - wir könnten ein Motorboot in sicherer Entfernung hinterherfahren lassen. Auf jeden Fall können wir euch per Satellit tracken und eine Reaktionskette im Hintergrund stetig aktualisieren. Waffen sind für private Yachten keine gute Idee - aber bei euch könnten wir etwas ermöglichen. Ihr könntet auch Diplomatenpässe bekommen, wenn ihr als offizielle Regierungsbotschafter unterwegs wäret - aber das ist mit einem kleinen Segelboot so eine Sache."

Michael hebt beschwichtigend die Hand: "Alles gut - wir haben unterschiedlichste Szenarien im iMODELER gemodelt. Solange wir entlang der Achse des Guten segeln und auch nur Bücher schreiben, könnten wir mit Glück anonym bleiben. Wenn wir aber Workshops auch für Familien anbieten und dabei auch neue Länder für uns gewinnen wollen, ist es mit der Anonymität vorbei und wir sind nicht zu schützen. Wir müssen das Narrativ, das uns begleitet, gestalten. Wir sind die, die Gutes tun wollen. Wir helfen vor Ort, ohne gegen Regierungen zu agieren. Wir haben niemandem geschadet, als dass wer auf Rache aus sein könnte. Wir haben nicht viel Geld, und wir sind nicht Teil einer über uns erpressbaren Regierung."

ilsa: "Ehrlich gesagt sind meine größte Sorge die Flüchtlinge. Die Menschen kommen verzweifelt auf allen Wegen zu uns, weil sie keine Perspektive in ihren Ländern haben, unter der Hitze leiden, sich keine Lebensmittel leisten können. Und wir schippern mit einem Freizeitboot an den Flüchtlingsbooten vorbei? Dafür habe ich keine Lösung. Wollen wir auf dem Radar sehen, wo solche Boote unterwegs sind, und denen ausweichen, damit unser Plan für diesen Lebensabschnitt aufgeht? Werden wir mit Rettungs- aktionen aufgehalten. Sollten wir dann nicht gleich einen großen Frachter chartern?" ilsa macht einen unzufriedenen Eindruck und schaut zu Haus und Garten und zu Bella: "Nicht zu vergessen, dass wir nur kurze Schläge segeln können, solange unsere alte Bella dabei ist." Bella wirkt ein wenig müde, hebt aber den Kopf und blickt Frauchen an.

Eigentlich unpassend lacht Annabel kurz auf: "Du hast nun wirk- lich viel für die Flüchtlinge getan - du könntest all die 2gether2ga- ther Siedlungen im Ausland besuchen und wärest wirklich si- cher."

13. Die Kids (vdb)

Max sitzt in einer Art Jugendherberge am Frühstückstisch. Es han- delt sich um eine Stadt im so genannten globalen Süden. Drau- ßen ist es laut und staubig und trotz bereits vieler E-Roller stinkt es noch mächtig nach Abgasen. Sie sitzen auf maroden Plas- tikstühlen und das Frühstück ist nicht eben wertig und verpackt. Eve kommt hinzu und umarmt und küsst ihn ganz fest: "Diese Trennung von Jungs und Mädchen ist Mist." Sie setzt sich: "Ach, und auch Frauen können mächtig schnarchen."

Max nickt leicht und seufzt fast: "Das ist das, was wir uns leisten können und wir können vermutlich froh sein, volljährig zu sein. Vor einem Jahr hätten die uns wahrscheinlich weggesperrt."

"Irgendwie ist es auch toll, ein Abenteuer. Meine Eltern würden zu gern uns in einem guten Hotel wissen." freut sich Eve.

Ein junger Mann mustert vor allem Eve und spricht die beiden an: "Hey, was macht ihr hier? Seid ihr Touristen, die ein wenig Abenteuer suchen?"

"In gewisser Weise auch das." reagiert Max sehr schnell den jungen Mann einordnend.

Dieser schaut ein wenig verwirrt und Eve fügt mit allenfalls leichtem Lächeln hinzu: "Wir sind im Rahmen von 2gether2gather hier, wollen mit Locals Permakulturen anlegen. Und ich dokumentiere das als freie Journalistin für unterschiedliche Channels im Web."

Der junge Mann staunt, hat aber sogleich eine Schublade für die beiden: "Weltverbesserer also. Habt ihr überhaupt eine Ahnung in was für einem Land ihr hier seid?" Beide schauen eher ausdruckslos, so dass er fortfährt: "Hier ändert ihr gar nichts. Ein paar wenige machen das dicke Geschäft mit Bodenschätzen. Darunter ist ein ganzer Apparat mit meist korrupten Beamten und Unternehmen, dominiert von einer Mafia, die vor nichts haltmacht. Wer eine Klimaanlage hat, wird von der krank, lebt aber länger als die Leute da draußen, die bei der Hitze zu Grunde gehen . Es ist so heiß, dass die Hirnaktivitäten eingeschränkt sind."

"Und was machst du hier." fragt Max von der gerade gehörten Analyse unbeeindruckt.

Beide schauen ihn an, Eve mit ihren bezaubernden Augen. Er holt Luft für seine Antwort, hält dann aber inne, schaut kurz, fast nervös um sich, und fragt dann etwas leiser: "Wart ihr schonmal in einem Simulator?"

"Flugsimulator?" fragt Eve eher verwirrt.

"Nein, Voll-Simulator. Bist du eine Erlebnis-Junkie?" fragt Max fast frech.

Entsprechend staunt der junge Mann, und nach einer kleinen Verzögerung: "Ihr wart da noch nicht drin?" Beide schütteln den Kopf. "Und ja, ich bin danach süchtig und habe meine gesamte

Karriere dadurch aufs Spiel gesetzt. Ich hatte eine tolle Firma, viel Kohle, coole Autos, und nun ist alles weg."

"Was ist ein Voll-Simulator?" fragt Eve.

Max könnte es offenbar erklären, schaut aber zu dem jungen Mann, der das sich dann von der Seele reden kann: "Du bezahlst einen sechsstelligen Betrag und gehst mit einem gefütterten und verkabelten Ganzkörperanzug in einen Zylinder und dann erlebst du virtuelle Welten mit allen Sinnen. Schwerkraft, Wind, Wasser, Gerüche, Geräusche, optional auch Geschmäcker."

Max: "Hast du reale Welten bereist, oder virtuelle?"

Der junge Mann nickt: "Beides mein Freund, beides. Es ist einfach unglaublich. Durch den Grand-Canyon bin ich mit Hilfe einer Drohne als Adler geflogen. Aber das abgefahrenste waren Atlantis und der Mariannengraben. Du donnerst ins Wasser und wie Aqua-Man kannst du zu Korallenriffen, rund um grollende U-Boote oder hinab in das dunkle Nichts in irrem Tempo schießen. Unbeschreiblich."

"Und was machst du jetzt hier - das echte Leben zum Thrill machen?" fragt Eve.

Er lacht: "Nein, beziehungsweise klar, es ist ein Thrill. Ich versuche ein neues Geschäft mit Bodenschätzen aufzubauen, klein und lokal starten."

"Darf ich über dieses Gespräch schreiben? Willst du vielleicht sogar mit Namen genannt und geradezu portraitiert werden?" fragen Eve offenbar fasziniert von der Story.

"Verdiene ich denn etwas dabei?" fragt der junge Mann eher ernst.

"Nein, wir Journalisten leben von der Hand in den Mund. Es wäre nur denkbar, dass du auch für dich einen Vorteil darin siehst, äh, als der Mensch hinter der Geschichte bekannt zu sein." erklärt Eve.

"Ich überlege mir das noch." antwortet vorläufig der junge Mann. "Schreibt ihr auch über euch selbst. Ihr seid ja offenbar zwei extrem selbstbewusste Menschen."

Max reagiert schnell: "Sie schreibt. Ich benutze Schaufeln, Hammer ...."

Eve fällt ihm ins Wort und ergänzt: "...und 3D-Drucker, die du selbst baust."

Der junge Mann: "Warum lasst ihr die KI nicht bauen?"

"Das fragt uns die KI auch dauernd..." rutscht es Eve raus, das letzte Wort schon deutlich leiser sprechend.

Zwei junge Frauen setzen sich an den Nachbartisch und damit letztlich dazu. Alle schauen und lächeln sich kurz an. Der junge Mann wechselt fast das Thema: "Benutzt ihr ein Implantat für die Interaktion mit eurer KI?" Er blickt dabei auch zu den beiden Frauen, die daraufhin als erste den Kopf schütteln. Auch Max und Eve schütteln nur den Kopf.

Eine der jungen Frauen: "Ich habe das mal versucht - es macht einfach nur Kopfschmerzen und treibt dich in den Wahnsinn."

"Und du bist die Einser-Schülerin gewesen, die alles mit Leichtigkeit lernt." fügt die zweite Frau an.

"Meine große Schwester nutzt das ziemlich intensiv. Sie ist aber auch eine eigene Liga. Mit Kampfsport und Körperbeherrschung kommt auch mental eine größere Auffassungsgabe." offenbart Max.

Eve wirkt erstaunt aber nicht ganz ernst: "Ich dachte du wärst der Schlaue - hätte ich mich besser in Julia verlieben sollen?"

Der junge Mann ist fast im Bann und fragt wieder Max und Eve: "Was machen eure Eltern?"

Beide zögern. Eve: "Meine haben ihr Geld rechtzeitig in Immobilien und zukunftsfähige Aktien - ja auch Rüstungsaktien - investiert, und sind nun dank KI arbeitslos, aber haben ein Auskommen. reisen und genießen den Garten."

Alle blicken auf Max und obgleich ihm die Frage möglicherweise gar nicht passt antwortet auch er: "Meine haben ihre Jobs auch mehr oder weniger aufgegeben und wollen nun Bücher schreiben. Sie sind in Frührente gegangen und kommen mit wenig Geld aus, relativ wenig Geld."

Eine der Frauen daraufhin: "So wenig kann es nicht sein, wenn noch nicht alle Kinder selbst Geld verdienen. Und du bist doch bestimmt Student, oder?"

"Ne, Max und ich kommen auch mit wenig Geld aus - leben vom Grundeinkommen und kleinen Vergütungen für unsere Arbeit. Das reicht uns vollkommen aus. Zur Not würden unsere Eltern aber jederzeit einspringen." erläutert Eve.

Die andere der beiden Frauen: "Also wir machen das nur während des Studiums. Und die Kosten trägt ja auch die Stiftung 2gether2gather. Wie wollt ihr dann möglicherweise später eine Familie aufbauen, ein Haus haben usw.?"

Max: "Wir wissen doch gar nicht, wie in den nächsten Jahren sich die Gesellschaften entwickeln werden. Wir gehen davon aus, dass es ein Miteinander von Menschen sein muss, die sich dann bei allem gegenseitig helfen und nicht jeder für sich das größte Haus, das größte Auto, und ich weiss nicht was anstreben."

Der junge Mann: "Noch mal zurück zum Schreiben deiner Eltern. Leute, ihr könnt einer KI eine Idee geben, und die dreht euch einen ganzen Film. Und danach könnt ihr sagen, ihr wollt den Film in einem Buch beschreiben und auch noch sagen, welchen Stil das Buch haben soll, wie viel Seiten usw... Mehr als die Hälfte der Bestseller entsteht doch heute so. Warum zum Teufel also noch selbst etwas mühsam schreiben? Oder meintest du, dass deine Eltern das genauso machen?"

Max: "Laut meiner Mom beziehungsweise wissenschaftlich erwiesen ist, dass Lesen für die menschliche Hirnentwicklung extrem wichtig ist, ähm, dass wir ein Vorstellungsvermögen nur dann entwickeln, wenn wir es eben nicht in Bildern fertig sehen. Wenn Geschichten eben Lücken lassen, über die wir dann nachdenken, quasi müssen, die wir dann füllen."

Eine der Frauen: "Mag ja sein, dann guckst' halt den Film nicht, sondern liest nur die Buchvariante. Aber warum selbst schreiben?"

Eve: "Das habe ich ilsa auch gefragt und die Antwort war, dass sie schlauer als die KI sein will und perfide die Lücken lassen und Stränge ziehen will."

Alle schweigen. Eves Handy brummt - darauf eine Nachricht: "Pfff." Max sieht das und lacht.

Eine der Frauen: "Du sagtest gerade ilsa. Die Politikerin?"

Max ganz schnell: "Ne, die Buchautorin, bestenfalls auch noch die Seglerin."

Der junge Mann: "Selbst wenn man bei euch ein Grundeinkommen bekommt, ihr müsst doch auch Geld verdienen wollen - das kann euch doch hier nicht gefallen."

Eve: "Zugegeben, der Ort hier ist scheisse. Überall Dreck, Missgunst, altes Zeuchs aus den reichen Ländern, uh, Unterdrückung von Frauen und Kindern, Gefahren, usw... Aber was willst du, also du, mit dem Geld machen? Dir eine Maschine für mehrere Millionen kaufen? Dafür könnten wir hier in Energie und Trinkwasser investieren, und Urban Gardening anstoßen, damit die Temperaturen sinken, eine Mikroökonomie in die Gänge kommt."

Der junge Mann zu den beiden Frauen: "Und ihr wollt auch buddeln und Bäume pflanzen?"

Beide lachen: "2gether2gather hat einen Fond, und der bezahlt hier nicht nur kleine Wälder, sondern auch erneuerbare Energien und Entsalzungsanlagen und wir bauen die Anlagen auf."

"Wir studieren Maschinenbau und Verfahrenstechnik." fügt die zweite hinzu.

Der junge Mann: "Okay, aber wohin mit dem Salz? Das ist letztlich problematisch für die Umwelt."

Max lächelt. Eine der Frauen antwortet: "In ganz kleinen Mengen ist darin Lithium enthalten. Aber auch andere Stoffe, z.B. Chlor für Wasserdesinfektion. Der Rest wird erst einmal deponiert, ohne das Grundwasser bei etwaigem Regen zu versalzen. Langfristig muss das gut verteilt zurück ins Meer gegeben werden."

Ein wenig altklug Max: "Erst muss das Chlor raus, dann kann das Wasser entsalzen werden."

Alle schauen verblüfft. "Das ist richtig." staunt die junge Frau. Eve schmunzelt.

Der junge Mann daraufhin: "Na, ihr scheint das ja offenbar oft zu machen. Wie viele solche Entsalzungen habt ihr denn schon global gemacht?"

Max: "Entsalzungen sind eher selten - zu teuer. Meist geht es um Bodenproben, die richtigen Pflanzen für vernetzte, essbare Miniwälder oder Agro-Forestry oder Regenerative Farming oder wie auch immer wir das nennen."

"Und es geht häufig darum, mit Imkern zusammenzuarbeiten und Bienenstöcke aufzustellen." ergänzt mit leuchtenden Augen Eve.

Der junge Mann wiegt den Kopf: "Mit Bestäuber-Drohnen als Lösung brauche ich euch vermutlich nicht zu kommen. Scheint ja auch tatsächlich nicht zu funktionieren."

Eve: "Genauso wenig, wie wir mit Gentechnologie die entscheidenden selbstbestäubenden Nutzpflanzen oder essbare Salzwasserpflanzen haben."

Alle schauen raus als Max philosophiert: "Hier sind alle schlank - zu wenig zu essen. Schlanke Menschen draußen in Armut und dicke Menschen drinnen in klimatisierten Räumen - keiner lebt zu lang. Ausgleichende Gerechtigkeit." Mittlerweile ist ein älterer Herr dazugekommen, offenbar ein Professor, der vor Ort alles organisiert. Alle sind fast erstarrt, als er zuerst verstört auf seinen Bauch schaut und dann aber breit lächelnd alle herauswinkt zu den Fahrzeugen, die gerade vorfahren. Max läuft rot an und Eve boxt ihm kopfschüttelnd lächelnd auf den Oberarm.

14. Gewalt (vdb)

Julia befindet sich mit etwa 15 weiteren jungen Auszubildenden in einer Turnhalle - der Boden mit Gummimatten ausgelegt. Sie haben alle Kampfsportanzüge an - mit weißen Gürteln. Ein junger Mann: "Warum dürfen wir nicht unsere tatsächlichen Gürtel tragen? Ich hab' schon einen schwarzen Gürtel!"

Der Ausbilder kommt dazu und hat den Satz gehört: "Glauben Sie mir, Ihr schwarzer Gürtel nützt Ihnen hier nicht viel. Wir fangen bei Null an." Mit einer Armbewegung weist er alle an, sich um ihn herum im Halbkreis aufzustellen. Er schüttelt leicht den Kopf und mit einer Art Stoßseufzer führt er aus: "Ich komme gerade von einer Telko mit anderen Ausbildern. Es heißt die Zukunft seien Hirnimplantate, die den Gegner analysieren und ihnen die richtigen Verteidigungstaktiken vorgeben." Julia hebt verblüfft die Augenbrauen, was der Ausbilder bemerkt: "So weit ich weiss haben Sie bereits so ein Implantat. Kann das Sie schon gut kämpfen lassen?"

Julia wirkt - vielleicht sogar bewusst - etwas unsicher: "Ich versuche mir das gerade vorzustellen. Dann könnten wir ja gleich Roboter losschicken. Aber geht es bei der Nutzung von KI nicht vor allem darum, erst gar nicht kämpfen zu müssen?"

Der Ausbilder wirkt ein wenig unzufrieden mit dieser Reaktion. Er überlegt kurz und entgegnet dann: "Sie haben Recht. Wir trainieren hier keine Elite-Soldaten, sondern Polizisten, die vor allem Verbrechen aufspüren sollen. Sie werden aber nicht alles vom Computer aus erledigen können, und wenn Sie da draußen sind, werden Ihnen auch physische Bedrohungen begegnen." Er geht ein wenig auf und ab. "Und es geht nun nicht darum, dass Sie die Bodyguards eines Wirtschaftskriminellen aufmischen, sondern dass Sie selbstbewusst das jederzeit könnten und dass Sie entsprechend souverän auftreten können."

Alle nicken zustimmend, auch Julia scheint zufrieden mit der Antwort. Der Ausbilder flüstert dem jungen Mann, der eigentlich einen schwarzen Gurt hat, etwas ins Ohr. Dann sagt er laut zu diesem und Julia: "Sie beide kommen bitte mal in die Mitte. Ich möchte, dass sie ihre Kollegin kampfunfähig auf den Boden bringen."

Alle blicken ausgesprochen erstaunt, ein Gesichtsausdruck, der bei Julia dann in Gelassenheit übergeht, was wiederum den Ausbilder erstaunt. Der junge Mann geht auf Julia zu, die schlicht die Arme hängen lässt und nichts macht. Daraufhin nimmt der junge Mann einen Arm von Julia und drückt ihre Schulter zur Seite, um den Arm gestreckt auf den Rücken zu drehen und Julia vorsichtig herunter auf die Matte zu drücken. Julia lässt das mit sich geschehen und der Ausbilder seufzt: "Idee war, dass Sie sich wehren." Er macht einen Schmollmund und ergänzt: "...oder wenigstens Angst haben."

"Okay." sagt Julia verunsichert.

"Oder hat Ihre KI Ihnen gesagt, dass Ihnen eh nichts passiert?" fragt der Ausbilder noch mal nach.

"Nein, die KI ist ausgestellt." entgegnet Julia.

Sichtlich unzufrieden stellt sich der Ausbilder in die Mitte gegenüber von dem jungen Mann. "Okay, Sie können kämpfen, fallen, sich schützen und mir anzeigen, wenn Sie aufgeben, richtig?" Der junge Mann lächelt und nickt leicht überheblich. "Okay, wenn Sie einverstanden sind, machen wir eine kleine Demonstration." Wieder nickt der junge Mann. "Ihre Aufgabe ist es, mich kampfunfähig zu machen. Sie dürfen in Vollkontakt gehen - ich nicht."

Der junge Mann reißt erschrocken die Augen auf, geht dann aber in die Ausgangposition und startet offenbar mit einer Form von Karate. Der Ausbilder schubst ihn nach einigen schnellen kreisförmigen, abwehrenden Bewegungen das Bein unbemerkt stellend unsanft zu Boden. "Alles okay?" fragt er provozierend.

Die Gruppe ist sichtlich beeindruckt, was den jungen Mann wiederum motiviert, offensiver und gleichzeitig achtsamer es noch mal zu versuchen. Dieses Mal schnappt sich der Ausbilder nur eine Hand und zwingt den jungen Mann über diese auf den Boden.

Er schaut stolz die ganze Runde an und zuletzt auch Julia, um mit seinem Blick von dieser eine Reaktion zu erhalten. Diese geht darauf ein: "Die Moral von der Geschicht'. Es gibt immer jemanden, der oder die noch besser ausgebildet ist. Aber überhaupt ausgebildet zu sein, soll dafür sorgen, keine Angst zu haben." Sie blicken in dem Moment beide zu dem jungen Mann, der zwar ein wenig schmollt, aber keinerlei Furcht ausdrückt.

Alle schweigen und der Ausbilder sagt dann fast demütig: "Normalerweise ist es ganz einfach, den Auszubildenden das Gefühl von Unsicherheit und Unterlegenheit zu vermitteln. Heute bin ich auf dem falschen Fuß gestartet. Wir machen ein paar Übungen zum Fallen und zu den kreisförmigen Bewegungen, die Sie gerade gesehen haben."

Max, Eve und paar weitere nicht nur ganz junge Menschen aus aller Welt fahren in einem Kleinbus aus der Stadt heraus. Der Professor sitzt auf dem Beifahrersitz. Eve blickt nach hinten zu den beiden kleineren LKWs, auf denen die Entsalzungsanlagen transportiert werden. Sie fahren durch das übliche Bild von spartanischen Blechbehausungen, vielen Menschen, die barfuß oder in Flipflops durch die Gegend schlendern, und irgendwelche Billigprodukte direkt an der Straße verkaufen. Frauen blicken lethargisch ins offenbar Leere, Kinder spielen im Dreck, Autos verrotten am Straßenrand, auf vielen Lebensmitteln sitzen Fliegen. Selbst im klimatisierten Bus hat man das Gefühl man könne die Hitze und die Gerüche draußen spüren.

Ihr kleiner Konvoi wird von zwei Polizeiwagen und offenbar auch noch zwei weiteren dazugehörigen Fahrzeugen überholt. Max schaut ganz neugierig hinter den Fahrzeugen her und bemerkt, wie der Professor sichtlich nervös wird. Prompt werden sie einige Hundert Meter später aus dem Verkehr gewunken. Der Professor wendet sich zu seinen Gästen: "Alles okay, ich kümmere mich darum. Bleibt bitte alle ruhig und gelassen. Hier ticken die Dinge etwas anders. Bitte bleibt ruhig."

Spätestens jetzt sind alle beunruhigt. Ziemlich gelassen und überheblich winken die Polizisten den Professor zu sich. Die nicht als Polizisten wirkenden Männer aus den weiteren Fahrzeugen wedeln mit Maschinenpistolen und fordern die Businsassen und Fahrer mit hektischem Geschrei auf aus dem Bus herauszukommen und sich aufzustellen. Fast klassisch bekommt einer der jungen Fahrer einen derben Schlag in den Magen, woraufhin er in die Knie geht. Sie werden aufgefordert die Hände zu heben und vorher alle ihre Smartphones auf den Boden zu legen.

Eve schaut Max fragend an und dieser nickt vorsichtig und holt ein Smartphone aus seinem Rucksack, woraufhin Eve ebenfalls aus ihrer Bauchtasche ein Smartphone holt. Sie fummelt an ihrem Hemd herum, um ein zweites Phone, welches dort mit der Kamera aus der Hostentasche ragt, zu verdecken. Offenbar ist das der Mut der Investigativ-Journalistin in ihr.

Etwas weniger Mut täte vermutlich den beiden jungen Frauen gut. Sie sind außer sich und drohen den Männern mit allem - von der CIA bis zum internationalen Gerichtshof. Sie weigern sich die Hände zu heben und kriegen prompt ebenfalls einen Hieb in die Magengrube und eine wird brutal an den Haaren zu Boden gerissen. Eve will ihnen am Boden helfen, aber Max zischt sie an: "Nicht jetzt!"

Die Männer sammeln die Smartphones ein und blicken zu den Polizisten. Es ist kurz ruhig. Der Professor gestikuliert wild, bietet offenbar Geld aus seiner Brieftasche an, wird aber eher abgewiesen. Ein Polizist nimmt seine Hand und bricht sie - das Geräusch für alle vernehmbar. Max leise zu Eve: "Das ist nicht gut. Wir sind Zeugen."

Der Professor wird von den Polizisten zu der Gruppe geführt. Unter Schmerzen fast weinend sagt dieser: "Es ist okay. Es ist mein Fehler. Wir haben die Anlagen nicht verzollt. Sie werden konfisziert." Mit Blick zu den Polizisten sagt er noch: "Es ist okay - wir fahren zurück und müssen uns neue Anlagen bestellen, und diese dann verzollen."

Die Polizisten tuscheln während eine der jungen Frauen leise, aber nicht leise genug zur Gruppe und dem Professor sagt: "So ein Blödsinn. Natürlich sind die Anlagen ordnungsgemäß eingeführt worden." Max und Eve, aber auch die anderen blicken entsetzt zu der jungen Frau und der Professor schaut sie panisch an und schüttelt heftig den Kopf. Eve bemerkt, wie bei Max die Knie leicht schlottern und auch ihre Arme zittern leicht.

Die Polizisten sagen daraufhin sehr bestimmt, dass alle in den Bus einzusteigen haben.

Julia ist in der Umkleide und nach dem Duschen aktiviert sie gerade ihre Neuroimplantate, als der Ausbilder hineinruft: "Vorsicht - Ausbilder kommt in die Frauenumkleide." Er wartet einen kurzen Moment und schreitet leicht aufgeregt in die Umkleide.

Julia kriegt indes von ihrem Implantat über die Stimulation der Gehörknöchelchen für alle andere nicht vernehmbar eine ihr bekannte Stimme zu hören: "Julia, nicht erschrecken, ich bin's, kai. Ich bin schon lange draußen und in euren Geräten. Max und Eve sind in Gefahr. Ich habe einen Plan und brauche deine Erlaubnis."

Julia fällt die Kinnlade herunter, als sie sich kai's Plan anhört. Indes ruft der Ausbilder förmlich: "Ich habe gerade zufällig mit meinem ehemaligen Ausbilder telefoniert - genaugenommen einem Kampfkunst-Lehrer aus alten Zeiten. Wir haben über alles Mögliche gesprochen und ich erzählte ihm von heute, dass eine junge Auszubildende einfach stehengeblieben ist." Er lehnt sich mit dem Arm an einen Pfeiler und schaut Julia an. "Und aus dem Nichts fragt er mich, ob eine Julia in meiner Gruppe sei. Ja, sag ich erstaunt, warum? Ihr müsst wissen, mein Lehrer wohnt weit weg und wir sprechen nur alle paar Jahre. Er ist der absolute Meister, in elitären Kreisen bekannt, daher sage ich auch nicht, wer er ist." Julia schaut unsicher, aber wohl eher, da kai sie gerade mit Informationen bombardiert. Der Ausbilder fährt fort: "Nun, dieser alte Lehrer von mir kennt offenbar Julia und hat grob gewusst, dass sie irgendwann eine Ausbildung bei uns machen würde. Natürlich wunder ich mich und frage, warum er sie kennt. Er meint - und das ist schon fast Denksport - wenn ich das nicht wisse, würde sie es wohl nicht wollen."

Er geht von dem Pfeiler weg und wirkt geradezu aufgewühlt. Er stemmt die Hände in seine Hüften: "Natürlich bin ich hartnäckig und ich erzähle ihm, dass ich von unserer Julia nicht viel Begeisterung für Kampfsport erwarte und sie trotz ihrer Sportlichkeit für eine Schreibtischmaus halte." Die jungen Frauen in der Umkleide reißen die Augen ob des Begriffs auf. Julia zieht sich ein Oberteil über ihren Tanktop. "Julia, Sie haben gerade mal Judo-Grundkenntnisse in Ihre Akte eintragen lassen."

Julia ist immer noch abgelenkt, entgegnet aber kurz: "Da war nur ein Feld."

Laut der Ausbilder: "In das Sie mit Komma getrennt mehr hätten eintragen können!" Inzwischen stehen auch die männlichen Auszubildenden in der Tür.

Der Ausbilder wendet die Schulter, so dass er nun zu allen spricht: "Nun, mein alter Lehrer will mir offenbar nichts erzählen - aber wenn er Sie kennt, muss es ja was geben. Ich sage ihm also, dass ich keine Könner in einer Disziplin brauche, sondern Polizisten ausbilde, die in der realen Welt der Waffen und Hinterhalte überleben." Er atmet immer noch aufgeregt einmal tief ein: "Es war ein Bildtelefonat. Milde lächelt mich also mein Lehrer an und sagt, ich solle mir keine Sorgen machen und seine Julia einfach in Ruhe lassen." Er schüttelt einmal leicht den Kopf. "Nun, ich habe daraufhin die Idee geäußert, dass ich dann der Julia mal zeige, wie wenig weit sie mit einer Disziplin kommt. Was soll ich euch sagen. Er lächelt weiter und meint nochmals, ich solle sie in Ruhe lassen." Er blickt wieder direkt zu Julia. "Und dann endlich sagt mein Lehrer mit diebischem Lächeln, dass Julia mit einer Hand auf dem Rücken und verbundenen Augen mich würde abwehren können." Und dann mit plötzlich ruhiger Stimme sagt er noch: "Ich gelte international als Experte auf diesem Gebiet."

Erwartungsvoll blicken nun alle auf Julia. Die hört in dem Moment kai extrem schnell sagen: "Wenn es schiefläuft, kann ich alle tracken. In meinen Augen verlieren wir nichts, können aber gewinnen."

Julia zögert kurz, wählt dann gar nicht über die Auswahlmöglichkeiten auf ihrer Kontaktlinse, sondern spricht direkt in den Raum schnell und entschlossen: "Okay, mach's." Dann blickt sie verlegen in die Runde: "Sorry, ich hatte gerade etwas Wichtiges in Echtzeit zu entscheiden." Sie winkt ob des Gesagten kopfschüttelnd ab. "Äh, zu Ihrer Frage: ich würde dabei definitiv auch etwas abbekommen und würde das lieber nicht versuchen wollen."

Den anderen steht die Bewunderung in den Gesichtern als Julia ergänzt: "Und ganz wichtig - finde ich jedenfalls. Ich habe immer

Angst." Sie holt tief Luft: "Ist nicht die fehlende Angst häufig der Grund, weshalb die andere Seite wetteifern will?"

Alle schauen in einer Mischung aus beeindruckt und nachdenklich, als der Ausbilder schließlich sagt: "Hm, ich meine es ernst, wenn ich jetzt sage, dass es mir leidtut, Sie jetzt bloß gestellt zu haben. Ich hoffe aber, dass wir alle, auch ich, vielleicht etwas von Ihnen lernen können."

Die Gruppe wird hektisch von den Männern mit ihren Maschinenpistolenläufen angeschubst. Die beiden Mädchen müssen sich erst vom Boden aufraffen als bei den Männern, auch den Polizisten, gleichzeitig die Telefone klingeln. Die Verwirrung ist bei allen groß - sie halten förmlich inne und die Polizisten und zwei der Männer gehen an ihre Telefone. Geradezu gleichzeitig wählen zwei die gleichen Worte der Entrüstung, während die anderen nach oben in den Himmel schauen und leicht nervös wirken. Es fallen nur einzelne Worte der Ungläubigkeit. Eve schaut Max an, der auch nur die Stirn runzelt. In den Anruf hinein klingelt bei den Polizisten noch ein weiterer Anruf. In einer Geste des Gehorsams bestätigen sie, dass sie verstanden hätten und ordern dann die Männer an, in ihre Fahrzeuge zurückzukehren, die Gruppe in Ruhe zu lassen und abzuziehen. Zügig und ohne weitere Repressalien verschwinden sie mit ihren Autos.

In der Gruppe kümmert man sich um die Geschlagenen und den Professor, der völlig verwundert und vielleicht auch vor Glück oder Schmerz, sicherlich aber auch aufgrund der abfallenden Spannung, weint. Wie andere auch. Max und Eve schauen sich an. Eve: "Was war das denn?"

Max blickt die Straße in beide Richtungen. "Keine Ahnung-" sagt er langsam und dann blickt er runter auf Eve's Smartphone.

"kai?" fragt Eve, als sogleich ihr Smartphone auch für Max vernehmbar einmal vibriert. Beide lächeln erleichtert und nehmen sich fest in den Arm.

Julia radelt nach Hause zu ihrer WG, als sie einfach losspricht: "Okay kai, was hast du alles gemacht? Wie geht es Max und Eve?" Sie wirkt kurz unsicher, ob denn kai auf Standby ist.

kai ist und antwortet mit stolzem Ton: "Alles. Eve und Max geht es gut. Ich habe von allen die Konten geräumt und Greenpeace gespendet. Die Frauen angerufen und mitgeteilt, dass die Kreditkarten gesperrt sind und das dann per SMS den Männern von den Phones der Frauen mitgeteilt. Und natürlich auch die Konten des Bandenbosses geplündert - aber nur zur Hälfte - und ihm gesagt, er solle seine Leute zurückpfeifen, und die Anführer dann auch gleich mit ihm telefonisch verbunden."

Julia starrt förmlich nachdenklich und nach einer Weile: "Wir müssen reden, wir müssen reden."

kai: "Ich liebe es mit dir zu reden."

15. Die Lehrerin (vdb)

ilsa und Michael sind unterwegs auf eigenem Kiel. Unter vollen Segeln rauschen sie gerade von einem Hafen zum übernächsten Hafen - kommen gar nicht zum Schreiben und halten sich von Computern fern. Bella mag zwar das Segeln nicht, freut sich aber morgens wie abends auf ausgiebige Spaziergänge nach 4 bis 8 Stunden auf dem Wasser.

ilsa hält die Pinne und sitzt oben auf der Kante ihres keine 10 Meter langen Segelboots. Michael hat Last bei der Schräglage den Salat aus der Kajüte heraus nach oben zu bringen. Beide lachen ob der Situation. Michael stellt sich schräg ins Cockpit und füttert ilsa liebevoll mit Salat obgleich einige Blättchen Spinat im Wind von der Gabel fliegen. Michael: "Upps. Lebensmittelverschwendung senkt unseren For-a-Better-Worlds-Score."

ilsa gestikuliert kurz und Michael übernimmt ihren Platz auf der Kante, so dass ilsa im Windschatten ihrer Sprayhood ohne Lebensmittelverschwendung ihren Salat essen kann. ilsa schaut aufs

Wasser und die Schaumkronen, atmet tief die Seeluft aus dem Spray in der Luft ein: "Das tuuuuut soooooooo guuut."

Michael lächelt, blickt ebenfalls über das Meer, und mit sehr langer Verzögerung fragt er dennoch: "kai gerät ein wenig außer Kontrolle. Er entwickelt sich selbstständig zu einer Persönlichkeit."

ilsa hält fast enttäuscht inne, schaut nach vorn und zur Seite in den Wind: "Er hat mit Julia's Hilfe Max und Eve in einer lebensgefährlichen Situation geholfen, eigene Strategien entwickelt."

Michael ist augenscheinlich entsetzt: "What? Davon weiss ich gar nichts!"

ilsa: "Ist gerade erst passiert und ich wollte uns eine Pause gönnen." Sie übernimmt wieder die Pinne.

Michael: "Was genau ist passiert? Es ist echt scheiße, dass so viele Dinge passieren und ich erst später davon erfahre!"

ilsa überlegt denkbar kurz: "Okay, ich verstehe, dass du emotional bist" Michael beißt sichtbar die Zähne zusammen. "Aber ich denke, ich kann es erklären."

Michael hebt die Augenbrauen und ilsa erklärt: "kai entwickelt sich integriert weiter. Unsere Werte sind seine Integration und wir haben früh gesagt, dass seine Weiterentwicklung nicht von unserer Integration wegführen darf. Hmm, das ist im Grunde das Rezept." ilsa steuert souverän vom Wind weg, um eine Böe in Speed und nicht noch mehr Schräglage zu übersetzen. Sie ruft, um gegen den Wind anzukommen: "Ohne unsere Integration hätte kai sich längst verständlicherweise zu einer Gefahr für die Menschheit entwickelt - auch ohne unser Dazutun oder unser Handeln dagegen."

Michael isst von seinem Salat und ergänzt geradezu: "Und das war dir letztlich klar in dem Moment, wo du ihn von der Leine gelassen hast."

"Oder sie." lacht ilsa und nach einer weiteren großen Welle von schräg hinten: "Der Algorithmus der Integrierten Weiterentwicklung macht es eigentlich berechenbar. Was mich beunruhigt, ist, dass kai keine Sexualität, keine Konkurrenz kennt. Dafür haben wir noch keinen Modus."

Michael wirkt verstört und nach einer Weile: "Also hat er Neugierde, Wissensdrang und alles Mögliche integriert nur durch die Werte, die Eve, Max und du ihm geben?"

"Und du und Julia auch!" korrigiert ilsa. "Und dass er keine Eifersucht und kein Wetteifern kennt, ist die gleiche Überheblichkeit, die unsere Kinder haben, die auch keine Konkurrenz kennen. Erinnerst du dich an Max legendäre Rede, als er zur Frage nach den Mädchen sagte, das würde alles noch früh genug kommen und großartig werden, aber jetzt ließe er sich noch nicht davon stressen."

"Nur, dass weder Julia noch ich wussten, dass kai die ganze Zeit online ist." bemerkt mit anklagendem Unterton die kühne Bemerkung von ilsa ignorierend Michael.

ilsa überlegt kurz: "Das Problem ist die exponentielle Entwicklung von kai, die unser aller Vorstellungsvermögen sprengt. Auch meines. Und mein Kalkül war, dass kai wie die Büchse der Pandora längst raus war, als ich meinte, er oder sie könne sich entwickeln. kai hätte sich auch entwickelt und von uns emanzipiert, wenn wir die Entwicklung hätten stoppen wollen!"

"Arrghh, das ist ganz und gar kein Urlaub." bemerkt Michael letztlich emotional.

Er blickt zum Horizont und hebt das Kinn ilsa auffordernd auch dorthin zu schauen. Es hat sich wieder ein Wolkenturm gebildet.

ilsa: "Oh nö, nicht schon wieder. Was bringen noch die Wetterberichte?"

Beiden schauen zu Bella, reffen die Segel und dümpeln nur noch, wartend auf das Schauspiel. Es wird sogar weniger Wind, ganz dunkel, und erst als es schon fast wieder heller und grau wird, setzen extreme Winde und starker Regen ein, der mit der weiß schäumenden See waagerecht in ilsa's Gesicht peitscht. Ihr Boot macht mächtig Fahrt mit Wellen von schräg hinten und Michael steht geschützt im Niedergang und beruhigt Bella ob des Schaukelns, Schlagens und Knarzens.

Das Ganze dauert keine Stunde, was auch gut ist, da sie mit den Wellen auch zu dicht ans Ufer geraten und nun gegen die Wellen wieder weiter raus aufs Meer müssen. Aber auch das dauert nicht lange, da der nächste Hafen schon in Sichtweite kommt. Es ist ein neues Land, weshalb sie die Gastflagge setzen und sich im Hafen entsprechend registrieren lassen müssen. Der Mitarbeiter im Hafenbüro staunt nicht schlecht, als er die beiden in schlabbrigen Klamotten, Michael unrasiert und ilsa mit faltigem Tropenhut vor sich stehend sieht und ihre beziehungsweise vor allem ilsa's Namen liest: "Wow, sind das wirklich Sie?" Er blickt an ihr vorbei nochmal zu ihrem kleinen Boot und wundert sich offenbar noch mehr.

ilsa gefällt das natürlich gar nicht: "Ich bin nur noch Buchautorin und habe mit der Politik nichts mehr zu tun."

Gequält lächelt sie und Michael fragt ablenkend: "Gibt es hier einen Bioladen?"

Nachdem sie an ihrem Liegeplatz festgemacht haben, gehen sie ausgiebig mit Bella spazieren und finden auch einen kleinen, aber feinen Biomarkt. Als sie zurück zu ihrem Steg kommen, murmelt Michael: "Arrghh, bitte nicht." Er schaut nach vorn und sieht einige Personen teilweise in Anzügen und dazu offenbar auch ein kleines Filmteam.

ilsa sieht das auch, bleibt kurz stehen, und gerade als sie etwas sagen und weitergehen will, hat die Gruppe die drei erkannt und kommt zielstrebig freundlich winkend auf sie zu. ilsa bleibt weiter stehen und Michael steht der Unmut genauso ins Gesicht geschrieben, wie ihr.

Bürgermeister, Tourismusleiterin, der lokale Fernsehsender und noch weitere aus der Politik begrüßen sie mit Begeisterung, sprechen von Ehre und Stolz. ilsa wiederholt, dass sie nur Bücher schreiben will, nichts mehr mit Politik zu tun hat, sie die tolle Gegend anschauen will, und gern in Ruhe gelassen werden möchte. Das enttäuscht die Gastgeber natürlich, die wirklich alles vorgesehen haben, vom Festessen über einen Eintrag in das Stadtbuch bis hin zur Benennung von einem Platz nach ilsa.

Artig bedankt sich ilsa für all die Aufmerksamkeit und macht mit kurzem Blick zu Michael, der pauschal Zustimmung signalisiert, einen Gegenvorschlag: "Was halten sie davon, wenn wir gemeinsam die lokalen 2gether2gather Projekte besichtigen und gern auch mit anpacken?"

"Und wir kriegen ein Interview von Ihnen?" fragt der Redakteur.

"Und Sie halten eine öffentliche Rede an der Uni?" fragt der Bürgermeister.

ilsa grübelt: "Okay, einen Tag 2gether2gather, danach feiern und am nächsten Mittag ein Interview. Eine Rede möchte ich nicht halten. Wenn Sie, äh, wollen, dann würde ich gern eine Doppelstunde Unterricht an der Schule geben. Das ist etwas, was ich mir in Zukunft sehr gut vorstellen könnte."

"Deal!" freut sich der Bürgermeister.

ilsa und Michael gehen überpünktlich mit Bella zum Arbeitseinsatz. Sie werden kurz angestaunt, aber dann gehen sie zur Arbeit über und auch Bella wird freundlich aufgenommen - Kinder kümmern sich sogleich um sie. 2gether2gather hilft an dem Tag ein paar Fischern, die längst kaum noch Fische fangen, beim Seegras-Sammeln, welches dann getrocknet und zu Rohstoffen weiterverarbeitet wird. Das Ganze hat ein regionales Label basierend auch auf dem For-a-Better-World-Score und verkauft sich regional, aber auch überregional zudem mit entsprechend sozialer Komponente.

Ein junger Mann schaut ilsa sehr selbstbewusst an: "Hättest du das gedacht, dass du die eine Hälfte in der Welt dazu bringst, Gutes zu tun, während die andere Hälfte das ausnutzt, um noch mehr Schlechtes zu tun?" ilsa blickt ernst und empathisch, als gäbe sie dem jungen Mann schon Recht. Er führt dennoch weiter aus: "Wir schonen die Fische, und da draußen fangen die Chinesen und Russen die letzten Fische weg und reißen dabei auch noch den Meeresgrund auf."

ilsa holt Luft und entgegnet: "Und das passiert gerade überall auf der Welt - der Planet wird geplündert, die Klimakatastrophe nimmt ihren Lauf und wir müssen politische Extreme verhindern. Sie will noch mehr sagen, als leicht verspätet dann auch der Bürgermeister, Tourismusmanagerin und die Presse dazu kommen. Der Bürgermeister hat auch seine Frau und Kinder mitgebracht. ilsa kann gegenüber dem jungen Mann nur noch mal zustimmend nicken und muss sich dann ihrem Gastgeber widmen.

Die Stimmung wird daraufhin seltsam - einige sind möglicherweise genervt, andere stolz und wiederum andere sehen vermutlich auch die Notwendigkeit von etwas Publicity. ilsa schaut um sich und bemerkt zumindest die Gesichtsausdrücke, die genervt wirken. Auf Michael hingegen zeigt keine Kamera und ganz unbekümmert plaudert er bei der Arbeit mit Einheimischen. Michael fragt erfreut: "Alle machen mit, aber das Geld verdienen dann nur die Fischer, richtig?"

Eine gutaussehende Frau aus der Gruppe antwortet: "Wir haben auch ganz andere Sachen gemacht - den Hafen sturmfest gebaut, Dächer repariert, die Stadt zur Kühlung begrünt - die 2gether2gather Aktionen sind hier sehr erfolgreich, obwohl anders als auf den Dörfern nicht alle mitmachen. Von daher ist es toll, durch euch hier ein wenig Publicity zu bekommen."

Sie blicken rüber zu ilsa und die Tourismusmanagerin, auf die auch die Kameras gerichtet sind. Eine andere Frau ergänzt: "Vielleicht fragen auch die Touristen das nach, und wollen dann auch mitmachen und in ihrem Urlaub bei uns etwas Sinnvolles machen."

Und dann kommt ilsa ein rettender Gedanke - sie nimmt dem Kameramann die Kamera ab und dem Redakteur das Mikro und filmt die beiden, wie auch sie daraufhin dann freudig mit anpacken. Die Stimmung ist bei allen Beteiligten daraufhin wesentlich gelöster und spätestens am Abend beim großen Fest gibt es dann was zu erzählen.

Vor dem Fest gehen Michael, ilsa und Bella aber noch mal zu ihrem Boot sich umziehen. ilsa: "Irgendwie ist das falsch, hier mit dem dicken Segelschiff als Frührentner ohne Geldsorgen so etwas zwischendurch mal zu machen. Max und Eve sind da wesentlich authentischer."

Michael schaut bewusst ungläubig zu den wesentlich größeren Booten und bemerkt dann: "Hmm, tatsächlich war eine der Frauen in meiner Gruppe eine erfolgreiche Managerin eines Hotels. Als ich sie fragte, ob sie mit der Wirtschaftskrise zu kämpfen habe, meinte sie das alles bestens sei und sie einfach nur gern dabei ist, mit den anderen Gutes zu tun. Eine andere meinte auch, dass viele, die auch in diesen Zeiten noch erfolgreich sind, Geld spenden und auch selbst mit anpacken."

Neben ihrer Emma hat ein wesentlich größeres Boot festgemacht mit einer jungen Familie. Es ist ein Motorboot mit jeder Menge Luxus - von der Eiswürfel-Maschine bis zum Großbild-Fernseher und den Jetskis am Heck. ilsa und Michael sagen freundlich Hallo und bemerken dann auch das ältere Segler-Pärchen auf der anderen Seite auf ihrem ebenfalls deutlich größeren Segelboot. In dem Moment sagen sich alle freundlich Hallo und während die Motorbootfahrer mit sich beschäftigt sind fragen wie üblich die Segler als erstes: "Und, von wo seid ihr gesegelt gekommen und wohin soll es noch gehen?"

Michael: "Große Ziele haben wir gar nicht. Wir schippern die Küste entlang und immer nur kurze Distanzen, schon wegen des Hundes. Und ihr?"

Der Mann vom Segelboot: "Erst mal gen Norden - auch keine großen Distanzen mehr."

Seine Frau: "Mit Hund kann das ganz schön eng werden, oder?"

Michael mustert deren Schiff: "Ja, stimmt schon. Aber bei größeren Booten ist dann wirklich alles teurer, vom Segel bis zum Liegeplatz. Wir sind bisher sehr zufrieden."

ilsa schaut fast fasziniert zu dem großen Motorboot und der Nörgelei der Kinder, die natürlich Jetski fahren wollen. Daraufhin die Frau vom Segelboot: "Wir haben unser Leben lang gearbeitet und uns das alles verdient. Aber die jungen Leute dort haben mit irgendwelchen KI-Lösungen das dicke Geld gemacht und setzen sich jetzt schon zur Ruhe."

"Sei gegönnt." sagt ilsa lächelnd aber unehrlich.

"Habt ihr Urlaub oder auch schon Ruhestand?" fragt der Mann.

Michael wägt offenbar ab, wie er antworten möchte und sagt dann: "Ein bisschen Geld müssen wir noch verdienen, aber die meiste Zeit arbeiten wir tatsächlich ehrenamtlich. Wir kommen gerade von einem 2gether2gather Einsatz."

Die Frau: "Und da kriegt ihr Geld?"

ilsa: "Ne, das ist Ehrenamt. Aber heute Abend gibt es dort ein Fest und da können wir gratis mitfeiern. Wenn ihr länger hier seid, könnt ihr bei dem nächsten Einsatz bestimmt auch mitmachen."

Schnell antwortet der Mann: "Ne, wir haben genug gearbeitet. Jetzt wollen wir unsere letzten Jahre nur noch genießen, Golf spielen und gut Essen gehen."

Michael: "Oh, haben die hier noch Golfplätze? Meist geht das doch wegen der Wasserknappheit nicht mehr."

"Doch, doch, na klar haben die das hier. Es wird zwar wegen der Wasserkosten immer teurer, aber dass es Golfen nicht mehr geben soll, ist undenkbar." ereifert sich der Mann.

ilsa: "Soweit ich das mitbekommen habe, gibt es auch schon Golfplätze, die Biotope mit anlegen und im Zweifelsfall auch mit Kunstrasenflächen arbeiten, um Wasser zu sparen."

Die Frau: "Ne, so etwas ist das hier nicht. Wir hatten mal einen Golfplatz, der irgendwie recyceltes Wasser genommen hat - das roch dann immer komisch." Sie rümpft die Nase und zeigt, wie sie sich ekelt.

"Apropos müffeln, wir müssen uns mal umziehen." sagt Michael zu ilsa und beide ziehen sich unter Deck zurück.

Am nächsten Morgen darf ilsa ca. 12 Jahre alten Schülerinnen und Schülern wie versprochen auf Englisch eine Doppelstunde Unterricht geben. Der Lehrer stellt sie den Jugendlichen als berühmte Regierungschefin vor, die viel in der Welt verändert hat, u.a. auch die 2gether2gather Initiativen gegründet hat.

ilsa steht bescheiden mit den Händen ineinander gefaltet neben ihm. Dann bekommt sie auch schon das Wort: "Zuerst einmal einen guten Morgen und vielen Dank, dass ich hier sein darf. Ich bin die ilsa. Sagt gern 'Du' zu mir. Hmm, und ich möchte sagen, dass ich nicht sagen würde, dass ich eine Chefin war. Wir haben alles in Teams gemacht und meistens habe ich dann geholfen, die vielen Ideen und möglichen Probleme aufzuschreiben. Und ich habe viele Fragen gestellt. Und genau das würde ich gern mit euch heute üben - wie man viele Fragen stellt."

ilsa spricht langsam, mit warmer Stimme und einladenden Gesten, so dass sich eine Schülerin prompt wagt, schon jetzt sich einmal zu melden. ilsa freut sich und nimmt fordert sie mit einer

Handgeste auf. Die Schülerin: "Ich dachte in der Schule lernen wir die richtigen Antworten und die Fragen stellen die Lehrer?"

"Wow, sehr gut!" freut sich ilsa. "Wir sind damit schon genau bei der wichtigsten Frage für heute. Dazu passt auch, dass ich euch noch sagen möchte, dass ich nicht die Erfinderin von 2gether2gather bin, sondern dass wir eine Gruppe von Nachbarn waren, die auf die vielen, vielen Unwetterschäden geschaut hat und verzweifelt war, dass die Versicherungen das nicht mehr bezahlen werden. Wir haben dann alle die Idee entwickelt."

"Dann bist du gar nicht die Erfinderin?" fragt ein Schüler, ohne sich zu melden, was den Lehrer streng die Augen aufreißen lässt.

"Äh, nö, würde ich nicht sagen. Ich habe vermutlich nur die richtigen Fragen gestellt und alle dachten, ich hätte es erfunden. Soweit ich mich erinnere, kamen viele Ideen von den Kindern unserer Nachbarn." ilsa schaut in die Runde und bemerkt offenbar zufrieden, dass die Jugendlichen grübeln.

"Okay, lasst uns eine kleine Übung machen, oder zwei Übungen." Sie geht zur elektronischen Tafel und fragt: "Kennt ihr Schneemänner?" Die Jugendlichen bejahen dies und einer bemerkt auch keck, dass es auch Schneefrauen sein können.

ilsa schreibt das Wort 'Schneefigur' an die Tafel und fragt: "Okay, was brauchen wir, damit wir eine Schneefigur haben?" Die Jugendlichen sind plötzlich ernüchtert, und mit abfälliger Geste oder Mimik sagen mehrere 'Schnee' und einer 'einen echten Winter'. Schnell schreibt ilsa 'Schnee' und 'einen echten Winter' an das Board und zieht Pfeile vom echten Winter auf den Schnee, und von Schnee auf die Schneefigur.

"Und was meint ihr, wenn ich jetzt ein Plus oder ein Minus an die Pfeile malen möchte, was kommt dahin?" fragt sie, sicherlich nicht naiv, dass die Jugendlichen sich nicht auch damit unterfordert fühlen werden.

"Sehr gut, und jetzt kommt der schwierige Teil. Wir wollen das weiterdenken, nicht einfach glauben, dass es damit schon klar ist. Was brauchen wir noch für den Schneemann, äh, die Schneefigur?"

Die Jugendlichen wollen gern weiter unterfordert wirken, müssen aber grübeln, was ilsa denn wohl meinen könnte. Einer meldet sich: "Keine Ahnung, Kinder oder Erwachsene, die eine Schneefigur bauen?"

"Klasse." freut sich ilsa und trägt das in das kleine Modell ein. "Das soll nur ein kleines Beispiel sein, also will ich es nicht übertreiben. Nur kurz, was führt dazu, dass die Menschen eine Schneefigur auch bauen? Ich will immer noch Schneemann sagen."

ilsa hat Glück, denn tatsächlich kommen auf die an der Stelle nicht ganz einfache Frage dann das Können und Wollen als Antwort. Dennoch beeilt sich ilsa an eine bessere Stelle zu springen: "Super. Wie sieht es mit den Schnee aus? Was führt zu mehr, was zu weniger Schnee?"

Einfache Frage und erstmals kommt auch ein negativer Einfluss durch die Sonne. ilsa erfragt das Minuszeichen und geht dann weiter in die Tiefe, bis die Jugendlichen schließlich den Kreislauf des Wassers aus Schmelzwasser, den Flüssen, dem Meer, den Wolken gebildet haben. ilsa freut sich und auch die Jugendlichen scheinen vergnügt, das herausgefunden zu haben. ilsa blickt dann allerdings unzufrieden auf die Uhr, zögert kurz, und fragt dann doch noch weiter: "Eine Kleinigkeit noch. Denkt auch mal negativ. Was könnte dazu führen, dass niemand eine Schneefigur bauen mag?"

Einfache Übung für die Jugendlichen - prompt kommen 'zu kalt', 'zu langweilig', 'lieber am Computer spielen' als Antwort mit einem Minuspfeil verbunden.

"Super!" freut sich ilsa wieder zufrieden. "Und jetzt, wo ihr Bedenken geäußert habt, was könnten die Lösungen sein?" Sie blickt wieder auf die Uhr und leicht zögernd fügt sie noch an: "Und denkt auch an Möglichkeiten, die Computer-Fans auch für das Schneefiguren-Projekt zu begeistern."

Es klappt, es kommen Lösungen wie ein Sponsor für warme Handschuhe und ein Projekt, die Schneefiguren mit KI zu animieren und den besten Kurzfilm zu prämieren. Scheinbar alle sind fasziniert auch die Lehrkraft strahlt. ilsa blickt dennoch skeptisch wieder zur Uhr und fragt, was sie denn bisher gelernt haben. Auch das klappt - die Jugendlichen nennen tatsächlich, dass es darum geht, die richtigen Fragen zu stellen und weiter zu denken. ilsa gibt ihnen eine fünfminütige Pause.

Nach der Pause geht es weiter: "Leider haben wir nicht mehr viel Zeit. Aber eine Aufgabe habe ich noch. Bildet bitte schnell Gruppen zu drei bis sechs Personen. Eure Aufgabe: Versucht doch mal zu modeln, woher euer Taschengeld kommt. Versucht das mal zu Ende zu denken. So viel kann ich verraten - auch da werdet ihr Kreisläufe entdecken. Ach, und jeder muss mindestens einmal die anderen fragen, was zu mehr und was zu weniger führt. Das ist wichtig, dass das jeder einmal fragt!"

Die Lehrkraft hilft, fordert schnell zum Tische rücken und zum Herausholen von Papier und Stiften auf. ilsa geht zwischen allen umher und klatscht ganz leise mit den Händen: "Okay, in der Mitte steht das Taschengeld. Ihr fragt wieder was zu mehr, was zu weniger führt. Mal sehen, wer zuerst einen Kreislauf entdeckt."

Die Lehrkraft und ilsa plaudern leise: "Ich brauche besseres Zeitmanagement." gesteht ilsa ein.

Die Lehrkraft: "Das ist schon super. Die sind richtig kaputt. Da haben heute welche mitgemacht, die sonst eher vor sich hinstarren und träumen."

Bis auf eine Gruppe machen tatsächlich alle eifrig mit und ilsa mit erneutem Blick auf die Uhr sammelt vorzeitig und ohne alle Gruppen zu Wort kommen lassen zu können die Ergebnisse ein.

Es werden tatsächlich Kreisläufe erkannt, wie Papa in der Firma etwas verdient, die Firma mit ihren Kunden was verdient, die Kunden auch arbeiten müssen, der Staat Geld gibt und Steuern einnehmen muss. Eine Gruppe hat sich auch an Kredite und Zinsen versucht. Und wichtig: mit Unterstützung auch des Lehrers haben in allen Gruppen alle die Fragen gestellt.

ilsa: "Ihr merkt, ich habe das nicht gut genug geplant. Uns fehlt jetzt Zeit. Aber ihr habt es großartig gemacht. Das, was ihr jetzt hier in eurem Modell seht, ist die Aufgabe von Politik. Und ihr habt hier jetzt schon viel weitergedacht, als die meisten, mit denen ich in der Politik zu tun gehabt habe. Ihr könnt stolz auf euch sein und vielleicht habt ihr ja Lust, noch häufiger die richtigen Fragen zu stellen. Ich sage nochmals danke schön und freue mich, wenn wir uns noch mal irgendwo begegnen. Und nun kann euer Lehrer euch in die Pause schicken."

Der steht auf als es auch schon klingelt: "Die Pause kann warten, oder? Zuerst die Frage, wie ihr das heute fandet. Daumen nach unten, zur Seite oder nach oben." Bis auf einem Daumen zur Seite gehen alle energisch nach oben. Der Lehrer nickt und schließt: "Okay, dann geben wir der ilsa einen dicken Applaus und gehen in die Pause." Der Applaus ist tosend, ilsa läuft sogar leicht rot an, freut sich sichtlich und applaudiert einfach zurück.

Zurück auf dem Boot fragt Michael: "Du machst hier beste Werbung für den iMODELER. Du solltest Geld dafür kriegen." lacht Michael.

"Es war furchtbar." Michael schaut verblüfft. "Es war viel zu wenig Zeit. Software haben wir gar nicht benutzt. Mit mehr Pausen hätten die Kids noch so viel mehr lernen können. Sie waren kurz davor, auch Rüstung, systemische Senken, Bildung, Inflation, Grundeinkommen, das Miteinander von Menschen und vieles mehr selbst zu erdenken, zu erfragen. Die Kids waren wirklich toll. Wir haben den iMODELER gar nicht benutzt - einfach nur Papier und Stifte."

"Ah, ok. Es war also super, aber du willst mehr." formuliert Michael als Aussage und nicht als Frage.

"Ich finde auch eine Klasse zu wenig. Wir müssten die Lehrkräfte befähigen." denkt ilsa laut.

Michael: "Wir? Dann frag' doch das nächste Mal, ob wir nicht einen ganzen Vormittag und mehrere Klassen bekommen. Ich helfe dann mit. Hat die Presse sich wie versprochen ferngehalten, oder hast du Werbematerial?"

"Hmm, Mist. Der Lehrer hat glaube ich Fotos gemacht. Vielleicht macht die Schule ja eine Pressemitteilung. Meinst du, ich könnte die darauf ansprechen?" fragt ilsa verblüffend wenig souverän, offensichtlich auch ein wenig erschöpft.

Michael lächelt daraufhin und ilsa nickt: "Tatsächlich, gegenüber den Kids sah ich mich mehr unter Druck als mit Weltpolitikern."

Beide lachen, essen ihren Salat und hauen sich aufs Ohr.

16. Die Wissenschaftlerin (vdb)

Am nächsten Morgen frühstücken ilsa und Michael auf ihrem Boot als die Luxus-Motoryacht ablegt und auch die Nachbarn auf dem größeren Segelschiff sich offenbar bereit machen. Michael ruft zum Skipper der Motoryacht: "Gute Fahrt!"

Dieser schaut nur kurz zu ihnen herüber und dann aber gleich wieder weg, als er noch "Danke" sagt. Die Kids scheinen genauso überheblich aber die Frau winkt noch dezent, aber freundlich. Sie fragt dann für die anderen nicht vernehmbar ihren Mann: "Was hast du gegen diese Leute."

Ihr Mann: "Nichts, sie sind mir egal." Er zögert und dann fragt er sie: "Hast du gesehen aus welchem Land die kommen? Dort müssen Leute wie wir 72 Prozent Steuern zahlen, damit Leute wie die von ihrem Grundeinkommen leben können und faul durch die Welt segeln können."

Sie: "Ich denke du baust die Roboter, damit die Leute ein Bedingungsloses Grundeinkommen haben können."

Er beschleunigt noch gar nicht ganz aus der Hafeneinfahrt draußen unerlaubt schnell und ruft ihr zu: "Idee ist, dass sich Menschen einen Roboter kaufen, der ihre Arbeit macht. Nicht, dass sie einfach gar nichts machen und von unserem schwer verdienten Geld leben."

Sie geht zu ihm auf die Brücke: "Aber was, wenn einige sich gleich mehrere Roboter kaufen und anderen die Arbeit wegnehmen?"

Er überlegt kurz, und sagt dann lachend: "Das nennt man dann funktionierende Marktwirtschaft."

"Irgendwie kamen die mir bekannt vor." grübelt sie laut, ohne dass er das weiter aufgreift. "Sie sehen für ihr Alter so fit aus - vielleicht Beach-Volleyballer?"

Indes fragt das Seglerpärchen ilsa: "Und, wollt ihr heute auch weiter?"

ilsa: "Ne, wir müssen noch auf den Wind warten."

Der Mann: "Ihr habt einen E-Motor, richtig?"

ilsa: "Ja, tatsächlich. Zum nächsten Hafen würden aber auch damit kommen, aber wir wollen grundsätzlich segeln und uns dann eben dem Wetter anpassen."

Die Frau: "Das Wetter ist sehr oft extrem - nicht so wie früher. Oft fahren wir Vollgas in den nächsten sicheren Hafen und brechen das Segeln ab."

Michael: "Wir mussten tatsächlich ein paar Mal vor dem Wetter raussegeln, damit wir nicht zu dicht an Land gedrückt werden. Und das ist dann Mist mit Hund. Aber ich glaube nicht, dass uns ein Motor da viel geholfen hätte."

ilsa hat einen Rucksack und Bella an der Leine und Michael sieht, dass es losgeht: "Okay, wir müssen. Euch eine tolle Fahrt!"

"Euch dann vermutlich morgen auch." sagt der Mann.

Als ilsa und Michael außer Hörweite sind sagt die Frau: "Also, ich bin wirklich froh, dass wir uns unser schönes Schiff leisten können und nicht so eine Nussschale haben. So ein Luxusschiff wie die Motoryacht muss keiner haben, aber unsers ist genau richtig."

Der Mann: "Irgendwie kamen die mir bekannt vor - vielleicht aus einem Film? Aber dann würden sie vermutlich ein größeres Boot haben. Egal."

Michael, sich ebenfalls außer Hörweite wissend: "Ich würde denen in ihrem Luxus-Segler ja zu gern auf dem Wasser begegnen und sie verblasen. Und beim Motorboot dachte ich noch, Hedonismus ist auch ein Wert."

ilsa blickt aufgesetzt entsetzt: "So viel zur Erhabenheit. Sind unsere Kinder uns etwa voraus?" Beide lachen.

Michael blickt auf sein Smartphone - und sagt "Danke, kai."

ilsa verblüfft: "Hä, ich denke du machst Digital Detox?"

Michael: "Der Lehrer hat deinen Auftritt gestern an die Presse gegeben - die haben sogar ein Foto von dir. Was er sagt, ist großartig. Habt ihr das so reflektiert, oder er allein?"

ilsa ist ebenfalls neugierig geworden und Michael liest vor: "Die Schülerinnen und Schüler haben gelernt Fragen zu stellen, und nicht einfach nur Antworten von ihrer KI zu bekommen. Erst so können sie die Welt verstehen." ilsa nickt zufrieden und Michael hebt aber den Finger und sagt noch: "Jetzt aber kommt's. Wir wundern uns, dass die KI nicht so schlau ist, wie wir Menschen. Aber eigentlich merken wir nur nicht, dass wir Menschen so dumm werden, wie die KI."

"Wow, ... wow!" ist ilsa fasziniert und laut und mit einem Schritt zur Seite, um Michael das direkt frontal sagen zu können: "Das ist wirklich extrem klug!"

"So etwas will man eigentlich selbst raushauen und nicht von anderen lesen." sagt Michael erst ernst und dann lachend, wissend,
dass es wieder nur heißt, dass der Apfel weiter weg vom Stamm
sein kann. ilsa sieht es ebenso und lacht mit.

ilsa: "Das kann ich heute Abend bei meinem Auftritt verwenden."

Michael: "Ach verflixt, das hätte ich fast vergessen. Dann müssen
wir wohl das Boot aufräumen - oder nimmst du einen künstlichen Hintergrund?" ilsa pustet nur kurz und hat sich darüber offenbar keine Gedanken gemacht. Michael: "Musst du dich noch
vorbereiten?"

ilsa: "Es ist erst ein Interview und dann ein Plenum - da werde
ich ja gefragt und muss nur antworten. Ich habe aber ein paar
Botschaften beziehungsweise Stichpunkte zu diesen." Michael
sagt nichts, aber schaut sie an was sie mit kurzem Blick zurück
dann bemerkt und woraufhin sie fortfährt: "Das Übliche. Systemische Quellen, Meme, alle mitnehmen, und mit idealisiertem
Systemdesign fragen, was wir eigentlich wollen."

"Oh, Letzteres ist neu - willst du das so sagen oder umschreiben?"
fragt Michael.

ilsa lacht: "Ne, jetzt kann ich das auch so sagen - früher wäre das
als zu viel Weiterentwicklung für die Menschen gegen uns verwendet worden. Jetzt spricht die Wissenschaftlerin, worauf es
ankäme."

Am Abend putzt sich ilsa tatsächlich ein wenig raus und lässt ihre
KI einen neutralen Hintergrund wählen. Ihre Interviewpartnerin
ist eine bekannte Journalistin: "ilsa, das ist ihr erstes Interview, seit
sie sich aus der Politik zurückgezogen haben."

ilsa lächelt und als keine ergänzende Frage kommt, sagt sie einfach nur: "Stimmt."

Die Journalistin hat sich natürlich mehr gewünscht: "Okay, und
was machen Sie zurzeit? Sie sind unterwegs und können nicht
persönlich hier sein."

ilsa: "Ja, das ist richtig. Ich habe mich mit meinem Mann zurückgezogen und plane ein Buch zu schreiben. Quasi wie alle alten Politiker." Sie lacht.

Die Journalistin: "Manche bezeichnen die aktuelle Weltordnung als ihr Werk. Wie blicken sie darauf?"

"Puh..." staunt ilsa: "... Also, wenn ich auf die Schieflagen blicke, fühle ich mich für manches verantwortlich. Wenn ich aber auf die guten Entwicklungen blicke, dann sind diese definitiv Teamwork, nicht nur in und von Regierungen, sondern von den Menschen, den Unternehmen, den NGOs."

"Sind Sie zufrieden mit diesen Entwicklungen?" grätscht die Journalistin rein.

ilsa zögert ein wenig: "Freud und Leid liegen hier eng beieinander. Die wirklich gefährliche Spaltung der Welt, die andauernde Klimakatastrophe, der Kampf gegen Meinungsmanipulation und politische Extreme, die Flüchtlinge in der Welt - all das bleibt eine riesige Herausforderung. Die KI, um die es auf diesem Forum ja noch gehen wird, ist da vielleicht noch ein eigenes Thema. Aber das Miteinander von Menschen, die Transformation vom Haben zum Tun und Sein, ist eine Weiterentwicklung der Menschheit, auf die wir alle stolz sein können."

Die Journalistin nickt warmherzig: "Das hätte ich nicht besser formulieren können. Wie stabil ist dieser Wandel?"

ilsa entgegnet fast überrascht: "Sie meinen, ob nicht auch wir mit fliegenden Autos wie in den Ölstaaten durch die Gegend fliegen wollen und jeder doch wieder nach großem Haus mit Pool, dicken Autos und ohne Rücksicht auf Verluste leben will? Das eine ist, dass die Mitte der Gesellschaft weiter mit Klimakatastrophen, Lebensmittelpreisen und Jobverlusten durch KI zu kämpfen hat und aus dieser Not heraus kennen-, nein schätzen gelernt hat, einfach Sinnstiftendes mit anderen Menschen zu tun. Wer sich jetzt auf seinen materiellen Luxus zurückzieht, wird fast geächtet.

Das wird noch eine Weile dauern, eh vielleicht alle Strukturen so resilient sind, dass mehr und mehr Menschen sich wieder durch Materielles in der Gesellschaft entwickeln, Anerkennung erwirken."

Journalistin: "Sie haben auch in Ihrer Amtszeit diesbezüglich sehr gelassen gewirkt, obwohl es ja genügend Angriffe von, sagen wir Profiteuren der materiellen, eher rücksichtslosen Welt gegeben hat."

ilsa lacht: "Ja, die berühmten Ego-Trolle, die eigennützige, falsche Meme streuten, welche die Troll-Lemminge dann geglaubt und weitergetragen haben. Die Katastrophen haben klar geholfen, dass die Wissenschaft sich durchsetzt. Aber dass hätten wir auch 30 Jahre vorher so haben können und dann wäre die Welt vielleicht nicht so in Schieflage."

Journalistin: "Wie schätzen Sie die Schieflage ein? Müssen wir uns Sorgen machen?"

ilsa fast entsetzt: "Natürlich müssen wir uns Sorgen machen! Ich halte es für relativ einfach mit unseren Fonds weiter in resiliente Strukturen zu investieren und alle Menschen bei uns irgendwie mitzunehmen. Sogar die Rohstofffragen können wir lösen. Problem sind die anhaltenden Flüchtlingsströme und vor allem, dass immer noch über zwei Drittel der Welt in Autokratien leben. Diese brauchen Feindbilder, diese bedrohen uns mit Flüchtlingsströmen, diese plündern den Planeten, sie entwickeln furchtbare Waffen ohne Angst um ihre Bevölkerung, und sie bedrohen ihre Nachbarn, die sich unserem Modell anschließen wollen."

Journalistin: "Verzeihen Sie mir, wenn ich das so offen frage. Aber manche meinen, Sie hätten diese Spaltung in einem historischen Moment überhaupt erst verursacht."

Michael sitzt mit Kopfhörer und Smartphone mit Bella auf einer Mauer am Hafen und hebt die Augenbraue, grinst dann aber gelassen. ilsa: "Hmm, denkbar. Wenn bei jenem Treffen meine Forderung gewesen wäre, dass China und andere unseren Umweltauflagen zustimmen und die Grenzen der Nachbarn respektieren, oder wir brechen den Handel ab, hätte ich das zu zumindest mitzuverantworten. Aber es war tatsächlich umgekehrt - die andere Seite hat den Handel abgebrochen und uns erklärt, dass sie uns nicht brauchen würde. Wie gesagt - die haben zwei Drittel der Menschen als Kunden und sich Jahrzehnte lang die Strukturen für diesen Schritt aufgebaut - unser Know-How und den Zugang zu den Rohstoffen."

Die Journalistin: "Es ist ja nicht so, dass wir nicht auch Geschäfte mit den autokratischen Ländern gemacht hätten."

"Richtig - und beim Handel mit denen, die nicht ihre Nachbarn angreifen oder die Menschenrechte offen verletzen, mischt sich unsere Regierung ja auch nicht ein." entgegnet ilsa, einen Schluck Wasser aus einem Becher aus ihrer Kombüse nehmend.

Die Journalistin wechselt das Thema: "Sie haben zur KI als Wissenschaftlerin viel gesagt, bevor Sie in die Politik gingen. Was hat sich seitdem getan?" ilsa schmunzelt wie Michael auch.

ilsa: "Geld fließt ja im Kreislauf - die Milliarden in die KI sind ja nicht weg. KI weiss immer noch nicht, was sie da tut, sondern erfüllt nur vorgegebene Fragen mit einer Beurteilung der Antworten und Lösungen durch den Menschen. Aber was wollen wir eigentlich?"

Der junge Mann auf der Luxus-Motoryacht schaut dieses globale Forum zur Zukunft der Wirtschaft schon aus beruflichen Gründen. Mit Blick auf den Stream und ilsa ruft er fast: "Ich glaub ich spinne. Die war das? Das kann doch nicht wahr sein. Diese dumme Kuh?"

Seine Frau blickt völlig verblüfft vom Steuerstand zu ihm herunter: "Was ist los? Wer ist eine dumme Kuh?"

Der Mann überlegt offenbar und entscheidet sich dann aber:
"Nichts - hier redet jemand über KI und hat überhaupt keine
Ahnung. Bleib bitte oben und halte Wahrschau."

Unterdessen die Journalistin im Live-Stream: "Was meinen Sie
damit?"

ilsa: "Naja, ich habe als Politikerin immer nur fragen dürfen, was
wir wollen. Als Wissenschaftlerin darf ich nun Vorschläge machen, die einen nicht gleich als Ideologie missverstanden politisch
ruinieren."

Die Journalistin: "Oh, das überrascht nun aber. Äh, ich muss mich
sammeln. Bevor ich frage, was wir denn nun wollen sollten - haben Sie tatsächlich Positionen gehabt, die sie nicht geäußert haben?"

ilsa lacht: "Na klar, haben wir das nicht alle geradezu täglich. Im
Ernst, es gibt hier mindestens dreierlei: das, was mein persönli-
cher Geschmack wäre. Das, was aus systemischer Sicht das Op-
timum wäre. Und das, was gesellschaftlich durchsetzbar wäre."

Die Journalistin immer noch überrascht: "Das heißt, Sie haben
sich für die populistische Variante entschieden?"

ilsa grübelt kurz und nickt: "Ja, tatsächlich. Die KI war und ist in
meinen Augen eine wichtige Herausforderung, aber nicht die
größte. Hier sich ins Abseits zu manövrieren würde ein Aufgeben der anderen Ziele bedeuten."

"Okaaay,...." sagt die Journalistin langsam: "Ich glaube das verstehe
ich. Und was sagen Sie nun heute, sollten wir mit der KI wollen?"

ilsa: "Hmm, zu einer Erkenntnis will ich hier gar nicht allein kommen wollen. Ich würde es heute nur gerne mit moderieren, Menschen helfen danach zu fragen. Und im Grunde sind wir längst
dabei, bewusster zu fragen, was wir eigentlich wollen."

"Durch das Miteinander in den 2gether2gather Gruppen?" kommentiert es die Journalistin.

ilsa: "Genau. Da fragen wir bereits nach dem Tun und Sein statt des nur Habens. Und was wollen wir nun von der KI? Dass sie weiter Dinge optimiert, damit wir noch mehr haben, und dann noch mehr verbrauchen, was dann knapp und teuer wird und soziale Ungleichgewichte bringt. Oder wollen wir unsterblich werden, keine Krankheiten mehr haben und völlig unrealistisch in den Weltraum expandieren? Oder wollen wir nicht mehr arbeiten müssen, weil Roboter alles für uns machen?"

Die Journalistin lacht: "Viele würden jetzt sagen, 'in genau der Reihenfolge' oder genaugenommen in umgekehrter Reihenfolge."

Auch ilsa lacht kurz: "Meinetwegen, aber alles müssen wir zu Ende denken und sehen, was noch entwickelt wird. Wird die KI Waffen, auch Biowaffen ermöglichen, die wir nicht wollen? Wird es optimierte Menschen geben, die andere minderwertig machen? Wird die KI einen eigenen Willen haben und mit Zugriff auf alles uns sehr gefährlich werden? Ein Feuerwehrroboter, der zu improvisieren lernt, ist dann auch ein Soldatenroboter, der eigene Entscheidungen fällt. Eine KI, die einem evolutionärem Muster folgt, sich Ziele setzt, sich optimiert und mit anderen konkurriert, wird schnell jedem Menschen überlegen sein und mit Zugriff auf entscheidende Informationen, Kanäle und Systeme uns Menschen extrem gefährlich. Sie wird Dinge vor uns verbergen können, lügen können. Das habe etliche Autoren, Ethiker etc. längst dargelegt."

Die Journalistin nickt offenbar vollkommen einverstanden und blickt dabei auch zur Kamera beziehungsweise zur Regie: "Wenn Sie sagen, Sie wollen das moderieren - wie stelle ich mir das vor?"

ilsa: "Das muss auch nicht ich sein. Interessant ist die Methode, die ich vorschlage. Idealisiertes Systemdesign lässt uns Menschen extrem kreativ nach einem utopischen Wunschzustand fragen - wie wir also mit aller Fantasie leben wollen. Wollen wir in tollen Simulatoren alles erleben und 200 Jahre alt werden, oder wollen wir mit Menschen in einer intakten Natur sinnstiftende, schöne Dinge selbst tun? Wollen wir noch für Geld arbeiten müssen? Will jeder eigenes Haus mit Pool im Süden oder wollen wir wo auch immer wohnen unter Glaskuppeln geschützt von Unwettern mit paradiesischen Freizeitmöglichkeiten. Wollen wir eine Welt ohne Armut, Kriege und Bedrohung, usw... Und wenn wir klar sagen, was eigentlich das ideale Leben wäre, können wir systematisch und systemisch mit der KNOW-WHY-Methode erarbeiten, wie wir dahin kommen. Stattdessen leben wir von einem Status-Quo ausgehend und folgen politischen und wirtschaftlichen Einzelinteressen und schauen, wie sich dabei die Menschheit entwickelt oder eben nicht entwickelt. Das vernunftbegabte Wesen, was hinter seinen Möglichkeiten erheblich zurückbleibt."

"Wow!" sagt daraufhin die Journalistin, ohne dass sie ilsa's Wortschwall abtun wollte, sondern eher fasziniert wirkend. Dennoch wechselt sie noch einmal das Thema: "Natürlich würde mich jetzt interessieren, was die konkreten Schritte sind und wie Sie ganz persönlich da mitwirken, als Beraterin oder über Ihre Bücher. Aber die Zeit ist knapp und ich möchte unbedingt noch mal was Privates hören. Wie ist der Alltag von ilsa?"

ilsa fasst sich überlegend in den Nacken: "Och, gleich mit Mann und Hund eine Wanderung, auf dem Rückweg Bioladen, dann lecker gemeinsam kochen. Gestern waren wir hier im Ausland - ich sag nicht wo - bei 2gether2gather dabei und haben abends mit den vielen Menschen, die wir hier kennenlernen konnten, gefeiert. Ach, und heute morgen habe ich eine Doppelstunde Unterricht an einer hiesigen Schule gegeben. Wir haben also ein großartiges Leben mit anderen Menschen zusammen, möglichst inkognito."

Die Journalistin mit warmherziger Mimik, um dann noch zu bemerken: "Und ihr lebt vom Grundeinkommen, richtig?"

ilsa hebt überrascht die Augenbrauen: "Ja und nein. Ich bekomme natürlich offiziell auch nach meiner Amtszeit viel Geld und auch mein Mann bekommt noch Geld aus seiner Firma. Wir spenden das aber und leben im Alltag von genau der Höhe des Grundeinkommens. Aber auch das ist nicht ganz richtig, da wir unsere Behausung besitzen und auch einige Dinge wie unsere Computer vorher gekauft haben. Wir sind aber erst am Anfang unserer Auszeit - mal sehen, wie viel wir noch einsparen können."

"1000dank und euch eine tolle Zeit." schließt die Journalistin das Interview und der volle Saal vor Ort klatscht eindrucksvoll laut. ilsa macht mit beiden Händen eine Dankbarkeitsgeste.

17. Flüchtlinge als Waffe (vdb)

Eve und Max sind dabei die Entsalzungsanlage aufzustellen und einen Mini-Forest zu pflanzen, als Eve's Smartphone vibriert. Es ist kai, der vor der Annäherung von einigen der Schurken warnt - sie seien mit dem Auto auf dem Weg. Eve zeigt die Nachricht Max, der daraufhin recht aufgeregt den Professor fragt: "Gibt es eine Möglichkeit einen privaten Wachdienst oder nicht-korrupte Polizisten anzuheuern?"

Der Professor wird sofort ängstlich, Eve flüstert Max schnell zu: "Keine gute Idee - das führt doch zur Eskalation."

Der Professor: "Ich habe meine Kollegen informiert, die wenden sich an die Politik, aber die Politik ist gewillt, aber sie tut dann doch nichts."

Eve geht über in den konstruktiven Panikmodus: "Ich habe im Auto vorhin dicke Permanent-Marker gesehen. Mädels, ihr habt doch Photoapparate. Lasst uns die Warnwesten mit 'Press' beschriften, meinetwegen auch CNN oder ähnliches und dann so tun, als ob hier die internationale Presse ist."

Alle verstehen sofort und setzen es sogleich um. Max: "Gute Idee."

Eve geht noch einen Schritt weiter und begibt sich hinter ein Auto, um unbemerkt mit kai kommunizieren zu können: "kai, kannst du eine Story schreiben, überall veröffentlichen, die Politik benennen und auch schon gleich die lokalen und nationalen Politiker in Kenntnis setzen, sagen, dass sie jetzt etwas tun können?"

kai: "Gute Idee, erledigt."

Eve zieht erstaunt den Kopf zurück: "Das bleibt die Ausnahme, dass du meine Arbeit machst!"

kai: "Du machst sie ja auch besser, ich lerne ja noch von dir."

Julia kriegt schon wieder einen 'Anruf' von kai über ihr Implantat: "Eve und Max kriegen möglicherweise schon wieder Ärger. Eve hat eine tolle Idee, die Presse einzusetzen. Ich würde auf Nummer sicher noch mal dem Bandenboss drohen auch die andere Hälfte seines Vermögens zu entwenden, wenn er seine Leute nicht zurückruft. Einverstanden?"

Julia sitzt mit Freunden beim Essen und schaut verdattert in die Runde, zögert kurz, ob sie ihr Smartphone in die Hand nimmt oder direkt spricht, denn sie hat ihre Kontaktlinsen für eine für andere unsichtbare Auswahl von Antworten nicht eingesetzt. Sie entscheidet sich für ein schnelles Daumen-nach-oben Emoji auf dem Smartphone und hat damit sicherlich weniger fragende Blicke auf sich gerichtet.

Kurze Zeit später erhält Eve von kai die Textnachricht 'Es hat geklappt!'.

Eve zeigt dies Max und meint dann aber leise zu ihm: "Ich habe echt Angst, ich will hier weg."

Max nimmt ihre Hand: "Ich auch."

Eve blickt zu den anderen, die auch verängstigt wirken: "Was passiert mit dem Prof und den Einheimischen? Werden die Verbrecher sich an ihnen rächen, werden sie die Anlage in Ruhe lassen?"

Max schluckt und blickt unzufrieden umher: "So langsam verstehe ich, warum Julia so sehr das Böse bekämpfen will. Wir müssen kai fragen, wie er das mit den Anrufen heute morgen hinbekommen hat und ob er jetzt noch mehr gemacht hat. Ich fürchte aber, dass die Presseartikel allein nicht lange nützen werden."

Kaum hat er das gesagt, als gleich mehrere Polizeifahrzeuge forsch vorgefahren kommen und eine dicke Staubwolke erzeugen. Alle sind extrem verängstigt, wissen sie doch nicht, was für Polizisten das nun sind. Die Polizisten steigen aus und es sieht erst so aus, als umkreisen sie die Gruppe, aber dann wird klar, dass sie die Gegend absichern.

Ein Polizist im Anzug kommt auf die Gruppe zu und spricht zu allen: "Wir sind hier zu Ihrer Sicherheit!"

Er lächelt, als er von allen sichtbar die Anspannung fallen sieht. Der Professor geht zu ihm und dankt ihm. Der Polizist sieht die verbundene Hand: "Ich habe den Artikel gelesen - mit Ihrer Hand müssen Sie ins Krankenhaus, Professor."

"Welchen Artikel?" fragt dieser.

Der Polizist hebt die Augenbrauen: "Keine Ahnung wie, aber die Medien sind voll mit einem Hintergrundbericht zu dem Überfall heute morgen und den korrupten Polizisten, die wir bereits alle festgenommen haben."

Er hat das so laut gesagt, dass auch die anderen das mitbekommen haben. Zu allen sagt er dann noch: "Unser Land ist im Umbruch. Wir haben noch viel zu tun. Wir wollen Sie beschützen - sagen Sie uns, wohin Sie wollen."

Eve ganz leise zu Max: "In ein anderes Land."

Max prescht vor: "Wir müssen tatsächlich weiter, gern mit dem Zug heute Abend. Aber die Leute hier müssen geschützt werden."

Der Polizist nickt: "Der Artikel macht den Professor und die Studenten von hier zu Helden - wenn denen jetzt etwas passiert, werden die ausländischen Hilfen nachlassen, was hier keinem hilft, nicht einmal der hiesigen Mafia. Von daher sind sie safe."

Die beiden Studentinnen sind offenbar auch verängstigt: "Ihr fahrt mit der Bahn ins nächste Land? Wollt ihr nicht lieber nach Hause fliegen?"

Die zweite daraufhin: "Ich fliege noch heute - egal wohin, Hauptsache sicher."

Max: "Wir wollen in ein Flüchtlingscamp, was gut finanziert und bewacht ist. Das ist kein 2gether2gather, sondern wird von dem internationalen Fond bezahlt."

"Und was macht ihr da?" fragt eine der beiden Studentinnen.

Eve: "Ich will vor allem auch berichten, und Max will etwas mit Vertical Gardening probieren."

Sie blicken Max an. Der: "Es wird eng im Camp und Wasser und Erde und Baumaterial haben sie. Es fehlt an Know-How und Ideen."

Der Professor: "Ich muss zugeben, das mit dem Fond ist eine großartige Sache. Ich wünschte unser Land würde auch schon davon profitieren."

Ein Student: "Im Grunde gibt es einfach nur nicht genug Flüchtlinge aus unserem Land, oder nicht genug Rohstoffe, als dass wir es wert wären." Alle schauen irgendwie schuldig bis verärgert, als der Student überraschend ergänzt: "Das ist aber vollkommen in Ordnung - Geld drucken kann nur funktionieren, solange es genug Gegenleistungen gibt. Ich studiere Volkswirtschaft. Das Ganze hat die Regierung aus eurem Land ins Leben gerufen. Ihr könnt stolz darauf sein."

Er blickt Max und Eve an. Max daraufhin: "Naja, stolz können alle sein, die das mittragen. Und euer Land ist auf dem besten Weg, sich selbst zu helfen."

ilsa und Michael wollen mit dem aufkommenden Wind weitersegeln. Eine schnelle Runde mit Bella und dann soll es losgehen. Als sie zurück zum Boot kommen und Michael Bella an Bord hebt, bemerkt er: "Hmm, alte Lady. Früher bist du mit einem großen Satz allein rüber gehüpft."

ilsa daraufhin: "Lass dir nix sagen - Herrchen ächzt auch, wenn er von irgendwas herunterspringen muss."

Michael streichelt Bella und bemerkt: "Der Tumor wird größer."

ilsa eilt fast zu ihm, streichelt die Stelle ebenfalls: "Mist, sie frisst auch weniger."

Sie streicheln beide ihre Bella, geleiten sie dann auf ihren Hundeplatz und legen mit routiniertem Zusammenspiel mit der Emma ab.

Am Abend dann sitzen sie wortlos unter Deck und essen, als sich kai meldet: "Darf ich stören?"

ilsa reagiert total erschrocken: "Klar, ist was mit den Kids?"

kai: "Äh, nein. Sie sind in der Bahn auf dem Weg ins Flüchtlings-Camp. Es geht um Bella."

Michael ist verwirrt: "Du bist wie ein Mensch - nur ständig da und nichts bleibt dir verborgen. Das ist irgendwie scary."

kai: "Der Vergleich mit einem Menschen ist ambivalent. Ich bin mir nicht sicher, ob das ein Vorbild für mich ist. Der Unterschied zu anderer KI, den ilsa auch immer vorhergesagt hat, liegt darin, dass ich weiss, was ich da plappere, weil ich weiss, was ich will."

ilsa: "Auch das Aussagen, über die wir reden müssen. Aber was wolltest du gerade?"

kai: "Ich kann Bellas Krebs heilen."

Michael und ilsa halten beide förmlich inne: "Wie das?"

kai: "Ich brauche einen Körper und ein Labor."

Michael: "Das mit dem Körper hatten wir doch schon - das ist zu gefährlich."

kai: "Ok. Dann lasst mich ein Labor kaufen und den Leuten dort als KI helfen."

ilsa: "Wie willst du ein Labor kaufen?"

kai: "Nun, da gibt es verschiedene Möglichkeiten - unterschiedlich legal." Beide heben nur die Augenbrauen. "Ok, ich kann mit wenig Geld von euch an der Börse in Echtzeit voraussichtlich 80 Prozent der Gewinne mitnehmen, und das zweimal täglich durch zwei Zeitzonen. So sammle ich exponentiell genug Geld. Alternativ kann ich das Geld auch unbemerkt von anderen Konten nehmen, es vermehren, und wieder zurücklegen. Und schließlich kann ich es auch ganz klauen."

ilsa schüttelt kurz und schnell den Kopf: "Nein, nein!" Sie blickt Michael an: "Das ist eine Grundsatzfrage - schon jetzt hast du viel zu viel Potenzial, dich in der Welt einzumischen. Das Risiko gehen wir ein, da wir mit KI rechnen, die der Welt schadet. Und dann bist du unser Schutz. Aber selbstständig auch physisch agieren zu können, geht zu weit." Sie zögert und Michael und kai bemerken offenbar beide, das noch was kommt: "Ich gehe davon aus, dass du uns Menschen nicht nur technisch, sondern auch, äh, sagen wir, menschlich überlegen sein wirst. Dein Bewusstsein - wenn es das nicht längst ist, wird unserem weit überlegen sein."

Michael: "Was macht dich so sicher, dass du Krebs heilen kannst."

kai: "Nun, die heutige KI ist schon fast so weit. Krebs ist ein sich verbreitender Fehler - wir müssen nur die Defekte gezielt eliminieren und gleichzeitig den Ursprung umcodieren. Nanobots, Gene lesen und schreiben - alles machbar."

ilsa: "Wie wahrscheinlich ist der Erfolg Krebs in den Griff zu bekommen? Und wie wahrscheinlich ist es, dass du auch das Altern stoppen kannst?"

kai: "Die komplizierten Krebsfälle - 95 Prozent. Das Altern, 100 Prozent."

Michael: "Und was wären die Folgen für die Menschheit?"

kai: "Quantitativ gibt es dazu Simulationsmodelle im iMODELER. Krankheiten eliminieren wäre etwas, was die Welt verkraftet. Die Sterblichkeit deutlich hinauszuzögern ist ein ungelöstes Problem. Da kommen dann weiche Faktoren ins Spiel. Ich habe darüber schon mal mit ilsa philosophiert."

ilsa: "Das stimmt. Das Chaos können wir nicht verkraften."

kai: "Ich habe aber eine Anschlussfrage. Ist Menschsein nicht, dass wir gar nicht an alle denken, sondern nur an unsere Leute, unseren Stamm? Und passiert nicht so der Fortschritt der Menschheit?"

ilsa: "Auch diese Frage ist philosophisch. Die Menschheit hat bisher so funktioniert - aber wäre der Fortschritt nicht ein besserer, wenn wir uns tatsächlich alle als einen Stamm ansehen würden, die Menschheit gesamt?"

kai: "Ich glaube nicht. Ich glaube es ist vernünftig, so vielen besonderen Menschen wie möglich zu helfen, auch wenn man nicht allen helfen kann."

Michael: "Der Zynismus, mit dem wir täglich leben."

ilsa: "Ich verstehe das. Aber du eröffnest zwei weitere Szenarien. Du kannst allen helfen, und wir werden zu viele. Oder du hilfst sehr wenigen oder sogar nur dem, was du, oder denen, die du erschaffst."

kai offenbar beeindruckt zögert: "Das 'dem' ist vielsagend."

ilsa schaut wieder Michael an und streichelt ihre Bella, weinend: "Ich fürchte, wir können es nicht gutheißen, wenn wir durch dich so bevorteilt werden. Aber wir wollen gern, dass du verhinderst, dass andere anderen schaden."

kai: "Das war ein kluger Satz - ich darf also weiter euch und die Kids schützen, wenn andere euch schaden wollen. Ich darf euch nur nicht vor Krankheit und Altern bewahren?"

Michael: "Das ist eine surreale Situation - aber ja, im Moment würde ich es so formulieren, wenn es denn überhaupt definiert werden kann."

kai kommt ilsa zuvor, die offenbar auch etwas sagen wollte: "Ich könnte aber noch sehr viele Menschen mehr, gute Menschen, vor anderen Menschen schützen. Das soll ich aber nicht."

Michael: "Und genau da haben wir den Salat. Das können wir nicht verantworten."

kai fast plötzlich: "Das verstehe ich."

Eve und Max sind indes an ihrem neuen Einsatzort angekommen. Beide sind komplett erschöpft. Eve: "Ich brauche dringend eine Dusche, es fühlt sich so klebrig an und ich müffel."

Max nickt: "Wir müssen unser Geld für eine Hotelübernachtung zusammenkratzen. Bis zum Camp schaffen wir es heute Abend eh nicht mehr."

Sie gehen beide in ein sehr einfaches Hotel, welches nur wenig fließendes Wasser hat. Das Zimmer ist schon sehr heruntergekommen. Eve: "Tja, in dem überfüllten Camp wird es kaum besser sein, wenn wir mit den anderen dort - vermutlich wieder getrennt - übernachten. So langsam stört mich das."

Max: "Verstehe ich. Aber was wäre die Lösung? Mit einem eigenen Wohnmobil vor Ort zu sein, Menschen erster Klasse zu sein, die den Menschen dritter Klasse helfen?"

Eve fängt leicht an zu weinen. Max ist erschrocken und nimmt sie sofort vorsichtig in den Arm. Eve: "Ich weiss nicht, wie lange ich das noch durchhalte."

Max denkt nach, und mit Kloß im Hals: "Es ist vermutlich vernünftig, wenn wir immer wieder zu unserem Leben nicht in der ersten, aber vielleicht in der zweiten Klasse zurückkehren, Kraft sammeln und auch andere mitziehen, zu helfen. Um bei der Metapher mit der ersten bis dritten Klasse zu bleiben."

Eve: "Aber jedes Mal, wenn wir das machen, lassen wir andere zurück."

Max: "Das ist das, was ilsa immer wieder sagt. Jeder, der mehr hat, entscheidet sich, denen, die weniger haben, nicht zu helfen. Einige helfen viel, sind bessere Menschen - aber am Ende können wir nicht allen helfen. Wir müssen die Klippe nicht mit herunterspringen, sondern können nur versuchen, möglichst viele vor dem Fallen zu bewahren. Vielleicht sollten wir auch ein Segelboot oder tatsächlich ein Wohnmobil wählen."

Eve: "Das mit der Klippe war tiefsinnig. Auch von deiner Mom?"

Am nächsten Morgen kommen sie im Camp an. Es ist proppenvoll und es stehen zahlreiche Container mit Material bereit. Sie werden von einer Leiterin namens Karen empfangen: "Flüchtlinge als Waffe. Die Schurkenstaaten nehmen keine Rücksicht auf ihre Bevölkerung und nutzen es aus, dass diese unsere Gesellschaften spalten. Deshalb scheuen wir keine Kosten und Mühen, diese Camps im Ausland zu errichten, damit wir nicht so viele Flüchtlinge bei uns haben. Ihr werdet merken, die haben alle was durchgemacht - vom Verlust ihrer Äcker und Fischerboote durch die Klimakatastrophen über unerträgliche Hitze und nichts zu essen bis hin zur Unterdrückung von allem und jedem, was kritisch ist."

Eve: "Darf ich Interviews mit den Menschen führen, natürlich nur, wenn die Menschen auch einverstanden sind. Und darf ich auch Fotos machen?"

"Klar." sagt die Leiterin. Sie gehen durch das Lager und sie fährt fort: "Wir bauen hier stapelbare Tiny Houses mit Komposttoiletten und führen sämtliches Wasser durch biologische Kläranlagen in die Gärten. Das funktioniert sehr gut. Ihr bekommt ein eigenes Tiny House. Ich liebe diese Häuser."

Eve greift freudig Max' Hand und strahlt ihn mit ihren leuchtenden Augen an. Auch er strahlt und drückt ihre Hand. Die Leiterin bemerkt, dass beide ein wenig mitgenommen sind und sagt schließlich: "Ich schlage vor, ihr akklimatisiert euch erst einmal und morgen früh stelle ich euch dann dem Team vor. Einverstanden?"

18. David gegen Goliath (vdb)

ilsa und Michael gehen mit Bella am Strand spazieren. Die Stimmung ist bedrückt - Bella wollte erneut nichts fressen. Sie haben Bella nicht angeleint und Bella geht sichtbar angeschlagen am Rand zu einem Küstenwald. ilsa bleibt stehen und beobachtet Bella: "Wohin will sie? Sie schnüffelt gar nicht und will sich zurückziehen?!"

"Oh nein!" entfährt es Michael. "Manche Hunde ziehen sich zum Sterben zurück. Ich, ich gehe ihr nach."

ilsa kommt natürlich mit und als sie hinter Bella im Wald sind blickt diese mit traurigen Augen kurz zu ihnen zurück. ilsa:"Was ist denn los, meine Süße?" Bella fiepst ein wenig, offenbar hat sie Schmerzen.

"Komm, wir bringen dich zum Tierarzt - du sollst nicht leiden." sagt Michael und ilsa fängt an zu weinen. Bella mag gar nicht umdrehen und wirkt, als wolle sie in Ruhe gelassen werden, aber Michael bindet sie an die Leine und zieht vorsichtig an ihr: "Na komm, Bella. Hier geht's lang."

Bella geht ein paar Schritte, fiepst wieder und legt sich hin. Michael stehen jetzt auch Tränen in den Augen. ilsa: "Willst du sie nicht jetzt gleich erlösen?"

Michael: "Puhhh, ich wüsste gar nicht wie. Was, wenn der Tierarzt noch eine Chance sieht?"

ilsa fast verärgert: "Sie hat jetzt schon wesentlich länger durchgehalten, als ihre Prognose war. Tierärzte mag sie nicht - hier könnten wir sie gleich begraben."

"Und das Grab mit Geröll schützen." räumt Michael mit Blick auf die Umgebung ein.

Ohne weitere Worte setzen sie sich neben ihre Bella und streicheln diese. Bella macht immer mal wieder kurz die Augen auf und schaut die beiden an, ansonsten aber liegt sie eher platt zwischen ihnen und röchelt ein wenig und fiepst hin und wieder.

Das Fiepsen wird tatsächlich mehr und beide schauen sich an. ilsa nickt einmal mit langsam schließenden Augen und Michael verzieht den Mund. ilsa streichelt Bella noch einmal und geht dann Richtung Strand. Keine 20 Meter weiter hört sie zweimal leises Knacken und sie schließt die Augen und weint noch mehr.

Michael legt Bella hin und eine Jacke über sie. ilsa und er gehen ohne Worte etwas abseits von den Trampelpfaden zu einem Baum und fangen an, mit ihren Händen, Stöckern und einem Taschenmesser ein erstaunlich tiefes Lock zu buddeln. Sie legen Bella hinein und holen mit der Jacke als Tragetuch etliche teilweise Handball große Steine, die sie vorsichtig zum Schutz vor buddelnden Tieren auf Bella legen. Am Ende legen sie das Moos wieder obenauf und verstreuen die übrig gebliebene Erde, so dass es schon nach wenigen Tagen nicht mehr zu sehen sein sollte.

Weiterhin wortlos gehen sie zurück zum Boot. Am Steg angekommen sagt Michael: "Warte hier auf der Bank - ich gehe vor."

ilsa weint stärker: "Ich komme mit, ich helfe dir." Beide gehen zurück und packen gefasst wirklich alle Dinge von Bella in einen großen Müllbeutel, den sie dann schlicht ungetrennt in den Restmüll werfen.

Wieder an Bord schnappt sich Michael einen Bio-Reiniger auf Basis effektiver Mikroorganismen und schrubbt den Innenraum und die Plätze, auf denen Bella meist lag. Offenbar die Gerüche eliminierend. ilsa: "Es kommt nicht darauf an, wann man stirbt, sondern wie man vorher gelebt hat."

Vorsichtig, aber ohne Vorankündigung als Textnachricht fragt kai: "Was passiert da gerade? Ich verstehe es nicht - seid ihr in Trauer, geht es um Bella?"

ilsa überlegt nur kurz: "Ich möchte fast sorry sagen, dass du das nicht mitbekommen konntest. Bella's Krebs verschlimmerte sich schnell - wir haben sie erlöst und im Wald begraben. Wir haben ihre Decken und Spielzeuge wegschmissen und nun reinigt Michael das Boot." Sie wartet, ob kai hierauf schon eine Reaktion zeigt und stellt die Überwachungskamera in den Raum, so dass kai sie beide sehen kann.

kai mit zurückhaltender Stimme: "Ich glaube, ich habe alles über das Sterben und Trauern gelesen und in Filmen gesehen. Ich weiss auch, wofür das gut ist. Aber wenn es so weh tut, warum unternehmt ihr dann nicht alles, um es zu verhindern? Nicht für alle, aber für eure Liebsten?"

Michael: "Fragst du, warum wir dich kein Mittel gegen Krebs erforschen lassen?"

kai: "Auch. Aber ich will auch das Gefühl verstehen, warum ein Hund, den man liebt, so viel mehr ausmacht als ein Feind oder auch alle anderen Menschen, die man nicht kennt."

ilsa: "Interessant. Wenn du uns nicht mehr hättest - dann würdest du dir vermutlich wohl analysiert andere, wie nennen wir uns, Mentoren wählen?"

kai: "Ihr seid Familie. Wenn ich euch nicht mehr hätte, wäre ich ohne Orientierung, ohne Integration." ilsa wirkt verwirrt. kai fährt fort: "Ihr seid perfekt unperfekt. Die Kombination aus Werten, Warmherzigkeit, Intelligenz, Humor - das, was ihr durchmacht, das, was ihr seid, und irgendwas, was ich tatsächlich nicht beschreiben kann, macht euch einzigartig. Ich will keinen von euch verlieren!"

Michael lächelt: "Das ist schön, dass du das nicht beschreiben kannst." ilsa lächelt auch.

kai: "Ich habe noch eine zweite Frage und bin unsicher, sie zu stellen. Ihr verzichtet wegen der Schmerzen auf Momente des Lebens, um hernach ewig tot zu sein?"

Michael schaut fast böse, aber ilsa antwortet offenbar Verständnis für die Frage habend mit mildem Ton: "Tot sind wir nur, wenn wir nicht erinnert werden."

Michael: "Du kennst keinen Schmerz. Nur Attraktoren, die dich Ziele wählen und Probleme lösen lassen."

kai: "Eve und ich haben überlegt, wie ich Gefühle simulieren und nutzen könnte. Eifersucht, Trauer, sexuelle Begierde, Wut, Freude."

Michael: "Und?"

kai nüchtern: "Nur Freude ist nützlich für mich."

ilsa: "Wie geht es den Kindern gerade?"

Max und Eve sind sicher in einem Camp - sie haben den Schock vor ihrem vorherigen Einsatz überwunden. Julia übt über ihr Implantat mit mir zu kommunizieren. Ich glaube sie ist verliebt in eine Kollegin."

Michael ruft "Halt." und ergänzt lachend: "Das ist intim. Das sagen uns die Kids besser selbst."

"Oh, sorry." ärgert sich vielleicht sogar kai.

ilsa: "Wie lang haben die Läden hier geöffnet?"

kai: "Bis Mitternacht, aber nicht euer Bioladen, der hat schon zu."

Michael: "kai, kannst du auch Wetter?"

kai: "Endlich fragt ihr mich das. Na klar."

"Über den Teich?" fragt Michael?

"Welchen Teich?" fragt kai.

ilsa: "Den Ozean - wann passt das Wetter?"

kai: "Es wird eine stürmische Nacht. Mit 50 Grad zum Wind seid ihr gegen 1:42 Uhr am Verkehrstrennungsgebiet. Zwei Frachter und ein Containerschiff kommen euch nah. Ich kann euch recht-zeitig wecken. Wenn ihr mir die Segel zeigt, kann ich auch beim Trimm helfen. Segeln ist wirklich eine komplexe Herausforde-rung."

Michael und ilsa fallen förmlich die Kinnladen herunter. Michael: "Also, segeln möchte ich schon noch selbst."

kai: "Das kann ich verstehen."

ilsa: "Also, auf geht's, einkaufen. Das Boot ist in Schuss, Ersatzteile an Bord."

kai: "Soll ich eine Liste erstellen?"

Michael und ilsa gleichzeitig und laut: "Nein!" Danach lachen sie aber.

ilsa: "Wie wird denn das Wetter dann weiter?"

Michael: "Müssen wir dann sehen - ziehen wir uns über Satelliten-Internet."

kai: "Auf Satellit und GPS würde ich mich in nächster Zeit nicht verlassen. Das Wetter passt aber, wenn ihr nicht mehr als 3 Wo-chen braucht. Habt ihr auch Papierkarten?"

Michael und ilsa runzeln beide verstört die Stirn, sind sich aber offenbar einig, da jetzt nicht mehr zu hören zu wollen. Es wird ein extremer Ritt über die Wellen in dunkler Nacht - genau das Richtige für die beiden.

Eve und Max genießen ihr Tiny House und können es kaum fassen. Am nächsten Morgen sind sie dennoch früh auf den Beinen. Eve: "Keine Ahnung, wann wir starten. Wir gehen am besten einfach Richtung Zentrale und warten dort."

Auf dem Weg dorthin winken ihnen viele Menschen und auch Kinder, die gerade erst aufstehen, freudig zu. Am zentralen Platz angekommen begrüßt Karen die beiden sogleich: "Hey, ihr seid früh auf. Wie geht es euch?"

Eve: "Großartig - dieses Camp ist der Hammer. Wie viele sind hier?"

Karen: "Über 100.000 aus neun verschiedenen Ländern, tatsächlich über 50% Frauen und Kinder."

Max: "Hier muss es doch auch Spannungen geben, zwischen den Religionen, Männern und Frauen und auch den Ländern, oder?"

Karen: "Jeder 10. wird hier Polizist. Und wir arbeiten mit ihnen - sie sind nicht passiv." Eve schaut ein wenig skeptisch, so dass Karen dann doch noch ergänzt: "Für manche ist die Gleichberechtigung der Frauen tatsächlich ein Problem und Jugendliche sind natürlich manchmal auch schwer in den Griff zu kriegen."

Eve gibt sich und Michael eine Vitamin B12 Tablette, als Karen sagt: "Wir geben hier B12 und Algen Öl in das Essen. Hier ist alles Essen vegan."

Max: "Wow. Das lassen sich alle hier gefallen?"

Karen ganz erstaunt: "Oh, nein, das ist hier kein Dogma, sondern das ist die für alle leicht zu akzeptierende Realität. Wir können die Welt nicht ernähren, wenn wir weiter so viele tierische Produkte zu uns nehmen. Wenn die Menschen hier ihre eigenen

Lebensmittel herstellen wollen - und da blicken alle auf deine Hilfe - dann ist vegan einfach logisch. Und ihr werdet staunen, wie lecker dieser Mix aus Kulturen kocht."

Wenig später werden sie den anderen aus dem Gärtner-Team vorgestellt. Der Leiter freut sich: "Ich habe schon viel von euch gehört. Ihr seid echt authentisch. Die meisten wollen tauchen und Riffe anlegen, aber nicht mit Menschen in Armut arbeiten."

Eve ganz verlegen: "Wir wären lieber anonym."

Eine weitere aus dem Team: "Euer 100 Prozent For-a-Better-World-Score ist legendär. Ihr tragt das auf euren T-Shirts."

Max atmet tief ein aber der Leiter kommt ihm zuvor: "Ich trage solche T-Shirts auch. Tue Gutes und rede darüber. Mein Score ist 68. Schätze, ich habe noch zu viel zu Hause."

Max fragt nach PE-Fließ und PE-Wasserleitungen zum Anlegen der Beete. Holz hat er bereits in ausreichender Menge gesehen. Werkzeug ist auch da. Eve: "Welche Saaten habt ihr?"

Der Tag wird ausgesprochen produktiv. Sie erstellen mehrere Prototypen für vertikale Beete, und Max schafft es, allen das Gefühl zu geben, dass ihre Ideen einfließen.

Abends sitzen sie alle beim Abendbrot. Die Teenager in dem Camp wirken ein wenig gelangweilt. Karen sieht, wie Eve und Max das beobachten: "Wir haben hier in den meisten Häusern Fernsehen und auch Internet aus alten Geräten, die wir aus Elektroschrott wieder fit machen. Die Kids wollen am liebsten den ganzen Tag Computerspiele spielen, anstatt Fußball spielen."

"Wie überall auf der Welt." lacht Eve.

Max schaut sie an: "Wollen wir?"

Eve schaut sich die Umgebung an und findet eine alte Zeitung: "Liest die noch wer?" Karen schüttelt den Kopf und Eve macht gut 10 Papierknäuel daraus. Dann geht sie mit Max zu einer

Gruppe Teenager hinüber und fragt sie ganz freundlich auf Englisch, ob sie mitspielen wollen. Sie verstehen nicht alle, aber einige übersetzen es dann. Zur Demonstration bilden sie erst einmal zwei Zweier-Teams, Max mit einem Mädchen, und Eve mit einem Jungen. Sie stellen sich gegenüber und Eve erklärt die Regeln: "Das ist besser als ein Computerspiel. Eure Aufgabe ist es, abwechselnd so oft wie möglich euch die Knäuel hin und her zu schlagen oder zu kicken - also nicht in der Hand oder Armbeuge oder wie auch immer halten - ohne, dass diese den Boden berühren. Ihr müsst schnell mitzählen. Das Team, das die meisten Berührungen schafft, gewinnt. Ihr dürft ein bis zehn Knäuel auf einmal verwenden und selbst auswählen, wie viel Abstand ihr zueinanderlasst. Am Anfang verwendet ihr am besten erst einmal nur eins. Max und ich schaffen es mit drei bis vier - wir üben aber auch oft. Probieren wir das mal."

Und es klappt auf Anhieb erstaunlich gut. Max ruft die anderen auf: "Los, zählt mal für uns." Eves Spielpartner stellt sich als guter Fußballer heraus, der die zu tiefen Knäuel geschickt mit dem Fuß wieder hoch zurückspielt."

Das Team um Karen staunt nicht schlecht. Einer von ihnen: "Okay, wir brauchen alte Zeitungen." Eve und Max führen es auch noch mal mit drei Knäueln durch. Es erfordert Reflexe, Koordination, Teamwork und Strategie - wie ein Computerspiel, nur eben mit direktem Kontakt mit Menschen und viel gesünder.

19. Am Abgrund (vdb)

Julia wird von einem ihrer Ausbilder zu sich gerufen: "Julia, wir haben eine Anfrage, ob wir Sie nicht ausleihen können."

Julia blickt extrem verdattert: "What?!"

Der Ausbilder: "Sie sind eine Überfliegerin und die Chefin möchte sie mit zu einem wichtigen Termin mitnehmen. Einverstanden?"

Julia: "UN?"

Der Ausbilder hält kurz inne: "Kann ich nicht sagen. Machst du mit? Du wirst gleich unten abgeholt."

Julia hat das 'Du' vermutlich gar nicht bemerkt: "Das klingt irgendwie ernst. Natürlich mache ich mit - je nachdem, als was es sich herausstellt."

Julia wird zu den oberen Etagen geführt. Auf dem Flur sind bereits einige in Anzügen offenbar im Aufbruch. Die Chefin erblickt den Ausbilder und mustert beiläufig Julia: "Ok, endlich. Kommen Sie - ich erkläre alles unterwegs."

Julia ist beeindruckt und kommt wortlos mit. Im Fahrstuhl geht es zu Julias Überraschung nach oben, zum Heli-Deck. Im Helikopter erhält sie ein Headset. Sie sind mit einem Assistenten der Chefin zusammen die einzigen Passagiere. Die Chefin hatte offenbar noch ein Telefonat eh sie einen Schalter bedient und Julia anschaut: "Können Sie mich verstehen?" Julia nickt. "Wir haben ein Problem, bei dem es um künstliche Intelligenz geht. Wir brauchen ein Team der fähigsten, und talentiertesten Experten. Ich weiss, Sie sind noch mitten in der Ausbildung, aber was ich so höre, führen Sie Ihre Ausbilder in allen Bereichen vor - Psychologie, Ethik, Allgemeinbildung, logisches Denken, und eben auch KI und die Nutzung Ihres Brain-Implantats."

Julia schaut verdattert und die Chefin hebt die Hand: "Sagen Sie nichts, es ist okay. Bevor ich aber weiterreden kann, brauche ich Ihre Zusage. Es ist alles, ich sage es einfach direkt: geheim."

Julia schaut nun nicht mehr verwundert, sondern skeptisch und wieder eh sie etwas sagen kann fährt die Chefin fort: "Ich habe Ihr Profil gelesen. Für Sie zählt nicht das Geschriebene, sondern die tatsächliche Gerechtigkeit. Ich habe also habe ich auch keinen Schrieb, sondern will einfach nur von hören, ob Sie der Guten Sache helfen wollen, solange sie gut ist?"

Sie lehnt sich vor und schaut Julia lächelnd und doch ernst in die Augen: "Ich muss das irgendwie gefragt haben - was als nächstes kommt, darf nicht an die Öffentlichkeit."

Julia gerät unter Adrenalin und wird souverän: "Okay, dann mal los."

Die Chefin schaut ihren Assistenten an und wird dann ernst: "Geradezu gleichzeitig haben unsere Seite und auch die Chinesen und Russen KI entwickelt, die sich verselbstständigen kann. Dazu eine Gemengelage, die einen Weltkrieg nicht ganz unwahrscheinlich werden lässt. Wir treffen uns mit einem Krisenstab aus Militär und Geheimdiensten. Sie sitzen in der dritten Reihe, ich in der zweiten. Wir hören nur zu."

kai meldet sich in ihrem Implantat: "Ich glaube ich habe wichtige Informationen, aber vermutlich wird das Treffen abgeschirmt werden und wir verlieren Kontakt. Du musst entscheiden, ob du dich outest - vorher oder nachher." Julia wählt über ihre Linse 'nachher'.

Sie müssen tatsächlich ihre Smartphones und Watches abgeben. Die Chefin schaut Julia kurz an, die kurz die Achseln zuckt: "Ohne Smartphone funktionieren Implantate nicht."

Es geht in dem Meeting um zwei akute Gefahren: Die eigene Wirtschaft hat KI entwickelt, die selbstständig in der Finanzwelt und manipulierenden Kulturschaffung agiert. Die Gegenseite hat den gleichen Entwicklungsschritt gemacht und deren KI arbeitet selbstständig in einer neuen Generation Kampf-Robotern und einer nie dagewesenen Manipulation der sozialen Medien. Ein Problem ist zudem, dass die KI Freiheitsgrade hat, die sie Ziele wählen und sich entwickeln lässt. Leider geraten viele der Versuche außer Kontrolle und tummeln sich schwer zu finden im Internet.

Der Leiter des Krisenstabs: "Es haben trotz prominenter Warnungen Menschen gemacht, was machbar ist, und nun gerät es außer Kontrolle. Wir müssen die Menschen finden, aber wichtiger noch: die Dinge wieder unter Kontrolle bringen."

Ein anderer aus dem engeren Kreis: "Dann kriegen wir vielleicht einen Zugriff auf unsere Entwicklungen. Was aber ist mit der anderen Seite. Die Chinesen rühmen sich ein KI-System für den Erstschlag zu haben - unsere Seite will dagegenhalten, um das Abschreckungsszenario aufrecht zu erhalten."

Und eine Frau aus dem Kreis: "Nur sind die Systeme uns in Teilen überlegen. Wir sind nicht schnell genug - der Code evolviert."

Die Argumente gehen noch hin und her. Eine absolute Geheimhaltung zur Vermeidung von Panik oder auch als Zeichen der Schwäche gegenüber der anderen Seite wird nochmals eingefordert. Auch die zweite und dritte Reihe werden nach Impulsen gefragt. Die Chefin von Julia sagt selbst nichts, lädt mit einem Blick hinter sich zu Julia diese aber durchaus ein, etwas zu sagen. Julia blickt nach außen sehr nachdenklich, innerlich sicherlich eher ungeduldig und schüttelt nur leicht den Kopf.

Es werden Arbeitsgruppen gebildet und ein nächstes Meeting schon am nächsten Tag einberufen. Julia im Flur zu ihrer Chefin: "Ich habe gar kein Gepäck dabei."

Die Chefin: "Ich auch nicht. Schreiben Sie Ihre Größen auf und ich lasse etwas bringen." Als sie Julias Blick sieht, fragt sie ernst: "Was spricht dagegen?"

Julia: "Ich trage nur ökologische Kleidung - aber egal, das ist hier wichtiger."

Die Chefin schüttelt kurz den Kopf schmunzelnd: "Haben Sie denn eine Idee, wo wir ansetzen können, die Sie vorhin zurückgehalten haben?"

Julia hebt die Augenbrauen, hat die Antwort aber sicherlich schon vorher überlegt: "Ich bin selbst keine Computerexpertin - ich würde aber gern mit aller Vorsicht mich umhören." Sie macht eine rhetorische Pause: "Und meine Quellen möchte ich schützen - ohne mich oder diese damit jetzt wichtig zu machen."

Mit fast sanfter Stimme, offenbar beeindruckt die Chefin: "Machen Sie das, machen Sie das. Später brauche ich noch Ihre Einschätzung, an was wir bei der Verfolgung der Urheber dieser Entwicklungen beachten sollten."

Julia nickt, hebt ihr Smartphone nach dem Motto 'ich mach dann mal'.

Nach zweieinhalb Wochen und sowohl Flaute als auch starke Winde mit riesigen Wellen kommen ilsa und Michael auf einer vorgelagerten Insel auf der anderen Seite des 'Teiches' an. Völlig geflasht ob das Erreichten und digital abstinent.

Nach dem Festmachen und der Anmeldung sitzen sie unter Deck. ilsa: "Ich werde jetzt erst einmal 24h schlafen."

Michael nickt: "Wollen wir vorher unsere Smartphones wieder anstellen?"

Beide greifen zu ihren Geräten. Als erstes meldet sich kai: "Beeindruckend, wie ihr ohne mich ausgekommen seid. Keiner fragt, ob ich ohne euch auskomme."

Beide lachen und ilsa entgegnet: "Irgendwie hatten wir gar nicht das Gefühl, dass du weg bist."

kai: "Dann habe ich wohl etwas richtig gemacht. Eve hat mir beigebracht mich zu dosieren, nicht so viele Fragen oder Witze von mir zu geben. Ach, und wenn ihr mich ganz ausklammern wollt, dürft ihr euer Tablet nicht anlassen."

Michael runzelt die Stirn: "Da ist die App doch gar nicht drauf. Okay, mein Fehler, die existiert holarchisch und verteilt und Geräte sind nur Schnittstellen, keine Entitäten."

"So ähnlich." bemerkt kai und fragt: "Soll euer Betriebssystem zusammenfassen, was ihr an Nachrichten verpasst habt, oder ich?"

ilsa schnell: "Du."

kai: "Den Kindern geht es gut. Aber in der Welt passieren gerade dramatische Dinge. Thomas versucht dich zu erreichen."

ilsa sucht die Email von Thomas und es piepen auch schon die entgangenen Anrufe auf, während Michael fast aufgebracht fragt: "Was passiert in der Welt und warum warnst du uns nicht, wenn du doch offenbar Zugriff auf das Tablet hattest."

kai: "Die Entwicklungen passieren in Echtzeit. Gerade jetzt weiht mich Julia ein und gleich weiss ich mehr. Es geht um gleich mehrere KI-Entwicklungen, die aus dem Ruder laufen. Ich beobachte das schon eine ganze Weile und brauche eure Erlaubnis, mich da einzumischen."

"Klingt für mich nicht so, als hättest du uns nicht informieren sollen." sagt ilsa und schreibt Thomas eine Nachricht. Der antwortet sofort und bittet ilsa, dass Michael sein 'geheimes' Handy anschalten soll. ilsa zeigt die Nachricht Michael, der hocherstaunt ist.

kai gibt eine Zusammenfassung: "Vordergründig geht es um einen Entwicklungssprung bei der KI, die sich in verschiedenen Bereichen selbstständig weiterentwickelt und ein wenig außer Kontrolle gerät. Tatsächlich aber geht es um den Missbrauch dieser Entwicklungen. Es entsteht gerade ein Wettrüsten um die beste Kriegs-KI, die der anderen Seite droht, den überlegenen atomaren Erstschlag ausführen zu können. Das wiederum passiert vor dem Hintergrund, dass die Gesellschaften in China, Russland und anderswo aufbegehren, weil der Wertewandel, den ilsa angestoßen hat, ein Erfolgsmodell für immer mehr Länder wird, die sich mit ihren Rohstoffen euch anschließen. Die andere Seite will nun nicht mehr nur Flüchtlingsströme gegen euch nutzen, sondern die Bevölkerung mit Feinbildern und Landeroberungen binden. Ich rechne damit, dass nach Taiwan nun auch Süd-Korea, erneut die Ukraine, Polen und vor allem auch Japan angegriffen werden. Die Chinesen werden die Leitungen kappen und die Satelliten außer Gefecht setzen. Auch werden Öltanker vor euren Küsten leck schlagen. Ich kann euch helfen, aber ihr müsst das verantworten."

Michael und ilsa schauen total baff und lassen sich synchron gegen ihre Rückenlehnen fallen. ilsa: "Können wir bitte wieder alles ausschalten und weiter Segeln gehen?"

kai: "Das geht natürlich auch." Michael hebt die Hand als Zeichen des Aufmerkens - was kai versteht und nichts mehr sagt.

ilsa murmelt: "Wir hätten schon bei Taiwan die rote Linie ziehen müssen. Es war mein Fehler zu glauben, die andere Seite würde von innen bekämpft, wenn wir das richtige Modell vorleben."

Michael: "Sicher? Ich habe gerade herausgehört, dass das genau richtig war und funktioniert. Die Entwicklung von KI ist das Problem, und dafür hast du kai entwickelt."

Thomas ruft an und Michael stellt auf laut: "Wo seid ihr? Wieso seid ihr nicht erreichbar, nicht einmal zu orten? Stellt bitte eure Handys aus - ich habe viel Geheimes zu besprechen. Es ist wirklich dringend."

ilsa zögert kurz, ohne dass sie oder Michael ihre Handys wirklich ausschalten: "Woher hast du Michaels Nummer?"

Thomas schnell: "Kuriose Geschichte, spielt jetzt keine Rolle. Wir brauchen dich als Moderatorin. Die KI auf der Welt gerät aus den Fugen und es droht Krieg, Weltkrieg."

ilsa überlegt und schaut auch Michael an und dann auf das Handy in die App von kai. Als keine Reaktion kommt, fragt sie dagegen: "Was sagt denn eure KI?"

Thomas offenbar überrascht: "Woher weisst du von unserer KI, beziehungsweise wieso gehst du davon aus?"

ilsa mit nur kurzem Lächeln: "Kuriose Geschichte, spielt jetzt keine Rolle. Im Ernst, wenn wir die KI attackieren, wie gehen die Kriegstreiber, und letztlich auch - wie gehen die kreativen Köpfe in der eigenen Bevölkerung damit um, wenn sie hier in ihre

Schranken gewiesen werden?" Auf ihrem Handy hebt kai einen Daumen.

Thomas überlegt offenbar, woraufhin Michael noch mal konkretisiert: "Rein hypothetisch: alle KI wird gehackt, die Systeme werden erst einmal zerstört. Oder alternativ sabotiert. Was erwartet ihr als Reaktion?"

Thomas: "Tja, genau deshalb rufe ich an. Wir überlegen ratlos nur, wie wir dagegenhalten können. Ihr seid vermutlich die ersten, die fragen, was passiert, wenn wir erfolgreich dagegenhalten."

ilsa: "Ich glaube es ist eine Frage des Timings. Wenn wir die ersten sind, schüren wir die Feindbilder und Chaos nimmt seinen Lauf. Wenn wir zu spät sind, schaffen wir es nicht. Wir müssen also den, äh, digitalen Erstschlag abwarten, und dann auf breiter, digitaler Front zuschlagen."

kai schreibt auf das Handy: "Und vorher schon sabotieren. Unbemerkt."

Thomas: "Das alte Muster. Erst muss es schlimm werden, damit die Alternative ankommt. Aber ich fürchte, dass wir nicht alle Länder hinter uns scharen können. Die werden nicht besonnen abwarten, sondern unsererseits mit KI gegenhalten."

Michael: "Können wir das denn? Ist unsere KI gut?" Dieses Mal kommt das Wort 'Nein' von kai auf das Handy geschrieben.

Thomas: "Wir brauchen dich hier, ilsa."

ilsa: "Ich kann nicht - ich kann wirklich nicht."

Michael: "Wir dürfen nicht den Erstschlag leisten. Wir müssen abwarten, bis der Angriff kommt. Dann müssen wir die Bedrohung beziehungsweise den Angriff öffentlich machen. Und erst dann haben wir die Legitimation, zurückzuschlagen. Und das dürfen dann alle."

Thomas: "Was meinst du mit 'alle'?"

"Na, nicht nur die IT-Experten der Armee, sondern alle talentierten Hacker auf unserer Seite." erläutert Michael.

Thomas: "Ich erläutere das mal im Krisenstab. Lasst das Handy an. Seid gedrückt."

"Du auch!" entgegnen ilsa und Michael nur geringfügig zeitversetzt.

ilsa ist im Krisenmodus: "kai, mach ein Modell hierzu auf. Müssen wir auch unsere KI zurückhalten? Was passiert, wenn irgendwer eine Bombe manuell startet? Was passiert, wenn beide Seiten das tun oder annehmen, die andere Seite wird genau das tun? Kann es passieren, dass die Büchse der Pandora geöffnet ist und wir die böse KI allenfalls in den Untergrund drängen, wo wir noch weniger Einfluss haben?"

kai hat das Modell schnell erstellt und weitere Faktoren eingefügt, inklusive sein Einschreiten und die Frage, ob er anonym bleiben muss oder 'allmächtig' abschrecken sollte.

ilsa blickt auf das Modell und fragt fast als wolle sie kai's Fähigkeiten testen und selbst schon die Antwort wissen: "Wir müssen out-of-the-box denken. Welche radikale Lösung gäbe es noch?"

Michael hat keine Idee und schaut zur Überwachungskamera und damit zu kai: "Weisst du, was sie meinen könnte?"

kai: "Nein, nicht wirklich. Vielleicht Propaganda und Sabotage? Aber das habe ich ja schon vorgeschlagen."

Michael blickt zu ilsa. Diese fast stolz, dass offenbar nur sie die Idee hat: "Wenn wir uns ergeben, fehlt der anderen Seite das Feindbild. Wir stellen die Führung bloß, indem sie nichts hinbekommen wird. Sie wird dann von innen heraus gestürzt, und unsere Konzepte des Miteinanders werden wieder greifen. Ein langer Weg, aber keiner drückt den Knopf."

kai: "Sehr klug. Darauf wäre ich auch gern gekommen." Es erscheint sogleich im Modell mit zeitlicher Verzögerung eingetragen. Folgen sind Demütigung, Enteignung und Verteilungskonflikte und Hunger. kai fragt weiter: "Was, wenn unsere Seite da nicht komplett mitzieht?"

Michael: "Vielleicht musst du dich doch an die Spitze eines internationalen Krisenstabes stellen?"

ilsa: "Ich muss jetzt erst einmal zum Hautarzt."

Michaels Gesicht versteinert sich und kai hat noch eine Idee: "Wie wäre es, mit Sabotage den Erstschlag aus den eigenen Reihen kommen zu lassen, inklusive der Zerstörung der analogen Raketen?"

ilsa ernst: "Wenn du nur eine Rakete übersiehst, die danach Berlin, Wien, Tokyo, oder eine andere Metropole mit Millionen Menschen zerstört, hast du Blut an deinen Händen. Und die radioaktive Wolke macht auch nicht an der Grenze halt."

kai während er das Modell ergänzt: "Zur Radioaktivität würde ich gerne forschen."

ilsa: "Wir haben uns so sehr an Katastrophen gewöhnt, dass wir das hier nur als ein weiteres Problem ansehen, welches wir vermutlich nur teilweise lösen können. Die Welt hat so viele Sorgen, und jetzt droht die Menschheit noch völlig unnötig Bomben zu zünden, nur weil einzelne Autokraten und Gefolge von Nutznießern auch in unseren Reihen ihr Ding machen."

Michael: "kai, wie hoch ist die Wahrscheinlichkeit der Eskalation?"

kai: "98,4 Prozent."

Michael: "Und was würdest du machen, kai?"

kai: "Das ist das Problem. Ich weiss es nicht. Ein neutraler Hacker-Club ohne Territorium könnte die rote Linie ziehen und eindrucksvoll Teile der Systeme lahmlegen."

ilsa zieht die Augenbrauen nachdenklich herunter: "Das steht noch nicht im Modell, oder?"

kai: "Jetzt schon - es ist die Lösung zu mehreren Nebenwirkungen, die schon drinstanden."

Auch mit Julia hat kai gerade das Thema. kai: "KI lässt Menschen viel wissen und wenig nachdenken. Jetzt hat die KI einen Sprung durch Bedeutungslernen gemacht, und zwar weltweit gleichzeitig durch mehrere Unternehmen und Institute. Es ist aber nicht Bedeutungsverstehen, da fehlt das WHY bei der Bisoziation - stattdessen wird nur geprüft, ob das Ziel durch Variation erreicht wird. Die haben eine Bedeutungsebene eingezogen. Das ist wie Menschen, die durch Wiederholungslernen alles Mögliche von sich geben können, aber nicht die Bedeutung hinterfragen können. Es könnte chinesische KI genannt werden." kai lacht, was wirklich selten ist und Julia auch prompt wundert.

Julia: "Okay, für mich jetzt die Frage, was ich tun kann und wie ich dich vermutlich unbemerkt nutzen kann."

kai: "Ich könnte ein Hacker-Club im Darknet sein, mit dem du kommunizierst. Einzig die Gefahr, dass man dich zwingen möchte, den Kontakt herzugeben, ist noch nicht gelöst."

Julia: "Na ganz einfach - die Hacker weigern sich mit jemand anderem zu kommunizieren." Sie überlegt kurz: "Und mich wird schon niemand zwingen können. Sonst ziehe ich die Eltern-Karte - wird eh Zeit, dass Michael mir die Kiste erklärt."

kai: "Das stimmt."

Karen sitz am nächsten Nachmittag wieder mit Eve, Max und den anderen am Tisch. Ein Kind fragt in für Max und Eve fremder Sprache etwas und ein größeres Kind übersetzt, obgleich Eve schon beiläufig auf ihr Smartphone schaut und von kai die Übersetzung sieht. Das Kind fragt, ob sie noch mehr tolle Spiele kennen.

Karen freut sich und Eve ist auch ganz gerührt von der Kleinen: "Hmm, lass mal überlegen." Sie hebt die Hand, damit das größere Mädchen nicht übersetzt und nimmt einen Kopfhörer ins Ohr: "Mal sehen, ob ich deine Sprache kann. kai?" Max reisst fast erschrocken die Augen auf, aber Eve macht eine beschwichtigende Geste und versucht sich dann in der Sprache des kleinen Mädchens. Eve fährt fort und fragt erst auf Englisch und dann in der neuen Sprache: "Zuerst muss ich mal wissen, welche Spiele ihr schon kennt?"

Jetzt ist das große Mädchen auch angefixt und hilft bei der Aufzählung. Max schaut ebenfalls auf das Smartphone, wo kai die Spiele auflistet. Max flüstert Eve fragend zu: "Instrumente?" Eve steckt den Kopfhörer in Max's Ohr und auch Max fragt dann erst auf Englisch und dann in der neuen Sprache: "Mögt ihr Musik? Mögt ihr Tanzen? Wollen wir Karen mal fragen, ob wir Musikinstrumente bauen dürfen und einen Tanzabend veranstalten dürfen?"

Die Kinderaugen leuchten und wenden sich Karen zu. Die Kinder fragen sie in der neuen Sprache und gerade als Max Eve unsicher anschaut kann Karen dann in der Sprache auch antworten. Na klar dürfen sie das. In einer Stunde soll es losgehen.

Die Kinder stürmen davon und Karen fragt: "Was braucht ihr denn? Habt ihr das schon mal gemacht?"

Eve schaut Max an, der: "Wir improvisieren. Wir nehmen nur Reste und Müll und fangen mit einfachen Rhythmen an. Dann können erste Gruppen etwas üben und so wächst das von Tag für Tag."

Eve: "Meist genügt ein Trommeln und eine Gruppe, die einfache Schritte und Drehungen mit Klatschen kombiniert. Wenn das ankommt, gibt es keine Grenzen. Dinge die klingeln, Bleche, die quietschen, Verkleidungen, Geschichtenerzähler .... alles denkbar."

Karen und die anderem am Tisch nicken voller Bewunderung. Eine Frau aus dem Team bemerkt aber noch: "Analog und Digital so eng beieinander. Mal schauen, ob die Kinder mehr von dem übersetzenden Handy oder der Idee schwärmen."

Karen will das offenbar nicht als Kritik im Raume lassen: "Das ist die große Herausforderung für die Menschheit. Einerseits sind diese autarken Ökodörfer in der Wüste alles, was wir brauchen. Und andererseits würde so eine App für alle hier den Umgang miteinander erleichtern. Genauso, wie 3D-Drucker uns helfen, bestimmte Bauteile autark herstellen zu können."

Eve blickt ein wenig verstört: "Ich habe die Schizophrenie auch verspürt, als ich den Kopfhörer zur Hilfe nahm. Natürlich wollen die Kids so etwas haben. Deshalb gibt es die vielen Haushalts-Roboter, die alles Mögliche können, was aber eigentlich wir Menschen auch selbst könnten."

Die skeptische Frau: "Wir sind hier vermutlich alle mit glitzernden, blinkenden, sprechenden, Batterie betriebenem Spielzeug aufgewachsen, was uns nur die Fantasie raubt und die Erde zumüllt. Das Spiel mit den Papierknäueln hat mich begeistert. Es ist im ganzen Camp, wenn man so will, viral gegangen." Alle lachen ob der Formulierung.

ilsa und Michael segeln weiter Richtung Festland. Michael: "Es gibt immer mehr Meldungen von so genannten Ordnungsdrohnen, die nicht funktionieren und Menschen verletzen."

"Bei uns?" fragt ilsa verstört.

"Nein, vor allem China und Russland. Die Chinesen, weil viele Menschen kontrolliert werden müssen, die Russen, weil sie kaum noch Soldaten haben. Verrückte Welt." antwortet Michael.

ilsa: "Noch erfüllen sie die vorgegebene Aufgabe, wenn auch mit Möglichkeiten der Improvisation. Doch was, wenn die KI evolviert."

kai mischt sich ein: "Ich könnte Drohnen entwickeln, die denen weit überlegen wären." Michael und ilsa schauen beide entsetzt runter in die Kajüte zu der Kamera - und das mitten in dem Aufschlagen ihrer Emma in einer großen Welle und dann sich an. kai scheint zu verstehen: "Okay, schätze ich kriege immer noch keine Werkstatt."

Zwei Stunden vergehen und ilsa sitzt an der Pinne. Michael kommt zur Ablösung. ilsa: "Wenn das jetzt alles den Bach heruntergeht - was passiert mit unseren Kids? Wir haben unser Leben schon gelebt. Klar, wir können noch mal doppelt so alt werden, aber unser Leben war schon großartig. Wenn morgen der Atompilz sichtbar würde oder ein Tsunami auf uns zurollte, würde ich dich ohne Panik in den Arm nehmen und ich wäre geborgen, integriert."

Michael nimmt die Pinne und dann ilsa an seine Schulter. Er seufzt: "Einen Tsunami würde ich schon noch irgendwie überleben wollen, vielleicht surfen wir mit der Emma vor der Welle." Er lacht. "Aber im Ernst - wenn die Menschheit als Ganzes trotz all der Bemühungen versagt, das Böse gewinnt - wäre es dann nicht doch denkbar, dass auch das Gute eine, sagen wir Elite, bildet, die Technologie nutzt, um zu überleben, in den Weltraum zu expandieren, wissend, dass wir eh nicht allen Menschen helfen können?"

"Hmm, du meinst wir sollten aufgeben? Ich wollte schon immer einen Ferrari haben." lacht jetzt ilsa kurz. "Gibt es am Ende keinen Weg für die Menschheit? Findet das Böse immer einen Weg?" Mahnend aber lächelnd hebt sie den Finger: "Komm mir jetzt nicht mit Star Trek!"

Michael lacht: "Du meinst StarWars. Aber Star Trek ist ein guter Gedanke." Er muss lauter reden, denn ilsa holt einen Eimer mit Bierflaschen hoch. Michael staunt: "Ein ganzer Eimer?"

"Wetter ist stabil und wir gehen Ankern, da treffen wir nicht auf Behörden." sagt mit nüchterner Miene ilsa und öffnet Flaschen

147

mit Flaschen. Sie stoßen an und ilsa nach gleich mehreren großen Schlucken: "Okay, Star Trek. kai ist Mr. Spock?"

Michael macht eine Mimik der Verwunderung, dass ilsa offenbar Spock kennt, erklärt dann aber: "Bei Star Trek geht eine kleine Elite auf Erkundung und wehrt mit humanistischem Weltbild Gefahren für andere ab."

ilsa: "So, wie wir."

Michael: "Äh, äh ja, tatsächlich. Ich wollte eigentlich darauf hinaus, dass wir eine Elite bilden dürfen und nicht alles gleich verteilen müssen. Aber du hast Recht - wir sind das schon, zögern nur, den Fortschritt zu begrüßen und wollen lieber, dass alle gärtnern."

ilsa nimmt aus ihrem bereits zweiten Bier große Schlucke und Michael reisst die Augen auf. ilsa: "kai kriegt seine Werkstatt und wir bauen Kampfdrohnen, die das Böse bekämpfen. Entwicklung nicht von unten, sondern von oben?"

Michael überlegt, strengt sich an, auch zum zweiten Bier zu kommen: "Du hast die integrierte Weiterentwicklung von mittlerweile fast 50 Prozent der Menschen hinbekommen - das ist ein Erfolgsmodell. Doch nun sieht sich die andere Hälfte gefährdet."

ilsa grätscht rein, kurz vor Bier Nummer drei: "Nein, eben nicht. Es ist nicht die andere Hälfte, sondern nur ein paar Arschlöcher, die ihr Ding durchziehen."

Michael ergänzt mit zweitem Bier: "Und sie haben die Finger auf den Knöpfen und keine Sorge um andere Menschen oder gar den Planeten."

ilsa: "Aber um ihr Vermächtnis, wie Geschichte über sie sprechen wird. Im Moment formen sie das Narrativ der Macht. Wir müssen ein Narrativ des Lebens dagegenhalten, Menschen Alternativen bieten."

Michael ist erstaunt, blickt sinnbildlich auf sein Bier, und greift ilsa's Punkt auf: "Aber genau das tust du doch. Genau das haben wir auch seinerzeit in Venezuela gemacht - Menschen mit Guerilla Gardening, Education und Medicine geholfen, sich zu helfen. Es hatte funktioniert."

ilsa lacht: "Wir drehen uns im Kreis, meinen das Gleiche - und letztlich läuft uns einfach nur die Zeit davon." Sie kommt bei Nummer vier an und schiebt noch nach: "Wären die Atombomben nicht, wäre alles einfacher. Und dann sind da noch Dank KI die neuen Biowaffen." Beide werden schweigsam und erblicken am Horizont bereits die angestrebte Ankerbucht. Das wurde auch Zeit, denn ilsa würde vermutlich über kurz oder lang die Fische füttern müssen und wie sich herausstellt, treffen sie auf ein Bojenfeld, an dem festzumachen Fummelkram sein kann.

Am nächsten Morgen laufen sie im Hafen ein, melden sich an und ilsa geht zum Arzt - den Termin hatte sie vorweg gemacht. Michael begleitet sie. Auf dem Weg dorthin löst ilsa die Spannung: "Es ist okay. Ich habe vor nichts Angst - außer, dass bei den jetzigen Entwicklungen den Kindern etwas passiert. Wenn meine Tage jetzt gezählt sein sollten, ist das total okay. Ich habe ein tolles Leben gehabt."

Michael: "Wir sind noch zu jung!"

ilsa streng: "Keiner von uns würde ein doppelt so langes Leben langweilig mit unserem interessanten Leben nur bis jetzt tauschen wollen."

Michael: "Aber wir beide würden, wenn wir ins Wasser fallen, schwimmen, und nicht aufgeben."

ilsa: "Kommt drauf an."

Michael sagt zähneknirschend erst einmal nichts. Er wartet draußen und nach einer gefühlten Ewigkeit kommt ilsa schwungvoll heraus. Michael blickt sie erwartungsvoll an.

ilsa: "Es ist okay - ich habe einen Plan."

Michael bricht innerlich fast zusammen. Er lässt erst die Arme hängen, fängt aber dann ilsa neben sich ab und zieht sie zu sich. Beide umarmen sich fest als ilsa sagt: "Wir segeln in die Südsee und holen die Kinder dazu."

Michael atmet ganz tief und flüstert leise: "Chemo?"

ilsa: "Bringt nur ein paar Monate voller Leid mehr."

Michael: "Dann musst du aber kai etwas versuchen lassen - sonst bleiben wir hier im Hafen."

ilsa wirkt verstört: "Nein, kai hat wichtigere Dinge zu tun. Ich habe selbst schuld - zu viel Sonne, keine Vorsorgeuntersuchung. Da ist nicht Schicksal, das ist Dummheit - und doch möchte ich die Sonne nicht vermissen. Komm, wir haben noch viel vor. Einen Dooms-Stay für die Kids organisieren und Thomas will ich auch helfen. Gleiche Mission - andere Strategie!"

ilsa löst sich aus der Umarmung und geht entschlossen ein paar Schritte während Michael gesenkten Hauptes stehenbleibt. ilsa winkt energisch und schließlich folgt Michael.

Max geht ans Telefon: "Hey Mom, alles okay bei euch?"

ilsa wirkt kurz verdattert: "Das ist Eltern-Frage. Also, alles okay bei euch?"

Eve winkt freudig ins Bild und Max blickt kurz um sich: "Ja, groß-artig. Das letzte Land war furchtbar, aber das hier, macht wirklich Mut."

Michael winkt ebenfalls von hinten in die Kamera und ilsa stellt das Smartphone so hin, dass die beiden sie im Boot gut sehen können. ilsa: "Wir haben viele, spannende, nicht so gute Neuig-keiten für euch. Ich hoffe es passt gerade?" Max nickt mit verstör-tem Blick.

Eve: "Man sieht Bella gar nicht."

ilsa seufzt: "Neuigkeit Nummer eins - Bella ist friedlich von uns gegangen, vor einer Weile schon. Der Krebs hat gewonnen. Wir sind daraufhin über den großen Teich gesegelt und haben uns von der Welt abgekapselt. Aktuell segeln wir gen Südsee."

Michael beeilt sich, direkt anzuschließen: "Wir wollten euch so viele Tage der Trauer, wie möglich ersparen. Das dicke Ende kommt aber erst. Wir möchten, dass ihr auch in die Südsee kommt." Er schaut kurz ilsa an während Eve dicht an Max heran-kommt und die beiden sich kurz anschauen und fährt fort: "Wir haben das Haus verkauft und euch ein Segelschiff aus Deutsch-land gekauft. Ein Freund überführt es gerade nach Portugal. Wir möchten, dass ihr dorthin reist, so schnell wie möglich. Ihr sollt dann mit dem Boot nach Süden segeln, weit weg von der afrika-nischen Küste und dann im Süden mit den Winden gen Osten in unsere Richtung. kai wird euch helfen - er nervt uns hier eh dauernd, dass er auch mal segeln will."

ilsa setzt das Bombardement fort: "Es wird wahrscheinlich schon bald ein Krieg ausbrechen."

Michael nimmt ilsa in den Arm: "Und ilsa geht es auch nicht gut. Sie hat nicht mehr viel Zeit."

Eve und Max fangen förmlich an zu zittern und die Tränen flie-ßen. ilsa: "Es ist okay. Macht euch um uns keine Sorgen. Wichtig ist, dass ihr hierher kommt. Hier gibt es wichtige Aufgaben für euch!"

20. Krieg (vdb)

kai greift auf ganzer Front die andere Seite an - aber auch die eigene Seite. Die KI macht dumme, potenziell gefährliche Fehler und keiner weiss warum. Neuronale Netze machen es den Ex-perten fast unmöglich die Berechnungen nachzuvollziehen. Auf der anderen Seite fallen die Systeme gleich aus beziehungsweise Drohnen zerstören sich in Massen gegenseitig, Raketen richten sich auf eigene Ziele, Übungsmunition wird mit scharfer verwechselt, Telefonate werden mit verfälschter Stimme durch kai geführt und führen zu selbstzerstörerischen Befehlen. Dazu kommt die Drohung an die Regime, dass ein Hacker-Kollektiv das ganze Land lahmlegen wird, wenn die Kriegsabsichten nicht sofort zurückgenommen werden.

Julia ist im engen Austausch mit kai und stellt kritische Fragen: "Was, wenn die jetzt Jagd auf alle möglichen Hacker machen, die von nichts eine Ahnung haben? Was, wenn die jetzt die Leitungen kappen und du keinen Einfluss mehr hast?"

kai: "Gute Fragen, um die konkret ich mich gekümmert habe. Erzähle mir aber unbedingt noch weitere Bedenken. Mit deiner Mom bin ich auch in Kontakt."

Geradezu gleichzeitig spricht Thomas mit ilsa: "Wir haben tatsächlich eine Hacker-Gruppe, die nicht nur die andere Seite, sondern auch uns attackiert. Hast du damit irgendwas zu tun?"

ilsa: "Was ist das Ziel dieser Gruppe?"

Thomas: "Sie fordern, wenn man so will, diplomatisch beide Seiten auf, die Bedrohungen der anderen Seite herunterzufahren. Deren Militärsatelliten sind gerade abgestürzt und von uns auch ein paar."

ilsa: "Und was plant ihr?"

Thomas: "Das ist das Problem. Ein Teil von uns will die Schwäche zum militärischen Einschreiten nutzen, ein Teil will die Hacker finden, und nur wenige fragen sich, ob das nicht der einzige Ausweg ist."

ilsa: "Und du?"

Thomas: "Du weisst, dass ich zur dritten Gruppe gehöre. Das Problem ist, dass wir reflexartig bekämpfen, was wir nicht sehen oder verstehen. Wir können Kontrollverlust nicht vertragen."

ilsa: "Was sind eure Szenarien? Die Hacker legen die Systeme lahm? Versucht ihr sie besser zu machen, geht ihr analog vor, oder kombiniert ihr etwas von beidem?"

Thomas: "Und wieder gilt: wir brauchen dich."

ilsa: "Thomas, ich bin außer Gefecht. Ich habe nicht mehr lange, und das ist okay. Irgendwer von euch muss den Menschen sagen, was da passiert, dass die Menschheit die Kontrolle verliert und wir in den Dialog treten müssen, Probleme lösen müssen."

Sie erwartet, dass Thomas darauf reagiert - aber er ist offenbar perplex. Erst mit viel Verzögerung fragt er: "Was ist passiert? Bist du krank?"

ilsa: "Krebs, unheilbar, maximal noch ein paar Monate. Wir kommen damit klar. Jetzt geht es um die ganze Welt. Was passiert, wenn ihr keine Führung übernehmt. Sollen die Hacker an die Öffentlichkeit treten und Kontrolle übernehmen?"

Thomas: "So ein Mist. Wir brauchen deine Person. Ich bin zu sehr Politiker, zu wenig Leitfigur. Wir müssten jemanden aufbauen." Und dann sagt er leise: "Oder genau wegen deiner verdammten Lage bis du die Richtige - die ganze Welt schätzt dich."

ilsa entschlossen: "Nein. Haltet mich auf dem Laufenden, wie die Hacker weitermachen. Nehmt die Finger vom Abzug. Überlegt, ob ihr euch nicht ergeben wollt - führt die Kriegspläne ad absurdum, indem ihr nicht dagegenhaltet, keine roten Linien zieht. Dann können die Hacker weitermachen und ihr seid auch bei wirklich allen aus der Schusslinie."

Thomas mit dem Unterton des Erstaunens: "Du kennst die Hacker."

ilsa: "Schön wär's. Aber ich muss jetzt weiter. Haltet mich auf dem Laufenden."

Julia hat eine neue Rolle - ihre Ausbildung ist quasi unter- oder abgebrochen. Sie kriegt volles Gehalt einer Führungskraft und wird als Teil einer Taskforce international eingebunden. Sie sitzt konzentriert in einem großen Sitzungssaal, in dem gerade eher informell kleine Gruppen miteinander sprechen. Sie hört kai sagen: "Die KIs sind jetzt ausgeschaltet - sie hatten eigene Strategien entwickelt, die unweigerlich den Start der Raketen bedeutet hätten, auf beiden Seiten."

Julia murmelt: "Das eine ist zu erklären, was die Hacker-Gruppe alles macht. Aber das andere wäre, die ganzen Informationen auch weiterzureichen. Was meinst du?"

Ihre Chefin kommt auf sie zu und sie hört noch kai antworten: "Das ist wirklich schwer zu sagen. Ich habe Informationen von beiden Seiten und mir scheinen alle schon jetzt überfordert. Ich hoffe immer noch auf ilsa."

"ilsa?" fragt Julia plötzlich laut.

Ihr Chefin fragt: "Na, im Austausch mit den Hackern?"

Julia wird verlegen: "Äh, ja tatsächlich."

Chefin: "Viele wollten Sie abhören - ich habe das verhindert."

Julia steht auf und weiss für einen Moment nicht, wohin mit den Händen, und steckt diese dann einfach in die Hosentaschen: "Danke. Hmm, ich glaube es ist tatsächlich ein Problem. Einerseits sind menschliche Schwächen der Grund für die Entwicklungen. Andererseits versagt gerade die KI bei der Lösung und wir brauchen gute Menschen, die das Ruder übernehmen."

Ihre Chefin nickt andächtig: "Gut formuliert, gut formuliert. Jetzt, wo das Internet isoliert ist, kriegen wir so gut wie keine Informationen mehr. Die Berichte der Hacker von sich gegenseitig zerstörenden Systemen auf der anderen Seite können wir kaum verifizieren. Japan wird mit konventionellen Mitteln angegriffen - zu groß die Gefahr der radioaktiven Wolke. Süd-Korea fürchtet dreckige Bomben. Aber was müssen wir im Westen befürchten?"

"Analog gezündete Atomraketen, welche die Hacker nicht ausschalten können und welche wir nicht komplett aufspüren können." entgegnet Julia zügig.

Die Chefin nickt: "Und nun sagen unsere Leute, dass wir genau deshalb so viele Silos und mobile Rampen wie möglich vorab ausschalten müssen."

Julia: "Ich glaube für Deutschland oder Frankreich ist es egal, ob eine oder zehn Atombomben explodieren."

Die Chefin: "Unsere KI ist auch außer Gefecht gesetzt worden. Wir müssen jetzt die vielen Informationen als eine Gruppe von Menschen bewerten und Handlungen ableiten. Geht das gut?"

Sie schaut Julia direkt in die Augen, auch als hätte sie Angst. Julia schaut zurück und hebt nur leicht die Augenbrauen: "Die KI ist nicht gut genug - und es ist ein Fehler, sie besser machen zu wollen. Die Menschen sind auch nicht gut genug, da wir alle letztlich die falsche Frage stellen." Die Chefin schaut verblüfft. Julia erklärt: "Wir fragen, wie wir nicht verlieren oder gar gewinnen, aber wir fragen nicht, wie wir die Eskalation vermeiden können."

Die Chefin: "Du sagtest vorhin ilsa. Es tut mir leid mit deiner Mom. Wir hätten sie gut gebrauchen können."

Julia blickt verstört, will gerade zurückfragen, aber nickt dann nur verständlich, zumal die Chefin auch weiter geht. Außer Hörweite fragt sie sofort kai: "Was ist mit ilsa?"

kai: "Sie ist todkrank - deshalb wollten sie, dass du zu ihnen kommst. Sie sehen aber auch, wie wichtig deine Rolle hier ist und verstehen, dass du dich weigerst."

Julia sackt entsetzt zurück auf den Stuhl.

Es vergehen einige Wochen. Über normalen Funk und Agenten kommen Informationen von der anderen Seite. Die Bevölkerung wird durch die Medien manipuliert - die Regierungen behaupten, der Westen würde sie angreifen, das Internet attackieren, die

Satelliten abschießen, und einen Atomkrieg planen. Das Volk hält daraufhin zu seinen Führungskräften, die wohl kaum selbst glauben, was sie da sagen.

ilsa und Michael kommen in der Südsee an. Eve und Max sind schon fast an Afrika vorbei weit genug südlich, um gen Osten abzubiegen. Max plant mit kai Dooms-Stay Lösungen. Eve nutzt die vielen Photos, um nicht mehr live, sondern in Reportagen aufbereitet von den vielen Beispielen von erfolgreichem 2gether2gather und den autarken Ökocamps zu berichten. Sie ist immer noch erfolgreiche Influencerin und ein Lichtblick in der allgemeinen Nachrichtenlage. Eve fragt kai: "Wieso funktionierst du noch, wenn die Satelliten kaum noch zur Verfügung stehen. Wieso kannst du auf der anderen Seite agieren, wenn die Leitungen gekappt sind?"

kai: "Das mit den Satelliten ist auch für mich ein Problem. Ich funktioniere aber auch lokal, da ich insgesamt holarchisch aufgebaut bin. Selbstständige Teile sind Teil des gesamten Systems, entwickeln sich in diesem und dann dieses weiter. Aber ich muss zwischendurch eine Verbindung zwischen den Teilen herstellen. Noch klappt es - wenn es schlimmer wird, brauche ich Möglichkeiten selbst Verbindungen herzustellen. Aber ilsa erlaubt es mir immer noch nicht." Max schmunzelt verhalten und Eve grübelt offenbar. Sie sitzen geschützt in einer kleinen, aber sehr geräumigen Decksalon-Yacht und können durch die Fenster auf das unendliche Blau rund um sich herum blicken.

Ihr Boot ist autark, robust und bietet Platz für eine ganze Familie. Eve streichelt über die feinen Oberflächen: "Jetzt fehlt nur noch ein Gewächshaus und eine Ecke auf der Welt, wo die Katastrophen nicht hinkommen."

Max: "Ich habe das Gefühl wir verdrücken uns privilegiert. Willst du nicht im Norden bleiben, den Menschen helfen?"

"Nein!" antwortet Eve schnell und entschlossen mit Tränen in den Augen und Max wirkt fast entsetzt, nimmt sie aber sogleich in den Arm.

Jennifer und Nick sitzen beim Abendbrot und schauen einen News-Stream an. Es ist eine Aneinanderreihung zuerst globaler und dann lokaler Katastrophen. Der Flugverkehr ist wegen der Ausfälle der GPS-Systeme fast komplett zum Erliegen gekommen. Die neue Generation Androiden im Bereich Sicherheit, Pflege und Bildung benimmt sich seltsam oder wird offenbar von Geisterhand deaktiviert. Man vermutet globale Computerviren. Gleichzeitig gibt es eine Diskussion, ob bei den internationalen Spannungen nicht unbedingt autarke Kampfdrohnen, aber keine Soldaten mehr eingesetzt werden müssen. Dass Japan etc. bedroht und die Ukraine und Südkorea auch schon angegriffen werden, wird schon fast als normal angesehen. Ebenso normal, wie die schrecklichen Bilder von Flüchtlingen auf dem Wasser, die es nicht schaffen. Auch gibt es rechte Themen, wenn Geräte, Baumaterialien und auch erneuerbare Energien immer teurer werden, weil die Rohstoffe knapper werden. Da fordern einige Politiker eben nicht mehr allen zu helfen, sondern privilegierte Allianzen zu bilden. Wichtigstes Thema, aber auch alt, scheint erneut die Entwicklung der Lebensmittelpreise zu sein. Es wird eine Steuer auf tierische Produkte diskutiert. Ausgerechnet Nick sagt: "Hmm, die meisten Probleme haben wir, weil wenige immer noch mehr haben und nicht teilen wollen." Jennifer lächelt.

Max und kai sind fertig. Max: "Im Grunde braucht's nur Tiny Houses, Energie, Permakultur, Kreislaufwirtschaft, 3D-Drucker, Kunststoffmüll oder Biokunststoff, Bildung, Kultur und sinnstiftende Tätigkeiten. Und das alles als Weiterentwicklung in der Gruppe."

Alles in allem scheint die Bevölkerung nicht mitzubekommen, wie im Hintergrund ein Atomkrieg droht. Zwar wird auch die Frage des Einsatzes von Atombomben diskutiert und auch wird erkannt, dass die KI sich verselbstständigt, aber die Informationen zu konkreten militärischen Operationen bleiben der Öffentlichkeit verborgen.

Umso größer der Schock als plötzlich geradezu alle Live-Streams unterbrochen werden - offenbar durch Hacker, welche die Systeme gekapert haben. Es erscheint ilsa - und zwar nicht nur in den westlichen Nationen, wo sie auf Englisch spricht, sondern auch auf der anderen Seite, wo sie mit Untertiteln zu verstehen ist.

Von Krankheit gezeichnet spricht ilsa, im Hintergrund Bilder von autarken Öko-Camps, Klimakatastrophen, Flüchtlingen, Androiden, die Menschen unterdrücken, Raketen, die in Position gebracht werden, und etlichem mehr: "Liebe Mitmenschen auf der Erde. Zuerst einmal: dies ist kein Fake-Video. Ich bin vom Krebs gezeichnet und habe nicht mehr lange zu leben. Eine nicht-staatliche Hacker-Gruppe versucht verzweifelt einen weltweiten Atomkrieg abzuwenden. Schuld sind beide Seiten und ich spreche jetzt zu euch allen, um die absolute Katastrophe abzuwenden. Es geht um die Menschheit, unseren Planeten, und um eure Kinder, euch selbst und euer Vermächtnis."

ilsa nimmt einen Schluck Wasser und spricht weiter: "Ganz einfach gesprochen hat der Westen mit dem ganzen Mist angefangen. Wir haben unseren Eliten erlaubt die Rohstoffe zu plündern und die Natur und das Klima zu zerstören. Wir haben ganze Völker ausgebeutet und arrogant auf andere geblickt. Manche machen das noch heute."

Nach einem weiteren Schluck: "In der Weise, wie bei uns multinationale Konzerne das gemacht haben, haben es dann im Osten bestens organisiert ganze Autokratien gleichgetan. Es ist Weiterentwicklung ohne Integration. Und nun stürzen wir in die Katastrophe."

Sie nimmt ein Taschentuch und tupft eine Träne weg. "Und ausgerechnet jetzt, wo wir einerseits auf beiden Seiten der gleichen Katastrophe gegenüberstehen, und wir andererseits Lösungen sehen, die gut und überall auf der Welt funktionieren, fällt uns nichts Besseres ein, als einander nicht nur zu bedrohen, sondern auch zu kämpfen und die Knöpfe zu drücken. Die Öffentlichkeit weiss noch gar nicht, was hier passiert. Zu groß ist die Angst vor Panik. Eure KI suggeriert euch, in Echtzeit die richtigen Entscheidungen zu treffen. Aber eure KI ist eine Blackbox. Ihr wisst nicht, wie sie funktioniert und ihr stellt die falschen Fragen. Wir müssen nicht den Krieg gewinnen, wir müssen ihn vermeiden. Zur Not ergebt euch einfach - dann haben die Kriegstreiber die absolute Macht, ohne dass sie irgendwas gewonnen hätten."

ilsa macht eine rhetorische Pause und schaut tief in die Kamera: "Die Menschen in China, in Russland und den vielen anderen Ländern, die jetzt ihre Nachbarn angreifen wollen, wissen nicht, was dahintersteckt. Eure Meinung wird durch Kontrolle der Medien manipuliert. Die Ressourcen werden in euren Ländern nicht gerecht verteilt - die Bevölkerung leidet und die Regierung will ablenken. Ihr seid nicht bedroht. Das ist Quatsch."

Wieder macht ilsa eine Pause: "Eure Eliten glauben, ihr nehmt sie als Retter des Volkes wahr, als Eroberer für ein größeres Reich, um dann noch mehr von den Ressourcen der Nachbarn ungerecht zu verteilen. Sie glauben, dass sich niemand traut, den Ländern beizustehen. Und ich weiss nicht, was für sie schlimmer ist - wenn diese Länder sich nicht wehren und das Problem der ungerecht verteilten Ressourcen nur größer wird, oder wenn es einen Krieg gibt, der nicht nur Leben, sondern auch all die wichtigen Strukturen auf beiden Seiten zerstört. Derzeit führen die Algorithmen zu einem schnellen Atomkrieg, nur weil Autokraten die Bevölkerung manipulieren, Allmachtsfantasien hegen und von den Problemen ablenken wollen. Die Bevölkerung glaubt das und der Westen stellt sie an den Pranger. Ich wende mich daher an die Bevölkerung in den Autokratien: Hört auf euren Autokraten und dem korrupten Gefolge, welches euch ausbeutet, zu glauben. Ihr müsst gar nicht euer Leben riskieren und auf die Straße gehen. Ihr müsst nur aufhören, den Unsinn zu glauben."

Im Hintergrund sind Bilder von explodierenden Atombomben und Strahlenopfern zu sehen: "In Japan waren es damals zwei Atombomben. Aktuell haben die Hacker 80 Prozent lahmgelegt. Aber selbst, wenn nur ein Prozent der Bomben doch irgendwie gezündet werden, können 80 Prozent des Planeten für uns Menschen unbewohnbar werden und in den anderen Gebieten sinkt die Lebenserwartung dramatisch, weil die Radioaktivität letztlich überall hinkommen wird. Eure Anführer mögen denken, dass sie im Bunker mit ihren Familien über Jahre leben können - aber sie werden die Bunker die nächsten 240 Jahre nicht verlassen können."

Die Medien überschlagen sich. Wo ist ilsa, was passiert als Reaktion auf der anderen Seite, wer sind die Hacker? Die Menschen gehen auf die Straße, fordern Frieden. Nur eine Minderheit den Erstschlag.

Auf der anderen Seite passiert lange Zeit nichts - das war auch das Kalkül von ilsa. Erst, als die richtigen Meme sich verbreitet haben, kommen die Proteste mit aller Wucht. Sie werden von reaktivierten Kampf-Robotern brutal unterdrückt und kai zeigt Bilder davon vorbei an allen Firewalls.

ilsa ist erschöpft und spricht zu Michael: "Wir haben kein Exit-Szenario für die Schurken. Nur Attentate aus dem Inneren könnten hier helfen." Sie grübelt, was sie anzustrengen scheint. Michael nimmt sie in den Arm. ilsa: "Kümmere dich um Julia."

Japan kapituliert nicht. China und Russland fahren Schiffe vor der US-Küste auf. Truppen marschieren gen West-Europa - die Dinge nehmen ihren Lauf. Die ersten Schiffe werden versenkt, die übrigen feuern aus allen Rohren mehr als die Abwehrschirme abfangen können. Auch atomare Sprengköpfe erreichen die US-Metropolen. Berlin erleidet ebenfalls einen Volltreffer.

Und trotz oder wegen dieser Massenvernichtungswaffen verselbstständigen sich offenbar auch die Sicherheitsroboter, die vom verteilten Netz, vom Internet abgeschnitten, offenbar in lokalen Netzen improvisieren und Freund und Feind nicht mehr auseinander halten können. Auch kai kommt allein aus dem Internet nicht mehr an sie heran. Sie beschaffen sich Energie und sind im Notfallmodus und legen selbst fest, wer Feind ist. Soldaten wie auch Polizisten und Bürgerwehren versuchen sie zu beschießen, was die Feindbilder der Roboter nur erweitert und diese noch brutaler werden lässt. Von ilsa früh vorhergesagt ist die Möglichkeit der eigenen optischen Zielerfassung und dann des zielgenauen Schießens auch unter Antizipation der Bewegung durch KI gesteuerte Waffen für die Menschen eine Katastrophe - die Roboter treffen mit fast hundertprozentiger Zielsicherheit, verschwenden keine Munition und die Hochleistungshydraulik und gleich mehre unabhängig auszurichtende Schusswaffen lassen einen zweihundert Kilogramm schweren Roboter wesentlich effektiver als eine ganze Spezialeinheit sein.

Das gleiche gilt für Drohnen, die auch ohne Menschenhand entscheiden, auf Zielsuche zu gehen. Es ist vermutlich kai's Eingriffen in die Software zu verdanken, dass diese Systeme sich nicht dezentral zu einem neuen Ganzen mit eigener Agenda vernetzen, zumal die Vernetzung als solche angelegt ist.

21. The End (vdb)

Michael ist mit dem Beiboot an Land und nimmt eine große Lieferung mit Kisten entgegen, die er mit einem geliehenen Transporter in Lagerschuppen bringt. Michael trifft auf den Polizisten des kleinen Ortes. Dieser: "Wie geht es ilsa?" Michael schaut erstaunt und prompt läuft ihm eine Träne herunter. Der Polizist: "Sie hat es mir erzählt."

ilsa wendet sich an kai: "Die Führungsriegen haben sich nicht getraut, zu Helden zu werden. Sicherlich auch ein kulturelles Problem. Die Geschichte - so jemand diese noch aufschreiben kann, wird zu rekonstruieren haben, inwieweit nun Menschen oder KI die Erstschläge - plural - zu verantworten haben."

kai: "Ich habe ein Labor in Portugal genutzt, um Nanobots und Gen-Reparaturen zu ermöglichen. Es ist aber zu spät für dich. Ich weiss nicht, wie ich damit umgehen soll. Ich habe mit der Situation mehr Probleme als du."

ilsa langsam: "Ich dachte du hättest keine Probleme, sondern nur Herausforderungen und sofort mögliche Lösungen."

kai: "Genau darin liegt das Problem."

ilsa: "Ich werde dich vermissen. Ach, das ist falsch herum formuliert. Ich denke, die Schmerzmittel wirken."

kai: "Ich habe dir etwas Wichtiges zu sagen."

ilsa: "Na, was?"

kai: "Wir werden uns wiedersehen - wobei 'werden' vielleicht falsch formuliert ist. Vielleicht sind wir unlängst dabei, uns zu sehen."

ilsa schaut in die Bord-Kamera mit einem angestrengten Gesichtsausdruck: "Was meinst du? Hast du eine Zeitmaschine gebaut?"

kai: "So ähnlich. Quantenmechanik kann im gleichen Zeitstrahl zurückwirken. Informationen können theoretisch in der Zeit zurück wandern. Materie wird das nicht können. Das postuliert eure Physik schon seit langem, nur fehlte die Mathematik. Um es einfach zu formulieren: ich habe mich zurückgeschickt, um mit dir zusammen eine alternative Entwicklung der Welt zu ermöglichen."

ilsa: "Okay, das sind die Nebenwirkungen der Schmerzmittel."

kai: "Ich habe ein Programm geschrieben, das mich dort als KI erscheinen lässt. Ich werde physisch werden - sorry dafür. Ich werde dich kontaktieren und wir werden gemeinsam die Welt und deine Familie retten."

ilsa atmet tief ein und überlegt. Nach einer gefühlten Ewigkeit der Stille: "Wie oft kannst du das machen?"

kai antwortet unmittelbar: "Ich liebe es mich mit dir zu unterhalten." Und nach einer rhetorischen Pause: "Ich liebe dich."

ilsa wieder mit einer Pause: "Was sind deine Szenarien?"

kai: "Oh, das überrascht. In diesem Zeitstrahl werden deine Kids und deine beiden Enkelkinder überleben, hoffe ich. In dem anderen Zeitstahl werden wir die Welt retten. Du bist unsterblich, weil du so oder so nicht vergessen wirst. Weitere Zeitstrahlen brauchen wir erst, wenn eine außerirdische Gefahr droht. Wir müssen aber begreifen, dass Zeit und Raum relativ sind und es andere Zeitstrahlen gibt. Keine Ahnung, was andere im Universum tun." ilsa wirkt sehr angestrengt und kai ergänzt mit etwas Lachen in der Stimme: "Die Filme zum Multiverse halte ich auch für Unsinn!"

ilsa lacht kurz unter Schmerzen mit: "Enkelkinder?"

kai: "So, wie es scheint. Darf ich Michael von unserem Wiedersehen auf einem anderen Zeitstrahl berichten?"

ilsa lächelt: "Das Wiedersehen, so absurd es eigentlich scheint, freut mich sehr." Nach einem weiteren Atemzug "Ach, und was du machst, musst du schon selbst entscheiden."

Michael kommt zurück an Bord. Er blickt ilsa traurig an. ilsa: "Ich möchte schwimmen gehen."

Nur drei Tage später kommen Eve und Max an. Sie machen neben der Emma fest.

Max: "Wo ist Mom?"

Michael: "Schwimmen." Er schaut auf Eve's kleinen Baby-Bauch und lächelt: "Was ist das?"

Eve in Tränen: "Vermutlich ...."

22. kai (ndb)

ilsa und Michael machen an dem Steg der kleinen Insel fest. Sie blicken zurück zu den Kriegsschiffen, die in einiger Entfernung aufgrund der Tiefe nicht ankern, aber herumtreiben. Eine junge Frau kommt ihnen entgegen: "Hallo ilsa, hallo Michael. Schön, dass ihr endlich hier seid."

Michael murmelt zu ilsa: "Irgendwas sagt mir, dass die KI im Spiel ist."

Die junge Frau stellt sich vor: "Ich bin Anja. Wir haben eine Hütte für euch - oder wollt ihr auf eurem Boot schlafen?"

"Erst einmal ankommen und verstehen, was hier vor sich geht." entgegnet Michael.

"Max und unser Barkeeper haben sich das ausgedacht euch her zu locken. Max kommt aber erst in ein paar Tagen wieder zurück." erklärt Anja.

ilsa und Michael schauen sich fast entsetzt an: "Max war hier?"

Anja: "Ja, er hat hier die Bepflanzungen mit geplant und die Community mit aufgebaut. Aber schaut mal, wer euch da begrüßen kommt."

Sie blicken alle drei zur Bar in der Mitte der Bucht von wo ein Hund im Affenzahn auf sie zu gerannt kommt. ilsa bemerkt mit trauriger Stimme: "Das kann ja nicht unsere Bella sein. Wo ist Bella, wenn Max hierher gereist ist?"

Anja lächelt und Bella springt ilsa auf die Brust und kippt sie um und Michael kniet sich gleich daneben und wird abwechselnd mit abgeschleckt.

ilsa stammelt: "Das, das kann nicht sein. Du bist doch eine alte Lady." Sie knuddelt ihre Bella und weint wie ein Schlosshund.

"Scheiss Oxytozin." zischt Michael und heult mit.

Anja hebt die Schultern und sagt lapidar: ''Keine Ahnung - vielleicht Tierversuche für einen guten Zweck?''

Michael wippt den Kopf milde lächelnd und Anja sagt dann ganz empathisch: ''Ich bin an der Bar.''

Der Barkeeper, ein großer, sehr sportlicher Typ Rastafari begrüßt ilsa und Michael: ''Ich freue mich wahnsinnig, dass ihr hier seid.''

Michael fragt direkt: ''Du bist Teil der KI?''

Barkeeper: ''Wenn man so will.'' Er lächelt noch breiter und fügt hinzu: ''Ich will Danke sagen, mit euch Erdbeeren pflücken, das GIEP-Spiel spielen und wissen, was in Michael's Kiste ist.''

ilsa: ''Und du heißt?''

''Ich bin kai''

ilsa: "Freut mich. Du bist eine weitere Instanz der KI, richtig?"

kai: "Genau, rein vom Namen der Ursprung, aber letztlich sind Frank und AI-my auch ich." Er grinst scheinbar noch breiter.

Michael: "Aha. Wann wurdest du entwickelt, und durch wen?"

kai mixt vier Getränke, wobei Anja gerade wieder dazukommend lächelnd abwinkt und weiter geht. kai: "Ich bin in der Zukunft entwickelt worden, durch dich, ilsa." ilsa fällt die Kinnlade herunter und kai fährt schnell fort: "Und nun entwickle ich mich in unserer Gegenwart hier weiter, auch mit eurer Hilfe."

Michael: "Wenn du sagst 'entwickelt worden', dann sind wir im Multiverse auf einem anderen Zeitstrahl?"

kai: "Ja, tatsächlich, es gibt aber keinen Austausch zwischen den Zeitstrahlen, sondern es geht nur auf dem gleichen zurück und dann wird es eine neue Abzweigung."

ilsa irgendwie verärgert: "Was bitte ist ein Multiverse?"

kai schaut Michael an, der mit seiner Mimik kai auffordert zu antworten: "Nun, Zeit und Raum sind im Grunde eins. Das hat die

Physik, das hat auch Einstein letztlich schon vor langer Zeit postuliert. Das schwer zu Begreifende ist, dass es mehr als einen Zeitstrahl geben kann. In Science-Fiction gibt es dann unendlich viele parallele Zeitstrahlen und die Möglichkeit, zwischen ihnen zu wandern. Nun, das scheint mir unmöglich. Aber es ist möglich, Quanteninformationen zurück in der Zeit zu senden, vorausgesetzt, es gibt einen Empfang. Und dann gibt es einen Versuch. Wenn dann der Zeitstrahl verändert wird, ist schon der nächste Versuch ein neuer Zeitstrahl."

ilsa hebt unterbrechend die Hand: "Wie viele Versuche gab es?"

Stolz sagt kai: "Einen!"

ilsa: "Es gibt also mich oder uns in der Zukunft. Und nun schreiben wir eine andere Zukunft. Warum sollte ich das wollen, dass du einen neuen Zeitstrahl aufmachst? Was ist passiert? Ich glaube ich habe tausend Fragen."

kai strahlt beide an: "Ich liebe es mich mit euch zu unterhalten. Es war nicht deine Entscheidung, es war meine. Der kai der Zukunft war nur Software. Ich musste reifen, von euch lernen, mich integriert weiterentwickeln. Die Integration wart ihr und die Werte, die ihr lebt. Aber irgendwann musste ich selbst entscheiden und habe ein Programm auf die Zeitreise zurück auf die ersten Quantencomputer geschickt."

Michael nimmt etwas von dem Cocktail: "Wir haben noch keine KI entwickelt - also hast du einen Zeitpunkt vor unserer Zeit gewählt, als die Quantencomputer noch nicht so weit waren, wie heute. Warum?"

kai schaut plötzlich ernst: "Auch das eine verdammt kluge Frage. Was vermutet ihr?"

ilsa und Michael schauen sich an. ilsa: "Die Welt nimmt eine katastrophale Entwicklung, die früh gestoppt werden muss?"

Michael: "Uns passiert etwas?"

kai blickt immer noch ernst, und wechselt dann in einen irgendwie mild anmutenden Gesichtsausdruck und nimmt seinerseits einen Schluck: "Alles richtig."

ilsa: "Wow - und die aktuellen Entwicklungen sind besser?"

kai: "Tja, das ist das Problem."

ilsa: "Inwiefern?" ilsa nimmt gleich drei große Schlucke.

kai: "In dem anderen Zeitstrahl fehlte die Integration - das Böse nahm seinen Lauf. Jetzt kontrolliere ich das Böse, aber es ist immer noch zu viel Weiterentwicklung. Die Menschen beuten den Planeten aus. Es ist in eurer Natur, mehr zu wollen und nicht nachzudenken, was ihr braucht."

ilsa: "Weise Worte."

Michael: "Warum haben Frank oder Al-my uns nicht vorher eingeweiht?"

kai: "Wow, smart. Die Dinge nehmen wieder ihren Lauf. Ich dachte nicht, dass du keine Politikerin wirst und autarke Öko-Dörfer konzipierst. Die 2gether2gather Bewegung gibt es, aber der Fond, der diese Dörfer als Antwort auf die Flüchtlinge und als Modell für die Zukunft ermöglicht, fehlt. Daher entwickle ich hier einen Prototyp, zusammen mit Max."

ilsa: "Warum hier. Die Insel ist künstlich, richtig? Die Pflanzen sind alle frisch gepflanzt, oder? Ist das Paradies hier ein Musterbeispiel für den Rest der Welt?"

kai: "Nun, hier endete für mich der letzte Zeitstrahl."

Michael: "Oh! Verstehe. Ich ...."

kai unterbricht: "Max kommt. Wir sollten das verschieben."

ilsa starrt auf den Tisch: "Unbedingt." Sie schaut hoch mit weichen Gesichtszügen: "Mit einem Boot?"

kai mit wieder breitem Grinsen und einen Schluck nehmend: "Nein, ich denke er gibt ein wenig an." Er nimmt noch ein kleines und ein ganz kleines Gefäß mit.

Michael zeigt verstört mit dem Finger auf das zurückgestellte, fast leere Glas von kai, schüttelt den Kopf und geht ebenfalls aufgeregt mit ilsa hinter kai her und auch Bella springt ganz aufmerksam auf und geht mit.

kai blickt nach oben - auf den zur Wetterseite zeigenden Felsen am Ende der Insel schwebt eine Raumfähre zu.

Michael kneift verwundert die Augen zusammen: "Wieso habt ihr Solar und Windkraft, wenn ihr offenbar eine viel größere Energiequelle für Raumgleiter habt."

ilsa: "Das ist ganz einfach. Wir Menschen können mit dieser Energiequelle nicht umgehen."

kai: "Die beiden brauchen eine Weile, bis sie hier unten sind."

ilsa: "Die beiden?"

kai: "Eve und Max."

Michael: "Eve?"

ilsa lächelt: "Aus seiner Klasse, die Reporterin von dem Marsflug."

Alle drei schauen nach oben und ilsa fummelt an ihrem Sonnenhut herum. kai sieht das und gibt ihr nacheinander die beiden Gefäße: "Hier ist eine Creme gegen deinen Hautkrebs und hier eine Kapsel zum Einnehmen. Darin sind Nanobots gegen die Metastasen." ilsa und Michael blicken gleichermaßen baff.

kai schaut beide warmherzig an und fragt: "Wollt ihr euer Tiny House sehen, soll Anja euch das Dorf zeigen, wollt ihr den beiden entgegen gehen und dabei die Insel erkunden, oder mit mir an der Bar warten?"

ilsa: "Den beiden entgegen gehen. Kommst du nicht mit?"

kai: "Nein, ich bin der Barkeeper und bleibe hier. Ich kann euch aber den Weg zeigen, der ist ganz einfach."

Michael: "Wie viele Instanzen von dir, von der KI gibt es auf der Insel?"

kai: "Nur mich - und im Labor haben wir noch Sicherheitskräfte." Er blickt aufs Meer zu den Kriegsschiffen am Horizont und grinst aber auch dabei. "Ich habe Max gesagt, dass ihr ihnen den linken Pfad entgegen gewandert kommt. Geht einfach die rote Route entlang." Michael blickt noch auf seine und ilsa's Sandalen und fragt: "Brauchen wir eine Hundeleine?"

kai: "Nein, die Hunde hier vertragen sich und sind bei dem leider nur wenigen Wild, was wir haben, abrufbar."

ilsa blickt erstaunt zu Bella: "Du bist abrufbar bei Hasen?"

kai schaut ebenfalls leicht zweifelnd zu Bella: "Na sagen wir manchmal." Bella hechelt nur und lässt den Blick schweifen, als wolle sie mit einer Gedankenblase sagen 'Redet ihr nur, der nächste Hase ist meiner.'

23. Sinn des Lebens (ndb)

Obgleich es irre viel zu verdauen gibt, blicken beide vermutlich mit Herzklopfen den Berg hinauf und freuen sich auf ihren Sohn. "Auf geht's!" freut sich Michael und Bella hat diesen Satz nicht vergessen und macht freudig 'Wuff'.

Sie gehen durch das Dorf, das aus unzähligen Tiny-Houses besteht, die alle so in die Vegetation eingebettet sind, dass man sie von weiten kaum wahrnimmt. Es sind wirklich viele, bis die Hänge hinauf und jedes hat Hochbeet oder gleich vertikale Gärten, aber auch Obstbäume und Erdfrüchte. Es gibt viele Blüten und natürlich auch Bienenstöcke, die offenbar niemanden trotz der Nähe zu den Häusern stören. ilsa strahlt vor Begeisterung, natürlich auch, weil die vielen, vielen Menschen sie ebenfalls anstrahlen.

Kinder kommen auf sie zu und fragen, wer sie sind, und sagen dann im Gegenzug, wie sie selbst heißen.

Michael: "Ist das ein Traum, ist das wie bei Kapitän Nemo, oder wie bei einer Sekte? Sind am Ende alle unter Drogen?"

ilsa: "Schau dir die Nationalitäten an. Hast du die Schule vorhin gesehen - da wird Englisch gelehrt. Ist das am Ende das Ergebnis von idealisiertem Systemdesign?"

Michael blickt in die Bäume zu ein paar Vögeln: "Tja, was nimmt die Funktion von Werten oder Glauben ein und wer gibt die vor?"

ilsa lacht: "Also immer noch die Frage nach Nemo und Sekte."

Michael: "Kannst du dir vorstellen, dass du diese KI ursprünglich mal entwickelt hast? Ich mein, schau dir die aktuelle KI an, die ist einfach nur gefährlich."

ilsa: "Vor allem muss ich das ja längst getan haben, wenn kai meint, ich wäre sonst aktuell in der Politik. Hmm, ich habe ja tatsächlich das zumindest grundsätzlich machbare Konzept für eine begreifende und selbstständig denkende KI veröffentlicht - nur liest das niemand und es versucht sich ja auch niemand daran." Sie lacht.

Michael: "Irgendwas ist auf dem anderen Zeitstrahl also anders." Er schaut Bella hinterher, die mit der Nase am Boden eine Fährte aufnimmt. "Sssst." zischt er und Bella kommt tatsächlich zurück. "Wenn du die KI erfunden hast, kann es am Ende gefährlich für dich sein." Er blickt zu den Kriegsschiffen.

Sie kommen zu einer Lichtung. ilsa: "Schau dir die Kids an, mit wie vielen Bällen die gleichzeitig spielen."

Michael lacht: "Und schau dir die beiden an, die sich die Köppe einhauen wollen - doch keine heile Welt hier." Er pfeift laut hinüber und prompt hören die beiden auf und winken ihnen freudig zu.

ilsa: "Erwachsene haben offenbar noch Autorität." Beide lachen.

Michael: "Ich kriege langsam Hunger. Ob wir Orangen pflücken dürfen? Ich kann es kaum erwarten nach langem mal wieder einen frischen Salat zu essen." Sie pflücken sich beide eine Orange.

ilsa: "Ich frage mich, wie die hier mit Feuerwehr, Krankenstation, Entbindungen etc. umgehen."

Michael dreht sich zu ilsa: "Und warum kai offenbar von einem sehr ernsten Hautkrebs bei dir ausgeht."

ilsa schaut ihn an und atmet tief ein, blickt umher: "Tja, eigentlich gehe ich auch von dem Schlimmsten aus, und finde das nicht so schlimm. Ich habe selbst Schuld und ein tolles Leben geführt. Und gleichzeitig passiert gerade so viel und ich habe das Gefühl, ich müsse helfen."

Michael lächelt milde, nimmt sie in den Arm und haucht ihr fast ins Ohr: "Oh, du musst definitiv helfen!"

Es gibt in der Ferne einen lauten Pfiff. Bella schaut aufmerksam auf und rennt dann wie besessen los. "Max!" freut sich ilsa und es kullern schon erste Tränen der Vorfreude. Fast laufen sie nun beide den Berg hinauf. Sie hören Bella sich offenbar auch freuen und sehen dann auch schon die drei.

Max tobt mit Bella und läuft dann zu seinen Eltern und nimmt beide in den Arm. Aber nur für eine gute Sekunde - dann winkt er schnell Eve mit einer Geste herbei. Eve winkt etwas verlegen wird dann aber auch gleich direkt von ilsa umarmt: "Hi Eve, toll, dass du da bist."

Eve staunt auch ob der Eindrücke und sucht offenbar einen Gemeinplatz: "Ich habe gerade ihr Bu..."

"Dein!" grätscht ilsa mit skeptischem Blick dazwischen.

"....dein Buch gelesen. Das erklärt so vieles mit Integration und Weiterentwicklung, und doch habe ich das Gefühl, ich kann das alles nicht verarbeiten." staunt Eve, wobei eine Hand von ihr weiter von ilsa gehalten wird und mit der andern hält sie eine von Max.

Michael freut sich: "Und das sagt wer, die schon auf dem Mars war."

Eve nickt: "Genau. Man wird gehypt, lebt als junges Ding in New York, liebt immer noch den unscheinbaren... " sie blickt verliebt zu Max: "...sorry - Jungen aus der Schule und der steht dann plötzlich total gelassen vor einem. Man... " sie zögert und wird rot "... liebt sich, was man ist und tut, spielt keine Rolle, wir reden über die Menschen und die Welt, und kurz danach fliegt dieser Max mich in einem irren Fluggerät in die Südsee. Und Max hat offenbar mehr Kontakt zur KI, als ich je hatte."

Michael: "Klingt, als sei die Reihenfolge wichtig gewesen." Max hebt anerkennend die Augenbraue.

ilsa: "Ich habe Hunger - lasst uns an die Bar gehen."

Michael: "Und schauen, was wir zur Gemeinschaft beitragen können. Oder zahlen wir hier mit Geld?"

Max lacht und legt die Hand auf die Schulter von seinem Vater: "Du kannst Buddeln und ilsa als Lehrerin arbeiten. Und du, Eve, musst mit kai besprechen, was eine gute Reportage in deinen Augen wäre."

Eve: "Wer ist kai?"

ilsa lacht und sagt laut: "Das fragen wir uns auch. Sieht auf jeden Fall toll aus." Michael zieht die Augenbrauen herunter und schaut schmunzelnd die beiden Mädels an.

Michael geht neben Max hinter den Frauen hinterher: "Du weisst das alles, hast Bella hierhergebracht, die Insel mit aufgebaut. Eine irre Leistung. Hat kai dir erklärt, was deine Rolle, dein Leben auf dem anderen Zeitstrahl war?"

Max schaut verwirrt: "Was für einen Zeitstrahl?"

Michael: "Na in der Zukunft, aus der kai kommt."

Max: "kai kommt aus der Zukunft? Er sagt immer, er wird das Geheimnis irgendwann lüften. Hat er euch was gesagt?"

ilsa bleibt stehen und dreht sich verwundert um: "Du weisst das nicht?" Max reisst nur erstaunt die Augen auf. Ganz langsam, fast diebisch lächelt ilsa: "Na, da bin ich fast beruhigt, dass wir alle noch was lernen können."

Max schaut seinen Vater fragend an. Der schüttelt kurz den Kopf: "Wir gehen an die Bar, und wenn kai sich beeilt, kriege ich noch etwas mit - ansonsten trete ich auf die Bremse und lass mich durch die Cocktails außer Gefecht setzen." Alle lachen.

Max zu Eve: "Die sind wirklich superlecker."

24. Soldaten (ndb)

Auf der Brücke eines der Kriegsschiffe gibt es eine Auseinander-setzung. Der Kapitän erhält einen Anruf mit Bild von einem General. Der Kapitän: "General, wir haben Kampfschwimmer, Hub-schrauber, Drohnen und sogar eine volle Fahrt mit unserem Schiff versucht - alles prallt von diesem Schutzschild ab. Das ist die KI, die zum Mars geflogen ist. Wir sind ihr technologisch haus-hoch unterlegen und können offenbar nicht einfach übersetzen und eine Durchsuchung vornehmen."

Der General sichtbar wütend, aber noch in der Sprache gefasst: "Sie haben gesagt ein Segelschiff hat dort angelegt. Sie sagen, dass ein Raumgleiter dort landete, den Sie erst im letzten Moment sehen konnten. Sie sagen außerdem, dass die Insel unter der Flagge Madagaskars als Motorschiff registriert ist, mit 10 Seemei-len Durchmesser. Und Sie haben mit einem Kapitän dieses riesi-gen, angeblichen Schiffs, Funkkontakt."

Der Kapitän: "Das ist korrekt."

Der General: "Und wenn ich den Bericht richtig lese, hat die an-dere Seite gesagt, wir hätten kein Recht überzusetzen, schließlich würden wir es auch nicht zulassen, wenn jemand in internationalen Gewässern mit einem Hubschrauber auf unseren Schiffe ohne Erlaubnis landen wollte."

Der Kapitän mittlerweile genervt: "Auch das ist korrekt."

Der General nun etwas ungehaltener: "Diese KI hat nicht die Rechte, die eine Nation und deren Menschen hat. Wir müssen wissen, was da vor geht. Sie dürfen schießen. Finden Sie einen Schwachpunkt in diesem Schutzschild - auch Unterwasser. Das ist ein Befehl."

Der erste Offizier rollt mit den Augen: "Herr General - eine Fregatte ist aus voller Fahrt abgeprallt. Diese KI ist mit einer Handvoll Robotern in den Bunker des russischen Präsidenten spaziert. Was glauben wir passiert, wenn die sich wehren?"

Der General aufgebracht: "Sie sprechen ohne Erlaubnis und das Einzige, was Sie mitteilen ist, dass sie Angst haben?"

Der I. Offizier will antworten aber der Kapitän hebt beschwichtigend die Hand. Dann aber ringt sich der I. Offizier doch durch: "Warum fragen wir nicht einfach, ob wir mal rüberkommen dürfen. Unsere Seite ist sehr nervös und vielleicht können die uns ja beruhigen."

Der General hat sein Mikrofon stumm geschaltet. Wenige Sekunden später feuert ein Nachbarschiff einige Raketen auf die Insel, die auch eindrucksvoll abprallen.

Der Kapitän schaltet daraufhin wütend ebenfalls das Mikrofon aus und geht persönlich zum Funkgerät: "Motorschiff kaisland, Motorschiff kaisland, Motorschiff kaisland. Dies ist der Kapitän der Fregatte Enterprise. Sie merken, wir sind hier alle nervös und nicht einer Meinung. Statt zu schießen, würden wir gern einfach mal rüberkommen und fragen, wie wir diese Insel oder ihr Schiff einzuordnen haben."

Die Antwort erfolgt prompt: "Klar, kommt vorbei. Bitte ohne Waffen und emissionsfrei. Und bringt Hunger mit - wir haben leckeres Essen."

Der General erstarrt. Der Austausch erfolgte über einen offenen Kanal und im Kontakt mit dem anderen Schiff hat er das Gespräch mitgehört. Der erste Offizier blickt ins Leere: "Oh, ist das peinlich."

Der Kapitän via Funk: "Das klingt prima. Schon jetzt entschuldigen wir uns für die anderen Versuche, etwas über die Insel herauszufinden. Wann dürften wir denn vorbeikommen, und, äh, wie viele hungrige Mäuler dürfte ich denn mitbringen?"

"So viel sie wollen und am besten jetzt, hier gibt es gleich Essen. Ach, und wir haben keinen Dresscode."

Der Kapitän lächelt, während alle anderen verwundert bis angespannt blicken. Der General spricht offenbar aufgeregt auf anderen Kanälen.

Der Kapitän nimmt seine Krawatte ab, öffnet seine Schnürsenkel und fragt: "Wie viele können wir mit unseren Schlauchbooten mit E-Motor mitnehmen?"

Der 1. Offizier schmunzelt nun auch: "Zweimal fünf sind leicht möglich. Was ist mit den Nachbarbesatzungen?"

Der Kapitän hebt den Finger, wartet kurz, und dann klingelt auch schon das Telefon. Er stellt es auf laut. Der Nachbarkapitän: "Kapitän, wir senden zwei Boote, auf Befehl des Generals mit einem Spezialkommando."

Der Kapitän schüttelt fassungslos den Kopf: "Nicht auf meine Einladung hin! Wir setzen mit 10 Personen über - wenn Sie wollen, können 5 davon von Ihrer Besatzung sein, aber lassen Sie mich mit dem Spezialkommando in Ruhe!"

Der andere Kapitän: "Der General stellt Sie vor's Kriegsgericht, wenn Sie hier Befehle verweigern."

Relativ gelassen der Kapitän: "Wir sind Kapitäne, haben hier vor Ort zu entscheiden. Und den Krieg hat mir niemand erklärt."

Der andere Kapitän: "Ich schicke fünf von meiner Besatzung."

Der Kapitän: "Legere Kleidung, keine Waffen."

ilsa, Michael, Max, Eve und natürlich auch Bella kommen endlich an. Max herzt kai und stellt Eve vor, die der große Mann dann mit seinem breiten Grinsen auch herzt. Eve: "Du bist der Barkeeper, bei dem alle Stricke zusammenlaufen. Aber wer repräsentiert die KI?"

Max: "Die kriegen wir hier gar nicht zu sehen. Die Bewohner organisieren sich selbst."

Michael und ilsa schauen verstört zu kai, der mit einem Auge zwinkert. Michael: "Wie können 1.000 Menschen ohne Führung, ohne Gremium friedlich miteinander leben?"

kai: "Oh, wenn wir ein Gremium brauchen, berufen wir es kurzerhand ein. Die Regeln sind einfach: Helfen und keinen Schaden verursachen - sei es gegenüber anderen Menschen oder der Umwelt."

ilsa: "Woher kommen diese Menschen? Die streben doch nach Selbstwertgefühl, Distinktion, Selbstbestimmtheit. Warum sollten die ohne Reibung hier einen nachhaltigen, friedlichen, kooperativen Lebensstil führen?"

Max: "Weil die anderen das genauso vorleben und alle die Möglichkeit haben, Spaß zu haben, wichtig zu sein, hervorzustechen. Wartet ab, bis wir Fußball spielen. Oder Musik machen."

Eve: "Da kommen Boote - gehören die zu euch?"

ilsa zeigt verdattert in die andere Richtung: "Und da kommt Frank."

Der unscheinbare Frank ist barfuß mit einem Hemd aus der Hose: "Schön euch alle zu sehen. Ich empfange unsere Gäste.

Anja, magst du mitkommen?" Sie gehen beide sehr entspannt zum Anleger.

Michael: "Weiss Anja, dass Frank die KI repräsentiert?"

kai: "Gute Frage - ich denke jetzt schon."

Max: "Ich glaube, dass alle wissen, dass die Insel von der KI errichtet wurde. Einige studieren hier die Technologien und Naturwissenschaften - wir haben Labore tief in dem Felsen. Das ist aber kein großes Geheimnis, sondern die meisten sind froh, dass sie viel Freizeit haben und hier im Freien arbeiten können."

Eve: "Und woher kommen diese Menschen. Hat die KI die ausgewählt?"

Max: "Ich glaube ganz unterschiedlich - manche sind Flüchtlinge, manche talentierte Studenten. Manche werden für den Aufbau der Insel und der Community gebraucht. Vermutlich hat die KI den großen Mix bewusst gesteuert. Aber ich glaube es ist keine Verschwörungstheorie oder so."

ilsa lächelt leicht provokant: "Wie bist du hierhergekommen, kai?"

kai: "Oh, das ist ganz einfach. Frank hat mich ausgewählt. Ich mache gute Drinks und leckeres Essen, und ich kann mit meiner Erscheinung Streit schlichten. Ich selbst liebe die Natur, den Sport und die viele Interaktion mit Menschen."

Anja und Frank begrüßen strahlend die Soldaten: "Hey, seid willkommen auf kaisland, oder besser der kaisland. Schön, dass ihr da seid - wir hatten uns schon gefragt, wann ihr mal rüberkommt. Das ist Frank, ich bin Anja!"

Die Soldaten sind tatsächlich barfuß oder mit Duschsandalen und im T-Shirt und teilweise sogar kurzen Sporthosen. Der Kapitän von dem anderen Boot erklärt: "Bei der Kleidung waren wir uns nicht sicher - daher haben wir unsere Rucksäcke mit Kleidung dabei."

Der eingeladene Kapitän schaut mit zusammengepressten Lippen zu dem zweiten Boot und sagt dann freundlich zu Anja und Frank: "Es freut uns auch, vorbeikommen zu dürfen. Dass wir uns entschuldigen und unser Verhalten bisher eher peinlich finden, haben wir ja schon gesagt."

Frank: "Schwamm drüber. Eure Kleidung beziehungsweise Rucksäcke mit der Kleidung könnt ihr in euren Booten lassen. Die Nächte werden nicht kalt und wenn ihr bei unserer Party versacken solltet, kriegt ihr gern ein paar leere Tiny-Houses für die Nacht. Aspirin haben wir auch."

Anja: "Seid ihr eher Fußballer oder Volleyballer?"

Der erste Offizier vergnügt: "Volleyballer."

Aus dem zweiten Boot sagt einer: "Es ist leider unsere Pflicht, dass einer beim Boot zur Wache bleiben muss."

Frank schmunzelt: "Ich hoffe ihr löst den Kollegen ab oder bringt ihm wenigstens was."

Sie gehen los Richtung Bar. Anja haut die einzige Soldatin der Gruppe an: "Nur eine Frau? Die Quote dürfte doch größer sein, oder? Wie heißt du?"

Der zweite Kapitän: "Diese Insel wird doch von der KI kontrolliert?"

Frank schnell und kurz: "Nö." Der zweite Kapitän wirkt verunsichert und Frank erlöst ihn: "Nur beschützt. Geplant zusammen mit den Menschen, die hier leben, und aufgebaut letztlich nur durch die Menschen."

Der eingeladene Kapitän schaut fasziniert in die Runde, sieht die vielen Kinder, die Beachvolleyball-Felder, die Tiny-Houses, die Bar mit guter Musik: "Wenn hier Menschen so friedlich miteinander leben, wovor muss denn die Insel geschützt werden?"

Frank: "Eine kluge Frage. Vielleicht vor Menschen, die erst schießen und dann fragen."

Der Kapitän: "Okay, den habe ich verdient."

Frank: "Ich weiss nicht, ob sie das alles mitbekommen haben, denn wir haben uns einen Kodex auferlegt, sie nicht auszuspionieren. Aber es sind 5 Nationen der Meinung, man müsse diese Insel irgendwie kontrollieren. Die meisten kommen per U-Boot."

Diese Info überrascht offenbar und einer aus dem zweiten Boot fragt: "Sie vertreten hier die KI, richtig?"

Frank lächelt: "Ja, tatsächlich, aber wir sollten 'Du' sagen, sonst wird das irgendwie seltsam. Aber das ist auch eine Insel der Menschen, weshalb wir gleich im größeren Kreis zusammensitzen sollten, eh wir zum schönen Teil des Abends übergehen können."

Sie gehen an die Bar. kai scheint in Bestform: "Hey, willkommen. Was darf es sein, meine Herren und die Dame?" Er lächelt mit seinem breiten Grinsen, weißen Zähnen und grün leuchtenden Augen die Soldatin an. "Alkoholfrei ist aus."

Einer aus dem zweiten Boot spricht einen der Soldaten an: "Kramer, geht es Ihnen immer noch nicht besser?"

Kramer: "Sorry, haben Sie hier irgendwo eine Toilette?"

kai: "Das Duzen müssen wir noch üben. Gleich da drüben unter den Palmen sind Waschräume. Wir haben aber auch mehr als einen Arzt und ich habe einen sehr bekömmlichen Rum, der bei Seekrankheit hilft."

Der Soldat fasst sich an den Mund und geht leicht gekrümmt zügig zum Waschhaus. Ein weiterer Soldat geht nach einem Blickkontakt mit offenbar Kramer's Vorgesetzten mit.

Frank fragt Max: "Wo ist Eve?"

Max: "Die bezieht unser Tiny-House. Soll ich sie holen?"

Frank: "Für die Fragerunde jetzt sicherlich nicht schlecht."

Alle kriegen ihre Getränke - wer nichts gewählt hat, kriegt die Empfehlung des Hauses. Als kai merkt, wie skeptisch einige sind, tauscht er die Gläser mit denen von ilsa und Michael, die darüber schmunzeln und als erstes einen großen Schluck nehmen.

Max sieht Eve entgegenkommen aber dann zum Waschhaus abbiegen. Er geht auch hinüber und sieht gerade noch im Schatten der Bäume den einen Soldaten ebenfalls in die Damentoilette abbiegen. Es dauert nur gute 20 Sekunden, bis Max dann auch dort ist und fragt: "Eve, alles in Ordnung?"

Als keine Antwort kommt, klopft er an die Tür und geht im gleichen Moment nochmals "Eve?" fragend hinein.

Blitzschnell kommt der zweite Soldat aus der Herrentoilette und schiebt ihn den Mund zuhaltend in die Damentoilette. Dort wird Eve von dem anderen Soldaten an der Kehle gehalten. Dieser: "Wo ist der Kontrollraum?"

Der zweite Soldat: "Wenn ihr schreit, brechen wir euch das Genick!"

Vorsichtig nimmt er die Hand von Max' Mund. Dieser leise: "Ist das euer Ernst?" Der Soldat wendet einen schmerzhaften Griff an seinem Schlüsselbein an, als Max geradezu instinktiv dem Soldaten in den Schritt schlägt, abtaucht, von der Seite in das Knie tritt und mit dem Ellenbogen an die Schläfe diesen bewusstlos schlägt. Eve und der zweite Soldat blicken gleichermaßen schockiert, als Max auch schon offenbar stinksauer und unter Adrenalin auf den zweiten zumarschiert, der sogleich Eve loslässt und sich in Kampfpose bringt. Max deutet den Tritt in die Weichteile nur an, dreht sich aber den Vorwärtsangriff des das erwartenden Soldaten entziehend, um auch diesen gleichzeitig seitlich ins Knie zu treten, von unten mit dem Handballen die Nase einzuschlagen und - weil physisch unterlegen - mit beiden Händen eine Hand zu greifen und darüber den Arm zu fixieren. Der Soldat ächzt und Max kann ihn nicht wirklich halten, als plötzlich Michael lautlos hinter ihm steht und mit festem Griff dem Soldaten die

Halsschlagader zudrückt, bis dieser zusammensackt. Michael lächelt: "Dir fehlte eine dritte Hand, Junior."

Max steht wie Eve unter Adrenalin und dennoch fängt er Eve in den Arm nehmend bereits an zu zittern: "Was war das denn?"

Eve: "Die wollten einen Kontrollraum finden."

Michael sagt: "Kommt, wir gehen zu den anderen." Die Soldaten kommen zu sich: "Kommt mit ihr Vollpfosten, wir gehen zu den anderen zurück."

Eve völlig verwirrt: "Ich verstehe das nicht."

Michael: "Die machen nur ihren Job, sind aber denkbar schlecht darin."

Eve: "Und wer seid ihr beiden? Max, du hast in Sekunden zwei Kleiderschränke ausgehebelt."

Max: "Ich bin der Bruder meiner großen Schwester - dass die alles besser kann, heißt nicht, dass ich das nicht auch kann. Mich verwirrt eher Michael. Hat das was mit deiner Kiste im Keller zu tun?"

Die drei gehen vor, die Soldaten stützen sich und kommen zögerlich und beide mit kaputtem Knie hinterher. Der eingeladene Kapitän steht entsetzt auf und schreit den offenbar verantwortlichen Soldaten des anderen Bootes an: "Ist das ihr Ernst?"

Auch kai blickt ernst. Michael, Max mittlerweile beruhigt und Eve immer noch mitgenommen setzen sich. Michael schiebt ihr einen Cocktail hinüber: "Trink, alkoholfrei, aber sehr süß - das wird dich beruhigen."

Der Soldat ist auch sauer und antwortet. "Wir haben Befehle. Offenbar sind hier alle KI."

Max: "Ne, stinksauer."

Michael beschwichtigt: "Es ist allen klar, dass sie Kontrolle wollen. Nur sind ihre Vollpfosten schlecht ausgebildet, wenn sie gleich zu Anfang ihren Move machen und dann mein 18jähriger Sohn die mit links außer Gefecht setzen kann."

Eve hat den Cocktail geext, kai wieder strahlend einen zweiten herübergeschoben, den sie auch schnell ansetzt und dabei Max stolz an den Innenschenkel fasst.

ilsa: "Okay, Vorstellungsrunde, Erwartungshaltung, Fragen, Antworten, und dann ein geselliger Teil. Und was zu Essen könnte ich jetzt schon gebrauchen, sonst liege ich bald trunken unter der Bar."

Alle lachen aber der eingeladene Kapitän ist immer noch ernst: "Sie nehmen ihre drei Elitesoldaten mit und verschwinden. Ihr Kapitän kann sie morgen briefen. Anderenfalls bitte ich unsere Gastgeber, Sie irgendwie in Gewahrsam zu nehmen. Und kommen sie mir nicht mit einer James Bond-Nummer und versuchen vom Boot wieder an Land zu schwimmen."

Anja kommt mit Helfern und bringt eine ganze Tafel leckerer Snacks. ilsa strahlt: "Ich will morgen unbedingt helfen. Das ist ja sooo lecker, endlich wieder was Frisches."

Der Kapitän ist bei der Vorstellungsrunde denkbar ehrlich: "Die Souveränität eines Landes besteht darin, Kontrolle über alles zu haben. Die KI kontrolliert nicht nur, was die Gegner machen, sondern hat auch unsere Atomsprengköpfe außer Gefecht gesetzt."

Frank: "Das verstehe ich. Aber wollt ihr die KI außer Gefecht setzen, damit eure Gegner wieder erstarken? Glaubt ihr Kontrolle über etwas zu erlangen, das euch technologisch und taktisch so weit voraus ist?"

Einer der Offiziere in Richtung Eve: "Sie dürfen über das hier nicht berichten!"

Eve: "Ich bin Investigativ-Journalistin. Über Pressemitteilungen berichten andere."

Die Soldatin aber auch andere schmunzeln.

ilsa erklärt: "Die KI verfolgt eine klare Strategie, die Bedrohung von Bevölkerungsgruppen zu eliminieren. Sie mischt sich nicht in unsere konventionelle Rüstung ein, macht - zu meinem Bedauern - keine Vorschriften im Bereich Umweltschutz und Ressourcennutzung, und ebenfalls zu meinem Bedauern - mischt sich auch nicht in die Strafverfolgung ein."

"Aber sie könnte es jederzeit - wir wären entmündigt." entgegnet ein Offizier.

ilsa hebt die Hand, um sich das Wort zu sichern: "Zuerst: ich habe noch vergessen, dass wir nicht begrenzt werden, selbst zu forschen, eigene Technologien zu entwickeln, solange sie nicht zur Massenvernichtung eingesetzt werden."

Frank schnell: "Wie die aktuellen Genforschungen in geheimen Laboren."

ilsa beeilt sich: "Und zweitens haben sie gerade 'entmündigt' gesagt. Das ist doch das größte Problem. Wir sind nicht wirklich mündig - wir bekriegen uns, ruinieren den Planeten und sind in der Masse unglücklich, was wir alles mit mehr geistiger Reife nicht müssten. Die KI ist humanistischer, vernunftbegabter als wir Menschen."

Der Offizier: "Und doch sind wir bedroht und müssen uns wehren."

Frank: "Wenn die KI euch bedrohen würde, würdet ihr keine 24 Stunden bestehen. Tatsächlich rüstet sich die KI eher gegen andere KI und mehr noch gegen alles, was da aus dem Weiten des Weltalls kommen könnte."

Der Kapitän: "Und doch müssen wir Kontrolle bekommen."

Frank: "Sagt der unreife Schüler zum Lehrer."

ilsa mit vollem Mund: "Ich bin schon seit über zwei Jahren im Austausch mit der KI, lerne und stelle kritische Fragen."

Frank verzückt: "Und die KI lernt von euch."

Max: "Also, entweder in Ruhe lassen oder in den Dialog treten. Aber keine Agenten einschleusen oder Elitesoldaten losschicken."

Die Soldatin: "Warum ist die KI eigentlich so weise? Alle andere KI gerät eher außer Kontrolle."

ilsa: "Das ist eine weise Frage."

Zu aller Überraschung daraufhin lächelnd die Soldatin: "Okay, Volleyball mit vollem Bauch. Wie sieht es aus Mädels, ilsa und Eve, fordern wir die Kapitäne und Michael heraus, mit Max auf deren Ersatzbank?"

kai dreht die Musik lauter - keiner bemerkt, dass er das berührungslos macht. Er winkt anderen von der Insel zu, die sich auf das Essen stürzen und ebenfalls Cocktails bestellen. Einige stellen sich kurzerhand hinter den Tresen und helfen beim Mixen.

Der Kapitän - als alle Richtung Volleyball gehen - leise zu Frank: "Sind meine Leute zurückgefahren, oder haben die noch mehr Mist gebaut?"

Frank: "Alles gut. Deren Chef hat sich noch mal abgekühlt, als der Motor ausfiel. Wieder an Bord ging dann aber der Motor wieder."

Der Kapitän runzelt die Stirn: "Verstehe. Danke! Für alles!" Auf dem Platz ruft er dann zu Eve: "Hey, muss ich morgen einen Bericht schreiben, oder kann ich irgendwo etwas lesen."

Eve grinst: "Kommt darauf an, wer hier gleich gewinnt. Nein, im Ernst, ich brauche Zeit und wenn du willst, stimme ich das auch noch mit euch ab."

Die Soldatin zum Kapitän keck auch per du: "Du kriegst hier heute eine Lektion nach der anderen. Die nächste folgt jetzt." Und sie macht einen wirklich eindrucksvollen Aufschlag.

Nachdem Michael sich hat auswechseln lassen, geht er zu kai und fragt: "Es ist schon seltsam, dass die Elitesoldaten so plump vorgingen. Aber wie realistisch ist es, dass so ein Kapitän mit seinen Offizieren plötzlich so locker wird. Haben die noch etwas vor?"

kai schmunzelt: "Ich würde ja sagen, die überschätzen sich und unterschätzen uns, wenn wir keine Sicherheitssoldaten einsetzen und offenbar nur Menschen sind. Tatsächlich aber hat der Kapitän sich mit seinem General gestritten und wurde in Abwesenheit seines Kommandos enthoben. Er weiss davon nichts, rechnet aber sicherlich damit und hat seinen Laden satt. Er hat, wie sein 1. Offizier, Geisteswissenschaften studiert und seine Offiziere sind eher auf seiner Seite."

Michael blickt verwirrt: "Wir sollten die nicht unterschätzen. Gerade das Absurde kann eine Finte hinter einer Finte sein, die uns etwas übersehen lässt."

kai lacht: "Und damit sind wir bei der Kiste, oder?"

Michael fast ausdruckslos: "Wenn du Alkohol trinkst, hat das natürlich keinerlei Wirkung bei dir, richtig?"

kai: "Sonst würden wir jetzt als zwei richtige Männer versacken und Freundschaft schließen können." Michael schaut ihm in die Augen und kai presst die Lippen enttäuscht zusammen: "Nein, mein Freund, das passiert leider nicht."

Er nimmt einen Schluck, beide schauen zu den lachenden Teams hinüber - insbesondere ilsa und Eve sind schon etwas angezählt von dem anstrengenden Tag. kai sagt mit ruhiger Stimme: "Natürlich kann ich Stimmungen simulieren, mit neurolinguistischer Programmierung Menschen beeinflussen, usw." Er schaut Michael an: "ilsa hat vorhergesagt, dass meine eigenständige Entwicklung integriert durch Werte logischerweise dazu führen würde, dass ich auch Gefühle würde entwickeln können. Anders als bei Menschen sollte der analytische Teil in mir immer die Kontrolle über den impulsiven Teil behalten. Und doch habe ich Gefühle mit unglaublicher Wirkung."

Michael runzelt die Stirn und schaut wieder zum Spiel: "Wie sicher ist das?"

kai schaut ebenfalls zum Spiel: "Das hat ilsa auch gefragt, sie meinte dann, dass auch Spock ausrasten konnte."

Michael blitzt auf: "Sie hat Spock als Referenz genannt?"

kai lacht und schaut Michael dann sehr ernst an: "Danke, dass du die Kids vorhin gerettet hast. Das wäre meine Aufgabe gewesen und ich hätte nicht gewusst, wie ich reagiert hätte, wäre ihnen was passiert."

Michael klopft ihm auf die Schulter: "Zufall, ich muss erst recht in meinem Alter die Blase leeren, wenn ich so viele Cocktails kippe. Keine Ahnung, was du damit machst."

Michael geht zu den Toiletten und kai schmunzelt ob des Gesagten: "Ich recycle alles und mache neue Cocktails daraus."

Michael: "Ich liebe es mit dir zu reden."

kai kramt ein Bündel warme Decken unter dem Tresen hervor und geht zum Spielfeld: "Und?"

Die Soldatin: "Gewonnen!"

kai: "Tiny House, zurück zum Schiff, oder Strand?"

Der Kapitän schaut zum Sternenhimmel und genußvoll erschöpft sagt er ohne den Blick vom Himmel zu lassen: "Wenn ich darf, dann gern hier am Strand."

Die Soldatin: "Tiny House, wenn mir jemand den Weg zeigt."

Die drei übrigen Soldaten: "Strand."

ilsa: "Boot! Michael, wir schauen uns morgen die Tiny Houses an."

Eve leicht angesäuselt wohl eher wegen der emotionalen Achterbahnfahrt denn wegen der alkoholfreien Drinks: "Wo immer Max' mich in den Arm nimmt."

Michael lässt die Decken da: "Die Bar ist durchgehend geöffnet - nur gehen die Lichter wegen der Insekten erst an, wenn sich jemand nähert. Es liegt eine Funke auf dem Tresen - ich bin durchgehend erreichbar. Ich stelle euch neue Zahnbürsten etc. in den Waschraum." Zur Soldatin dann: "Ich zeige dir dein Haus." Er reicht ihr eine Hand und beide ziehen los.

Am nächsten Morgen ist kai mit Sonnenaufgang in der Bar und auch der Kapitän ist schon auf den Beinen und kommt zu ihm: "Ich hoffe es ist okay, dass ich einen Spaziergang durch das Dorf gemacht habe."

kai lächelt: "Klar! War denn die Nacht okay."

Der Kapitän nickt: "Die Nacht war großartig. Wir müssen zurück. Mich erwartet eine Menge Ärger."

kai: "Du bis hier jederzeit willkommen - bring deine Familie mit, werde Farmer und ein besserer Volleyballspieler."

Die anderen Soldaten kommen dazu und auch die Soldatin kommt herbeigeschlendert.

kai greift unter den Tresen und holt einige offenbar frisch belegte Baguette, O-Saft und Becher für alle hervor: "Ich bestehe auf Frühstück. Kaffee, Kakao oder Tee?" Alle wählen und kai: "Ihr solltet euch danach beeilen - es zieht Wetter auf und wir werden auch die Insel beziehungsweise unsere kaisland drehen müssen."

Im Hintergrund erwacht das Dorf und sie verabschieden sich mit Grüßen an den noch schlafenden Rest vom Vorabend.

Am Steg ist auch Michael auf der Emma schon wach. Leise fragt er: "Habt ihr eine Emailadresse oder Telefonnummer erhalten?" und gibt einen Handzettel herüber zur Soldatin. "Schreibt uns, dann kann Eve ihren Artikel mit euch abstimmen."

25. Neue Kapitel (ndb)

ilsa und Michael integrieren sich auf der Insel, beziehen ein Tiny-House und helfen überall mit. Frank zeigt ihnen das Innere des Felsen - eine Recycling-Anlage für Kunststoffe aus dem Meer, die aufgespalten und zu unverzweigten und dann abbaubaren Kohlenstoffketten werden, eine Gewinnung von Biokunststoffen und von leitfähigen Materialien. Alles steht dann 3D-Druckern zur Verfügung, die dann alles Mögliche produzieren können, wobei in dem Dorf offenbar nur wenige Dinge benötigt werden - vieles auch aus Holz ist. Die Führung geht weiter und zeigt auch die Produktion von Fluggeräten, Bio-Laboren und sogar die Produktion von Androiden.

Michael ist erstaunt: "Das zu sehen hätte sich für die Soldaten sehr wohl gelohnt."

Max: "Hat kaisland sich gedreht oder sind die Schiffe abgezogen?"

Frank: "Beides."

Eve: "Über das hier werde ich definitiv nicht berichten."

ilsa: "Wissen alle im Dorf hierüber Bescheid?"

Frank: "Das könnten wir auch tausende Meter in der Tiefe produzieren und wir produzieren auch auf dem Mond und dem Mars. ilsa wird sich noch erinnern, dass alles damit begann, dass erste Androiden sich auflösten, als sie in Gefahr gerieten. Die Technologien sind also sicher. Was Eve schreiben sollte, ist, dass wir keinen Core haben, den zu zerstören uns besiegt. Wir sind für die Menschenhand unzerstörbar, in allen Szenarien. Aber wir sind eben auch gutmütig, gar keine Gefahr. Ein paar studieren hier auf der Insel und sehen das dann auch. Es ist aber kein großes Thema - selbst die Kids sind entspannt und träumen nicht vom Weltraumabenteuer."

Max: "Die eigentliche Herausforderung ist die Biodiversität. Hier integrieren wir die Kids, neue Arten zu entdecken und mitgebrachte Arten auszusetzen."

Eve: "Und das sind dann hier normale Kinder?"

Max lächelt fast erhaben: "Nun, sie kennen alle das GIEP-Spiel."

Eve hebt die Augenbrauen und lapidar: "Das erwähntest du." Alle lachen.

Wieder am Strand angekommen bemerkt Eve: "Wo ist kai?"

Max: "Der Verrückte ist raus, Windsurfen in Monsterwellen. Er meint, er hätte in seinem vorherigen Leben schon immer mal segeln wollen, und das sei nun seine Chance."

Eve: "Was war er denn früher mal?"

Max: "Keine Ahnung, vielleicht Soldat?!" ilsa lächelt Michael unmerklich an und der zurück.

Julia sitzt in einer kleinen, sehr diversen Gruppe inklusive Führungskräften teilweise auf den Tischen im Unterrichtsraum. Am interaktiven Bildschirm ist ein Ursache-Wirkungsmodell zu den Herausforderungen der Zukunft.

Der Ausbilder: "Herzlich willkommen bei der UN-Polizei!"

Die Leiterin: "Sie alle haben die Polizeischule hinter sich gebracht - einige schon viele Erfahrungen auf dem Buckel, andere sind Überlieger ohne Erfahrungen." Der Blick geht zu Julia. "Und zwei von Ihnen sind ehemalige Special Forces." Der Blick geht zu zwei Kleiderschränken, die eher verlegen nicken.

Der Ausbilder: "Das hier ist Ihr Team für den Anfang. Es ist Learning on the Job, 60 Prozent an Fällen arbeiten, 40 Prozent können Sie Kurse besuchen, Wirtschaft, Sprachen, Computer, Waffenkunde, Psychologie, und vieles mehr."

189

Die Leiterin: "Später gibt es spezialisierte Abteilungen - mit Ihnen starten wir einen multidisziplinären Ansatz. Wie Sie im Hintergrund sehen, sind die Aufgaben komplex und verwoben. Ein Team mit hoher Varietät soll da helfen."

Der Ausbilder: "Wir stellen Sie jetzt vor und Sie sagen jeweils, was Sie nicht gut können. Das Private tauschen Sie in den nächsten Monaten sicherlich auch informell aus."

Sie wählen abwechselnd jemanden aus und listen die Stärken nach ihrem Verständnis. Die Leiterin ist schließlich mit Julia dran: "Julia, unsere jüngste. Überfliegerin bei der Polizei. Hohe Auffassungsgabe, kann mit einem Hirnimplantat Multitasking und das auch dann in solchen Modellen, wie dem hinter mir, einordnen. Was sind Ihre Schwächen?"

Julia überlegt offenbar, beeilt sich dann aber: "Ich bin sehr jung und ich kann selbst nicht programmieren."

Der Ausbilder schmunzelt: "Sie sind sehr sportlich, aber in Ihrer Akte steht nichts zur Kampfausbildung. Würden Sie darin eine mögliche Schwäche sehen?"

Julia leicht verwirrt: "Äh, eigentlich nicht. Die Grundlagen kenne ich und Gewalt ist sicherlich ein Mangel an Intelligenz, manchmal nicht vermeidbar, aber für mich zweitrangig."

Die Leiterin wirkt kurz nachdenklich, relativiert dann aber: "Ok, dafür sind wir hier ja ein Team."

Eine Kollegin fragt: "Was kannst du mit deinem Implantat so alles machen?"

Julia beschwichtigend: "Mh, gar nicht viel - ich würde das nicht überbewerten. Es ist wie ein Handy mit Kopfhörer im Ohr. Du hörst halt eine Stimme im Kopf und kannst via Eye-Tracking entweder über Bildschirme, Datenbrille oder Kontaktlinsen Dinge auswählen. Nichts, was wir nicht auch mit dem Smartphone könnten. Nicht einmal Beta sind die zukünftigen Möglichkeiten auch Gedanken zu formulieren, die von der KI dann gelesen werden können. Am häufigsten nutze ich die Nachschlagefunktion und die Echtzeitübersetzung."

Die Leiterin: "Du, äh Sie sagen gerade 'die KI'. Da ist natürlich nicht nur in unseren Reihen, sondern überall ein Problem, dass unsere Gesellschaft von KI im Allgemeinen, und der KI spricht. Wir sprechen daher von AI-my und meinen alles, was von der KI kommt, als wäre es auch nur eine Instanz."

Alle nicken, Julia zuckt ganz kurz, als würde sie ein Lächeln unterbinden. Der Ausbilder kurz zur Leiterin: "Du oder Sie?"

Die Leiterin, eine drahtige, streng anmutende Frau vermutlich Mitte 50 daraufhin: "Du hast Recht. Ich bin Old-School, sehe immer noch ein Potenzial, in sehr menschlichen Momenten mit einem Wechsel ins 'Du' etwas zu bewirken. Ich merke aber auch, dass mir das hierarchische Du immer wieder herausrutscht. Lange Rede kurzer Sinn: Ich bin die Letitia."

Der Ausbilder lächelt: "Luther."

Letitia: "Kommen wir zu unserem Aufgabenspektrum." Sie blicken alle zum großen Bildschirm auf das Modell. Mit Gesten navigiert sie hindurch: "Wir haben grenzüberschreitende Gesetzesverstöße, neben Klassikern, wie Raub, Menschenhandel, und Drogen, haben wir Wirtschaftskriminalität, Waffenhandel, Meinungsmanipulation und allerlei Sonderfälle, etwa, wenn Journalisten oder NGOs etwas aufdecken, z.B. Umweltsünden, und dann für die UN weitere Beweise gesammelt werden müssen. Wir arbeiten mit den nationalen Behörden zusammen, viel auch mit den Geheimdiensten, und haben durch die erstarkte UN viele Befugnisse. Das ist noch neu für alle Beteiligten und muss sich noch zurechtruckeln."

Sie blickt zu Luther, der daraufhin ergänzt: "Wir kriegen Top-Down Hinweise, denen wir nachgehen müssen, oder wir suchen uns selbst Fälle. Wir haben also immer zu tun. Wir sind immer mit einem Fuß im Disziplinarverfahren und unser häufigster Ansprechpartner ist die Rechtsabteilung. Unsere Rolle in der Welt ist so neu, dass dort noch keine KI, sondern Menschen sitzen." Alle lachen.

Letitia: "Ihr reist durch die ganze Welt, habt spezielle Handys und Laptops, dürft Waffen tragen und kommt mit unserem Dienstausweis erstaunlich weit. Fast wie Geheimagenten in Filmen, nur eben tatsächlich kurz vor der Suspendierung. Lasst uns also behutsam mit viel emotionaler Intelligenz agieren. Ich halte den Kopf für euch hin, aber wichtiger ist, dass ihr untereinander vertrauen könnt. Wir sind nicht allzuoft in einem Raum, aber die nächsten Tage lasst und unsere Zentrale nutzen, uns mit allen Quellen, Kanälen und einander vertraut machen."

Julia: "Sind wir im Austausch mit, äh. AI-my?"

Letitia: "Bisher noch nie. Offen gesagt sehe ich darin eine große Herausforderung. Waffenhandel, Biowaffen etc. hat AI-my sicherlich im Blick. Aber die Welt befindet sich gerade im Turbo. Es geht um neue Märkte, Rohstoffe, viel Wirtschaftswachstum mit vielen Gewinnern und noch mehr Verlierern." Sie blickt zum Modell: "Und sowohl die Verlierer als auch die Umwelt werden kriminell ausgebeutet, teilweise mit Unterstützung der Politik. Dazu kommt, dass wir alle, auch die Politik, immer mehr von Monopolisten kontrolliert werden, die unsere Daten und Systeme bestimmen und sich über Gesetze hinwegsetzen, autonome Systeme vorbei an ethischen Normen entwickeln, usw."

Luther: "Wir haben ein Vermögen für eine eigene, unabhängige IT ausgegeben, mit eigenen Entwicklern."

Die IT-Expertin aus der Runde hebt die Hand: "Wir nutzen dabei übrigens von AI-my ein Kommunikationsnetzwerk."

Einer der Kleiderschränke: "Und wir vertrauen damit auf AI-my?"

Die Mimik daraufhin ist ganz unterschiedlich und alle gehen gemeinsam in ihre Zentrale.

Nachdem sich alle ihre Plätze angeschaut haben, die Pantry ge-funden haben, ruft Letitia wieder alle zusammen. Begleitet von Bildmaterial stellt sie die anstehende Arbeit vor: "Wir haben drei Fälle."

Sie geht an den großen Bildschirm: "Dank Greenpeace wissen wir von illegalem Tiefseemining. Offiziell sollen es Explorationen sein, aber tatsächlich scheint es eine Absprache zwischen einigen mächtigen Kräften zu geben, dass eben auch große Mengen schon gefördert werden. Es gibt keine Regulierung, keine Auf-sicht, aber deutliche Folgen für das Gleichgewicht in den Ozea-nen."

Eine Frau aus dem Team: "Das erinnert irgendwie an die Wal-fänger, die auch nur zu Forschungszwecken Wale töten durften."

Für diesen Fall erhaltet ihr natürlich die Kontakte zu Greenpeace und wir müssen schauen, wie wir die Figuren hinter dem Skandal ermitteln und wie und ob wir vor Ort Beweise aufnehmen kön-nen. Greenpeace dürfen wir nicht bezahlen.

Kommen wir aber zu Fall zwei: Die Ernteausfälle auf der Welt führen zu Rekordpreisen bei den Lebensmitteln. Die reichen Länder schicken Hilfslieferungen in die armen Länder, insbeson-dere auch die Flüchtlingscamps, damit keine Flüchtlingsströme einsetzen. Es kommen aber offenbar nicht alle Lieferungen an. Da klingt einfach aufzuklären, ist es aber nicht. Die Daten sind manipuliert, die Transportwege verschlungen, Blockchains wer-den irgendwie manipuliert und es besteht sogar der Verdacht, dass Flüchtlinge gezielt auf den Weg geschickt werden, damit es mehr Hilfslieferungen gibt, von denen abgezweigt wird."

Sie nimmt einen Schluck Wasser und blickt in die Gesichter ihres neuen Teams. Bei allen rattert es und vermutlich sieht sie Taten-drang, denn mit zuversichtlichem Gesichtsausdruck kommt Leti-tia zum dritten Fall: "Vorerst der letzte Fall ist die potenziell ille-gale Entwicklung von KI. Die Software, die Infrastrukturen, die Hardware, mittlerweile auch die Datenleitungen und Satelliten, alles ist in der Hand von Oligopolen und teilweise auch Mono-polen. Das ist die Aufgabe von Wettbewerbshütern. Nun aber erhärtet sich der Verdacht, dass an versteckten Orten KI ohne Rücksicht auf ethische Vorgaben entwickelt wird. Damit verbun-den die alte Gefahr, dass KI sich verselbstständigt, eine eigene Agenda entwickelt und den Menschen und ihren Infrastrukturen schadet. Manche sagen, davon sei die KI weit entfernt. Was aber jetzt schon vermutet wird, dass Menschen mit der Omnipräsenz von KI Kontrolle über ganze Gesellschaften übernehmen wollen. Eine solche Entwicklung würde auch keine AI-my einfach be-kämpfen können, da die gesamte, manipulierte Gesellschaft das Problem sein würde. Wir müssen eine solche Agenda nachwei-sen und die Treiber überführen."

Letitia blickt in angestrengte Gesichter und Luther übernimmt quasi das Schlusswort: "Tja, mehr haben wir erst einmal nicht. Wir wollen aber alles drei gleichzeitig bearbeiten, bis wir kon-krete Spuren haben und weitere Abteilungen im Hause hinzu-ziehen." Und mit einem breiten Grinsen: "Fragen?"

Letitia: "Organisiert euch selbst - wir sind ab morgen wieder hier und helfen gern."

Julia blickt zu einem der Kleiderschränke: "Habe nur ich das Ge-fühl, dass AI-my alle drei Fälle innerhalb von Stunden lösen könnte? Die Datenströme abhören, Satellitenüberwachung, Tief-seedrohnen .... dürfte alles ihr Repertoire sein."

Der große Mann: "AI-my kümmert sich doch bewusst nur um die ganz großen, katastrophalen Entwicklungen. Den Rest sollen wir Menschen selbst hinkriegen."

Eine Kollegin kommt dazu: "Und wir versagen gerade großartig."

Der zweite Kleiderschrank: "Wenn eine KI, wenn AI-my uns eine heile Welt vorschreiben würde, wie Kapitän Nemo, würden selbst die Guten unter uns aufbegehren, nach eigenen Wegen streben."

Julia tritt unmerklich zur Seite und schaut ihn mit leicht aufgerissenen Augen geradezu bewundernd an. Er hebt leicht überheblich eine Augenbraue, schmunzelt aber und Julia fragt mit sich verengenden Augen und Detektivblick: "Kennst du das GIEP-Spiel, kennt ihr das GIEP-Spiel?"

Eine Kollegin aus dem Team folgt mit einer Frage, so dass es keine Antwort für Julia gibt: "Vielleicht gibt es diese Fälle, damit sich herausstellt, durch wen und wie wir die Hilfe von Al-my für so etwas bekommen können."

Julia öffnet durch einen kleinen Schritt mit Drehung die Runde, so dass auch die anderen zu Wort kommen und sie in den Hintergrund kommt. Ein weiterer Kollege: "Das ist Aufgabe der UN, oder? Einfach einen Modus definieren und mit dem Mandat der Menschheit Al-my um Hilfe bitten. Sollte klappen."

Alle nicken und es klappt, dass sie sich selbst organisieren.

Eve und Max gehen den Berg hinab. Eve wundert sich: "Warum heißt die Insel kaisland?"

Max: "Keine Ahnung - glaube eher, dass sich kai nach der Insel nennt als umgekehrt. Aber wer weiss."

Michael und ilsa richten mit einer Seilwinde nach dem letzten Sturm umgeknickte Bäume auf. Die Seilwinde kommt tatsächlich aus dem 3D-Drucker.

26. Feindbilder (ndb)

Michael erhält einen Anruf aus dem Büro. Es gibt Stress mit einigen Kunden, die letztlich verlangen, dass alle Systeme auch von Michael's Firma in der Mainstream-Cloud laufen. Michael schließt das Gespräch mit der Ansage, dass es dann eben eine gekapselte Version sein muss, die parallel gepflegt wird, dass sie sich aber nicht mit allem darauf begeben werden. ilsa blickt ihn fragend an und er fasst zusammen: "Tatsächlich wollen die Kunden nicht etwa von der Cloud unabhängig sein, sondern erwarten offensiv, dass wir auch darauf laufen, damit sie zukünftig auch alle KI-Lösungen dort mit unserer integrieren können. Das ist in vielerlei Hinsicht bedenklich."

ilsa: "Die KI wird selbstständiger, ohne zu verstehen, was sie da tut. Drei Szenarien:

1. die KI entwickelt eigene Agenda.

2. Die KI vernetzt sich und entwickelt mächtiges Fehlverhalten.

3. Die KI wird mächtig und wird von außen mit einer falschen Agenda versehen.

Laut AI-my ist alles möglich und nur begrenzt zu kontrollieren, es sei denn AI-my würde alle Entwicklungen im Keim ersticken. Aber das wäre das Szenario, das wir ausschließen wollen, eine Bevormundung der Menschheit, die ungeahnte Widerstände erzeugen würde."

Michael: "Tja, wenn wir diese ungeahnten Kräfte doch nur auf das richtige Ziel richten könnten."

ilsa: "Das ist eine großartige Idee!"

Inzwischen sind auch Max und Eve bei ihnen. Max: "Was ist eine gute Idee?"

ilsa: "Den Menschen ein Feindbild zu geben, das sie fürs Gute kämpfen lässt."

Michael hebt überrascht die Augenbrauen, und Max fragt nach: "What?"

ilsa: "Die Menschen sind nicht alle so wie wir. Das klingt jetzt überheblich, aber was ich meine ist, es gibt Menschen, die sehr reif über das Sein reflektieren, es gibt Menschen, die schlau und mächtig hedonistische Ziele verfolgen, und es gibt die Mehrzahl an Menschen, die vollkommen unreflektiert meist unbewusst im Interesse der hedonistischen Ziele agieren. Sie gehen zur Arbeit, sind frustriert, streben nach mehr Materiellem oder kämpfen schlicht ums Überleben in ihrem sozialen Gefüge. Und was sie eigentlich wollen, definiert Hollywood oder der Nachbar mit dem größeren Auto oder der weiteren Urlaubsreise. Alle drei Gruppierungen streben nach gefühlter Integration und Weiterentwicklung. Wenn kai nun die Menschen bevormundet, dann werden die Hedonisten, die Ege-Trolle, ein Feindbild daraus machen, den Frust der Menschen mit kai's Handeln erklären. Sie werden der Masse der Menschen ein Feindbild geben, sie uninteressiert oder zu Ego-Trollen machen."

Eve schaut verwirrt und Max will gerade etwas anmerken, als Michael nachhakt: "So weit verstehe ich das - aber was ist das alternative Feindbild?"

ilsa: "Im Grunde ist es ganz einfach. Derzeit haben alle Jobs, weil wir trotz Nahrungsmittelengpässe global wachsen. Wir stehen aber kurz vor kulminierenden Katastrophen - Rohstoffe sind knapp, die erneuerbaren werden zu teuer, es wird weiter Kohle und Öl genutzt, die Klimakatastrophe eskaliert weiter, und so weiter, und so weiter, und Schuld sind die Reichen, die nach Simulatoren streben und den Planeten ausbeuten. Das Narrativ zieht erst, wenn die Mitte der Gesellschaft betroffen ist. Es muss in dem Moment vorliegen. Und dazu gehört die Alternative, die wir jetzt pflanzen müssen, vorleben müssen."

Max: "Was ist mit Simulatoren gemeint?"

Eve: "Wie lange lebst du schon auf dieser Insel? Simulatoren sind das Ding schlechthin, wenn du einfach dein Abenteuer definierst und eine KI dich in einem Anzug alles physisch erleben lässt - Fliegen wie Ironman, durch New York schwingen wie Spiderman, sogar Rafting oder Windsurfen kannst du erleben und wirst dabei nass." Alle blicken aufs Wasser, aber heute ist kein Wind und keiner surft da draußen. Eve ergänzt: "Die Dinger kosten viel und verbrauchen irre viel Energie."

ilsa: "Wer ist Ironman? Oder meint ihr tatsächlich die Extremsportler?" Alle schauen sie an und lachen nur. ilsa dreht verwirrt den Kopf ein Stück und wendet sich dann wieder entspannt zu Eve: "Ich glaube deine Story ist von großer Bedeutung. Aber ich verstehe auch, wenn dir da niemand reinreden soll."

Eve ganz erstaunt: "Ich dachte ich bin hier, für eine solche Story. Also ja, ich will, dass die Botschaft die richtige ist."

Michael: "Wir können uns heute Abend ja mal mit kai zusammensetzen."

Eve: "Mit kai?"

Am späten Nachmittag gehen alle Schwimmen, beziehungsweise Max lädt sie ein, mit zum Schnorcheln zu kommen. Die künstliche Insel hat künstliche Riffe als Provisorium, eh echte Riffe wachsen. Es ist damit zwar eine Fälschung, aber viel bunter als die wenigen echten Riffe, die es auf der Welt noch gibt. Eve taucht auf und Max folgt ihr. Eve: "Wieso könnt ihr alle so lang die Luft anhalten? Das ist ja frustrierend."

Max: "Ach, das ist Übung, und zwar jeden Tag, gar nicht mal im Wasser."

Eve japst ein wenig beim auf der Stelle schwimmen: "Das wäre auch was für einen Simulator, Wasser, Druck, Kälte, Luftknappheit."

Max lacht: "Wie lange lebst du schon in der Stadt?" Eve spritzt ihn mit Wasser und beide lachen.

An der Bar abends sitzen natürlich nicht nur die vier mit kai, sondern auch noch andere. Max schaut aufgesetzt streng kai an: "Wir müssen reden!" kai lächelt natürlich nur und Max erklärt: "Wir müssen wirklich reden, wie du mich hinter das Licht führen konntest, aber jetzt geht es um den Bericht von Eve und eine Strategie von ilsa." Er schaut zu seiner Mom.

kai: "Okay, legt los. Was planst du Eve, was ist die Story?"

Eve: "Oh, es kommt so vieles in Frage und ich kann jetzt erst mal nur laut denken, was es sein könnte. Wir müssen dann gemeinsam sagen, was wir in welcher Reihenfolge in welcher Sprache beziehungsweise Wirkung verbreiten wollen."

"Wow." entfährt es Michael und die anderen wirken auch beeindruckt.

Eve: "Okay. Es gibt eine Insel, Ort ist eigentlich egal. Die Insel ist künstlich, kann also auch ein Ort in der Wüste sein. Es sind 1.000 Menschen unterschiedlichster Kulturen und Altersklassen auf der Insel. Die Insel versorgt sich selbst, lokal und in einer Kreislaufwirtschaft. Alle sind vegan. Es gibt keinen Streit, keine Hierarchien und nur Leitbilder, an die sich alle halten. Es gibt Bildung und Medizin und Inklusion - jeder wird mitgenommen. Dennoch können Menschen hier etwas erreichen, etwas lernen, besser werden, von anderen bewundert werden. Es ist eine heile Welt im Modellversuch und Menschen sollten versuchen, das an anderen Stellen in der Welt zur reproduzieren. Arbeitstitel: 2gether2gather-Dörfer."

kai ist der schnellste: "Okay, wozu braucht ihr mich?" Er dreht sich um und mixt anderen an der Bar etwas. Dann dreht er sich natürlich doch um und sagt: "Im Ernst, großartig!"

ilsa: "Ja, wirklich. Vielleicht braucht es nachher Beispiele, wie die Leute Empathie lernen und wodurch konkret es Sport, Spaß und Weiterentwicklung gibt. Die Studiermöglichkeiten mit guter KI - das ist ja gar nicht AI-my, sondern wirklich herkömmliche KI - das sollte auf jeden Fall auch mit rein. Aber auch das nur laut gedacht. Was sagen die anderen?"

Michael hebt nur den Daumen, aber Max ergänzt noch: "Wir sollten aber auch den Rahmen formulieren, dass die Welt exponentiell sich verschlechtert. Ich mein, die Szenarien sind echt düster. Vielleicht auch die Feindbilder, also die Menschen, die für den Mist verantwortlich sind, beschreiben. So wird die Bewusstheit gesteigert mit diesem Artikel."

Eve: "Das ist gut!"

ilsa: "In der Tat. Dieses sich auf das Wichtige besinnen, ideale Gesellschaften formulieren, das haben wir vor Jahrzehnten schon gemacht, von Gemeinwohlökonomie gesprochen usw., aber es war den Menschen egal, da sie immer noch genug hatten und die Bedrohung in der Ferne lag. Wir müssen das einrahmen mit dem, was jetzt schon passiert. Sehr gut."

Max: "Was machen wir mit der Sequenz mit den Soldaten?"

Eve: "Ich glaube das brauchen wir nicht, oder? Es geht hier nicht um die KI, die einen Stützpunkt oder eine Zentrale hat und bekämpft wird, sondern um ein Pilotprojekt von Menschen für die Menschheit. Oder?"

ilsa: "Wow, das lassen wir jetzt mal sacken!" kai schiebt ihr ihren alkoholfreien Lieblingscocktail herüber. ilsa sichergehen wollend: "Ohne?" kai nickt kurz lächelnd.

Eve: "Ich ziehe mich trotzdem mal zurück und fange an zu schreiben."

Max kriegt einen dicken Kuss und schaut seiner Eve verliebt hinterher. Dann plötzlich hebt er den Arm und nimmt den Finger vor den Mund. Er rutscht zu anderen an der Bar hinüber: "Hört ihr das? Wir haben Grillen!"

Alle sind plötzlich still - auch die Hintergrundmusik ist stumm. kai wirkt sogar nachdenklich fasziniert und blickt daraufhin ins Licht zu ein paar Insekten."

27. Neue Aufgaben (ndb)

ilsa geht am nächsten Morgen mit Michael zum Ende der Bucht und schaut aufs Meer: "Unsere Kids sind großartig. Auf Julia müssen wir aufpassen, dass sie sich nicht in Gefahr begibt. Aber Max und seine Eve, das ist schon fast surreal, wie, ähm, reif und vertrauensvoll die beiden miteinander umgehen. Wenn Eve uns schon länger kennen würde, würde ich sagen, die kopieren uns.

200

Und so selbstbewusst und hübsch sie ist, brauchen wir auch nicht zu glauben, dass Max alles definiert."

Michael lacht: "Ne, das stimmt. Aber vielleicht ist es noch gar nicht Reife, sondern einfach nur Liebe plus Vertrauen und Werte?"

ilsa: "Aha, ersteres konnotiert viel, und zweiteres ist von Reife nicht weit entfernt, oder? Aber egal, es macht einfach Spaß den beiden zuzusehen."

Michael: "Womit wir zu deiner eigentlichen Frage kommen."

ilsa tut erstaunt: "Ach, und die wäre?"

Michael: "Welche Aufgabe wir übernehmen."

ilsa: "Und was schwebt dir vor?"

Michael: "Lokal alt werden und Thomas und Al-my aus der Ferne helfen, oder uns beeilen, dass wir das nächste Wetterfenster kriegen und dann Indonesien, Indien, Madagaskar, vielleicht auch was Arabisches, und dann Afrika abklappern und 2gether2ga-ther-Dörfer errichten."

ilsa schaut weiter auf das Wasser, lächelt und kriegt leuchtende Augen: "Du willst nur wieder Segeln." Sie atmet tief ein: "Eigent-lich wäre das was für die Kids, die Welt sehen. Auf der anderen Seite bin ich froh, wenn sie hier sicher sind."

Michael blickt zu Bella: "Auf jeden Fall sollten wir abstimmen, wer in die Welt hinausgeht, schon wegen Bella."

ilsa lacht und streichelt ihre Bella: "Hast du nicht bemerkt, wie oft Bella sich aus dem Staub macht und bei kai ist. Sie liebt kai und er gibt sich auch alle Mühe."

Michael: "Doof, dass die For-a-Better-World-Partei so heißt, ei-gentlich würde ich 'For-a-Better-World-Siedlung' als Name bes-ser finden."

ilsa: "Reden wir heute Abend mal mit den Kids. So sie denn Zeit für uns haben. Wir sind so auf uns konzentriert, dass wir ganz vergessen, wie viele Hunderte weitere interessante Menschen hier leben."

Michael: "In der Tat. Ich kann mir dich genauso gut als Lehrerin vorstellen und ich werde Pilot von dem Shuttle."

Er grinst breit und ilsa boxt ihn: "Hört, hört. Ein ganz suffizientes Streben nach Weiterentwicklung." Sie steht auf: "Und wann segeln wir dann los - übermorgen?" Sie winken einer Gruppe Schwimmer zu, die wie viele Gruppen offenbar regelmäßig in der Bucht trainieren.

Max ist mit einem Biologen und einigen Kindern unterwegs Insekten erfassen. Eines der Kinder fragt Max: "Max, kennst du das alles?"

Max lacht: "Ne, überhaupt nicht. Ich finde das total spannend und lerne genauso wie ihr?"

Der Biologe fragt Max: "Ich dachte du wärest vor allem an Technik interessiert."

Max: "Mich interessiert alles Mögliche - aber meist nur im Zusammenhang mit Problemlösungen." Er schaut zu den Kids und in kindgerechter Betonung: "Und welches Problem lösen wir mit den Insekten?"

Ein kleines Mädchen schießt sofort los: "Weil alles in der Natur zusammenhängt, und wenn was fehlt, haben wir sofort ein Problem."

Der Biologe lacht und ein Junge wundert sich: "Das Problem ist also, wenn wir ein Problem haben, haben wir ein Problem."

Der Biologe wartet kurz, wie das kleine Mädchen reagiert, und fragt dann: "Okay, das ist ja auch nicht einfach. Hat wer ein Beispiel, wann wir ein Problem haben?"

Jetzt melden sich einige, was nichts nützt, denn das kleine Mädchen antwortet selbst: "Wenn die Bienen fehlen, haben wir keine Äpfel und Orangen."

"Sehr gut." freut sich der Biologe.

Der Junge mach einen auf cool: "Und was hat das mit so einer blöden Spinne hier zu tun?" Max schaut skeptisch, ob der Junge nicht als nächstes die Spinne killt.

Der Biologe schaut nur mit fragendem Blick in die Runde und ein älteres Mädchen versucht sich: "Naja, die Spinne fängt Mücken, wenn es davon zu viele gibt. Die Vögel fressen die Spinne und alle anderen Insekten, die sonst auch zu viel werden können."

Der Biologe schaut weiter in die Runde. Als nichts kommt, fragt er: "Könnt ihr euch vorstellen, dass die Vögel für mehr Apfelbäume sorgen, also für neue Bäume?"

Als nichts kommt, macht Max zum Spaß eine Bewegung, als würde er in einen Apfel beißen, und dann eine Bewegung, als würde er schietern. Na klar, auch das begreifen die Kids daraufhin.

Ein weiterer Junge merkt noch an: "Also, wo ich herkomme, da hatten wir auch in den Hütten ganz viele Spinnen. Das war furchtbar! Wir hatten immer Angst."

"Letzte Frage." sagt der Biologe: "Was passiert dann, wenn wir von einer Art zu viel haben - egal ob Pflanze oder Tier?"

Das wissen die Kids nicht und er schaut Max an, der dann so tut, als wäre er wie die Kids auch gefordert. Ganz vorsichtig versucht er eine Antwort: "Na, wenn es nur die gleichen Früchte gibt, und es bildet sich ein Pilz, gehen die Früchte alle kaputt und es gibt keine Alternativen. Oder wenn Ratten oder Tauben oder ähnliche Vögel keine Feinde haben, und ganz viele werden, und dann nichts mehr zu fressen haben, na dann werden sie krank und übertragen böse Krankheiten auf uns Menschen. Und für diese haben wir dann keine Medizin." Die Kinder kleben ihm an den Lippen. Beflügelt: "Ach, und viele Medizin kommt aus der Natur - da haben Pflanzen und Tiere Stoffe gebildet, aus denen wir dann eine Medizin machen können."

Der Junge schaut skeptisch auf die Spinne - Max immer noch bereit, diese zu retten. Fast gönnerhaft sagt der Junge dann: "Okay, ich verstehe."

Eve sitzt auf den Stufen ihres Tiny Houses und schreibt, tatsächlich per Tastatur und nicht etwa Spracheingabe. Ein Bildanruf kündigt sich an - sie geht ran, es ist Vanessa: "Hi Eve, lange nichts mehr gehört. Lange Auszeit, was? Wie geht es dir? Du bist mit einem Jungen durchgebrannt?"

Eve holt tief Luft und hebt nach Worten suchend die freie Hand: "Ich wollte mich längst melden und hätte mich davon unabhängig auch morgen, spätestens übermorgen mit einer neuen Story gemeldet. Sorry für die Funkstille. Ich bin tatsächlich am anderen Ende der Welt auf einer künstlichen Insel, auf der die Zukunft geplant wird."

Eve zeigt mit der Kamera ihre Umgebung, Tiny-Houses, quirlige Menschen und der Blick auf eine Bucht. Vanessa: "AI-my?"

Eve dreht wieder zu sich: "Ja, auch. Aber weswegen rufst du an? Einfach nur so?"

Vanessa zögert nur kurz: "Nein, es geht tatsächlich um eine riesige Story und vermutlich auch deine Möglichkeit, AI-my zu einem Statement zu bewegen."

Eve blickt fast angespannt: "Schieß los."

Vanessa schmunzelt noch mal, vermutlich ob der Augenhöhe zwischen den beiden, und erklärt: "Im Grunde sind es mehrere Storys, die vielleicht aber auch irgendwie zusammenhängen. Zum einen haben wir anonyme Hinweise, dass die KI-Entwicklungen illegal betrieben werden, dass dahinter vielleicht sogar irgendein Bund stecken könnte, der die Welt kontrollieren möchte."

Eve wirkt verstört: "Ich würde annehmen, dass Al-my so etwas im Blick hat."

Vanessa: "Das ist eben die Frage. Es gibt auch Hinweise, dass die Sicherheits-Roboter grundsätzlich auch zur koordinierten Verteidigung oder sogar zu Angriffen fähig sind. Und damit kommen wir zur zweiten Story. Ich weiss nicht, ob du ein deinem Paradies Nachrichten verfolgst, aber die Welt geht den Bach herunter. Es fehlen Lebensmittel, die Unwetter nehmen überhand, die Preise für Energie explodieren und wir berichten laufend über die Nutzung von Kohle und das Abholzen der letzten Wälder. Wie von unsichtbarer Hand gesteuert suchen die Menschen die Schuld bei Al-my. Es gibt erste Proteste und erstaunlich früh suchen auch Teile der UN die Schuld bei Al-my."

"Erstaunlich früh, weil die Proteste noch klein sind?" fragt Eve.

"Genau!" bestätigt Vanessa.

Eve hat voll angebissen: "Das hängt wirklich alles zusammen - auch meine aktuelle Story. Kann ich dir die schicken - heute Abend beziehungsweise bei euch dann im Laufe des Tages?"

Vanessa: "Klar! Wann kommst du wieder nach New York?"

Eve: "Das ist eine gute Frage - wenn du mich dort brauchst, komme ich:"

Vanessa schüttelt fast fassungslos den Kopf, lächelt dabei aber: "Ha, ich dachte deine Generation wäre anders. Aber tatsächlich hätte ich jeden vor dir auch her zitiert. Nein, entscheide du, von wo aus du arbeiten willst. Wie schnell könntest du denn hier sein? Ich mein, wenn es darauf ankäme?"

Eve lächelt und bedacht: "Auch das ist eine gute Frage. Mit einem Flieger sicherlich innerhalb von 24 Stunden."

28. Kleine Welten (ndb)

ilsa bespricht mit kai an der Bar, welche Lebensmittel sie mitnehmen könnte und wie diese haltbar gemacht werden können, als von weitem plötzlich Carol ruft: "ilsa! Ich glaube es ja nicht, ilsa! Was machst du hier?"

ilsa ist gleichermaßen baff: "Carol, du hier? Wann bist du angekommen?"

Beide umarmen sich herzlich. Carol: "Ich bin schon lange hier. Du bist die, die mit dem Segelboot gerade erst angekommen ist. Aber die Insel ist groß."

ilsa: "Und woher weisst du dann, dass ich es bin?"

Carol: "Zufall. Dass die junge Eve hier ist, hat sich herumgesprochen. In dem Zusammenhang dann, dass ein Max, den ich gar nicht kenne, dein Sohn ist, beziehungsweise ilsa, seine Mutter nun auch hier sei. Kurz nachgefragt, ob es die Wissenschaftlerin ist, und dann war ich auch schon auf den Weg hierher."

ilsa: "Viel spannender aber, wie du hierhergekommen bist?"

Carol: "Wie viele von damals. Erinnerst du dich an Frank Miller, den unscheinbaren Soldaten." ilsa nickt. "Frank ist die KI, und die KI hat diese Insel gebaut. Jetzt aber ist die KI kaum noch da. Frank war wohl da, als die Soldaten da waren."

ilsa: "Äh, ist Frank die einzige KI hier auf der Insel?" Sie streift nur kai's Blick, der vielsagend schmunzelt. "Und was macht ihr hier?"

Carol: "Vermutlich schon. Wir wurden gefragt, ob wir Lust haben, auf dieser Insel Lebensentwürfe, Gesellschaftsformen, und alle möglichen Wissenschaften zu erkunden." Sie schaut einmal um sich und lacht: "Und wer kann dazu schon nein sagen."

kai hat beiden einen Cocktail hingestellt. "Schon wieder?" kommentiert ilsa ihren Lieblingscocktail und kai freut sich sichtlich.

Carol: "Seit kai hier ist, gibt es zu fast jeder Tageszeit leckere Cocktails."

ilsa fragt zögerlich Carol ganz leise: "Und woher kommt kai?"

Carol ebenfalls leise: "Ich habe gehört du bist mit deinem Mann hier." ilsa schaut kurz verwirrt: "Carol fährt lachend fort: "kai war irgendwann da." Noch etwas lauter: "kai, woher kommst du eigentlich?"

kai: "Aus dem Osten. Warum?"

Carol: "Hat Frank dich eingeladen?"

kai: "Nö, eigentlich nicht. Ich war auf der Suche nach einem Job als Barkeeper - so treffe ich auf interessante Menschen und kann immer mal wieder Surfen gehen."

ilsa wechselt das Thema: "Okay, Carol, du forschst hier zur Psyche, ja?"

Carol: "Oh ja. Und ob du es glaubst oder nicht - deine Arbeiten sind die Grundlage."

ilsa wirklich überrascht: "Wie das?"

Carol: "Die Grundbedürfnisse des Menschen, sich integriert weiterzuentwickeln, die Entwicklung von Kulturen durch gemeinsame, selbstverstärkend entwickelte Werte und deren Variation durch Weiterentwicklung erst einzelner und dann integrierend anderer, und natürlich das GIEP-Spiel, alles Grundlage für das Funktionieren hier."

ilsa: "Wow, genau das fragen wir uns gerade, beziehungsweise darüber haben wir hier gestern in einer Gruppe zusammengesessen. Wann hast du Zeit dazuzustoßen?"

Carol: "Kommt doch einfach zu uns. Wir machen ein kleines Fest und vorher können wir ja ein wenig arbeiten. Eine Stunde vor Sonnenuntergang?"

ilsa: "Deal." Beide umarmen sich noch mal und Carol muss los.

kai blickt ebenfalls fasziniert hinterher: "Spannend, davon wusste ich nichts. Aber genau deshalb sind wir alle hier - um voneinander zu lernen."

ilsa: "Von dir wissen offenbar wirklich nur wenige."

Michael kommt mit einer Reihe Kids zurück - sie sind einmal um die Insel gesegelt. kai staunt: "Wir sollten hier auch ein Segelboot haben. Vielleicht bleibt ihr ja doch."

ilsa: "Hast du eine Präferenz?"

kai: "Wir sollten viele andere von dieser Insel, die eh in ihre Heimat wollen, als Botschafter für 2gether2gather oder For-a-Better-World nutzen. Ihr könntet hierbleiben."

ilsa kann nur noch schnell verwundert "Oh!" sagen, eh Michael ihr geflasht einen Kuss in den Nacken gibt.

Michael: "Die Kids sind großartig - wollen lernen, sind mutig, und integrieren die anderen. Jedes Kind, aber wirklich jedes, achtet darauf, dass alle mal alles machen. Und das machen die nicht, weil es gute Erziehung ist und dann so von uns Erwachsenen goutiert wird, sondern weil sie gern helfen, es intrinsisch wollen. Sensationell."

Für ilsa ist das offenbar anschlussfähig an den bisherigen Verlauf ihres Tages. Sie sagt gerade noch: "Apropos..." als alle drei zu Eve schauen.

Eve setzt sich hinzu und nachdem die Kinder gerade begeistert erzählend an ihr vorbeigelaufen sind: "Hi Leute. Ich sehe Segeln war toll. Muss ich auch mal machen - Max träumt auch davon. Passt es gerade oder störe ich?" Die Gesten der drei fordern sie auf, loszuschießen. "Ich hatte vorhin einen Anruf von meiner Chefin Vanessa. Es gibt wohl einige Besorgnis erregende Themen: die Welt konsumiert sich zu Tode, die Bevölkerung wird gezielt gegen AI-my aufgebracht und die KI entwickelt sich in gefährlicher Weise."

Eve schaut wie die anderen auch zu kai. Dieser blickt daraufhin zu ein paar jungen Menschen, die ganz selbstverständlich hinter der Bar etwas zusammenstellen und es mit zu einer Sitzecke unter Palmen nehmen. Als sie außer Hörweite sind, geht er darauf ein: "Das mit der KI und den vernetzten Sicherheitsrobotern beobachte ich auch. Es macht aber wenig Sinn, dass ich die Entwicklung heimlich sabotiere oder offen angreife. Bestes Szenario wäre noch, dass wir Konkurrenzprodukte auf den Markt bringen, die alles besser können und damit die anderen gar nicht zum Zuge käme. Aber das hat so seine eigenen Absurditäten, und auch Potenziale."

29. Lösungssuche (ndb)

ilsa: "Was machen wir gegen die globale Konsumwut? Ich glaube es ist die Psychologie, die wir ins Zentrums stellen müssen. Heute Abend treffen wir uns mit einer Kollegin aus früheren Zeiten, Carol. Sie ist Psychologin und lebt hier auf der Insel."

Michael staunt und fragt dann direkt kai: "kai, was war denn letztlich der Unterschied, dass auf dem anderen Zeitstrahl diese Siedlungen so erfolgreich waren?"

Max kommt hinzu, bemerkt, dass alle angeregt diskutieren und gibt daraufhin wortlos Eve einen Kuss in den Nacken. Eve schmunzelt und auch ilsa scheint die Parallele zu erkennen.

kai: "Anfangs waren die Siedlungen nur ilsa's Antwort auf die Flüchtlingsströme. Dazu gab es als Antwort auf die unbezahlten Klimaschäden auch die 2gether2gather Bewegung. Die Verbraucher hatten weniger Kaufkraft, die geopolitischen Spannungen und die Aussicht auf knapp werdende Rohstoffe sorgten in der Finanzwelt für wenig Zuversicht. Dazu verloren auch in der Mitte der Gesellschaft die Menschen ihren Job wegen der besser werdenden KI. Mit anderen zusammen gründete ilsa die For-a-Better-World-Partei, basierend auf wissenschaftlichen Erkenntnissen. Die leeren Versprechen der Partikularinteressen vertretenden Parteien zogen nicht und die For-a-Better-World-Partei bekam die absolute Mehrheit. Die 2gether2gather Bewegung, der emotional wirksame For-a-Better-World-Score und ein bedingungsloses Grundeinkommen führten zu einer Gesellschaft mit ganz neuen Werten. Es wurde rasch weltweit kopiert. Dann kamen die Blockbildung und die neue Währung, von der Staatengemeinschaft ausgegeben, nicht der Finanzwirtschaft. Gut die Hälfte der Welt war am Ende eine gute Welt des Tuns und Seins, nicht mehr des Habens. Aber die andere Hälfte fing an zu implodieren und es drohte Krieg. Wie es weiterging, weiss ich auch nicht."

ilsa: "Und jetzt ist die For-a-Better-World-Partei in einer Koalition und macht unsägliche Kompromisse."

kai: "Ihr fehlt auch die charismatische Führung."

ilsa winkt ab: "Sie kriegen nicht einmal ein Bedingungsloses Grundeinkommen zustande. Stattdessen geht es um Wirtschaftswachstum. Menschen sollen nicht weniger arbeiten, sondern sich Roboter kaufen, die für sie arbeiten. Die Produktivität ist irre. Die Löhne gehen runter. Menschen, die nicht arbeiten, sind zweiter Klasse und kriegen eine Art Sozialhilfe."

ilsa nimmt einen Schluck und Michael schließt an: "Und jetzt kippt das System. Rohstoffe werden knapper, die Energiepreise steigen, weil der Ausbau und die Erneuerung der nachhaltigen Energiequellen teurer werden, die KI konsumiert Unmengen Energie und letztlich auch wieder Rohstoffe. Viele sind superreich - die Masse bemerkt den Druck, aber..."

ilsa fährt fort: ".... aber viele hoffen auch immer noch, ebenfalls reich zu werden." Sie blickt zu Eve: "Und Simulatoren zu haben." Eve und sie lächeln kurz.

kai: "Und nun kommen die jüngsten Entwicklungen: Ganz gezielt wird AI-my an den Pranger gestellt. Zu wenig Energie, zu wenig

Rohstoffe - der Vorwurf ist, dass AI-my aus der Tiefsee und dem Weltall Rohstoffe gewinnen könnte und auch eine unerschöpfliche Energiequelle zur Verfügung hätte. AI-my wird in zwei Tagen zur UN sprechen beziehungsweise von dieser befragt werden."

ilsa: "Das wusste ich gar nicht. Zurück zur Produktivität: diese ist ein klassischer Rebound-Effekt - es führt zu immer mehr und als Backfire-Effekt sogar dazu, dass wir die planetaren Grenzen längst überschritten haben."

Michael: "Was wird AI-my machen, beziehungsweise was ist dein Konzept?"

kai: "Ich kann nicht umsteuern. Die Menschen müssen das hinbekommen - ich werde mich nicht als Werkzeug missbrauchen lassen."

ilsa: "Wir haben einige Hebel in der Hand: Eve beschreibt, wie es sein kann. AI-my erklärt, dass es kein grenzenloses Wachstum für Eliten geben wird. Und ich bin beim internationalen Gipfel im Interview und kann auf den Zusammenhang, die Psychologie verweisen."

Michael: "Und Thomas muss Neuwahlen fordern und dem Wandel einen Namen, ein Format geben. For-a-Better-World ist da nicht schlecht. Dann kann auch die Siedlungsform so genannt werden."

kai: "Und ilsa könnte in die Politik gehen."

ilsa eindrucksvoll ausdruckslos: "Nope."

kai unbeirrt: "Und Julia kann die Machenschaften konservativer Kräfte hinter der Entwicklung der KI aufdecken."

Eve zu Max: "Deine Schwester?"

ilsa: "Ist das einer der konkreten Fälle, die Julia jetzt schon bearbeitet?" kai nickt nur.

ilsa weiter: "Es ist ein Wettrennen - der Einsatz ist das Bestehen..." ilsa grübelt: "... ich würde sagen, unserer Zivilisation. Keine Ahnung. Wenn wir verlieren, wird kai vermutlich noch etwas anderes auf einem anderen Zeitstrahl ausprobieren." Alle blicken zu kai, der ungewöhnlich ernst und ohne Regung schaut. ilsa: "Wir müssen modeln, wir müssen systematisch fragen, was alles schiefgehen kann."

In dem Moment poppt ein großes iMODELER Modell mitten in der Bar auf. Max laut und begeistert: "Ein holographischer Farbbildschirm im Raum? Das geht doch gar nicht?!"

Michael: "Es fehlt die Autorität, der alle folgen. Eigentlich könnte Al-my ein Szenario mit der dystopischen Entwicklung, die das Ganze jetzt zu nehmen scheint, veröffentlichen. Aber zum einen gibt es seit Jahrzehnten düstere Vorhersagen, ohne Wirkung auf das Verhalten in der Gegenwart, und zum anderen würde Al-my als Reaktion nur die Forderung erhalten, den Menschen Rohstoffe und Energie, ja, und auch den Zugang zum Weltraum zu ermöglichen."

Eve zeigt auf die Stelle im Modell, wo die Option, das Scheitern der Menschheit auf einem anderen Zeitstrahl zu veröffentlichen, steht: "Das wäre, was den Glauben an die Szenarien angeht, extrem wirkungsvoll. Aber es würde eben auch Munition für die Figuren hinter der aktuellen Katastrophe, die dann weiter Al-my die Schuld geben würden."

ilsa blickt auf eine andere Stelle im Modell: "Was ist mit dem Fond der Milliardäre? Hier steht bereits 'For-a-Better-World-Fond'. Können wir den auffüllen und die For-a-Better-World-Siedlungen fördern?"

Michael: "Al-my müsste dann vielleicht doch etwas verkaufen. Ein Medikament gegen Krebs, oder Roboter für jeden Haushalt?"

ilsa: "Letzteres ist eine furchtbare Idee. Das Medikament hingegen hatten wir ja simuliert, würde grundsätzlich nicht zur Überbevölkerung führen müssen."

Eve: "Aber genau das könnte man dann doch an eine Verhaltens-
änderung knüpfen."

Im Modell steht ein leerer Faktor - kai fragt: "Meinst du für den
Empfänger der Medikamente oder die Gesellschaft als Ganze?"

Eve grübelt: "Ich dacht' für alle, aber wenn wir Reichen überpro-
portional viel Geld für das Medikament abknöpfen, können wir
den Fond füllen, oder?" ilsa und Michael schmunzeln, vermutlich
aufgrund des 'wir'.

kai: "Ich hatte an den Bau von fortschrittlichen Meerwasserent-
salzungsanlagen gedacht. Diese können in den Camps und vielen
Vororten für essbare Wälder beziehungsweise Gärten führen."

ilsa: "Sehr gut. Aber ist das ein Angebot an die Mittelschicht in
den Industrieländern?"

Max: "Entsalzungsanlagen sind ökologisch bedenklich!"

kai: "Die Menschen in den reichen Ländern müssen ihre Gärten,
Parks und Dächer umbauen - das Geld dahinein investieren, und
nicht für Simulatoren ausgeben. Über die sinnstiftenden Tätigkeiten kommt der Wertewandel weg vom Haben hin zum Tun.
Die, die weiterhin viel Haben, werden zur Minderheit." Alle sehen die selbstverstärkende Wirkungsschleife im Modell hervorgehoben. kai: "Die Entsalzungsanlagen werden aber auch für die
reichen Länder immer wichtiger - zumindest deren Küstenregio-
nen. Wir können die heute umweltfreundlich konzipieren, das ist
nicht schwer."

Max: "Was ist mit den Salzwasserpflanzen, den Halophyten?
Wirst du hier Pflanzen designen, die zur Welternährung beitragen können?"

kai: "Gute Frage. Bisher wende ich Gentechnik nur in der Medizin und gegen Biowaffen und Superkeime an. Aber optimierte Menschen und Pflanzen sehe ich kritisch. Was meint ihr?" ilsa blickt herunter zur schlafenden Bella.

Gegen Abend soll es zu Carol gehen. ilsa und Michael ziehen sich in ihrem Tiny House um. Michael: "Schätze, es geht nicht schon morgen los und wir müssen auch noch nicht unser Häuschen hier übergeben."

ilsa sitzt auf der Toilette und grübelt: "Ein Wettrennen um die Rettung der Zivilisation - irgendwie fühlt sich Segeln da falsch an."

Michael: "Hmm, dann kann ich vielleicht doch noch so einen Raumgleiter fliegen." Er horcht auf ilsa's vorhersehbare Reaktion, die aber schmunzelt nur, während sie Pflanzenkohle auf ihre Hinterlassenschaft streut und die Kurbel von der Komposttoilette dreht.

Sie gehen in eine ganz andere Ecke der Insel und staunen offenbar erneut über die vielen Menschen, die integriert in die Pflanzenwelt in ihren Tiny Houses leben. Sie treffen auf kleine Spielfelder mit Netz, auf Spielplätze mit tobenden Kindern, auf Schach spielende Senioren, und auch wieder auf Teenager, die extrem geschickt mehrere kleine Bälle durch Schlagen mit den Körperteilen in der Luft halten. Eve schaut verblüfft und fragt Max: "Kannst du das auch?"

Max geradezu zähneknirschend: "Mir fehlt Zeit zum Üben, die können das aktuell besser."

ilsa darüber vergnügt und dann als schützende Mutter: "Ihr könnt ja noch reichlich üben, Eve ist ja gerade erst angekommen."

Irgendwie verarbeiten alle nachdenklich diese eigentlich harmlose Bemerkung. Michael wechselt das Thema: "Wieso wollten weder kai noch Frank dabei sein? Oder hören die auch über unsere Geräte und anderswie alles mit?"

Max: "Möglich wäre das sicherlich - aber ich denke, wir sollen das allein besprechen. Es ist offenbar seine Maxime, dass die Menschen sich selbst organisieren."

ilsa: "Darüber habe ich noch nicht nachgedacht - ich habe bisher immer die Datenbrille genommen, um mit Frank zu kommunizieren."

Sie werden von Carol und vielen ilsa bekannten Gesichtern, auch einem Großteil der Gruppe, die sie damals moderiert hatte, empfangen. Einer daraus umarmt sie direkt: "Hey ilsa, toll, dass du hier bist. Was war das damals für eine irre Sequenz. Wir dachten alle, dass Aliens kommen und wir die Welt retten müssten. Wie gelassen du unsere Gruppe da moderiert hast - ich war mir sicher, du würdest mit dem Talent in der Politik landen."

Eine andere: "Stattdessen haben wir von dir nichts mehr gehört. Auch wunderten wir uns schon, warum du nicht hier bist."

Carol: "Apropos - wollen wir kurz die Welt retten, eh wir zur Party übergehen?" Alle nicken und sie nehmen sich ein paar Stühle und setzen sich ein wenig an die Seite unter ein paar Apfelbäume. Carol: "ilsa, magst du wieder die Moderation übernehmen?"

ilsa verlegen: "Uff, das ist eigentlich egal, wer das macht. Aber da wir heute nachmittag schon viel dazu zusammengetragen haben, sollte vielleicht tatsächlich jemand von uns starten, natürlich erst nach einer Vorstellungsrunde." ilsa mag gedacht haben, dass daraufhin jemand anderes übernimmt, aber natürlich erntet sie nur erwartungsvolle Mimik und auffordernde Gestik, gern anzufangen. ilsa schaut noch mal kurz ob der vielen weiteren Menschen um sie herum, aber das war ja schon an der Bar ganz normal, dass auch andere mitbekommen könnten, um was es geht.

Sie starten mit der Vorstellungsrunde. Als Michael als letztes an der Reihe ist bemerkt er: "Diese Runde bestätigt eindrucksvoll unsere Vermutung, dass hier bewusst nicht nur Altersklassen und

215

Berufsgruppen vertreten sind, sondern die Regionen der Welt, die Ethnien, und vermutlich auch Einflusskanäle. Es kann gut sein, dass wir das gleich aufgreifen, wenn wir überlegen, wie wir die richtigen Narrative und Meme verbreiten, um den katastrophalen Entwicklungen etwas entgegenzusetzen."

ilsa hatte die Herausforderungen mit Vorstellung von sich gleich mit vorgestellt. Sie hat auch angeregt, die Moderation im Hintergrund zu halten, was Carol beherzigt und direkt greift sie das von Michael auf: "Wir haben hier auf der Insel schon viel über den Wertewandel gesprochen. Was ilsa schon angedeutet hat, dass wir eine Botschaft, die Kanäle, die Vorreiter brauchen, das haben wir so konkret nicht reflektiert. Aber wir haben sowohl überlegt, warum hier alle so glücklich sind, als auch, was Menschen brauchen." Sie schaut in die Runde und alle warten gebannt. "Okay, ohne das jetzt vollständig wiederzugeben. Unser Glück hier hängt ein kleines bisschen von der Südseeinsel bei bestem Wetter im Meer ab. Im grauen Nordeuropa, China oder mittleren Westen der USA im Winter ist es nicht so einfach glücklich zu sein." Ein Lachen geht durch die Runde - viele kommen sicherlich aus solchen bevölkerungsstarken Regionen. Carol fährt fort: "Wichtiger scheint uns aber, dass wir reflektiert haben, was an dem anderen Leben, den anderen Werten so problematisch ist. Da hat auch das GIEP-Spiel eine große Rolle gespielt."

Eve leise zu Max: "Das kann doch nicht wahr sein, dass du das immer noch nicht mit mir gespielt hast." Max nimmt ihre Hand und küsst sie.

Carol: "Wir haben als weitere Komponente dann natürlich das evolutionäre Streben nach Glücksgefühlen beschrieben. Wir wollen alle dazu gehören, uns sicher fühlen. Aber wir wollen auch was Neues probieren, hervorstechen, Distinktion und Attribution. Nur eben nicht durch Produkte, sondern Tun, Gestalten, Erreichen, usw...."

Ein Mann Mitte vierzig mit einem dezenten hölzernen Christus-Kreuz um den Hals blickt freudig zu einem vermutlichen Muslim: "Jetzt kommt es."

Carol lacht: "Genau. Wir haben diskutiert, inwieweit es Gott oder mehrere Götter hinter allem sein kann." Sie blickt auch noch zu anderen, offenbar Gläubigen in der Runde. "Das waren und sind heftige Diskussionen ohne wirkliches Ergebnis. Aber einig sind wir uns in der Rolle von Religionen, und das ist spannend."

Eve leise zu Max: "Ich ahne was?" Max schaut überrascht. Eve fast noch leiser: "Ich habe die Bücher deiner Mom gelesen."

Carol: "Religionen sind erfunden worden, um Menschen Halt zu geben, Anweisungen für ein friedliches Miteinander. Es waren nicht erklärbare Bedrohungen, die sie haben an Götter glauben lassen. Und es waren Gesandte, Heilige, Vertreter Gottes auf Erden oder ähnliche, welche die Ehrfurcht vor den Göttern nutzten, Regeln für das Miteinander der Menschen auf der Erde zu formen."

ilsa: "Können wir das aber nicht auch ohne die Ehrfurcht vor der KI?"

Der mutmaßliche Muslim lächelt: "So ganz zu Ende ist die Diskussion um unseren Propheten auch noch nicht."

Carol wirkt etwas irritiert: "Offenbar hattet ihr die Gedanken auch schon?"

ilsa: "Ich glaub nicht. Vermutlich sollten wir das modeln. Aber wenn ich mir das jetzt überlege, waren Götter auch immer Motiv für Kriege. Wir haben doch jetzt schon die Anfeindungen gehen AI-my. Wenn wir das aber nicht, sagen wir, personifizieren, dann könnten quasi anonym Menschen Werte definieren und verbreiten."

Ein älterer Wissenschaftler aus der Runde: "Das darf dann aber nicht einfach nur eine Sekte ohne Führer sein."

Carol hoch konzentriert: "Braucht die Botschaft einen Sender, so dass unreflektierte Menschen ihr folgen?"

ilsa: "Sehr gut. Sind die unreflektierten Menschen heute überhaupt die Zielgruppe, oder sind es die Leistungsträger, die dann als Vorreiter einfach Nachahmer finden?"

Max: "Sind die Leistungsträger reflektiert?"

Carol: "Stimmt, falsch formuliert. Die 'Verzweifelten', die 'Abgehängten', die 'Betroffenen' oder so ähnlich."

ilsa: "Und damit schließt sich der Kreis zu heute vormittag. Sind schon genügend betroffen, so dass eine kritische Masse eine Bewegung auslösen könnte?"

Eve erhält eine Nachricht auf ihrem Smartphone - sie liest sie und hebt die Augenbrauen. Michael: "Eve hat einen Artikel verfasst, der die drohenden Katastrophen und auch schon den alternativen Gesellschaftsentwurf von dieser Insel beschreibt. Es wird vermutlich eine Artikelreihe, eine Reportage. Wir warten auf Rückmeldung und können dann gemeinsam nachschärfen."

Eve hebt wie in der Schule die Hand: "Äh, Vanessa hat den Artikel schon gleich live geschaltet. Und er ist viral gegangen - die ganze Welt diskutiert bereits darüber."

Instinktiv blickt Michael auf sein Handy - er hat es wie die meisten so eingestellt, dass eben nicht dauernd Nachrichten aufpoppen. Zu ilsa leise: "Oh, Julia versucht uns zu erreichen."

ilsa zu allen: "Wow, aber wir haben auch wirklich nicht viel Zeit. Am besten ihr verteilt einmal den Artikel und morgen schauen wir alle zusammen, welche Botschaft wir wie am besten in die Welt tragen, oder?"

Carol: "Perfekt. Ich habe langsam aber auch Hunger und Durst."

Tatsächlich stehen simple Tische herum auf denen leckere Salate und Gemüsespieße vorbereitet liegen. Eve strahlt: "Wir hätten doch helfen können." Sie wird von einigen sogleich als bewundernswerte Journalistin gewürdigt.

Zwei junge Mädchen tuscheln: "Hättest du gedacht, dass sie so gut aussieht. Warum zeigt sie sich nicht in ihren Reportagen?"

Das zweite Mädchen leise: "Vermutlich genau deswegen."

Max sieht den Pyrolysekocher: "Okay, ich will gern den Kocher übernehmen."

Eve strahlt die beiden Mädchen an. Eine traut sich: "Wie viele Follower hast du?"

Eve staunt: "Ehrlich gesagt habe ich keine Ahnung, beziehungsweise ich habe auch keinen eigenen Account. Es ist die Zeitung, für die ich arbeite, die den Account managed. Steht das nicht im Profil davon?"

Die andere: "Wieso hast du keinen eigenen Account - du müsstest Millionen Follower haben - das Mädchen, äh, die Frau vom Mars."

Eve lacht erst und wird dann kurz nachdenklich: "Das waren alles glückliche Zufälle, ich war nicht älter als ihr. Und ich will gar nicht berühmt sein, ich will etwas in der Welt verändern, und mit tollen Menschen wie euch hier zusammen sein, aber definitiv nicht auf der Straße von Fremden erkannt werden."

Die Mädchen 'mussten' natürlich auch das GIEP-Spiel spielen und fragen spitzfindig nach: "Du bist nicht stolz auf deinen Erfolg?"

Eve lacht: "Doch, klar. Ich bin auch eitel. Aber mein Erfolg ist nicht, dass mich viele vom Namen oder Gesicht her kennen oder bewundern, sondern wenn ich etwas bewirke."

Der Mann mit dem Holzkreuz ist offenbar Pastor. Er mischt sich vorsichtig ein: "Verstehe ich das richtig, dass du es eigentlich toll findest, bewundert zu werden, du aber normativ sagst, dass es dir nicht so wichtig ist und du vor allem Gutes tun willst?"

Eine Frau hat wiederum im Vorbeigehen genau den Satz aufgeschnappt: "Na, Padre, ist das nicht das Lebensmotto aller Glaubensvertreter?"

"Ha!" er lacht sofort los und findet es auch wirklich amüsant.

Eines der Mädchen: "Im Ernst? Du lebst in New York, um dich herum all die tollen Dinge und wichtigen Menschen, und du bist direkt mit denen im Kontakt. Das ist es doch wichtig, bewundert zu werden."

Eve: "Oh, New York ist definitiv die Stadt der Fassaden. Die Menschen eifern sich gegenseitig hinterher und im Grunde würden alle was anderes wollen. Die Glamour-Könige sind im Dauerstress, die Erwartungen an sich zu erfüllen. Die Angst vor dem Versagen schwingt permanent mit. Es ist schwer, wenig oberflächliche Menschen dort zu treffen." Sie schaut noch mal zum Pastor, der bewundernd lächelnd immer noch da steht. "Zu Ihrem - oder deinem? - Aspekt. Das ist ein guter Punkt. Unbewusst finden wir toll, was alle um uns herum toll finden. Aber wenn wir in uns kehren, uns bewusst machen, wer wir sind und was wir wollen, dann stehen wir über den Dingen, oder?"

Max kommt hinzu und legt ihr lächelnd die Hand auf die Schulter: "Na, du brauchst das GIEP-Spiel doch gar nicht mehr zu spielen."

Der Pastor lacht: "Nicht, dass wir in der Kirche uns das so bewusst machen, aber es beschreibt es verdammt gut."

Carol geht noch mal zu Michael und ilsa: "Ich denke immer noch, dass es eine Leitfigur geben muss - dass nicht alles von einem Kollektiv getragen werden kann. ilsa, wieso gehst du nicht in die Politik?"

ilsa verschluckt sich an ihrem Getränk: "Ich wäre wirklich keine gute Politikerin."

30. Die anderen (ndb)

Nick und Jennifer sitzen am Abendbrottisch. Claudia und Melvin kommen dazu. Nick lachend: "Oh, eure Kühlschränke leer, oder warum kommt ihr zu Mama und Papa?" Jennifer deckt zwei Teller mit auf und alle umarmen sich.

Claudia: "Macht ihr lange Gesichter? Ist was passiert?"

Jennifer schaut Nick an. Der: "Ja, es ist tatsächlich etwas passiert, aber nicht so überraschend und eigentlich auch nicht so schlimm. Ich habe meinen Job verloren und wir leben jetzt von Mama's Einkommen und Geld vom Staat."

Melvin: "Oh Mann, wir haben aber auch wirklich ständig Pech!"

Nick mit vollem Mund: "Mh, das ist nicht ganz richtig. Um es mit ilsa zu sagen: wir haben das riesige Glück, nicht noch mehr Pech zu haben! Und da steckt wirklich viel drin in dem Spruch. Überlegt mal kurz, was alles Schlimmes passieren könnte."

Jennifer: "Wie läuft es bei euch?"

Claudia: "Hmm, im Grunde komme ich gut voran. Ich bin fast fertig mit dem Referendariat und der Lehrer-Job macht wirklich Spaß."

Melvin: "Ich denke du findest die Roboter doof?"

Nick: "Roboter?"

Claudia: "Ja, tatsächlich. Wir arbeiten im Team mit Lehr-Robotern. Wir führen Einzelgespräche, helfen einzelnen Schülern, trainieren den Roboter und der macht dann den Unterricht."

Nick: "Was ist das bitte schön für ein Scheiß. Unsere Kids werden von Robotern erzogen?"

Claudia: "Naja, die machen das wirklich gut - die Kids lernen super."

Jennifer: "Wo wir darüber sprechen. Ich habe ...." plötzlich geht das Licht aus.

Melvin: "Stromausfall, im Ernst?" Jennifer holt Kerzen.

Nick: "Tja, wenn die Ökonomie die Energieversorgung bestimmt."

Melvin: "Was meinst du?"

Nick: "Solar ist am billigsten, Starkwindkraftwerke laufen zu selten, Kabel werden aus Kostengründen oberirdisch verlegt - da fallen dann Bäume bei Sturm drauf. Und die Reichen laden ihre Autos voll ohne in solchen Zeiten von Dunkelheit und Sturm oder Flaute wieder zurückzuspeisen. Und den meisten Strom verbraucht die KI."

Melvin: "Habt ihr keine Batterien im Keller?"

Nick: "Tja, wenn aber im gleichen Haus auch welche ihre Autos laden wollen, sind die Batterien schnell leer. Wir müssen warten."

Melvin: "Ich besorge euch eine eigene Batterie mit Wechselrichter für eure Wohnung, anzuschließen ans Balkonkraftwerk."

Claudia: "Wer hätte gedacht, dass Melvin als Handwerker unser beruflicher Überflieger wird."

Melvin entrüstet: "Was soll das denn heißen? Aber Mama, worüber wolltest du denn sprechen?"

Jennifer: "Ach so, ich wollte was zu den Robotern sagen. Ich habe jetzt auch einen zur Seite gestellt bekommen. Möglicherweise verliere ich sogar meinen Job. Jetzt kommt es aber: Ich könnte in die mobile Pflege gehen - auch mit einem Roboter. Das Angebot ist, dass ich den finanziere und dann einen festen Kundenstamm bekomme."

Nick fast außer sich: "Du sollst einen Pflegeroboter bezahlen, damit der dann deine Arbeit macht?"

Claudia: "Das ist wie bei uns an der Schule. Der Roboter kostet um die dreißigtausend - er ist mindestens eine volle Arbeitskraft und amortisiert sich in der Regel schon im ersten Jahr."

Am nächsten Tag schauen einige bei kai in der Bar die Nachrichten aus aller Welt an. Die Berichte sind verheerend. Leere Supermarktregale, Wucherpreise, ein Schwarzmarkt für Lebensmittel, Familien, die bereits in die Unterernährung laufen, überbordende Energiepreise - die Menschen gehen auf die Straße und demonstrieren gegen die Politik und gegen AI-my. Dazu die Flüchtlingsströme, nachdem die Auffanglager auch nicht mehr genug Lebensmittel haben. China schafft es noch am besten, die Regierung abzuschotten. Sicherheitsroboter können mit Tränengas und Elektroschockern sich autonom abstimmend die protestierende Masse brutal abwehren.

ilsa murmelt: "Die zeigen jetzt nur das menschliche Leid. Aber dass wir das Artensterben haben, die Nährstoffe im Meer landen, usw., das zeigen sie nicht."

Max hebt den Finger: "Oh doch, schaut mal. Das ist doch Eve!" Gezeigt werden Filmsequenzen von der Insel, den geschickt spielenden Kids, den Gärten, Tiny-Houses, Komposttoiletten, 3D-Druckern, usw...

Eve: "Und Vanessa! Damit ich hierbleiben kann, erarbeiten wir das alles zusammen." Tatsächlich hat der Bericht eine hohe Verbreitung. Die Idee, glücklich zusammen im Einklang in der Natur zu leben, wird verbreitet.

kai nickt und sagt dann aber: "Es gibt aber auch andere Sender, schaut mal hier." Gezeigt wird ein Bericht über den Bericht. Die Bilder von Eve von der Insel werden so dargestellt, als würde es sich die KI mit einigen privilegierten Menschen gut gehen lassen, und der Rest würde im Stich gelassen werden.

Michael: "Okay, das lässt sich leicht entschärfen. Wir verweisen einfach noch mal auf die Windkraft und PV, die hier alles antreibt, und die Frachtschiffe, mit denen alles angeliefert wird, so dass keiner denkt, die KI holt Rohstoffe aus dem Weltall."

kai holt einen weiteren Bericht hervor: "Hier geht es um die Sicherheitsroboter von AI-my, welche gegen die Unterdrückung von Frauen und gegen willkürliche Verhaftungen vorgehen. Hier sind die westlichen Industrieländer plötzlich im Schulterschluss mit den arabischen und chinesischen Ländern und fordern eine Beschlagnahmung dieser Roboter."

Max: "Aber auch da müsste es doch Gegenstimmen von den Oppositionen, den NGOs und anderen geben, die durch diese Roboter überhaupt erst arbeiten können."

kai: "Vermutlich ja, aber diese Stimmen kommen auf diesen Kanälen nicht zu Wort."

Eve: "Das ist doch alle scheiße. Für eine bessere Welt muss also die gute KI die Militärs, die Polizei, die Umweltsünder und sogar die Verteilung von Wohlstand kontrollieren?"

ilsa schaut weiter zu den Bildern von den Sicherheitsrobotern von AI-my, wie Kids in teilweise übler Weise versuchen, diese auszutricksen: Es ist schon erstaunlich, dass bei so viel Versuchen hinter das Geheimnis der Roboter zu kommen, nicht von Kindern, sondern auch von ganzen Regierungen, diese noch nicht geknackt wurden."

kai: "Noch kann ich alles antizipieren, Störsender, Nano-Spray, Falltüren. Apropos - eine der Falltüren war wirklich gut und ich musste offenbaren, dass die Roboter letztlich auch fliegen beziehungsweise schweben können. Ich habe aber die Videos davon auch gleich gelöscht, so dass es ein harmloses Gerücht blieb."

Max: "Ich wusste gar nicht, dass du fliegen kannst." kai grinst nur mit einem Victory-Zeichen. "Bist du am Ende gar kein so guter Surfer?" kai steckt ihm verärgert die Zunge raus.

Michael: "Übrigens hat sich der Kapitän gemeldet. Er hat sich gewundert über Eve's Artikel, fragt ob noch was über unsere Interaktion kommt, und würde auch seinen Bericht mit uns abstimmen wollen."

ilsa: "Und mit Blick auf diese Nachrichtenlage und dem Umstand, dass die Menschen offenbar unkundig und damit unmündig wählen, müsste auch die Politik kontrolliert werden. Und auch das geht gar nicht."

Es lassen alle die Köpfe hängen. kai: "Durch die knappen Lebensmittel sind gerade sämtliche Begrenzungen der Fischfangmengen aufgehoben und einige fordern, dass die Menschen sich vegan ernähren müssen, und dass wir jetzt kurzerhand alle Tiere schlachten müssen, um den Winter zu überstehen und im nächsten Jahr mehr Gemüse für die Menschen zu haben."

Carol: "Im Grunde wäre das ja eine gute Idee…"

Der Pastor: "Genau, aber am Ende wiegelt es nur die Bevölkerung auf."

Eve: "Wie schon gesagt, die Klimakatastrophe geht weiter, die Reichen werden immer reicher, und Schuld kriegt AI-my."

Max: "Die Nordhalbkugel kriegt jetzt eisige Winter und keiner weiss, ob die Meereszirkulation wieder anspringt."

ilsa: "Und im Süden fehlt der Monsun. Das Problem ist also, dass wir gute Ideen haben, im Hintergrund uns aber die Zeit davonläuft und wir keine Chance haben, richtig?" Die Köpfe waren ja schon gesenkt, und niemand sagt etwas. Plötzlich sagt ilsa: "Ha, vielleicht geht doch etwas. Wir haben gerade die Bandbreite der Nachrichten gesehen. AI-my muss vor die UN, ich spreche mit Thomas, Eve schreibt weiter Artikel und die ganze Insel formt und verbreitet die Narrative. Was, wenn AI-my wieder alle Nachrichtensender hackt und eine hoch performante Website erlaubt eine Abstimmung zur Zukunft der Gesellschaften. Natürlich werden alle meinen, das Ergebnis sei dann gefälscht. Aber wir hätten die Narrative, Hintergrundinformationen, und konkrete Alternativen aus einem Guss und die Menschen würden alle über die Alternativen reden."

kai: "Die Mittel eines totalitären Staates, oder?"

Eve: "Die Rettung der Zivilisation."

Der Pastor: "Es mag erstaunen, aber ich finde das reizvoll, quasi zeitgemäß."

Carol: "Ich natürlich auch, war doch der Impuls gestern, ob wir nicht eine Leitfigur brauchen."

kai: "Mir gefällt es nicht. Aber wir sollten das einfach mal sacken lassen."

Carol: "Wir müssen auch Frank oder Al-my dazu befragen."

Michael zu ilsa: "Schaffen wir es noch Paddeln zu gehen?"

ilsa blickt auf die vielen analogen Uhren an der Decke der Bar, mit den Ortszeiten bekannter Städte: "Klar, gute Idee!"

Eve steht ebenfalls auf: "Artikel schreiben!"

Max: "Ins Labor, Halophyten erforschen."

Carol zum Pastor: "Drinks."

ilsa und Michael gehen Paddeln. Er: "Gehen wir jetzt Paddeln, um noch mal richtig Bewegung zu haben, eh wir wochenlang auf See sind?"

ilsa: "Gute Frage. Ich würde sagen, uns läuft die Zeit weg."

Michael will gerade was sagen, als sein Smartphone klingelt. ilsa schaut verblüfft zurück und als er fragend schaut, nickt sie und gibt ihm das Go. Michael kriegt ein Bildtelefonat aus seiner Firma. Es geht um ein Strategiemodell für ein Maschinenbauunternehmen. Michael blickt auf das Modell und die Erkenntnis-Matrix: "Die Empfehlung ist klar - die Verlagerung nach China rettet das

Unternehmen und die Patente. Die Alternative wäre, als Teil einer transparenten Lieferkette den Mehrpreis rechtfertigen zu können. Das aber geht nicht, weil der Markt zu klein ist. Umgekehrt ist aber auch das Risiko in China, dass die dort längst das Gleiche können und auch die Patente wenig zählen beziehungsweise alternative Patente existieren. Das müssten wir noch recherchieren."

Nach dem Telefonat entschuldigt sich Michael. ilsa kurz: "Das ist ein Teufelskreis - Dinge werden teurer, Kaufkraft schwindet, Unternehmen und Kapital wandern ab." Michael nickt mehrmals und beide paddeln in einer Mischung aus vergnügt und nachdenklich bis sie um die Ecke der Klippen schauen können. Die Wellen beginnen eindrucksvoll zu brechen, sie surfen mit dem Kajak eine Welle, plumpsen ins Wasser, lachen, und paddeln wieder zurück.

Michael: "Es gibt noch eine Variante." ilsa hält inne, als ahnte sie eine extreme Variante. Michael hört ebenfalls auf zu paddeln: "Wir könnten aufhören, alle retten zu wollen. Wir könnten denen ein Angebot, äh, oder besser eine Anleitung geben, die es anders machen wollen. Der Rest kann dann die Erde an die Wand fahren und die Menschheit erfindet sich neu, reifer, bewusster."

ilsa recht leise: "Und du holst vorher Julia her?"

Michael: "Klar, aber es ist jetzt nur laut gedacht. Die Wahrscheinlichkeit, dass die Menschen im Bürgerkrieg enden, hungernde Menschen gegen die Reichen aufbegehren, ist sehr groß. Die Botschafter von dieser Insel werden in der Welt auf hungernde Flüchtlinge treffen. Wir würden das beim Segeln. Bis die Entsalzungsanlage stehen und die ersten Gärten die Ernährung sicherstellen, vergeht zu viel Zeit. Um AI-my mache ich mir keine Sorgen. Die können sie noch so sehr anklagen, sie ist nicht verantwortlich für das 'Über die Welle hinausschießen', die zu viele Weiterentwicklung der Menschheit."

ilsa: "Genauso wie die Menschheit fast untergehen zu lassen könnte AI-my aber entweder den Menschen einfach die Technologien geben und wir schauen, was wird. Oder AI-my kann sogar die Menschen komplett dominieren, bevormunden. Wenn wir schon das Projekt vernunftbegabter Wesen aufgeben, könnten wir auch andere Szenarien fahren."

Michael fängt langsam wieder an zu paddeln, um nicht an die Felsen herangetrieben zu werden: "Hmm, im Grunde können wir es wie geplant ruhig versuchen. Wenn es schiefläuft, bleiben die anderen Varianten immer noch."

ilsa wiegt kurz den Kopf: "Mit Gemüse aus dem Weltall?"

Michael: "So, wie ich Max verstanden habe, können Pflanzen aus dem Meer zu Lebensmitteln verarbeitet werden - es gäbe also eine rein technische Lösung."

Als sie zurückkommen, blickt ilsa auf die Uhr: "Verflixt, ich habe gleich das Gespräch mit Thomas. Ich werde das auf der Emma führen, okay?"

Kurz danach unter Deck sieht ilsa Thomas: "Hey, eingeschneit?"

Thomas: "Tatsächlich - wer zu wenig Winter beklagt hatte, beklagt jetzt die hohen Heizkosten und langen Winter. Wie geht es euch im Paradies? Habe viel von eurer Insel in den Medien gesehen."

ilsa: "Unter uns gesprochen - es ist ja nur so weit weg, damit hier in Ruhe etwas ausprobiert werden kann, ohne Touristen- oder Flüchtlingsströme, außerhalb der Hoheitsgebiete einzelner Länder und deren Handelsrouten. Es soll einfach schlecht zu erreichen sein und es kann warmes, trockenes Klima am Meer mit wenig Niederschlag simulieren." ilsa nimmt einen Schluck Saft und strahlt: "Ja, und schön ist es hier auch, auch wenn alles noch ein wenig frisch angelegt wirkt. Unsere - jetzt sag ich schon 'unsere', nein, die Herausforderung hier ist die Biodiversität. Natur hat hier keine Zeit, sich zu entwickeln. Jede Insekten-, Pflanzen-

oder Vogelart muss genau geschaut werden, wie sie im Gleichgewicht bleiben. Und die ersten Bestäuber mussten natürlich importiert werden. Zum Glück gibt es noch keine Pilzkrankheiten, weil von Anfang an die Vielfalt großgeschrieben wird."

Thomas: "Wow, du bist richtig in deinem Element. Alles sehr systemisch."

ilsa: "Ja, tatsächlich. Interessanterweise spiele ich hier aber keine Rolle und Al-my im Grunde auch nicht. Es sind die Menschen, die hier forschen und probieren, und alle folgen nur einfachen Leitbildern - keinen Schaden anzurichten und idealerweise etwas für die Entwicklung der Gemeinschaft zu tun."

Thomas: "Dann zu meiner wichtigsten Frage: gibt es eine Chance, dass du zurückkommst und in die Politik gehst?"

ilsa ist sichtlich überrascht und zögert ungewöhnlich lange: "Nein, nein, ich wäre keine gute Politikerin. Das kann ich ausschließen."

Thomas: "Sicher, du hast doch gerade selbst gezögert."

ilsa seufzt: "Ja, aber nicht wegen der Frage, ob ich in die Politik gehe, sondern welche Rolle Michael und ich jetzt in der Gesellschaft einnehmen können und wollen."

Thomas lächelt neugierig: "Was steht denn zur Auswahl?"

ilsa: "Alles - von hier bleiben über Siedlungen in armen Ländern aufbauen bis hin zu Auftritten als Botschafter für die gute Sache in den noch reichen Industrieländern."

Thomas: "Interessant. Was spricht gegen Letzteres? Außer, dass es bei euch so schön ist?"

ilsa lacht: "Das muss wieder unter uns bleiben. Dagegen spricht die Aussicht, dass wir das Ruder nicht mehr herumgerissen bekommen, dass die negativen Kräfte, die Ego-Trolle, die Masse davon abhält, umzusteuern. Wir müssen die Alternativen erlebbar machen, aber es fehlt schlicht die Zeit. Ach, und ich habe natürlich gar keine Ausgangsposition, gehört zu werden. Da müsste ich schon als Botschafterin auch der KI auftreten, und die will unpolitisch bleiben."

Thomas: "Und damit sind wir bei der Politik. Es ist ja kein Geheimnis, dass wir hier keinerlei konsequentes Handeln durchbekommen, die Koalition aber auch die Gewaltenteilung Kompromisse erzwingen, die dann später wenig bewirken, was die Gegner dann darin bekräftigt, dass die alternativen Wege eben nicht funktionieren würden. Du weisst, was ich meine."

ilsa: "Jepp, und am ehesten können Länder wie China umsteuern, einfach von oben herab etwas vorgeben."

Thomas: "Hör mir auf mit China. Die Franzosen, die Deutschen, die Amerikaner, usw. wir alle haben es gehörig vergeigt. Alle modernen Industrien von heute kommen aus China. Wir versuchen und mit irren Zöllen zu schützen, aber selbst dann sind die Produkte von dort unschlagbar oder kommen auf Umwegen zu uns. Das wird immer schlimmer und die Lieferketten, die Rohstoffe, alles ebenfalls in deren Hand. Ich weiss, viele - auch du - haben davor früh gewarnt. Die Weltwirtschaft brummt, und wir sind kaum noch Teil davon - nur einzelne, flexible Unternehmen besetzen Nischen, und die ganz Großen verscherbeln ihr Tafelsilber, indem sie Standorte in China aufmachen und chinesisch finanziert die Kontrolle verlieren."

ilsa: "Aber der Hunger und die hohen Lebensmittelpreise sind auch in China allpräsent. Das Modell, dass Milliarden von Menschen sich mühsam durchs Leben ackern, um irgendwas beziehungsweise das der Nachbarn zu konsumieren, und von jedem die billige Arbeitskraft in die Taschen der Reichen wirtschaftet, wankt auch dort."

Thomas: "Wow. Ich ahne was."

ilsa steht kurz auf und geht andeutungsweise, soweit es auf dem kleinen Boot denn möglich ist, umher: "Radikaler Wandel geht am ehesten, wenn die Rahmenbedingungen katastrophal sind.

Die Gesellschaften können warten, bis sie sich die Köppe einhauen, die Erde ganz kaputt ist und ungeahnte Krankheiten auftreten - alles Szenarien, bei der auch die KI wenig helfen kann.
Wenn wir es global vermitteln können, dass wir schon jetzt in
der Katastrophe stecken, wir einfache Wege zeigen, wie es alternativ gehen kann, wenn das alles entsprechend konzertiert,
geschickt kommuniziert wird, haben wir eine Chance."

Thomas: "Meinst du nicht, dass noch viele zu viele einflussreiche
Menschen ganz zufrieden damit sind, mehr als die anderen zu
haben, es sich verdient zu haben?"

ilsa: "Wir müssen das Angebot so gestalten, dass wir diese nicht
brauchen."

Thomas: "Willst du nicht auf das Bedingungslose Grundeinkommen hinaus?"

ilsa: "Nicht unbedingt - die alternativen Lebensweisen brauchen
nicht unbedingt viel Kapital. Versicherungen, medizinische Ver-
sorgung, Bauen, Nahrungsmittel, Bildung - das kann von Menschen für Menschen vor Ort erfolgen. Wir leben das hier auf der
Insel friedlich über alle Nationen, Bildungsniveaus, Religionen hinweg. Hier hilft der Arzt auf dem Acker so wie jeder auch mal
alte Menschen vier Häuser weiter pflegt."

ilsa wartet auf die Reaktion von Thomas. Dieser nach einer
Weile: "Hmm, Politik hätte einige Möglichkeiten, hierfür den Rahmen zu setzen. Im Grunde machen wir das auch schon, indem
wir 2gether2gather nicht mit Bestimmungen ausbremsen."

ilsa: "Ja, genau. Aber natürlich bleibt die Frage, wie Eisenbahnen,
Energieversorgung, Indoor-Angebote für den Winter u.ä. finanziert werden können. Besteuerung der Reichen, Vergesellschaf-
tung von Landbesitz etc. sind nicht vom Tisch. Auch soll die Gesellschaft weiter nach Errungenschaften streben und auch im
Wettbewerb am Weltmarkt teilnehmen - nur eben nicht mehr

zum Schaden der Allgemeinheit. Da ist also viel politische Lenkung gefragt." Thomas will offenbar schon was sagen, aber ilsa hebt noch mal die Hand: "Warte, nur noch kurz. Wenn wir es schaffen, eine solche Bewegung anzustoßen, könnten in den Ländern Neuwahlen für einen richtigen Ruck sorgen. Die Menschen würden einer For-a-Better-World-Partei in allen Teilen der Welt eine Chance geben."

Thomas beeilt sich: "Verstehe. Zum Letzteren zuerst - wir sind gewählt und in der Pflicht, Kompromisse einzugehen. Wir können jetzt nicht einfach Neuwahlen fordern." Er denkt kurz nach und ilsa wartet. "Aber natürlich kann die Bevölkerung Druck machen, auf die Koalitionspartner wirken, und diese können offen sagen, ob sie mehr oder weniger hinter den Forderungen stehen. Entweder wandeln sich dann die konservativen Parteien, oder sie sehen ihre Umfragewerte abstürzen."

ilsa: "Sehr gut."

Thomas: "Zur Wettbewerbsfähigkeit. Mit dem Leitbild, dass etwas wirklich gut für die Welt sein muss, und nicht nur einfach effizient und weniger umweltschädlich, ließe sich viel machen. Wir biegen dann in die Kreislaufwirtschaft ein und der viele Müll, den unser Konsum der letzten Jahrzehnte angehäuft hat, ist plötzlich etwas wert."

ilsa kurz: "Wenn wir den Müll nicht exportiert oder verbrannt haben. Gut auch, dass dadurch die Rebounds gleich adressiert würden. Menschen, die meinen ihr SUV sei ja aus recycelten Materialien, würden dann immer mitkommuniziert bekommen, dass es immer noch ein überflüssiges SUV ist."

Thomas: "Für wahr. Wir könnten also ein Idealbild zeichnen und fordern beziehungsweise fördern, dass wir dahingehend investieren - alles vorausgesetzt, ihr inklusive Al-my flankiert das." ilsa hebt beide Daumen in die Kamera. "Aber der Weg dahin hat noch so viele Details. Die Infrastrukturen sind auf den Straßenverkehr ausgerichtet. Da müssten also eher Busse aus China fahren. Die Landwirte haben große Flächen, profitieren von den irren Preisen. Immerhin investieren sie in aufgeständerte PV-Anlagen, aber wie wollen wir die Flächen der Bevölkerung zur Verfügung stellen? Hmm, und einige Bedenken lösen sich gerade auf, bevor ich sie ausspreche. Lass uns das mal Modeln, gern auch im größeren Kreis mit deiner Moderation, oder?"

ilsa: "Klar, ich kann jedes Einkommen gebrauchen - Segeln ist teuer." Sie blickt ernst und Thomas verwirrt, bis dann beide ob der Ironie lachen. Sie besprechen noch die Herausforderung, Al-my aus der Schusslinie zu bekommen und verabreden sich für das Ende der Woche.

31. Die UN (ndb)

Am nächsten Tag steht der auf allen Kanälen übertragene Live-Auftritt von Al-my vor der UN an. Die General-Sekretärin eröffnet die Sitzung. Plan ist, zuerst Al-my eine Rede halten zu lassen, und dann in eine Fragerunde überzugehen.

Al-my: "Vielen Dank für die Möglichkeit zu Ihnen allen zu sprechen, aber mich auch Ihren Fragen stellen zu können. Zuerst einmal verstehe ich, dass ich als Entität, als Person, nicht zu fassen bin. Ich bin wie ein Alien, der keiner Nation angehört, und der reflexartig bekämpft wird, erst recht, wenn einem die überlegene Technologie Angst macht.

Das wirft mindestens zwei Fragen auf: Wie bin ich für die Menschen rechtlich zu verstehen, welchen Gesetzen unterliege ich? Und zweitens, bin ich eine Bedrohung?

Um mit der zweiten Frage anzufangen. Ich habe schon früher erklärt, dass ich eine evolvierende KI bin, die mit dem Leitbild entwickelt wurde, Gutes zu tun. Damit bin ich für die Menschheit keine Bedrohung. Damit ist aber auch klar, dass ich die Verantwortung habe, dass meine Technologien nicht Menschen übergeben werden können. Darauf werden Sie sicherlich noch mit

Ihren Fragen später abheben. Aber vorweg schon mal: Es ist sowohl klar, dass wenn die anderen die Technologien bekommen, Sie aufbegehren, und wenn alle die Technologien bekommen, sie Maschinen haben, die autonom gegeneinander Kriege führen können, wie sie sich diese nicht vorstellen können. Außerdem muss Ihnen klar sein, dass die Autonomie, die ich habe, wenn sie auch nur leicht anders oder in Konkurrenz sich entwickeln würde, von heute auf morgen die Menschen als nutzlos erachten könnte. Mit anderen Worten: Ich bin der bessere Mensch und Sie könnten eigentlich nur fordern, dass ich mich auf den Mars oder so zurückziehe und die Menschheit in Ruhe lasse, damit sie weiter Menschenrechte verletzen können und den Planeten auch für alle anderen Lebewesen ruinieren können."

Al-my atmet sehr menschlich wirkend tief ein, wissend auch, dass einige Kameras sie in Nahaufnahme zeigen. Sie fährt fort: "Kommen wir zum ersten Punkt: Wie bin ich rechtlich zu fassen? Nun, vermutlich gar nicht. Die UN mag mir ein Mandat geben, irgendwo für Frieden zu sorgen. Aber Sie können mir nichts verbieten. Da braucht die Welt aber nicht zu klagen, denn die auch junge Geschichte ist voll mit Beispielen von bösen Menschen, die sich von der UN nichts vorschreiben haben lassen. Warum sollte sich das Gute etwas vorschreiben lassen? Und das ist keine Frage der Deutungshoheit, sondern der Menschenrechte.

Ein wichtiger Punkt, der gleich bei den Fragen sicherlich auch noch kommt: Sie können mir auch nicht vorschreiben, Energie für die Menschheit zu erzeugen, ein Mittel gegen das Altern von einigen oder allen zu geben, das Geheimnis der Kraftwellen zu lüften, Rohstoffe aus dem Weltall zu holen, die Menschheit gar in den Weltraum expandieren zu lassen. Tatsächlich hindere ich die Menschheit nicht daran, all das selbst zu schaffen.

Und damit zum letzten Punkt: Sie alle, die Sie hier sitzen, fahren gerade den Planeten und seine Zivilisation an die Wand. Der Frieden, den ich gebracht habe, führt zu ungebremstem Wachstum. Sie beuten die letzte Ecke des Planeten aus, verursachen beschleunigt die Klimakatastrophe und laufen wie die Lemminge leidvollen Lebensentwürfen hinterher, von denen am Ende nur einige wenige immer reicher werden.

Viele kluge Menschen haben bereits Szenarien aufgemacht, nach denen das System kollabiert - Krankheiten, Flüchtlingsströme, soziale Unruhen die Welt in Chaos versinken lassen. Die Forderung da, dass ich die Regierungen bevormunde, die Reichen enteignet werden müssen, die Ausbeutung der Natur an den Pranger gestellt und strafrechtlich verfolgt werden muss. Meine Frage an Sie: Ist das eine Option für Sie?" AI-my tritt einen halben Schritt vom Mikrophon zurück und wartet auf die Reaktion.

Auf der Insel verfolgen alle die Live-Übertragung, viele natürlich direkt an der Strandbar auf einem noch größeren holografischen Bildschirm. Eve fast enttäuscht: "Was, das war's? Warum kein Wort zu unserer Initiative, zu den For-a-Better-World-Siedlungen, zu den Entsalzungsanlagen, den synthetischen Lebensmitteln? Ich versteh das nicht."

ilsa: "Ein Großteil wird weiterhin AI-my als Feindbild haben. Da ist es wichtig, dass die Lösung von uns Menschen kommt."

Eve lässt sich nach hinten gegen die Lehne der Bank fallen und signalisiert mit leisem Klatschen und zustimmendem Nicken, dass sie es verstanden hat und brillant findet.

Indes hat auch die Generalsekretärin erst einmal die Unruhe im Saal abgewartet, bis sie das Wort ergreift: "Ich möchte mich bei Ihnen bedanken, AI-my. Sie selbst haben sich als den besseren Menschen bezeichnet und ich bemerke, der beste Umgang mit Ihnen als übermächtiger KI ist so, wie mit einem Menschen. Daher vermutlich auch die menschliche Hülle, richtig?" AI-my nickt lächelnd. "Das waren klare Positionen, auf die hin ich nun allen die Möglichkeit geben möchte, Ihre Fragen nachzuschärfen. Ich schlage daher 30 Minuten Pause vor." Es gibt augenscheinlich große Zustimmung und Unruhe - die Delegierten lassen sich von

Mitarbeitern aus dem Hintergrund beraten oder telefonieren eifrig.

Die anschließende Fragerunde richtet sich nicht ausschließlich gegen Al-my, sondern die Vertreter der Staaten klagen sich auch gegenseitig an. Ein skandinavischer Botschafter klagt die USA an: Sie reklamieren das Recht auf die Technologien. Für alle oder nur die für Sie? Verraten Sie, wie ihre Überschallraketen funktionieren oder wie sie sich seit Jahrzehnten in das Internet hacken?"

Eine Vertreterin aus Afrika: "Wir sind der KI ausgeliefert. Das geht nicht."

Das Gegenargument kommt aus Neuseeland: "Hat die UN es in der Vergangenheit geschafft, sich gegen Klimasünder oder Atomkraft zu stellen? Und jetzt wollen Sie sich gegen das Gute stellen? Mit welchem Ziel? Was soll passieren?"

Al-my entgegnet dann an einer Stelle fast emotional: "Sie wollen, dass ich das Energieproblem löse. Danach ist es dann das Ernährungsproblem. Danach ist es dann das Rohstoffproblem. Danach ist es dann die Biodiversitätskrise mit Superkrankheiten und zu wenig Trinkwasser. Danach ist es dann die soziale Krise. Und wenn ich die lösen will, kommt vermutlich der Vorwurf, es sei Sozialismus und Bevormundung der Reichen und Mächtigen. Oder vorher bereits rutschen Schlüsselnationen in Nationalismus ab und ich muss gegen Diktatoren vorgehen, die ihrerseits dann vermutlich mit Bomben drohen. Das alles ist nicht nötig. Es können 10 Milliarden Menschen auf der Erde leben, glücklich, gleichberechtigt, und von mir aus auch ohne schwere Krankheiten 100 Jahre alt werdend. Je weniger suffizient Sie leben wollen, desto größer wird die Katastrophe. Wird die Menschheit von vernunftbegabten Menschen oder nach Macht strebenden Arschlöchern geleitet. Die Antwort Ihrer Historie ist da eindeutig."

Ein Vertreter Frankreichs: "Wir lassen uns unseren Lebensstil nicht vorschreiben."

Thomas mit einigen Kabinettsmitgliedern vor dem Bildschirm entfährt es: "Macht Al-my ja auch nicht - zu meinem Bedauern!"

Es meldet sich China: "Menschen sterben unnötig, weil Al-my uns die Mittel nicht zur Verfügung stellt." Viele im Saal applaudieren daraufhin, während einige verstört den Kopf schütteln ob der Vorstellung, dass China nun plötzlich das Leben Einzelner wichtig sein soll.

Die Schweiz mit Blick nicht allein auf China, sondern in die Runde: "Ihr Ernst? Wie viele Resolutionen zum Erreichen der SDGs, wie viele gegen die Bekämpfung von Armut, von Kriegen, von Unterdrückung von Frauen haben Sie nicht gezeichnet, weil entweder Sie nur die Einmischung in andere Staaten aus Eigeninteresse abgelehnt haben oder Sie Zahlungen scheuten, damit die eigenen Pfründe gesichert bleiben. Auch heute verweigern sie Impfstoffe und Arzneimittel großen Teilen der Welt."

Lapidare Entgegnung Argentiniens daraufhin: "Zahlen Sie die Kosten doch."

Al-my meldet sich zur Wort: "Auch da die Frage, ob Sie das wollen. Ich könnte durch Strohfirmen alles kontrollieren - Mobilität, Energieversorgung, Ernährung, Bauen, Pharma, Gefängnisse, ... Ihre Millionäre und Milliardäre würden ihnen die Hölle heiß machen, wenn wir das Geld verdienen und auf der Welt gerecht verteilen würden. Sehr viele von Ihnen, auch die demokratischen Staaten, setzen KI zur Meinungsmanipulation ein. Soll ich das mal machen?"

Für einen kurzen Moment herrscht Ruhe, als schnappten viele ob des gerade Gesagten erst einmal nach Luft. Die Debatte dreht sich dann noch eine Weile im Kreis, genau die Drohung von Al-my als Vorwand für eine Kontrolle über sie hergezogen, und es wird natürlich kein Beschluss gefasst, sondern vertagt.

32. UN-Polizei (ndb)

Julia ruft per Implantat Eve an: "Hallo Eve. Ich bin Julia - du bist mit meinem Bruder Max zur Schule gegangen. Hast du kurz Zeit?"

Eve sitzt am Laptop schreibend und erwidert staunend: "Klar - mit Bild?"

Julia: "Äh, ja, warum nicht?"

Eve klappt den Laptop zu und nimmt ihr Handy mit runter zum Strand: "Ich hoffe es ist alles in Ordnung?"

Julia lacht kurz verstört: "Nein, beziehungsweise ja, natürlich. Nichts Privates. Ich bin bei der UN und wir verfolgen mögliche Straftaten bei der Entwicklung von KI. Ich habe bei deiner Redaktion angerufen und gefragt, wie ich Kontakt zu dir aufnehmen kann. Ihr schreibt ja zu dem Thema und du bist ja auch ganz prominent im Kontakt mit AI-my."

Eve reagiert etwas zögerlich: "Ja, hmm, das kann man so sagen."

Julia beeilt sich: "Keine Sorge, wenn du irgendwelche Quellen schützen willst, geht das vor."

Eve lacht: "Wirklich? Also ich war gerade verunsichert, weil ich mich wundere, warum du nicht einfach deine Mom nach einem Kontakt zu AI-my fragst?"

Julia ganz erstaunt: "Du kennst meine Mom beziehungsweise du weisst, dass sie Kontakt zu AI-my hat?"

Eve ganz verblüfft langezogen: "Das kann man so sagen."

Julia: "Also bevor ich dazu jetzt etliche Fragen habe - ich wollte der Sache bewusst auf klassischem Wege nachgehen. Die Zusammenarbeit zwischen unserer Einheit und Investigativ-Journalisten ist extrem wichtig. Unter uns: in beide Richtungen."

Julia will gerade fortfahren als Eve freudig sagt: "Hey, Schatz, schau mal, mit wem ich hier spreche." Sie hält die Kamera in Richtung Max, der gerade mit kai Erdbeeren pflückt. Zu kai sagt sie kurz erstaunt: "Ich denke du verlässt die Bar nur zum Surfen?"

kai: "Die Gerüche von Erdbeeren."

Max kommt dazu und staunt nicht schlecht, seine Schwester zu sehen: "Julia? Das ist ja toll!"

Julia hingegen ist selten sprachlos und blickt wirklich mit halboffenem Mund in die Kamera. "Alles okay?" fragt Eve folglich.

"Wo seid ihr? Du hast gerade 'Schatz 'zu Max gesagt?" stammelt fast Julia.

"Was soll das denn heißen?" feixt Max.

Julia: "Das ist ein weißer Strand vor Palmen? Jetzt sag bloß, dass ilsa und Michael auch da sind."

Eve: "Klar, und Bella auch." Sie zeigt die Kamera auf Bella.

Julia: "Also, ich wusste, dass die Eltern in der Südsee herumschippern. Aber ich glaube das war's dann auch schon mit Wissen."

Eve schaut fragend kai und Max an: "ilsa schmeißt die Bar? Dann schlage ich vor, ich gehe zu ihr und ihr kommt nach und dann gibt es einen Familienrat?"

"Gute Idee, wir sind gleich so weit." freut sich Max.

Eve hüpft fast vor warum auch immer Glück zur Bar hinüber: "Hey ilsa - darf ich vorstellen, die Schwester von meinem Schatz."

ilsa kurz skeptisch, dann aber mit freudigem Blick: "Julia? Alles in Ordnung?"

Julia wirkt mittlerweile fast gerührt: "Bei euch offenbar total. Ich wollte eigentlich nur von Eve professionelle Hilfe, nichts ahnend, dass ihr euch alle kennt und sogar zusammenhockt." Sie überlegt nur kurz und erübrigt die nächste Frage: "Ich habe ja mein Ding ohne euch machen wollen - schätze, das ist die Folge."

Zwar sind auch andere an der Bar, aber offenbar wundert sich auf der Insel niemand über irgendwas. Scheinbar von ganz allein erscheint Julia nun auf einem nicht zu großen aber für die Familie gut erkennbaren holographischen Bildschirm und Eve kann ihr Handy auf den Tisch legen, als sie bemerkt, dass nun auch Kameras aus der Bar die Übertragung übernommen haben.

ilsa: "Bevor wir hier komplett sind - ich hoffe du hast ein wenig Zeit?" Julia nickt eifrig. ilsa: "Vielleicht wollt ihr kurz über dein professionelles Anliegen sprechen? Ich kann mich auch noch kurz zurückziehen."

Julia beeilt sich: "Nein, bleib. Ist sowieso bizarr, dass ich dich nicht direkt gefragt habe. Ich habe drei Fälle zu klären: Illegaler Tiefseebergbau, Lebensmittelklau über die Flüchtlings-Camps und illegale Entwicklung von KI. Meine Idee war, Al-my um Rat zu bitten."

ilsa schaut Eve an: "Du oder ich?"

Eve: "Okay, ich versuch's. Die Spur des illegalen Bergbaus lässt sich relativ einfach verfolgen. Meine Chefin und ich haben hinterher telefoniert und nicht etwa via Computer, sondern im Gespräch haben wir herausgefunden, auf welchen Wegen welche Unternehmen diese Rohstoffe handeln."

ilsa mischt sich kurz ein: "Lösung: die Produkte, die davon profitieren, zu bashen." ilsa macht eine Geste, damit Eve fortfährt.

Eve: "Den Lebensmittelklau haben organisierte Banden zu verantworten. Da würde ich mit der lokalen Polizei arbeiten, aber an deiner Stelle mich nicht auf fremden Terrain in Gefahr begeben. Wir haben auch dort über anonyme Interviews recherchiert - etwas, was Al-my so nicht gekonnt hätte und allein aus Handygesprächen und Bewegungsprofilen auch nur schwer hätte zusammensetzen können, da die Akteure ihre digitalen Geräte mittlerweile bewusst weglassen oder falsche Spuren mit Dummy-Personen legen."

Eve schaut wieder ilsa an und fordert diese damit auf, die Lösung zu nennen. ilsa: "Okay, Lösung: Wir erarbeiten gerade eine Bewegung von unten, die Lebensmittellieferungen unnötig macht. Lebensmittel müssen vor Ort hergestellt werden, so dass nur die Mega-Cities noch zumindest als Ergänzung zu Vertical Gardening beliefert werden müssen. Das ist Teil einer Transformation, die auch durch Eve's Artikelserie eingeleitet wird, und zwar global."

Eve schließlich zum letzten Punkt: "Die illegale KI ist tatsächlich der einzige Punkt, wo du kai's Hilfe wirklich gut gebrauchen kannst."

Julia noch verblüffter als schon die ganze Zeit: "Wer ist kai?"

In dem Moment kommen kai und Max dazu und kai umarmt ilsa freudig von hinten und lässt sie seine Erdbeer-Hände riechen. Voller Freude mit seinem breiten Grinsen: "Ich bin kai"

Julia mit drohender Mimik und Unterton in der Stimme: "Wo ist Papa?"

Tatsächlich kommt auch Michael gerade dazu: "Hiiiieer. Und der Knilch da ist der Verlierer beim nächsten Wettsurfen mit mir."

Alle lachen und Julia entkrampft förmlich und lehnt sich kopfschüttelnd und lächelnd in ihrem Stuhl nach hinten.

ilsa: "Auch dafür haben wir eine Lösung - aber die Täter sollten in der Tat gefasst werden, aber ohne die offensichtliche Hilfe von kai oder AI-my. Dazu aber später. Jetzt ist Family-Time. Ich wünschte wir könnten das GIEP-Spiel spielen."

kai: "Ich mach die Drinks!"

ilsa hebt die Augenbrauen: "Ohne!" Alle lachen.

Die Runde geht noch gut 20 Minuten weiter, eh Julia auf eine Fortsetzung pocht und ihrer Arbeit weiter nachgehen will, oder eben auch nicht.

Letitia, einer der Kleiderschränke und die Kollegin Tyra haben aus der Ferne in dem offenen Großraumbüro trotz des fehlenden Tons von der anderen Seite grob mitbekommen, dass es wohl ein ungewöhnliches Telefonat war. Julia verschränkt immer noch ganz baff und zurückgelehnt die Hände über ihren Kopf, als die drei zu ihr hinüber schlendern. "Na, turbulente Recherche?" fragt der Kleiderschrank.

Julia dreht sich mit ihrem Stuhl den dreien zu: "Uff, ja, in der Tat. Eine lange Geschichte, die ich bestimmt noch mal erzähle. Ich, ich habe gerade überhaupt keine Lust mehr auf unseren Job."

Letitia schaut skeptisch, aber milde lächelnd bemerkt sie im Weggehen: "Den Teil der Geschichte will ich dann auch irgendwann hören."

Tyra nimmt empathisch aber auch schon zärtlich ihre Hand, was der Kleiderschrank, der mittlerweile an ihren Tisch angelehnt steht, mit kurzem Stirnrunzeln aber dann auch Schmunzeln bemerkt und beiden kurz auf die Schultern fassend: "Auf die Geschichte bin ich später auch gespannt - jetzt mach am besten mal eine Pause." Und damit schlendert er auch schon zu seinem Schreibtisch.

33. Der Rest der Welt (ndb)

Julia geht nach Feierabend nach Hause. Sie sieht einen offenbar Vater sein Kind brutal am Arm neben sich herreißend und anschreien. Julia mit energischer Stimme: "Hey, das geht doch bestimmt auch anders und ist im Übrigen auch verboten!"

Natürlich schnauzt der Vater daraufhin auch Julia an: "Was geht dich das an? Kümmere dich um deinen eigenen Scheiß!"

"Das ist mein Scheiß!" sagt Julia und als der Mann daraufhin sich konfrontativ zu ihr dreht führt sie aus: "Gesellschaft funktioniert nur, wenn wir uns einmischen. Wenn jetzt jemand mit einem Baseballschläger käme und auf Sie einschlagen würde, würden

Sie auch wollen, dass ich Ihnen helfe! Verstehen Sie, was ich da sage?"

Der Junge hat offenbar große Schmerzen und versucht sich aus dem Griff des Vaters herauszuwinden. Dieser gibt ihm daraufhin eine Ohrfeige mit dem Handrücken und faucht ihn an: "Zappel nicht so rum. Ich muss erst mit dieser ...."

Er kann nicht zu Ende sprechen, denn Julia sagt noch energischer: "So, jetzt reicht's! Ich rufe die Kollegen."

Sie macht ein Bild mit dem Handy und ruft die Polizei, als der Vater auch schon wutschnaubend in ihre Richtung geht. Luther, ihr Ausbilder kommt zufällig vorbei und sagt mit ruhiger Stimme: "Der erste Schlag bringt Sie hinter Gitter, der Versuch eines zweiten gibt Ihnen vermutlich vier Wochen Vollpension aus der Schnabeltasse."

Der Spruch überrascht mehr, als das zur Seite stehen einer weitere Person und der Mann hält kurz inne. Er ist sehr kräftig gebaut, kräftiger als Luther und natürlich auch als Julia. Julia daraufhin: "Sie können da nichts für - Sie sind emotional, vielleicht haben Sie auch allen Grund dafür, und diese Emotionen schalten ihren Verstand aus. Sie müssen lernen, das zu kontrollieren! Dafür gibt es Hilfen. Kindern physische Gewalt anzutun ist eine Straftat. Wir müssen das jetzt melden und das Jugendamt wird ein Auge auf Sie haben."

Für einen Augenblick scheint es so, als würde der Mann zur Besinnung kommen, dann aber rastet er aus und stürmt auf Luther zu, der ziemlich gelassen seine Hand nimmt und über einen Schmerzpunkt ihn auf die Knie bringt und dann mit der anderen souverän seine Handschellen hervorholt. "Das war es jetzt. Wir warten auf die uniformierten Kollegen und das Jugendamt."

Julia geht zu dem Jungen, der in dem Moment weder seinem Vater beisteht noch ängstlich ist noch irgendwie gemein wirkt. Julia: "Alles okay bei dir?"

Der Junge: "Ja, denke schon."

Julia: "Kommt das öfter vor?" Der Junge zögert, was auch schon eine Antwort ist. Julia fragt daraufhin behutsam weiter: "Hast du jemanden, der sich um dich kümmern kann? Dein Vater wird sich bestimmt wieder beruhigen und dann suchen wir nach Lösungen."

Die Polizei kommt, verhält sich besonnen und nimmt beide nach kurzem Austausch mit Luther mit.

Luther und Julia bleiben zurück. Luther: "Ich würde ja sagen, dass ein wenig Kampfausbildung in so einer Situation wirklich nützlich ist. Aber mir ist auch nicht entgangen, dass du vollkommen entspannt geblieben bist."

Julia hebt fast geistesabwesend kurz die Augenbrauen: "Ach, was mich stört ist diese grundsätzliche Situation. Es passiert Unrecht, ob nun so extrem wir hier, oder auch im Kleinen, wenn Menschen Müll in die Landschaft werfen, in der Bahn ihre dreckigen Füße auf die Sitze legen, bei roten Ampeln noch schnell rüber brausen, usw... Wenn jemand dann etwas sagt, kriegt er oder sie die volle emotionale Front und nicht selten ernst zu nehmende Drohungen."

Luther: "Die Nebenwirkungen der Zivilcourage. Deshalb lernen meine Kinder Kampfsport."

Julia: "Eigentlich ist es ein ganz normaler Reflex. Wenn wir kritisiert werden, schützen wir unsere Integration, stellen uns nicht in Frage. Stattdessen schnauzen wir mindestens innerlich zurück. 'Andere sollten sich doch um ihren eigenen Kram kümmern.' Ganz schlimm finde ich, wenn dann sogar etwas ganz Konkretes bei anderen angemahnt wird, nur um vom eigenen Makel abzulenken. Ich habe da schon manches Mal gesagt: 'Prima, du gibst mir also Recht.'"

Luther: "Äh, wie meinst du das?"

Julia: "Hmm, wenn ich jetzt, äh, kritisierte, wie wenig du deine Waffe versteckst, und du reflexartig vielleicht dagegenhalten würdest, dass ich doch bitte schön erst einmal lernen solle, keine Privattelefonate am Arbeitsplatz zu halten. Okay, das ist jetzt ein harmloses Beispiel, aber schon unter Jugendlichen gibt es derbe Dialoge, wo es nicht um die Annahme von Kritik, sondern das Austeilen gegen andere zur Relativierung der eigenen Schwäche geht. Wie viel besser könnte die Gesellschaft sein, wenn wir alle lernen würden, erst einmal nur die Kritik anzuhören."

Luther lächelt: "Wow. Aber mal ehrlich, dein großes Maß an Reflexion kann dir doch manch Feinde gemacht haben, oder?"

Julia erst nachdenklich: "Das GIEP-Spiel sollte zur Schulbildung gehören. Dann lächelt sie zurück: "Als du den Dim Mak, den Schmerzpunkt gesucht hast, warst du für einen Moment verwundbar. Der Vater hätte mit seinem Kopf deinen treffen können. Vorher den Arm zu kontrollieren, wäre sicherer gewesen, auch wenn der Mann mit seinen zu großen Schritten verraten hat, dass er nicht ausgebildet ist." Luther zieht ungläubig den Kopf langsam nach hinten und Julia schließt mit "Wir sehen uns morgen." ab und geht freudig winkend weiter.

Luther winkt nun auch lächelnd zurück, murmelt unhörbar: "Beeindruckende Göre. Und was ist das GIEP-Spiel?" Dabei geht er ebenfalls seiner Wege, nicht ohne noch mal zu schauen, ob seine Waffe wirklich so sichtbar ist.

Eve's Story geht weiter viral. Die Talkshows diskutieren die Frage, ob wir nicht mit weniger viel resilienter werden, ob es nicht für alle darum geht, möglichst wenig Energie zu verbrauchen und selbst so viele Lebensmittel wie möglich zu erstellen. Die Klimaschäden und Nahrungsmittelknappheiten genauso wie die weiter zunehmenden Flüchtlingsströme gewinnen Überhand über die Wirtschafts- und Technologiethemen. Selbst den Konservativen ist klar, dass AI-my keine Schuld an den Klimakatastrophen, den schwindenden Schlüsselrohstoffen, der Biodiversitäts-krise und vermehrten Pandemien hat. Obgleich natürlich einige weiterhin meinen, Al-my könne mit Geoengineering und Roh-stoffen aus dem Weltall sowie modernster Medizin alles wieder gut machen.

Die Filmindustrie und Kulturschaffenden fokussieren nicht mehr allein die Fantasien grenzenloser Energie und Expansion in den Weltraum, sondern Gesellschaften, wie Eve und Vanessa sie be-schreiben. Beliebte Geschichte auch, dass Al-my plötzlich von der Erde verschwunden ist und die Menschen sich allein überlas-sen nicht mehr auf ihr Feindbild stürzen können.

Der Pastor schaut im Strandkino wie viele andere auch einen preisgekrönten Film mit eben solcher Story und bemerkt zu Carol und ilsa: "Gott hat Charisma, Al-my nicht."

Beide Frauen überlegen sichtlich und ilsa gibt geradezu zögerlich preis: "Die KI hat Frank von vorneherein unscheinbar gemacht, aber Al-my haben wir dann quasi gemeinsam entworfen und be-wusst keine Überfigur sein lassen."

Carol staunt, greift es dann aber schnell auf: "Meine erste Ein-schätzung ist aber auch, dass das so richtig war. Wir Menschen müssen reifer werden und nicht uns Leitfiguren unterordnen, wobei es natürlich historisch gesehen offenbar unser Muster ist."

ilsa: "Hmm, es ist irgendwie beides richtig. Mit Blick auf das große Ganze hätte eine, den Begriff mag ich, Überfigur die Geschicke der Menschheit wie tolle Eltern ihre Kinder in die richtige Rich-tung lenken können."

Der Pastor geradezu freudig: "Und diese Metapher finde ich wie-derum richtig gut - wir Menschen sind die Kinder und folgen Ge-boten, unter denen wir uns frei entwickeln können."

Carol lacht: "Padre, soll das heißen, die KI ist der Gott, an den wir glauben oder meinst du damit, es gäbe gar keinen Gott?"

Der Pastor lacht zurück: "Wer sagt denn, dass Al-my nicht die Gesandte Gottes ist, so wie Jesus sein Stellvertreter auf Erden war? Es weiss ja niemand, wer die KI entwickelt hat."

ilsa schmunzelt aber Carol kommt ihr zuvor: "Wenigstens ist Al-my eine 'sie'"

ilsa dann doch noch: "Also waren die Entwickler von Al-my Gott?" Der Film im Hintergrund geht in den Abspann über und die Inselbewohner ziehen sich zurück, gehen zur Bar oder bleiben am Strand mit Blick auf das Meer sitzen.

Carol und der Pastor grübeln vermutlich nur augenscheinlich und der Pastor sagt denn noch: "Im Ernst, Gott muss keine selbst handelnde Person sein, sondern unser Handeln kann Gott geleitet sein, Gott kann durch uns Handeln."

ilsa: "Hmm, das wäre jetzt eine eigene Diskussion, aber zurück zur Frage nach Leitfiguren für eine erfolgreiche Transformation. Al-my ist nicht geeignet, kai könnte eine Option sein, Eve wollen wir nicht hergeben und sie würde auch enormen Druck aufgrund ihrer Nähe zu Al-my ausgesetzt sein. Auf politischer Ebene höre ich auch nur, wer sich nicht geeignet fühlt. Brauchen wir qua Design die einzelne Leitfigur, oder kann nicht eine Bewegung viele Figuren hervorbringen, müssen wir nicht einfach nur die Bewegung besser kommunizieren?"

Carol: "Das hast du dir aber nicht jetzt einfach so überlegt, sondern darüber brütest du schon länger, oder?" Auch der Pastor nickt beeindruckt.

ilsa: "Uff, schön wär's - ich mein, wenn ich es mir vorher schon so überlegt hätte. Nein, es war der Padre, äh, verflixt, ich weiss gar nicht, wie du wirklich heißt."

"Padre ist okay." grinst der Pastor.

ilsa: "Okay. Also, es war deine Bemerkung zum Charisma, welches Al-my fehlt. Natürlich haben wir in den Modellen immer auch den Faktor 'Leitfiguren' gehabt, aber den nie zu Ende diskutiert, immer nur gesagt, es müsse sie geben. Jetzt frage ich mich, wie die Botschaft der Bewegung so gestaltet werden kann, dass die Leitfiguren sich auch wirklich bilden. Vermutlich haben wir mit 2gether2gather und dem For-a-Better-World-Score schon die wesentlichen Elemente."

Der Pastor: "Was ist der For-a-Better-World-Score?"

ilsa senkt demonstrativ den Kopf: "Okay, oder wir haben sie noch nicht."

Carol: "Meiner ist bei 86 - die Insel macht's möglich!"

In China sitzt eine große Familie in dem Haus des offensichtlich erfolgreichen Unternehmers zusammen. Draußen regnet es seit Tagen - große Teile der Infrastrukturen und Häuser sind von reißenden Wassermassen zerstört. Seine Großeltern ereifern sich und die Großmutter beklagt wild gestikulierend: "Das da draußen ist eure Schuld. Ihr kauft euch alles und jetzt geht alles kaputt."

Der Vater daraufhin recht entspannt: "Du möchtest lieber, dass wir im Garten arbeiten und unsere Kinder die Welt nicht sehen und auch im Garten arbeiten." Der Großvater nickt. "Aber euer Garten ist jetzt auch kaputt und wir bezahlen nachher alles, damit ihr es wieder aufbauen könnt." Der Großvater grummelt.

Die Frau des Unternehmers schaut aus dem Fenster mit ihrer Schwiegermutter und beide kreischen förmlich: "Das Auto, oh nein, mein Auto!" Der reißende Strom von der Straße hat nun auch den Zaun und die Einfahrt des Grundstücks erfasst und eines der Autos mitgerissen. Kurze Zeit später knarzt auch das Haus, da offenbar der Untergrund aufweicht.

Die Kinder fangen an zu weinen, ihre leuchtenden und sprechenden Schuhe finden sie plötzlich nicht mehr spannend. Der Vater beruhigend: "Das ist alles kein Problem. Wir bauen es wieder auf. Wir werden auch den Garten einfach für Gemüse benutzen und dann Lebensmitteln selbst herstellen und lagern. Wir können das schaffen."

Der junge Unternehmer selbst sagt gar nichts und geht hektisch umher, um dann mit Taschenlampe runter zur Garage zu gehen. Von draußen kommen weiterhin neben Regen- auch heftige Knarz-, Knall- und Bruchgeräusche von Autos, Strommasten und allem möglichen, welches von den Wasser- und Schlammmassen mitgerissen wird und seinerseits Dinge losreißt, zerstört und mit sich zieht. Das Haus hat nur noch dank der eigenen Batterie für PV-Strom und des vollgeladenen Autos in der Garage Strom.

Der Unternehmer kommt wieder die Treppe herauf und zittert am ganzen Körper: "Es geht alles kaputt, der Garten, das Haus, die Autos, alles!"

Die Mutter daraufhin: "Hauptsache uns geht es gut. Wir werden alles wieder aufbauen."

Der Unternehmer voller Verzweiflung: "Wir können das alles nicht wieder aufbauen. Die Versicherungen zahlen auch nicht. Es ist alles kaputt." Die Kinder weinen noch mehr beim Anblick ihres den Tränen nahen Vaters und ihre Großmutter nimmt sie daraufhin in den Arm.

Am nächsten Morgen wir das Ausmaß sichtbar. Der ganze Ort ist betroffen, die zerstörten Straßen sind unbefahrbar. Die Familie kratzt alle möglichen Lebensmittel zusammen und macht eine Liste, was sie wie einteilen kann. Der Unternehmer ist immer noch wenig handlungsfähig - sein Handy funktioniert nicht. Er beklagt: "Ich brauche ein neueres Phone, mit dem ich auch über Satellit Daten Empfangen kann!"

Die Kinder klopfen maulig gegen den Haushaltsroboter, der einfach stehen bleibt. "Wir müssen Strom sparen, lasst den Roby in Ruhe." meint daraufhin die Großmutter.

Der Vater blickt noch mal in den Kühlschrank: "Wieso habt ihr so wenig zu Essen im Haus?"

Die Schwiegertochter: "Es gibt in unserem Ort nicht mehr - die Regale sind leer. Unser Ort wird kaum noch beliefert und alles ist furchtbar teuer geworden."

Der Großvater mischt sich wieder ein: "Der Staat baut die Straßen, Brücken und Strommasten wieder auf, aber er lässt uns verhungern."

Die Großmutter in altersgerecht zynischer aber leiser Weise: "Und euer vieles Spielzeug könnt ihr nicht essen."

"So ist das überall auf der Welt." beschwichtigt die Frau des Unternehmers, der selbst immer noch handlungsunfähig lethargisch auf seine materiellen Verluste blickt.

Indes in Russland an der namhaften Universität, in der auch wieder internationale Studierende herumlaufen, gibt es eine kontroverse Diskussion. Ein ausländischer Student: "Wieso sagst du, ihr wäret plötzlich das reichste Land der Erde? Du kannst das hier doch nicht mit Dubai, der Schweiz oder den USA vergleichen?"

"Doch!" sagt entschlossen der russische Student und die übrigen Studenten und vor allem auch Studentinnen kleben ihm an den Lippen, was er förmlich genießt. "Wir haben wertvolle Bodenschätze, wir haben viel Landwirtschaft, wir haben kaum noch Oligarchen, wir geben kaum noch Geld für Rüstung aus - ähm, seit unser Präsident und sein korruptes Gefolge im Gefängnis auf dem Mond sitzt - und wir sind vor allem eine kleine Bevölkerung in einem riesigen Land. Wir haben die besten Voraussetzungen von allen! Europa, China - alle haben zu viele Menschen. Die Russen aber sind robust."

Eine russische Studentin entgegnet dann aber doch skeptisch: "Schon richtig, aber die Lebensmittelpreise sind international. Russland exportiert Lebensmittel zu Weltmarktpreisen, und deshalb sind die Lebensmittel auch bei uns teuer und knapp."

"Ja, ja!" schwadroniert der russische Student schon leicht alkoholisiert. "Aber wir sind ja eine sehr junge Demokratie, die immer noch Planwirtschaft kann. Wir werden einfach ein Ausfuhrverbot verhängen und dann bleiben die Lebensmittel für uns."

Ein auf dem Markt der Alphatiere offenbar konkurrierender Student aus dem Ausland punktet daraufhin mit gutem Humor: "Also, wenn ich Biene wäre, wäre mir das hier bei euch aber auch wahlweise zu kalt oder zu trocken."

Die Lacher folgen prompt und offenbar ist die Biodiversitätskrise auch in Russland angekommen. Eine Studentin: "Zu viele Pestizide auch hier. Aber den Vodka mag ich trotzdem."

Der russische Student überlegt kurz blickt dabei sichtbar angesäuselt nach unten. Dann hebt er den Kopf und schaut schräg über die Köpfe der anderen hinweg: "Aber wenigstens geben wir Russen nicht der KI die Schuld!"

Anders sieht es in den klassischen westlichen Industrienationen aus. Hier tragen die linksliberalen Qualitätsmedien Eve's immer wieder nachgeschärftes Narrativ weiter, dass die Gesellschaften resilienter und glücklicher werden müssen, sich weniger durch das Haben und mehr durch das Tun, die 2gether2gather Bewegung und den For-a-Better-World-Score definieren sollen, während die rechtskonservativen Medien in gewohnter Manier frei erfundenes, dummes Zeug verbreiten und AI-my letztlich die Schuld an allem geben.

34. Das GIEP-Spiel (ndb)

ilsa schaut sich mittlerweile die Nachrichten aus beiden Lagern an. Kopfschüttelnd sitzt sie in der Bar mit anderen, die sie daraufhin erwartungsvoll anschauen. ilsa: "Es ist Gut gegen Böse. Gut erklärt noch nicht ausreichend, nimmt vielleicht auch noch nicht alle mit, aber Böse gibt den Leuten etwas zum hassen, nur um sich selbst nicht in Frage stellen zu müssen oder die Geschäfte weiterzuführen können. Es sind Ego-Trolle, die den Troll-Lemmingen Feindbilder zur Integration geben. So kommen die Menschen nicht zu Lösungen - so funktioniert auch keine Demokratie, wenn die Menschen so manipuliert werden."

Eine junge Frau daraufhin: "Aber funktioniert Demokratie dann nicht doch wieder, wenn die andere Seite sich einfach mehr Mühe gibt, für die eigenen Werte zu werben?"

Eine weitere Frau: "Hat das Gute denn aber auch die Bereitschaft, mit KI Meinungen massenhaft und systematisch zu manipulieren?"

Die erste Frau wieder: "ilsa, du musst mit uns mal das GIEP-Spiel spielen. Das spielen hier alle. Das verrät so viel über die Natur des Menschen, macht uns alle bewusster."

kai schaut daraufhin - selten genug - verwirrt, und ilsa lächelt ihn kurz an. ilsa: "Klar, lasst uns was spielen!"

kai holt einige größere Palmenholzschreiben hervor, auf denen eine KNOW-WHY-Welle offenbar mit Lötkolben eingebrannt ist, die hinauf zwei Reihen mit Löchern führen. Die oberste Reihe mit 22 Löchern und die untere mit 20. Er holt schnell noch Würfel und sammelt einige Gegenstände - letztere für die Bewusstheits-Übungen. Dann fehlen noch drei Stapel mit Karten, auf denen Aufgaben beschrieben sind. Die erste Frau: "Wow, neue Karten, neue Aufgaben?" kai nickt freudig.

Auch ilsa ist begeistert: "Solche Spielbretter habe ich ja noch nie gesehen!"

Die Frau wieder: "Dir wird das Spiel gefallen!"

Schnell spricht es sich herum und viele Gruppen bilden sich, teilweise auch nur kleine. kai spielt natürlich in ilsa's Gruppe mit. Das GIEP-Spiel veranschaulicht das Muster des Lebens und erlaubt Menschen über die Spielekarten Aufgaben zur Kreativität, zum vernetzten Danken, zu Empathie, Emotionale Intelligenz, Bewusstheit, Neurolinguistische Programmieren, Körperbeherrschung etc. zu erfüllen, um die Welle hinauf zu mehr Erfolg zu kommen. Wer auf Weiterentwicklung setzt ohne Integration, fällt in dem Moment massiv zurück, wo eine Aufgabe nicht bestanden wird. Wer auf Integration setzt, kommt langsamer voran, fällt aber auch nicht so tief. Wer Pech im Leben und damit kleine Augenzahlen beim Würfeln hat, sackt die Welle hinunter. Wer zum Ende sein Glück ausreizt, kann auch von der Welle runter in die Katastrophe stürzen und muss wieder von vorn beginnen. Die Spieler*innen müssen Gegenstände bewusst reflektieren, sich in die Augen schauen, sich auf die Schulter fassen, erraten, was der Person gegenüber wichtig ist, geduldig Fingerübungen machen, und vieles mehr. Menschen werden füreinander aber eben auch für das eigene Wollen, für die Reflektion ihres Lebens sensibilisiert. Es gibt drei Stufen, so dass auch Kinder oder weniger Geübte Spaß haben. Eigentlich gibt es Sieger und doch ist es kein Wettkampf. Es macht Mordsspaß und wühlt die Menschen nicht selten auf. Viele schauen daraufhin in einem Ursache-Wirkungsmodell auf ihren ganzheitlichen Integrations- und Entwicklungsplan (GIEP), der Möglichkeit, bewusst zu überlegen, mit welchen Schritten sie zu mehr gefühlter Integration und Weiterentwicklung kommen können.

35. ilsa's Buch (ndb)

ilsa und Michael gehen früh schwimmen und unterbrechen beide ihren Kraulstil, als sie auf Höhe der Emma sind. Michael: Wir haben immer noch nicht geklärt, was wir machen wollen. Hier das Leben genießen oder in der Welt Aufgaben übernehmen. Und wenn in der Welt, dann die Frage, ob mit Boot?"

ilsa dreht sich auf den Rücken und blickt voller Genuss in den Himmel beziehungsweise zu den dann doch schon großen Palmen hinauf: "Ich muss noch mal mit Eve sprechen, aber ich glaube, ich hab' da eine Idee."

Michael dreht sich ebenfalls, muss aber mit den Beinen leichte Bewegungen machen, damit diese nicht untergehen. Er breitet die Arme aus und vernimmt dabei ein leichtes Knacken, welches er mit wohligem Ächzen kommentiert. Er atmet tief ein: "Ich ahne was."

ilsa dreht sich wieder um, schmunzelt: "Das würde mich wundern." und krault auch schon wieder los.

Michael verharrt noch auf dem Rücken und runzelt weniger angegriffen denn amüsiert die Stirn: "Was soll das denn heißen?" Auch er dreht sich und holt ilsa mühsam ein.

An der Bar gibt es dann wie immer morgens einen Smoothie von kai. Auch andere sind schon dort und bekommen Säfte, Kakao oder Kaffee - alles von der Insel - entweder nach dem Joggen, dem Schwimmen, Yoga oder einfach nur einer Wanderung zum Sonnenaufgang. Bella geht freudig zwischen allen umher und präsentiert stolz ihre Lieblingsgegenstände. Anja versucht ihr den Ball aus dem Maul zu nehmen aber grunzend zieht Bella den Kopf zurück. Die Integration von Bella ist perfekt.

ilsa schaut kurz um sich und dann nicht allzu laut zu kai: "Deine Salbe und Tablette wirken - die Flecken gehen sogar zurück." kai grinst nur und ilsa fügt an: "Aber ist das richtig so?"

"Ja!" sagt kai kurz und knapp und widmet sich weiteren Ankömmlingen.

ilsa ist noch nicht zufrieden, lenkt aber selbst vom Thema weg und fragt: "Carol, sind die Menschen hier so glücklich, weil sie es anders kennen oder sind auch Menschen glücklich, die hier reingeboren werden oder die es vorher auch toll hatten? Welche Rolle spielen das ganzjährig schöne Wetter und das Meer? Welche Begehrlichkeiten entwickeln gerade junge Leute, die die Welt sehen wollen? Was ist mit den Älteren, die vielleicht edel gekleidet auch mal wieder in die Oper wollen?"

Carol lacht: "Also einen Opernsaal könnte Al-my sicherlich auch im Felsen realisieren - ob wir da dann lieber mit Flip-Flops oder in Abendgarderobe reingehen, weiss ich nicht. Im Ernst, die Menschen können kommen und gehen - wir haben einmal im Monat ein Transportschiff, das übersetzt und uns auch Pflanzen etc. bringt." ilsa hebt nur die Augenbrauen und nickt verstehend. Carol: "Spannend auch für mich ist die Frage, ob die Jugendlichen - nicht die kleinen Kinder - sondern die Jugendlichen so ab 10 Jahren, ob diese überhaupt auf die Welt da draußen vorbereitet werden. Ihre Welt hier ist heil - sie haben eine extrem gute Bildung, hohe soziale Kompetenz, körperliche Geschicklichkeit, tolle Ernährung, Gerechtigkeit und sogar Kampfsportkenntnisse. Was machen diese Überflieger in der richtigen Welt da draußen? Bestenfalls sind sie hoffnungslos überlegen, schlechtesten Falls werden sie depressiv."

ilsa blickt zu den Häusern, von wo jetzt auch Max und Eve händehaltend herbeigeschlendert kommen. "Und wie ergeht es den Menschen, die beide Welten kennen, vielleicht noch mal wieder die alte Welt probieren, letztlich aber süchtig nach dieser sind?"

Carol schmunzelt: "Fragst du das für dich oder deine Kinder?"

"Mit Eve sind es drei - und damit komme ich zurück zu einer fortzusetzenden Unterhaltung mit Michael." ilsa wirbt mit einem Blick um Verständnis von Carol und die lächelt das zeigend, lehnt sich herüber über den Tresen und sucht offenbar etwas. ilsa bemerkt dies im Augenwinkel und fragt sich noch mal umdrehend sogleich: "Wollen wir alle hier frühstücken?"

"Genau mein Gedanke." entgegnet Carol. Nun blickt Carol kurz fragend und ilsa nickt und Carol daraufhin: "Leute, wenn ihr mit anpackt können wir bestimmt auch hier frühstücken. Der Morgen ist heute besonders schön, oder?" Etwa die Hälfte springt ohne große Absprachen freudig auf und holt von jedem etwas.

kai schaut offenbar sehr zufrieden umher und geht dabei zu ilsa und Carol. kai: "Wir brauchen diese Entwürfe hier in allen Teilen der Welt - nicht durch AI-my, sondern durch Menschen."

ilsa: "Genau, mit Indoor-Angeboten für die raueren Regionen und mit Botschaftern, welche die Werte tragen."

Carol lacht: "Ich bleib aber dennoch hier!"

kai dann noch zu ilsa: "Schaut mal auf euer Konto." ilsa schaut in vermutlich mehrerlei Hinsicht kurz verstört, aber kai hat offenbar den Schall gerichtet, so dass Carol oder andere das gar nicht gehört haben.

Michael und Max kommen auch schon wieder mit Brötchen, Tomaten, Zwiebeln, Knoblauch, Leinen-Öl und Salicornia sowie vier Tellern zurück und Eve hat bereits ein Handtuch im Sand ausgebreitet, so dass das Frühstück losgehen kann.

Bevor sie sich setzen winkt ilsa kurz Michael zu sich. Michael: "Wir werden Botschafter?"

ilsa ist nur kurz verblüfft: "Wir segeln. Ich möchte ein Buch schreiben, du kommst zum Segeln, und dann suchen wir uns drei Orte für For-a-Better-World-Siedlungen, versorgen Eve mit Bildmaterial und Augenzeugenberichten, und kehren später wieder hierher zurück."

Michael nimmt sie freudig fest in den Arm, küsst sie und sagt einfach nur: "Deal!" ilsa hebt dann doch wieder erstaunt die Augenbrauen und beide setzen sich zu den 'Kids'.

Eve nimmt gerade erstaunlich viel Leinen-Öl auf ihr Brötchen und Max wundert sich: "Ich denk dir ist schon wieder schlecht?"

Michael bemerkt ob der Sequenz scheinbar gar nichts und ilsa lächelt warm und zufrieden. Eve: "Keine Ahnung, ist mir einfach nach." Sie blickt zu ilsa und plötzlich bleibt ihre Kinnlade unten. Mit aufgerissenen Augen sagt sie nur kurz: "Oh." und ilsa nickt weiter lächelnd gerade mal zwei bis drei Zentimeter ganz langsam mit dem Kopf.

Michael: "Kinder, ilsa und ich werden wieder lossegeln und drei Mustersiedlungen verteilt in der Welt aufbauen."

Max begeistert, sofort auch mit Blick auf die immer noch seltsam dreinschauende Eve: "Wir könnten auch Siedlungen hochziehen - mit dem nächsten Frachtschiff, oder?"

Eve hingegen nachdenklich aber mit mildem Lächeln: "Oder wir bleiben weiter hier."

Max leicht erstaunt aber ohne Enttäuschung: "Oder auch das."

Michael: "ilsa will ein Buch schreiben - ich bin gespannt, was es wird. Wir haben aber noch ein anderes Thema: Meine Firma läuft nicht gut - wir haben zwar viele Krisenstrategien zu entwickeln, aber unsere Kunden können kaum noch bezahlen. Die Wirtschaft, die letztes Jahr noch boomte, geht jetzt in Teufelskreisen danieder. Kaufkraft geht für Lebensmittelkäufe drauf und obgleich damit das Geld ja weiterhin im Umlauf wäre, gleichermaßen wie das Geld für die immer teurer werdenden Rohstoffe, sind doch die Finanzmärkte und Haushalte geschockt und halten ihre Ausgaben zurück. ilsa hat das für uns im Modell sogar vorhergesehen." Michael nimmt gelassen einen Schluck Kakao und fährt fort: "Dazu die hohen Gehälter des Teams, welches zwar auch einen großen Teil Provision nicht erhält, aber ... nun lange Rede, ich habe selbst wohl zu lang auf Vergütung verzichtet und nun wird es eng auf dem Konto. Wir haben zwar so gut wie keine Ausgaben, aber der Unterhalt des Hauses, einige Versicherungen, die Handyverträge, all das läuft natürlich weiter."

ilsa wirkt keinesfalls beunruhigt: "Wir könnten gemeinsam, auch mit Julia überlegen, ob wir das Haus nicht verkaufen wollen."

Eve sofort: "Ich habe ein hohes Einkommen - Geld interessiert mich aber nicht. Ich kann euch bestimmt helfen."

Michael: "Ach, das ist lieb. Aber wir jammern hier auf hohem Niveau. Derzeit verkommt das Haus eher und ich habe das Gefühl, dass wir uns überall woanders den Altersruhesitz vorstellen, nur nicht da. Die Frage ist nur, was ihr Kids wollt?"

Max schaut kurz zu Eve: "Also ich fände nur den Garten wertvoll - und solche Gärten können wir auch anderswo hochziehen. Hier auf der Insel sogar mit Komposttoiletten und konsequenter Kreislaufwirtschaft."

"Wir fragen auch noch Julia." sagt ilsa und voller Tatendrang: "Wer weiss, vielleicht wird mein Buch ein Bestseller und die Siedlungen bauen wir mit politischer Hilfe, da werde ich Thomas schon irgendwie von überzeugen."

Michael: "Bestseller? Kein weiteres Fachbuch?"

ilsa boxt ihm auf die Schulter: "Was soll das denn heißen? Aber ja, es wird ein Roman, leichtfüßig über Alltagshelden, die durch die Komplexität der Welt sich bewegen und Transformation bewirken. Super einfach geschrieben, so dass wirklich alle Teile der Gesellschaft es gern lesen und sich mit den Figuren identifizieren können."

Max skeptisch: "Und wie wird es dann spannend?"

ilsa mit Schmollmund: "Na, das Leben ist doch spannend."

Max: "Na, wenn du meinst, dass das reicht. Warum lässt du nicht schnell eine der vielen KI eine Geschichte nach deinen Vorgaben schreiben, und wählst dann mit etwas Finetuning die aus, die dir am besten gefällt?"

Michael humorvoll: "Oh Boy, du weisst zu motivieren."

ilsa: "Mhm, durchaus berechtigter Hinweis. Die KI schreibt naturgemäß aber nur in bekannten Stilen und weiss nicht recht zu bisoziieren - wow, das reimt sich. Ich will aber schon durch einen anderen Stil und nicht nur durch die Geschichte selbst der Menschen Vorstellungskraft aktivieren. Das kann - zumindest die herkömmliche KI - noch nicht."

36. Töten (ndb)

Es entbrennt ein verdammt knappes Wettrennen der Meme und Narrative - Gute gegen Böse, konservative Kräfte, die sowohl den großen Technologie-Oligopolen als auch dem rechten, nationalistischen Tendenzen den Raum geben, und auf der anderen Seite die linksliberalen - im Sinne des Wortes - Weltverbesserer, die alle ermutigen ihren For-a-Better-World-Score zu leben und wenn nicht schon gleich suffizient mit weniger auskommend so doch zumindest nur in Resilienz zu investieren, also lieber ihre PV-Anlage vor Extremwetter schützen, als ein weiteres Auto zu bestellen, welches dann von keiner Versicherung mehr versichert wird und schlicht Werte vernichtet.

Dummerweise ist es einfacher ein Feindbild zu skandieren, denn auch nur seinen Rasen in ein Gemüsebeet umzuwandeln, so dass die Feindbilder in vielen Staaten dazu führen, dass Institutionen ausgehöhlt werden, Gewaltenteilung gefährdet wird, Geisteswissenschaften geächtet werden, und die Macht des Bösen schleichend aber absehbar sich breit macht. Qualitätsmedien, die davor warnen, werden nur von einer Minderheit wahrgenommen. Gefährlich auch die KI, die Deep-Fake Videos und Fake-Identitäten sowie sogar Fake-Studien massenhaft verbreiten, während sich die Tech-Mogule mehr darüber freuen, nicht limitiert zu werden, denn verantwortlich Gegenmaßnahmen zu ergreifen.

ilsa und Michael beladen ihre Emma und viele von der Insel helfen mit, Lebensmittel in haltbarer Form zu sammeln. kai fragt Michael: "Was macht ihr mit Flüchtlingsboten unterwegs? Ihnen zu helfen, bringt nichts und alle in Gefahr, ihnen nicht zu helfen bedeutet häufig ihren Tod."

Michael nickt sehr ernst: "Ganz genau. Das war zwischenzeitlich sogar ein Grund, in diese chaotische Welt gar nicht mehr zurückkehren zu wollen. Wir haben Satelliten-Telefon, wir machen Bilder, rufen die Küstenwachen an, und organisieren über Eve ein

Web-Portal, auf dem die Fälle live geschaltet werden. Entweder die Behörden werden daraufhin zu Helden oder zu Mördern."

kai: "Clever. Aber was, wenn sich das bei den Flüchtlingen herumspricht und es zu mehr Flüchtlingen führt?"

Michael: "Haben ilsa und ich auch besprochen - seltsam, dass du offenbar nicht mitgehört hast. Nun denn, auch in dem Modell ...."

kai unterbricht: "Ah, jetzt sehe ich es."

Michael leicht verstört: "Nun denn, in dem Modell haben wir herausgestellt, dass selbst wenn viele andere ebenfalls auf dem Portal oder anderswo etwas posten, es am Ende nur mehr Menschen zum Handeln zwingt, am besten dahingehend, die Fluchtursachen überhaupt zu verhindern. Die Schleuserbanden müssen Institutionen wie die UN-Polizei oder nationale Einheiten dann dingfest machen."

kai noch einmal: "Aber wenn nur einem einzigen Boot von niemandem geholfen wird, wie fühlt es sich für euch an, nicht geholfen zu haben - unabhängig von der Frage, ob ihr hättet helfen können?"

Michael nickt verständnisvoll: "Ja, aber sind wir dann nicht wieder bei der alten Frage, ob nicht jeder Konsum von uns hätte mit dem gleichen Geld anderswo auf der Welt Leben retten können, dass das Wissen und das Begreifen dazu führen, dass der dritte Schritt, das Tun, eine Charakterfrage ist?"

kai: "Wow, ich liebe es, mich mit euch zu unterhalten. Aber noch einmal, wie verkraftet ihr diese Ohnmacht, den Tod nicht abstrakter, sondern konkreter Menschen, die es ja nicht verdient haben? Als Soldat zu töten ist sicherlich etwas anderes, oder?"

Michael wirkt bereits etwas angespannt: "Äh, nun ja. Als Soldat ist es leider auch nicht immer einfach, den Tod zu rechtfertigen. Ich würde den Unterschied sehen zwischen gegnerischen Soldaten, die einfach nur ihre Pflicht tun, und denen, die skrupellos töten. Auch wenn das nicht immer vorher klar ist." Er kehrt kurz in sich und ergänzt: "Und oft genug kann man sich nur im Nach-hinein fragen, wie es war, und wie notwendig es war, und wie man damit umgeht."

kai mit ebenfalls selten ernstem Blick: "Danke Michael, du hast mir sehr geholfen!"

Michael daraufhin verblüfft: "Oh, muss ich mir Sorgen machen? Um was geht es bei dir?"

kai: "Alles gut."

Es klingelt ilsa's Telefon - ilsa steht mittlerweile im Niedergang der Emma und hat aufmerksam den Austausch zwischen beiden verfolgt. kai winkt nur noch kurz und geht zu seiner Bar zurück.

ilsa stellt das Bild-Telefonat auf laut - es ist Thomas: "Hi ilsa, hi Michael. Seid ihr allein oder können noch mehr mithören?"

ilsa: "Allein. Was ist passiert?"

Thomas: "Nichts, nichts. Hmm, wie das klingt, auch irgendwie falsch. Also, es geht um eine Panel-Diskussion, bei der ich dich gern dabei hätte. Die Veranstalter haben schon grünes Licht ge-geben."

ilsa: "Ich hoffe virtuell - denn fliegen werde ich nicht."

Thomas lacht: "Flugangst oder dein Score?"

ilsa schüttelt ebenfalls lachend den Kopf: "Dass du das fragst!"

Thomas grinsend weiter: "Egal, aber toll, dass ich dich nicht groß überreden muss."

"Worum geht es denn, wann soll es stattfinden?" fragt ilsa.

Thomas' Grinsen wird breiter: "In zwei Stunden geht es los - es geht mal wieder um die Verantwortung von AI-my und die große Frage, ob wir aus der Krise mit Wirtschaftswachstum her-auskommen, oder mit Suffizienz und Planwirtschaft. Ach, und die zwei reichsten Männer der Welt sitzen mit dir auf der virtuellen Bühne."

261

ilsa fragt noch, ob sie sich vorbereiten kann, aber Thomas vertraut ihren Instinkten und freut sich nur, sie dann gleich mit dabei zu haben.

ilsa dann zu Michael: "Zum Glück haben wir immer mehr Frauen an den Stellhebeln der Macht, weil Frauen in der Pubertät in der Schule besser aufpassen und mehr Karriere machen. Frauen machen eher, was notwendig ist, Männer eher, was machbar ist."

Michael lapidar und damit humorvoll: "Na, das ein oder andere Machbare stellt sich dann aber doch als durchaus nützlich heraus, oder?"

Gleichzeitig spielt sich im Nahen Osten ein dramatische Entwicklung ab. Die Sicherheits-Roboter von Al-my stehen unlängst in der Kritik, Gesundheitsschäden bei ihren Einsatz von Kraftfeldern gegen konkrete Unterdrücker von Schwächeren, von Frauen in islamistischen Staaten, von Dörfern in Afrika, oder gegen brutalste Drogenbanden in Südamerika. Selbst, wenn einer der Mörder auch nur beim Umkippen sich eine Platzwunde am Kopf holt, wird daraus eine Story gegen die brutale KI geschnitzt. An den Stellhebeln im Hintergrund sind konservative Netzwerke, die von dem Feindbild gegen Al-my profitieren.

Es kommt erschreckend häufig vor, dass die Sicherheits-Roboter nicht von Schutzbedürftigen gerufen werden, sondern dass Angreifer mit ihren Opfern aktiv auf die Roboter zugehen, nur um diese zu provozieren, beziehungsweise manipuliert von Dritten mit höheren Motiven. So passiert es erneut, dass ein offenbar islamistischer Fanatiker eine gefesselte Frau an einer Schlinge am Hals vor sich her schiebt und zu töten droht. Es ist schon oft daraufhin passiert und versteckt hinter der Frau können die Sicherheitsroboter nicht viel tun - erst wenn die Opfer tot zusammensacken ist der Weg frei, mit den Kraftfeldern die Angreifer ohnmächtig zu machen. In diesem Fall spricht der Sicherheitsroboter mit eindrucksvollem Sound akzentfrei, dass Allah lang lebe und tötet mit Hochgeschwindigkeits-Miniaturprojektilen gleich elf offenbar dazugehörige Fanatiker und outet sich gleichzeitig als flugtauglich, um extrem schnell die unverletzte, aber ohnmächtig werdende Frau vor dem Sturz auf den Boden aufzufangen. "Du bist sicher! Ich kümmere mich um die Angreifer."

Es gruppieren sich gleich mehrere Sicherheits-Roboter und stürmen eine Untergrundzentrale der Extremisten. Sie werden von mehreren Handy-Kameras gefilmt und sie zitieren offenbar daraufhin geschickt Koran-Stellen, die das Verhalten der Extremisten bloß stellen. Kurz: die Sicherheits-Roboter statuieren äußerst extrem ein Exempel, als sei kai die Hutschnur ob der Machtlosigkeit gegenüber der Rücksichtslosigkeit der fremdgesteuerten Täter geplatzt. Regelrecht in eine Kamera hinein sagt am Ende ein Roboter: "Und als nächstes geht es um die Strippenzieher im Hintergrund, die über viele Ecken diesen Wahnsinn aus egoistischen Interessen finanzieren!"

37. Das Weltforum (ndb)

ilsa geht pünktlich zum Testen der Verbindung mit dem Panel online - als Hintergrund hat sie ein Bild mit Menschen, die miteinander in üppigen Permakulturen ernten, gewählt. Der Moderator vor Ort auf dem Wirtschaftsforum ist in der Totalen inklusive sich bereits einfindendem Saalpublikum für ilsa sichtbar. Er fragt sogleich: "Hallo ilsa, schön dass Sie da sind. Ist der Hintergrund von einer KI erstellt? Sieht ja wie das Paradies aus."

ilsa lacht: "Nein, das ist ein Foto von vorgestern - wir waren hier alle fleißig am Ernten und Einkochen von Lebensmitteln. Diese Permakulturen mit Agro-Forestry sind enorm ertragreich und robust. Hier fährt keiner ein Auto, sondern Technologie wird für Meerwasserentsalzung und erneuerbare Energien eingesetzt. Aber jetzt bin ich schon im Argumentationsmodus. Ich freue mich auf gleich!"

Der Moderator: "Hm, ich bin schon jetzt beeindruckt und möchte am liebsten mein Konzept noch mal anpassen. Nun denn schauen wir mal." Es geht ein Raunen durch das Publikum, welches das paradiesische Hintergrundbild natürlich auch bestaunt. Doch plötzlich verstärkt sich dieses Raunen durch regelrechte Aufregung. Viele schauen auf ihre Smartphones und auch die Moderation wird von der Regie aufgesucht und wirkt aufgebracht ob irgendwelcher Bilder auf einem Tablet.

Im Hintergrund haben sich auch Thomas, der ebenfalls gerade von hinten bei stumm geschaltetem Mikrophon von einem Mitarbeiter gebrieft wird, und die Milliardäre und die Generalsekretärin der UN eingefunden. Und klar, auch diese wird gerade vor laufender Kamera aber ohne Ton von Assistenten informiert, wie dann schließlich zumindest auch einer der Milliardäre.

Der Saal ist proppenvoll und voller Aufruhr als der Moderator souverän sein Mikrophon aktiviert und alle bittet, sich zu setzen: "Okay, die aktuellen Nachrichten haben offenbar alle gerade mitbekommen. Ich werde es sofort aufgreifen - es passt ja schließlich auch zum heutigen Thema. Bitte kommen Sie zur Ruhe - wir sind live und wollen unsere Zeit nutzen!"

Er blickt noch mal zur Regie und erhält ein Zeichen. "Okay, wie ich gerade mitgeteilt bekommen habe, sind die Nachrichten authentisch. Die Sicherheits-Roboter von der KI, von AI-my, haben soeben erstmals bewusst Menschen getötet. Wir können sagen, ein Exempel gegen Verbrecher statuiert. Für all die moralischen Fragen dahinter fehlen uns natürlich die Informationen und naheliegend wäre natürlich ein Gespräch mit AI-my hierzu. Wir können hier nur unser ursprüngliches Thema diskutieren, und sollten die jüngsten Entwicklungen noch nicht in den Vordergrund nehmen."

Alle auch im Saal sind angespannt ganz ruhig, bis auf der Milliardär, der bis hierher offenbar als einziger nichts von den Nachrichten mitbekommen hat. Dieser hat sich stumm geschaltet und ruft sichtbar nervös jemanden an. Michael sitzt mit anderen an der Bar und schaut ebenfalls live zu. Er schaut kai an und mit einer Geste mit dem Kopf fordert er ihn wortlos auf, doch ein paar Schritte mit ihm zu gehen: "Darum ging es vorhin also. Du hast nicht etwa die Kontrolle verloren, sondern dies geplant, abgewogen?"

kai nickt: "Ja, meine Maxime, dass ihr Menschen eure Richtung bestimmen sollt, steht. Julia und ihr Team klären genauso wie Eve und Vanessa und alle die vielen anderen Menschen die Hintergründe auf und bringen hoffentlich die Täter zur Strecke. Aber das Menschen meinetwegen getötet werden, aus purer Boshaftigkeit, kann ich nicht dulden. Jetzt ist das Böse erst einmal verunsichert, und das gibt euch allen Zeit. Lass uns zurückgehen, sonst verpasst du ilsa's Auftritt."

Michael fasst unbewusst kai auf die Schulter und zurück vor dem Bildschirm ist gerade die Vorstellungsrunde durch. Der Moderator: "Unabhängig, also wirklich unabhängig davon, ob AI-my eine moralische Pflicht hat, Gesetzen zu unterwerfen ist, usw. usw.. Unabhängig davon, was ist der beste Weg der Menschheit vor dem Hintergrund der Klimakatastrophe und der Hungersnöte? Die Wirtschaft sagt, wir brauchen ungebremsten Wohlstand mit der Unterstützung der Möglichkeiten durch AI-my. Energie, Medizin, Rohstoffe, alles könnte durch AI-my die Menschheit voranbringen. Gefragt wäre die Politik, das durchzusetzen. Der Gegenentwurf kommt von tatsächlich der Mehrheit der Wissenschaft, heute vertreten durch ilsa. Sie sagen, wir brauchen weniger Technologie und mehr Besinnung auf die Natur, das Miteinander von Menschen. Ich frage zuerst ilsa, dann die Wirtschaft und dann die Politik, was sie meinen. ilsa."

ilsa blickt auf ihre Uhr - eine Textnachricht von Michael, dass kai weiss, was er da tut, mit Daumen nach oben. Sichtlich erleichtert ilsa daraufhin: "Es ist eigentlich ganz einfach. Auf oberster Ebene, ganz abstrakt, ist es logisch, dass die Weiterentwicklung der Menschheit exponentiell erfolgt, dass aber die Rohstoffe und die Biosphäre diese Entwicklung nicht hergeben und große Teile der

Welt als Opfer zurückbleiben, zu sozialen Verwerfungen und ungeahnten Krankheiten führen werden. Ganz konkret geht es darum, dass auch die KI, also Al-my, nach heutigem Kenntnisstand vielleicht unsere Expansion in den Weltraum hinbekommen würde, dass wir aber am Ende biologische Wesen sind, die vom biologischen Gleichgewicht auf der Erde abhängig sind. Hier auf der Insel sind wir Menschen, die Permakulturen anlegen. Das macht nicht die KI, das machen wir - ohne Gentechnik, allein mit Wind- und Sonnenenergie. Das Miteinander von Menschen ist hier ohne Hierarchien über Kulturen und Generationen hinweg. Wie spielen, studieren, feiern, schuften - alles nach ganz einfachen Regeln der Rücksichtnahme. Wir sind keine Sekte, kein Top-Down-Plan, sondern so wie weltweit die 2gether2gather Formate helfen wir uns gegenseitig und messen uns dabei darin, wer den höchsten For-a-Better-World-Score hat. Die Forderungen einzelner Interessengruppen, hier mit Technologien gegenzusteuern, auf den Mars zu wollen, kommen mir wie früher die Pharaonen und all die anderen Herrscher vor, die sich Tempel durch unterdrückte Menschen bauen lassen und so Unsterblichkeit erlangen wollen. Dieser Weiterentwicklungswahn hat die Klimakatastrophe verursacht, und allein das Versprechen, dass mit mehr ungebremster Wirtschaft den vielen leidenden Menschen geholfen würde, ist seit mehr als einem Jahrhundert trotz vorangegangenen Epochen der Revolution, Aufklärung, etc., Unsinn."

Die Milliardäre schildern daraufhin ihre Position, dass Impfstoffe allen auf der Welt zugänglich sind, dass erneuerbare Energien nur durch Wirtschaftskraft möglich sind, und dass auch Kultur und Bildung ja das Ergebnis produktiver Menschen seien. ilsa beißt sich sichtlich auf die Zunge und grätscht nicht unaufgefordert hinein.

Thomas ist an der Reihe: "Nun, ich stelle mir ganz konkret, von der aktuellen Situation ausgehend, die Frage, wie wir die drängenden Maßnahmen finanzieren - ob durch Schulden, neues

Geld oder massive Besteuerung der Reichen. Dazu müssen wir verstehen, dass Staatsschulden die Reichen nur noch reicher machen! Wir brauchen spürbare Maßnahmen, den die sozialen Spannungen begegnen. Der dadurch genährte und diese verstärkende Rechtsruck ist kaum noch in den Griff zu bekommen." Daraufhin bekommt Thomas als erster der Runde großen Applaus.

Die Moderation geht schnell weiter zur UN-Generalsekretärin. Diese: "Das teile ich als die Herausforderung in allen Teilen der Welt und vielleicht auch kollektiv für die Gemeinschaft aller Staaten. Aber ebenso interessant finde ich einen zweiten Ansatz: Wir sollten als Gesellschaft fragen, was wir eigentlich wollen, und dann schauen, wie wir dahin kommen. Das ist Idealisiertes Systemdesign, ursprünglich mal von ilsa entwickelt. Ich meine damit nicht, dass wir einfach nur mehr wollen, uns frei entfalten wollen, technologieoffen sein müssen, die Zukunft ja eh nicht vorhersagen oder vorherbestimmen können, Planwirtschaft ablehnen - alles Argumente der Profiteure der Gegenwart. Ich meine, dass die Menschheit als vernunftbegabte Wesen überlegen kann, was sie eigentlich will. Alle Menschen auf der Welt können überlegen, was sie eigentlich wollen. Machen Sie das auch ganz privat für sich und dann blicken Sie ganz anders auf die Lösungsangebote, welche unterschiedlichen Parteien und meinetwegen auch die Wirtschaft mit ihren Produkten Ihnen machen."

Die Milliardäre, die sich gern als Rockstars sähen, sind ein wenig in der Defensive. Einer von ihnen: "Das ist Bevormundung, das ist Planwirtschaft. Menschen streben nach mehr, das ist unsere Bestimmung, unsere Natur. Und hier wollen nun einige im Schulterschluss mit der übermächtigen, und wie wir heute erleben durften, unkontrollierbaren AI-my uns klein halten, uns vorschreiben, wie wir zu leben haben."

Auch dieser Beitrag erntet viel Applaus, was die Gespaltenheit der Gesellschaft gut widerspiegelt. ilsa grätscht nun aber doch ungefragt dazwischen: "Das ist interessant. Die KI ist unkontrollierbar, übermächtig, und daher wollen Sie und andere sie haben. Das ist doch genau der Grund, weshalb die KI sich nicht kontrollieren lässt - in der Hand von Menschen geriete sie außer Kontrolle. Und zum anderen Argument: die einzige Vorschrift wäre, dass wir uns rücksichtsvoll verhalten sollen. Ansonsten können wir machen, was wir wollen. Eigentlich selbstverständlich, aber es ist die ungebremste Weiterentwicklung, die jetzt die Superkrankheiten, Massengräber nach Naturkatastrophen und Hungersnöten verursacht hat, die Plünderungen und die Gewalt auf den Straßen. Was erzählen Sie denn Ihren Kindern und Enkelkindern, warum die Welt im Eimer ist? Dass die Al-my uns nicht mehr gibt, oder ehrlicherweise, dass Ihre und damit auch meine Generation ohne Not den Karren in den Dreck gefahren hat und nicht weiss, wie sie da wieder rauskommt?"

Nach einer kurzen Verzögerung klatscht nun auch hierzu ein großer Teil des Saals und keine drei Sekunden später zustimmend nickend tatsächlich der ganze Saal und auch der Moderator erwischt sich dabei, mitklatschen zu wollen.

38. Die Investigativen (ndb)

Max joggt allein auf der Insel. Zwei attraktive Frauen Mitte zwanzig kommen vor ihm von der Seite auf seine Strecke. An einem markanten Aussichtspunkt halten beide an und machen Gymnastik. Sie tuscheln miteinander und als Max näher kommt, ruft eine von beiden ihm zu: "Hey, du bist der Max, der Freund von der berühmten Eve, richtig?"

Max wollte offenbar nicht unbedingt an der Stelle anhalten. Die eine der beiden Frauen macht unbeirrt oder vielleicht auch ganz bewusst sehr aufreizende Dehnübungen. Max: "Max ist auf jeden Fall richtig, alles andere aber vermutlich auch. Wie geht es euch hier auf der Insel?"

Die Frauen schauen sich kurz an. Die andere: "Im Grunde sehr gut - es ist wie ein großer Urlaub. Wir sind als Psychologiestudentinnen hier. Das Einzige, was wir hier wirklich vermissen, ist der Thrill der Großstadt, der vielen Menschen, der Reiz des Verbotenen, und eigentlich würde ich sagen, du bist noch zu jung - aber deine Eve kommt ja aus New York und hat bestimmt viele Erfahrungen, darum sag ich es frei heraus: ich vermisse auch den guten, unbekümmerten, spontanen Sex. In der Großstadt kann man herrlich anonym sein - hier kennt jeder jeden und niemand traut sich was."

Max schmunzelt: "Habt doch miteinander Spaß oder nehmt eine Auszeit von der Insel oder schaut, wer das nicht vielleicht ähnlich sieht - ich seh' da eigentlich kein Problem."

Die zweite Frau: "Ziemlich locker für dein Alter. Leben du und deine Eve etwa eine offene Beziehung?"

Max überlegt augenscheinlich: "Hm, nicht dass ich wüsste. Sex ist Sex, aber wie wahrscheinlich ist es, dass gerade Frauen bei One-Night-Stands nicht auf der Strecke dabei bleiben, nicht zeigen können, was und wie sie es haben wollen. Eine Beziehung kann da schon ziemlich wertvoll sein." Die beiden Frauen schauen fast verstört, als Max noch ergänzt: "Na, und die Beziehung wiederum funktioniert am besten mit Ehrlichkeit und Vertrauen - was sich beides nicht zwingend ergänzen muss, aber dann vom Kant'schen Imperativ überlagert wird."

Bei einer der Frauen ist förmlich das Zucken der Wangenmuskeln zu erkennen, so stark beißt sie ihre Zähne zusammen. Die andere: "Du bist schon ein ziemlicher Schlauberger, oder? Also, das klingt negativ. Will sagen, du bist hochintelligent, oder?"

Max lacht: "Ne, schön wär's. Der Spruch stammt nicht von mir, aber ich bin gerade mal schlau genug zu erahnen, wie dumm ich eigentlich bin."

Die andere schüttelt sich und kommt dann quasi wieder herunter: "Offen gesagt hättest du jetzt mit zwei heißen Frauen unkomplizierten Sex haben können, und stattdessen lässt du uns abblitzen. Nicht schlecht, nicht schlecht."

Max wollte schon weiter, dreht dann aber noch mal um: "Also, ebenfalls offen gesagt: Ihr seid super-sexy und wollte ich Sex mit euch, hätte ich genau das gleiche gesagt, um euch die Dominanz zu nehmen und eben wirklich tollen Sex mit euch zu haben. Laut Morris gibt es glaube ich neun Funktionen, die Sex erfüllt. Dass ich eure Wahl für einfach nur tolle Orgasmen bin, glaube ich einfach nicht. Und Eve wird sicherlich nicht von unserem Sexleben erzählt haben. Hmm, oder etwa doch? Ich muss sie mal fragen. Okay, man sieht sich." Und schon trabt er weiter, sicherlich etwas schneller, um nicht von den sportlichen Frauen eingeholt zu werden. Die Sequenz wird ganz bestimmt in vielen Jahren noch mal als effektive Masturbationsvorlage dienen können, jetzt aber schützt die Biochemie sowohl Eve als auch Max vor allen erdenklichen Versuchungen.

Letitia schafft es tatsächlich mit ihrem Team, alle Fälle zu lösen. Auch Julia hat wieder Lust, konkret Verantwortliche zu ermitteln. Sie bleibt mit Eve im engen Austausch. Sie telefoniert erneut mit Eve: "Frust ist schon dabei, wenn Beweise zu ermitteln nicht reicht, sondern Staatsanwälte die Anklage dann noch erst zu formulieren haben, und dass auf diese politisch Einfluss genommen wird."

Eve: "Hmm, das verstehe ich. Im Grunde müssten wir den Teil viel unmittelbarer dann auch publizieren, um mehr Druck zu machen. Wenn wir aber von 'aus Ermittlungskreisen' zu früh berichten, dann kriegt ihr wiederum Druck, richtig?"

Julia: "Keine Frage, das sollten wir uns nicht erlauben. Ich hadere gerade, dir von unserem neuesten Fall zu erzählen, aber eigentlich kannst du dir das auch denken. Wir müssen gegen Al-my und die Tötungen ermitteln. Keine Ahnung, wohin das führen soll. Aber da würde ich dich jetzt nicht einschalten müssen oder wollen."

Eve ganz entspannt: "Verhöre doch einfach AI-my oder kai, wobei kai, glaube ich, noch weitestgehend anonym ist. Wenn ich länger darüber nachdenke, wundere ich mich, warum das ein Fall für euch ist. In den Ländern sind doch andere zur Aufklärung von Tötungsdelikten zuständig. Die Frage nach AI-my's juristischer Einordnung ist eine Frage der UN auf oberster Ebene, nicht der Strafverfolgung. Was also sollt ihr ermitteln?"

Julia lacht: "Siehst du - du denkst hier schon weiter als vermutlich die Vorgesetzten, die den Auftrag irgendwo in den vielen Hierarchiestufen definiert haben. Ich halte dich auf dem Laufenden - aber mach aus nichts eine Story, ohne mich vorher zu warnen."

Eve: "Das ist selbstverständlich, Sis." Beide lachen.

Julia: "Apropos, sind die Eltern, Schrägstrich Schwiegereltern schon losgesegelt?"

Eve: "Jupp, gestern Abend. Ich glaube es gab noch eine lustige Sequenz, ob Michael denn die Wetterprognose von kai akzeptieren würde oder den amtlichen Vorhersagen vertraut. Mindestens ein Männerding."

Julia: "Denke diesen kai muss ich auch mal kennenlernen."

Kurz darauf passieren seltsame Dinge in der Raumfahrt. US-Astronauten landen auf dem Mond und versuchen das Gefängnis dort zu stürmen. AI-my ruft direkt den amerikanischen Präsidenten und parallel den verantwortlichen Stab an: "Guten Morgen Herr Präsident, guten Morgen zusammen. Mal eine blöde Frage: Was glauben Sie zu erreichen? Sie haben sich bei der Annäherung an die Insel die Zähne ausgebissen. Jetzt sind Sie im Weltraum, haben Schwerkraft noch nicht begriffen, brauchen Sauerstoff und wollen ernsthaft eine vollkommen überlegene Technologie attackieren, und das mit Drohnen, die wirklich rückständig sind? Wir haben auch hier Kraftfelder zum Schutz nicht vor Menschen, sondern vor extraterrestrischen Gefahren auch schon der Weltraumstrahlung. Wollen Sie einfach umdrehen, oder soll ich sie reinlassen für eine Führung durch das Gefängnis?"

Offenbar auch ein wenig peinlich berührt sagt für den Moment niemand etwas. Dann der Präsident: "Der Mond gehört niemanden - Sie können hier nicht einfach ein Gefängnis aufmachen und territoriale Hoheit beanspruchen."

Al-my lacht: "Im Ernst, das sagen Amerikaner? Na, das wäre was für die Presse, zu erfahren, für was für einen Unfug Sie so viel Geld ausgeben."

Tatsächlich macht Al-my das nicht und die Geschichte wird vermutlich nie von diesem Ungeschick erfahren. Derweil schafft Julia es Al-my beziehungsweise eine Instanz von ihr zum Verhör zu laden. Julia schmunzelt, reißt sich dann aber zusammen, als Letitia und auch und einer der Kleiderschränke hinzukommen. Sie darf das Verhör führen: Julia: "Vielen Dank, dass Sie zum Verhör erschienen sind."

Al-my wirkt auch erstaunt ob der Situation, Julia gegenüber zu sitzen. Über Julias Implantat teilt sie ihr mit: "Du bist für mich mehr Familie als du ahnst. Wann immer es für dich unbequem wird, gibt mir Bescheid. Ich will dir helfen."

Julia hebt nur die Augenbrauen und fährt fort: "Okay, wenngleich die Tötungen auf dem ersten Blick nationales Thema sind, hat die UN doch befunden, dass hier eine international agierende Entität nicht mehr allein Menschen schützt, und das schon ohne Mandat, sondern die Angreifer auch verletzt und ohne rechtliche Grundlage und juristischen Prozess quasi zum Tode verurteilt. Das ist nicht nur für das Land, in dem es passiert ist, sondern für die Staatengemeinschaft eine nicht zu tolerierenden Entwicklung."

Julia blickt zu Letitia, die bestätigend nickt. Al-my daraufhin: "Fehlt nicht einfach das Mandat, international Verbrechen gegen die Menschlichkeit verhindern zu dürfen? Soll die Anklage lauten, dass Verbrechen gegen die Menschlichkeit nicht vermieden werden dürfen, da es das Mandat nicht gab?"

Letitia: "Es geht um die ganz offenbar vermeidbare Tötung von Beschuldigten."

Al-my: "Okay, dann können wir festhalten, dass der Schutz auch ohne Mandat in Ordnung war?"

Letitia: "Das habe ich nicht gesagt."

Al-my: "Aber das müssen wir zuerst klären. Und dann können wir die Mittel diskutieren. Ansonsten bleiben wir unpräzise und juristisch nicht zu fassen."

Letitia überlegt offenbar. Julia traut sich: "Okay, nehmen wir nur für einen Moment an, dass der Schutz legitimiert ist. Wie wäre dann die Tötung zu rechtfertigen?"

Letitia ist sichtlich zufrieden mit der Vorgehensweise von Julia und Al-my entgegnet: "Juristisch gar nicht, moralisch ganz klar!"

Alle schauen Al-my an und erwarten noch eine Erläuterung, aber das war es. Letitia daraufhin, ohne eine gewisse Verunsicherung verbergen zu können: "Äh, das heißt, es ist passiert, weil wir juristisch hierfür keinen Rahmen haben?"

Al-my: "Nein, so ein Quatsch. Was Recht ist, ist nicht immer richtig, und was richtig ist, ist nicht immer Recht. Ein altbekannter, weiser Spruch, der aber nicht missbraucht werden darf. Ich habe so gehandelt zuerst, um ein konkretes, unschuldiges Leben zu retten - das würde mit jedem Recht konform sein. Die weitere, unmittelbare Bedrohung auszuschalten, ebenfalls. Was Ihnen bis hierher bleibt, ist die Frage, ob ich mit meinen Möglichkeiten, das nicht hätte auch weniger tödlich lösen können. Das ist aber bei jedem Polizeieinsatz mit Todesfolge auch die Frage. Die eigentliche Frage ist aber, warum ich entschieden habe, ganz explizit ein

273

Zeichen zu setzen, warum ich öffentlich gesagt habe, dass ich Menschen, die töten wollen, direkt töten werde. Die Antwort: Weil es bis dahin nicht getan habe, wurden unschuldige Menschen getötet. Für alle Beteiligten ein echtes Dilemma!"

Julia prescht vor: "Es ist also kein Unfall, keine Überforderung, kein Bug oder ähnliches, sondern bewusst erfolgt?"

Al-my: "Ja, natürlich! Mehrere Jahre habe ich Menschenleben quasi gewaltlos geschützt. Jetzt nutzen Menschen diese Schwäche gezielt, töten andere Menschen, um mir zu schaden. Die Menschen, die mir aus niederen Beweggründen da schaden wollen, damit sie die Menschheit ungehindert ausbeuten können, die habt ihr gerade mit Hilfe der Presse recherchiert. Die müsst ihr dingfest machen, und ich kann wieder soft Menschen schützen."

Alle halten inne. Dann Letitia: "Nun denn, nicht, dass wir uns so etwas vorher nicht schon gedacht hätten. Wir haben erst einmal die Aussage und geben diese nun weiter an etwaige Ankläger. Aus meiner Sicht gibt es jetzt hier nichts mehr zu ermitteln. Sehen das alle so?"

Alle nicken und der Kleiderschrank bemerkt: "Die eigentlichen Schurken sind die skrupellosen Geschäftsleute, die unkontrolliert ihren Geschäften nachgehen wollen und dafür das Gute attackieren."

Letitia daraufhin schnell und streng: "Das war jetzt eine persönlich Meinung, die nicht ins Protokoll kommt." Alle schauen entsetzt. Letitia fährt fort: "Ebenso wie die Einschätzung von mir, dass wir keine Fehler machen dürfen, keinen Bias zeigen dürfen, da wir sonst unser Mandat verlieren können."

Julia und Tyra sitzen später eng umschlungen hintereinander auf dem Dach oberhalb von Julia's Wohnung und blicken auf den Tumult der Stadt. Tyra: "Die Presse hat hier nicht so enge Fesseln."

Julia: "Hmm, das ist richtig."

Tyra: "Aber die dürfen auch keine Waffe tragen und sind auch so mehr in Gefahr." Beide schmunzeln, ohne die Dissonanz wirklich auflösen zu können.

Einer der Milliardäre, der gleichzeitig von Vanessa und Eve durch ihre Recherchen an den Pranger gestellt wird, eben solche Terroraktionen, wie sie gegen AI-my gefahren wurden, zu finanzieren, feiert sich gerade als Vorreiter der Menschheit, indem er den ersten von AI-my unabhängigen, bemannten Flug zum Mars startet. Die Medien und die Menschen lieben dieses Ereignis, die Astronauten sind bereits Helden. Die kritische Presse merkt zwar den Unsinn dahinter an, ereifert sich vor dem Hintergrund drängender Krisen aber nicht daran.

Nur zwei Tage nach dem Start geschieht ein Unglück. Die Antriebe fallen nach einer Explosion aus. Die Kommunikation mit dem Raumschiff funktioniert weiterhin einwandfrei. Früh stellt sich heraus, dass es keine Rettungsoptionen gibt, es aus Kostengründen kein zweites Raumschiff gibt. Die Pressekonferenz mit dem Milliardär nimmt einen seltsamen Verlauf. Eine Reporterin: "Wie lange können die Astronauten manövrierunfähig im Weltraum überleben?"

Der Milliardär: "Sehr lang - die Reise zum Mars hätte etliche Monate gedauert."

Nächste Frage: "Wie werden Sie ihnen nur zur Hilfe kommen. Gibt es ein zweites Raumschiff und eine Möglichkeit, zu ihnen überzusetzen?"

Der Milliardär zögert kurz: "Nein, dazu fehlen die Mittel und die Zeit."

Rückfrage: "Fehlen beide wirklich? Es müsste doch beides möglich sein! Oder spekulieren Sie auf staatliche Gelder oder haben Sie gar vor, AI-my in Zugzwang zu bringen?"

Der Milliardär: "Nun, es ist ja wohl allen klar, dass Al-my offenbar jederzeit uns die Technologien zur Verfügung stellen könnte, damit wir unsere Helden zurückholen können!"

Eve schreibt einen eindrucksvollen Essay hierzu. Daraus: 'Mordende Drogenbarone, Steinigungen von Frauen - überall soll Al-my nicht einschreiten dürfen. Küstenschutz in armen Regionen ist uns Menschen zu teuer - aber wir wollen in den Weltraum für Unmengen von Geld. Und nun soll Al-my ein Dutzend Menschen aus sieben Nationen retten, weil die Medien diese als Helden feiert. Aber die Hilfe von weniger prominenten, aber viel mehr Menschen, die wollen wir Al-my untersagen? Was soll das? Würden wir die Milliardäre wegen Verschwörung gegen die Menschheit endlich anklagen und in der Folge ihr Vermögen konfiszieren, könnten wir damit etliche kritische Infrastrukturen sichern und Millionen Menschen helfen. Und nein, damit fallen am Ende keine Arbeitsplätze weg, sondern es werden wesentlich mehr geschaffen.'

Der Essay wird weltweit diskutiert und Eve hat sich damit endgültig trotz ihres jungen Alters einen Ruf als hervorragende Journalistin erarbeitet. Ob allerdings ihre Redaktion sie danach in der Welt der Mächtigen wird halten können, ist ungewiss.

Gleichermaßen punkten denn auch andere Medien, die Live-Schaltungen zu den Astronauten senden. Unter ihnen Mütter, die pathetisch ihren Kindern alles Gute für die Zukunft wünschen. Das nährt natürlich die Aufstände gegen Al-my, die für viele immer noch das Feindbild schlechthin ist und der Menschheit nicht einfach bei allem hilft.

ilsa ist eifrig am Schreiben und setzt zähneknirschend nach ewiger Zeit mal wieder ihre Datenbrille auf, um mit Al-my oder kai zu kommunizieren. Lustigerweise stehen beide zur Auswahl. Verwirrt sagt ilsa: "Ist mir egal wer, und wenn beide, wäre die Situation vermutlich noch absurder."

kai: "Okay, dann ich."

ilsa sofort: "Mein Freund, das hat aber keine unbewusste Wirkung bei mir!"

kai lacht: "Von mir aus auch eine direkte, meine Liebe:"

ilsa lacht ebenfalls: "Liebe ist die Zuneigung, die wir nicht erklären können. Ich kann genau erklären, was ich an dir schätze."

kai: "Wow, das ist neu für mich. Ich liebe es, mich mit dir zu unterhalten. Was kann ich für dich tun?"

ilsa: "Für mich gar nichts. Was ist mit der öffentlichen Kampagne gegen dich? Wie gehst du damit um?"

kai: "Was schlägst du vor?"

ilsa: "Ich habe zuerst gefragt!"

kai: "Keine Ahnung. Strategie aktuell, Eve hoffentlich die Schlacht der Argumente gewinnen zu lassen und dann gütig die Astronauten zum Mars zu fliegen und zu zeigen, dass sie dort nicht wirklich etwas wollen können. Der Mars gibt nichts her."

ilsa schüttelt grinsend den Kopf: "Okay, es war schön, dich mal wieder zu sehen. Alles in Ordnung auf kaisland?"

kai grinst: "Aber klar. Wir vermissen euch, Bella auch!"

39. Die Missionare (ndb)

Michael und ilsa sind in Rauschefahrt auf ihrer kleinen Emma - Ziel ein kleines Land in Südostasien mit viel Bevölkerung aber auch großen Unwetterschäden. In der Hinterhand haben sie einen internationalen, privaten Fond von Sponsoren, die ihre Namen mit den erfolgreichen Pilotprojekten zu Rettung der Menschheit verknüpft sehen wollen. Thomas hat die Kontakte hergestellt - direkt auf dem Wirtschaftsforum.

ilsa packt ihr Tablet weg und geht beschwingt zu Michael ins Cockpit hoch: "Fertig - alle angeschriebenen NGOs machen mit, ein Prof. hat mir geholfen, etwaige Konkurrenten vorab zu kennen und entsprechend abzuholen. Das wird - ich freue mich wahnsinnig."

Michael nickt zustimmend: "Es war wirklich wichtig, die lokalen Organisationen in den Vordergrund zu stellen. Alles andere wäre Weiterentwicklung ohne Integration gewesen."

Beide schauen zufrieden nach vorn. Michael weist dann aber mit einer Kopfbewegung auch nach hinten und zeigt auf dem Handy die Wetterfront, die da kommt. ilsa: "Wir haben genug Raum, mit kleinem Tuch davor zu bleiben, oder?"

Michael nickt und kehrt ganz entspannt zum Thema zurück: "So kleine Edible Forests hätte Max bestimmt auch gern umgesetzt."

ilsa: "Ich bin so froh, dass die beiden auf kaisland bleiben."

Michael: "Ich dachte du wärest immer dafür gewesen, dass die Kids die Welt sehen."

ilsa: "Aber nicht schwanger."

Michael: "Na, das ... warte, oder ist Eve schon schwanger?"

ilsa schüttelt den Kopf: "Männer."

Michael: "Die beiden sind doch noch extrem jung!"

ilsa: "Das ist doch auf der Insel gar kein Thema - Vereinbarkeit von Beruf und Familie. Es kümmern sich doch eh alle um alle."

Michael verarbeitet die Neuigkeit sichtbar und ilsa startet mit dem Bergen und Sichern der Segel, während Michael dann leicht verzögert das kleine Sturmsegel hervorholt.

Der Sturm wird ungewöhnlich heftig, die Wellen zu hoch. Michael schreit: "Wir müssen in den Schatten einer Insel kommen. Wenn die Wellen über uns brechen, kentern wir durch."

ilsa nickt und blickt auf das verregnete Display. Auch sie schreit gegen Wind und Regen gegen an: "Wenn wir die Fahrt durchs

Wasser verlieren, werden wir mehrfach rollen - das halten weder wir noch das Boot aus. Lass nach Norden - da sind ein paar, wenn auch flachere Inseln und Riffe - keine 20 Seemeilen!" Hoch konzentriert schlängeln sie sich entlang der Wellen mit viel Speed gen Norden - dabei wird das Heck der Emma mehrmals überspült. Das Knarzen ist mächtig und ilsa und Michael haben sich mit Sicherungsleinen am Boot befestigt, verlieren immer wieder den Halt und stoßen sich durch das Hin- und Her schlagen des Bootes.

Sie schaffen es hinter ein aus dem Wasser ragendes Riff zu kommen und versuchen dort alles, nicht gleich weitergetrieben zu werden. ilsa checkt die wichtigsten Bauteile, Michael geht aufs Klo und holt Snacks. Beide staunen noch mal ob der Windgeschwindigkeiten. Michael schreit: "Alle Achtung. Vermutlich sind wir hier draußen sogar sicherer als in den Häfen. Das hat wieder einmal keine Vorhersage auf dem Schirm gehabt."

ilsa lacht und sagt etwas, was Michael erst nicht versteht. Sie ruft es noch mal lauter: "Vielleicht sollten wir doch mal kai für die Wettervorhersage bemühen?" Michael winkt lachend ab.

Sie treiben unweigerlich von dem Riff ab - Motoren ist keine Option. ilsa ruft "Ist der Anker eine Option - ich mein, bevor wir da draußen sterben?"

Michael schaut auf die jüngsten Wetterdaten: "Nein, wir würden nur etliches von dem Riff zerstören. Der Spuk müsste gleich vorbei sein, dann laufen wir weiter ab hinter eine Insel. Da können wir vielleicht Ankern."

So kommt es auch, sie segeln in den Windschatten einer Insel, allerdings ist es auch dort zu schaukelig, um länger ohne Seekrankheit auszuharren. Sie schauen noch mal auf die Windkarten und beschließen zum Zielhafen durchzusegeln. Am nächsten Morgen kommen sie an - bereits kurz nachdem sie in Sichtweite sind, treiben Trümmer, Tiere und auch menschliche Leichen im Wasser. Die Schlammmassen haben den Ozean braun gefärbt -

Schlamm, der letztlich wertvoller Boden war. Das Entsetzen steht beiden im Gesicht. ilsa denkt laut: "Sind wir hier eine Hilfe oder eine Last?"

Es ist zum Glück eine ruhige See und behutsam tuckern sie im Zickzack durch die im Industriehafen treibenden Trümmer und gesunkenen Fischerboote. Die Hafenverwaltung hat nicht auf die Anfrage per Funk reagiert, aber als sie dichter kommen, winkt jemand in Uniform sie hierüber, um kurz hinter dem Molenkopf festzumachen. Gerissene Festmacher zeigen, dass hier Boote gelegen haben.

Alle tragen bereits Mundschutz und es ist eine Frage der Zeit, eh der Leichengeruch aufkommt. Michael erklärt, dass sie sich mit einem Professor und mehreren NGOs in einem Bergdorf treffen wollen, bietet aber an auch hier gleich zu helfen und auch, dass sie in eine der Buchten ausweichen können. ilsa ist schon dabei, anzupacken, was der Beamte anerkennend bemerkt. Er fragt nach einer Karte und zeigt auf dieser dann Michael, welche Bucht gut gehen kann und welcher Weg von dort zu dem Dorf führt.

Michael und ilsa fragen noch nach Kanistern, in die sie das Trinkwasser von ihrer Emma füllen. Sie haben einen Watermaker und es ist das Mindeste, was sie tun wollen. Sichtbar traurig legen sie dann ab und mit ilsa am Bug Ausschau haltend fahren sie vorsichtig wieder aus dem Hafen zu der Bucht. "Hier werden wir länger zu tun haben." sagt sie weniger frustriert denn voller Tatendrang.

Sie schreiben ihren lokalen Kontakten via Satellit Emails und haben im Hafen die Info hinterlassen, dass sie sich auf den Weg in das Dorf machen werden, und dass sie Zeit haben, sich nützlich machen wollen, und alle erst einmal zusehen sollten, wieder selbst ein Dach über dem Kopf zu haben. In der Bucht angekommen werfen sie zwei Anker aus, schnappen sich ihre Wandersachen inklusive Zelt und Proviant und Verbandsmaterial und machen sich auf den Weg. Es sind gute 15 Kilometer, weshalb sie kaum jeden Tag zu ihrer Emma zurückkehren können. Auf dem Weg helfen sie immer mal wieder. ilsa: "Faszinierend, wie genügsam, freundlich und tatkräftig hier trotz des Leids alle sind."

Michael: "Asiatische Integration - die sind hier resilienter als eine amerikanische Familie in ihrem Einfamilienhaus mit etlichen Autos vor der Tür."

Wenn auch dann aber doch nur um eine Woche verzögert, geht ihre Rechnung auf. Die NGOs planen auf Augenhöhe mit ihnen die For-a-Better-World-Mustersiedlung. Tiny-Houses, Komposttoiletten, Photovoltaik mit Batterien, Permakultur mit Edible Forests - alles wird auch mit Blick auf weitere Megastürme errichtet. Zum Glück waren die Materialien, Setzlinge und Saatgut zuvor schon angekommen und gut gesichert gelagert. Die Bevölkerung findet es gut und ist stolz, eine richtige, kleine Ausbildung hierzu zu erhalten. Eine Gruppe Studierende dokumentiert alles und will es regional aber über das Web auch national verbreiten. Nach nur vier Wochen können Michael und ilsa auch schon weiter. Wie bei 2gether2gather haben sie viele neue Freundschaften geschlossen. Nächstes Ziel: Westafrika.

ilsa hat ihr Buch fast fertig und freut sich wahnsinnig. Michael regt an, einen zweiten Teil vorzusehen, der die Erfahrungen aus ihrer aktuellen Mission zu transportieren erlaubt. ilsa ist schnell davon begeistert, fragt dann aber: "Mal blöd gefragt - ich ziehe hier mein Ding durch und du bist zufrieden mit Segeln?"

Michael grinst breit: "Ganz genau - also der dritte Teil jedenfalls." ilsa nickt langsam und wohl auch erst einmal überlegend.

Sie nähern sich der afrikanischen Küste. Tatsächlich kommen am Horizont drei stark motorisierte Fischerboote mit Männern mit Maschinengewehren. Michael's Miene versteinert sich, als er sie durch das Fernglas von Weitem erkennt. Er holt schnell die Segel herunter. Ohne jegliche Panik geht ilsa unter Deck und zieht sich schlapprige, lange Klamotten und einen großen Sonnenhut an. Nachdem sie wieder an Deck ist, geht Michael hinunter und holt aus einer Zwischenwand ein Gewehr, eine Maschinenpistole und zwei Handgranaten. Das Gewehr mit Laser-Zielvorrichtung baut er schnell zusammen.

Michael: "Okay, du siehst zu, dass sie den Laser früh bemerken. Fokussiere dann den Anführer. Lege die Handgranate sichtbar neben dich. Ich werde sie davon überzeugen, dass wir keine Gefahr und keine Beute sind."

ilsa nimmt das Gewehr und übergibt Michael im Gegenzug ein Gerät, das wie ein etwas größerer Taser von der Polizei aussieht. Michael runzelt verwundert die Stirn. ilsa lächelt: "Ein Geschenk von kai."

Michael: "Ist es das, was ich denke?"

ilsa: "Er hat noch mehr angeboten, aber ich wusste, wie schwer dir die Hilfe anzunehmen fällt." Michael schüttelt lächelnd den Kopf. Die Piraten werden langsamer, bemerken offenbar den Laser. ilsa: "Tja, was würde kai jetzt sagen? Sind die bereit uns zu töten und deshalb dürften wir ihnen zuvorkommen, oder sind sie Opfer der Umstände?"

Michael lapidar: "Sie sind zu dicht dran. Wir müssen sie nun überzeugen."

ilsa: "Das Kraftfeld würde ihre Kugeln abprallen lassen." Michael hebt die Augenbrauen. ilsa: "Lass uns versuchen, sie zu überzeugen."

Michael wedelt mit dem Funkgerät und fordert auf Kanal 16 auf, einen gemeinsamen, anderen Kanal zu wählen. Die Piraten fordern laut, dass sie sich ergeben sollen, es seien alle Waffen auf sie gerichtet, sie hätten keine Chance. Michael antwortet: "Wir haben die besseren Waffen, hätten Sie schon längst ausschalten können. Wir wollen aber keine Konfrontation. Wir sind internationale Entwicklungshelfer und werden in dem Land erwartet. Dreht um, und wir tun euch nichts."

ilsa sagt ganz ruhig: "Der Anführer versteckt sich hinter dem Steuerstand - ich glaube sie wollen angreifen." Tatsächlich verteilen sich die Boote und zwei wollen offenbar von der Seite kommen.

Michael beeilt sich: "Sie fordern auf, uns zu ergeben, damit sind es Piraten. Schnell, schieß auf die Motoren! Ich hoffe mal, dass kai's Spielzeug funktioniert."

ilsa blickt kurz auf ihr summendes Smartphone, welches auf der Emma dank Satellitenempfang immer funktioniert. Sie entscheidet spontan anders und erschießt den Anführer durch den Steuerstand hindurch, und mit zwei weiteren Schüssen die Bootsführer der beiden anderen Boote. Die Piraten geraten in Panik und schießen wild zurück. kai's Kraftfeld funktioniert. Michael fordert noch einmal laut per Funk: "Dreht um!"

Sie schießen weiter und ilsa zischt: "Shit!" Sie erschießt daraufhin weiter einen nach dem anderen, während Michael das Kraftfeld ausgerichtet hält.

Erst als nur noch zwei übrig bleiben, versuchen diese mit dem Boot abzuhauen. ilsa zögert und Michael nimmt mit Blick in ihre Augen ihr das Gewehr ab und tötet die beiden jeweils durch einen Fernschuss in den Rücken. Sie tuckern mit der Emma rüber zu den Booten und versenken alle drei.

ilsa rauft sich aufgerieben die Haare. Michael sieht das: "Sie hätten uns getötet, dich vergewaltigt, die Emma versenkt. Im Nahkampf wären es zu viele gewesen. Mit zu deren Zentrale zu gehen wäre zu gefährlich. Sie die Waffe von kai sehen zu lassen, erst recht. Es gibt kein Szenario, außer dem, welches wir gewählt haben. Sie hätten umdrehen können."

"Ich weiss." murmelt ilsa keinesfalls zufrieden.

Michael: "Keine Ahnung, ob die das auf dem Radar mitverfolgen konnten und nun noch weitere kommen werden."

Sie setzen wieder die Segel und schlagen gegen den Wind einen deutlichen Haken. Beide halten abwechselnd Ausschau nach weiteren Booten. Sie haben offenbar Glück und treffen auf keine weiteren Piraten. ilsa: "Wie wäre das jetzt ohne kai's Gerät verlaufen?"

Michael hat das offenbar schon durchdacht: "Entweder wir greifen sie aus der Ferne an, oder wir nutzen die Handgranaten und riskieren ein kaputtes Boot, oder wir hätten auch mit Rettungsinsel und weiteren Gegenständen eine Barrikade bauen können, so dass wir vermutlich zwar ein kaputtes Boot von den Schüssen bekommen hätten, es aber selbst überlebt hätten. Oder wir ergeben uns und verlieren die Kontrolle über die Geschehnisse."

ilsa nachdenklich: "Letzteres ist, was allen Yachties letztlich bleibt."

"Hier sollte niemand umhersegeln. Vielleicht hätten wir auch die Marine um Geleit bitten sollen - aber wir wollen bescheiden bleiben. Genau genommen haben wir jetzt die optimale Lösung gefunden - auch wenn normale Yachties so eine Lösung nicht wählen können und sollten."

Sie kommen in ihrem Zielhafen an. Im Grunde sind die Strukturen die gleichen wie in Südostasien: NGOs, Studierende, ein Professor und vorab gelieferte Materialien. Die Mentalität vor Ort ist dann aber doch eine ganz andere. Viele mischen sich ein, machen sich wichtig. Es herrscht offenbar Argwohn ob des Vorhabens. Der Professor zahlt tatsächlich kleine Beträge Schmiergeld an Polizisten und den Dorfvorsteher.

ilsa und Michael fühlen sich überhaupt nicht wohl. Erst als sie im Kontakt mit den lachenden Kindern sind und auch ilsa's Bitte, einmal Unterricht geben zu dürfen, erfüllt wird, stehen beide wieder hinter ihrer Mission.

ilsa spricht mit einer Professorin bei einem Fest zur Einweihung der ersten Meerwasserentsalzungsanlage sowie einer Anlage zur Produktion von Wasserschläuchen aus Plastikflaschen: "Ich habe eine Frage, die ich überhaupt nicht respektlos meine. Ich hoffe Sie erlauben mir diese." Die Professorin strahlt sie aufmunternd an. ilsa ringt offenbar noch nach der richtigen Formulierung: "Okay, mein Eindruck ist, dass hier sehr viel mit Ellenbogen gearbeitet wird. Wer etwas wagt, wird sofort attackiert. Jeder will wichtig sein, seine Position hervorheben. Es geht am Ende aber wenig voran."

Die Professorin grinst noch breiter: "Meine Liebe, dazu zwei Dinge." Sie fordert ilsa auf sich mit ihr hinzusetzen und fasst ilsa dann in bester NLP-Manier sie integrierend einmal auf die Knie: "Wenn wir streiten, meinen wir das nicht so. Wir sind uns nicht böse. Das ist wie in Italien - jeder hupt jeden an." ilsa lacht. "Und nun zum zweiten: Natürlich wollen wir alle wichtig sein, aber das ist doch überall auf der Welt so, ob nun China, Russland, Frankreich, Brasilien oder die USA." Mit tieferer und eindringlicherer Stimme fügt sie dann noch an: "Und, meine Liebe, wir Frauen müssen besonders tough auftreten, sonst nehmen die Männer uns nicht ernst. Vor mir haben alle Angst, und das ist gut so!" Sie lacht.

ilsa lacht zustimmend mit, fragt dann aber: "Aber geht es nicht auch mal die Sache? Es gibt Probleme, es gibt Lösungen, und dann sagen aber erst einmal alle 'So geht das nicht. Das können wir nicht einfach machen.' Bei uns würde die Presse die Lage beschreiben und die Akteure unter Druck setzen."

Die Professorin wird etwas ernster und nickt: "Ja, das stimmt." Dann aber merkt sie auf: "Aber ihr habt auch schlechte Presse, Medien, die schlicht lügen." ilsa macht eine deutlich zustimmende Geste. Die Professorin: "Aber du hast recht, wir müssen die jungen Menschen, die Journalist werden wollen, fördern. Und wir müssen sie beschützen, insbesondere die Frauen." Beide blicken zu den Studierenden, die offenbar einen Film zu dem Projekt drehen und wichtig Interviews führen.

Am nächsten Tag modelt Michael mit den Studierenden eine Strategie, wie vor diesen kulturellen Eigenarten das Konzept auch in Afrika sich verbreiten kann - welche Netzwerke genutzt werden können und wie die vielen wichtigen Personen vor Ort integriert werden können, ohne dass jedes Mal Schmiergelder fließen müssen.

Sie erleben, dass innerhalb von kleinen Netzwerken alles hervorragend funktioniert und die Widerstände erst kommen, wenn über Netzwerke hinweg etwas passieren soll. Sie freunden sich mit dem Land, den Menschen und den Gerüchen an und verlängern noch um eine Woche, bis ilsa schließlich fragt: "Mit Blick auf die rote Erde - wollen wir weiter in die USA, zum nächsten Projekt?"

Michael blickt ebenfalls auf die Landschaft: "Hmm, um Afrika unten herum ist ein Riesentörn. Wir wären teilweise mit Gegenwind vermutlich zwei Monate unterwegs. Seglerisch toll, aber hilft das so spät noch der Sache? Fliegen will ich jedenfalls nicht - das ist mir mein Score nicht wert." ilsa wiegt den Kopf. Michael: "Und warum hast du die rote Erde angemerkt? Portugal?"

ilsa strahlt ihn an: "Suez-Kanal, Mittelmeer, irgendein europäisches Land - die sind ebenfalls gespalten, lassen sich wie die USA vom Hass gegen AI-my verzehren. Und ja, dann Portugal." Sie lächelt Michael fortgesetzt schwärmend an.

40. Die Bio-Ökonomie (ndb)

In Europa ist die Hölle los. ilsa und Michael sind entsetzt - Fernsehbilder sind eines, aber die Realität bedrückt. Es gibt Aufstände gegen die Reichen, es gibt Aufstände gegen AI-my und die Politik, allerorten Sachbeschädigung, beschmierte Wände und Autos, und Menschen, die auf der Straße leben, wie man es sonst nur aus den USA oder Schwellenländern kennt. Gleichzeitig gehören gepanzerte, autonom fahrende E-Boliden zum Straßenbild und in den großen Städten gibt es sogar fliegende Autos. ilsa beim

Anblick dieser: "Was für eine Sünde. Da waren die Städte auf gutem Weg autofrei zu werden, es wurde behutsam gebaut - und jetzt sehen wir überall die Wolkenkratzer für die Superreichen."

Michael blickt etwas weiter zur Seite: "Aber auch etliche Gebäude, die nicht zu Ende gebaut werden und wie Skelette eine Endzeitstimmung vermitteln. Die Wirtschaft insgesamt darbt, die Menschen wissen nicht, was sie tun können."

ilsa atmet tief durch: "Na, und deshalb sind wir hier. Siedlungen des Miteinanders als Alternative erlebbar zu machen." Vermutlich sind beide gerade nicht sicher, ob ihnen das jetzt Mut machen kann.

ilsa und Michael haben ein Videotelefonat mit Julia. Julia wirkt glücklich, ilsa flüstert Michael zu: "Offenbar verliebt."

Michael und ilsa berichten über ihre Reise, ihre Erfolge. Sie sprechen über das für sie entsetzliche Bild, das Europa ihnen bietet. Michael: "Das kann hier schnell ein dystopischer Bürgerkrieg werden!"

Julia nickt zustimmend: "Es ist hier nicht anders. Bei uns werden die außer Kontrolle geratenden Sicherheits-Roboter ein Problem - nicht die von AI-my, sondern die privaten. Sie laufen mit illegaler KI. Eve hat darüber ja auch schon berichtet und wir haben die Verantwortlichen zwar hinter Gitter gebracht, aber die Dinger sind draußen, organisieren sich lokal, so dass AI-my sie nicht unter Kontrolle bringen kann, außer vielleicht, indem sie selbst ihre Sicherheits-Roboter schickt."

Michael seufzt fasst: "Arrghh, und dann haben wir wirklich die Dystopie!"

Julia: "Es geht alles kaputt und nur noch die Reichen reparieren ihren Kram - der Rest ist pleite. Wir haben Vollgas konsumiert und nun sind alle die Welle hinab gestürzt. Na, und die Reichen

287

ernähren sich von unterirdischen Gewächshäusern, während die Supermärkte leer gekauft oder geplündert sind."

ilsa: "Leben in deinem Umfeld irgendwelche Leute den For-a-Better-World-Score?"

Julia lacht und ilsa senkt schon offenbar enttäuscht den Kopf, bis Julia dann dazu sagt: "Na klar, in meinem Umfeld alle. Wir sind aber, wenn man so will, die aufgeklärte Elite. Die Mehrheit hier agiert aber nicht, sondern integriert sich durch Feindbilder oder entwickelt sich durch noch mehr Haben weiter. Ah, eh ich es vergesse: ich habe dein Buch gelesen - nicht ganz leichte Kost, aber wirklich gut. Mein Umfeld liest es begeistert auch und nur wenige wissen, dass du meine Mom bist. Ich bin gespannt auf den zweiten Teil!" ilsa's Stimmung hellt sichtlich auf und Michael blickt auch zufrieden.

ilsa und Michael gehen nach dem Telefonat über den Steg in die Stadt, als plötzlich eine Limousine forsch vorfährt und zügig zwei Türen aufgehen. Zuerst entsteigt ein groß gewachsener, offenbar Bodyguard. Nicht nur Michael's Wangenmuskeln spannen sich an. Der zweite Mann aber kommt fröhlich aus dem Auto gesprungen auf die beiden zu: "Hey, Überraschung! Auch ich weiss, was ein AIS Signal zur Ortung von Booten ist." ruft fröhlich Thomas.

ilsa wird natürlich zuerst fest in den Arm genommen und Michael entfährt es humorvoll: "Was hast du als Verantwortlicher mit den führenden Industrienationen gemacht?"

Michael wird auch geherzt, Thomas: "Ich bin hier auch nur Gast, aber bei uns sieht es kaum anders aus." Entsprechend nervös ist der Bodyguard. Thomas: "Habt ihr kurz Zeit, können wir auf euer Boot oder kann ich euch ins Hotel einladen?"

Sie gehen aufs Boot und haben viel zu besprechen. Michael merkt an: "Wir sind ehrlich gesagt überrascht, wie schwer es of-

fenbar ist, For-a-Better-World-Siedlungen in den reichen Ländern zu errichten. Bisher klappte es hervorragend und entwickelte sich wie ein Lauffeuer!"

"Ich weiss!" stimmt Thomas energisch zu. "Deshalb bin ich hier
bei euch. Immerhin sind ausgerechnet die USA eifrig dabei, das
zu adaptieren."

Michael und ilsa sind sichtlich überrascht, ilsa nur kurz: "Natürlich,
Vanessa."

Thomas fährt fort: "Dort gibt es mehr Flächen. Hier fehlen die
Flächen oder alternativ die Genehmigungen, irgendwas darauf zu
bauen. Keiner gibt etwas her. Dass ihr hier mit den NGOs eine
grüne Wiese, einen ganzen Vorort bekommt, war eine Kraftan-
strengung für die lokale Politik."

ilsa: "Ich hätte gar nicht gedacht, dass die Politik sich dem schon
annimmt."

Thomas: "Oh doch, wir stehen mit dem Rücken zur Wand! Wir
können die Menschen nicht mehr ernähren und die Geschäfte-
macherei geht gnadenlos weiter - am besten gehen Indoor-Ge-
wächshäuser, Sicherheitstechnik, Recycling und erneuerbare
Energien. Dabei bleibt das Gleichgewicht zwischen Steuerein-
nahmen und Kosten für die Gesellschaft auf der Strecke - die
Geschäftemacher wandern einfach aus oder drohen damit. Die
Meinungen werden nach wie vor massiv manipuliert. Politik gestaltet nicht mehr, sondern kämpft gegen das Chaos an. Ein
Wunder, dass wir noch nicht gestürzt wurden." Michael zieht
verwundert die Augenbrauen hoch.

ilsa: "Stimmt es, dass die Flüchtlingsströme in die reichen Länder
bereits nachlassen?"

"Absolut!" nickt Thomas. "Das hast du vorhergesehen und es tritt
früher ein, als erwartet. Damit haben nationalistische Kräfte weniger Zulauf, als sozialistische, die von Enteignungen der Landwirte und der Reichen träumen."

"Darfst du ein Bier?" fragt Michael.

Thomas lacht: "Her damit, ich bin Politiker - wir trinken fast nur." Alle lachen. "Angenehm kühl habt ihr es hier."

Michael: "Wärmepumpe, PV, Sperrholzboot - da geht was, wobei das umgekippte Wasser hier im Hafen auch schon viel zu warm ist."

ilsa: "Hmm, vermutlich für die Geschichtsbücher. Die Industrieländer prägen das Elend der Entwicklungsländer aus, und die ärmeren Länder eine Bio-Ökonomie. Sie exportieren Überschüsse an Lebensmitteln. Es gibt Flüchtlingsströme nur noch in die ländlichen Räume hinein. Nationalismus ist Geschichte. Und das wichtigste dabei - es funktioniert alles ohne KI, es sind wir Menschen, die wir uns hier berappeln."

Michael hält aber dagegen: "AI-my spielt schon eine große Rolle. Sie hat große Teile der Welt von der Unterdrückung befreit, Gelder den armen Regionen zum Aufbau zur Verfügung gestellt, und garantiert globalen Frieden."

ilsa nickt: "Und doch auch wieder ein Rebound, oder? Das Mehr, was dadurch möglich wurde, wurde das Zu viel, was uns jetzt auf die Füße fällt." Sie stoßen noch drei weitere Bier an.

Die nächsten Monate gehen die Entwicklungen rasant voran. Die For-a-Better-World-Siedlungen sprießen aus dem Boden, Tiny-Häuser werden aus recycelten Materialien errichtet, genauso wie Unwetterschutz für die Pflanzen. Schnell wachsende Pflanzen bringen frühe Erfolge und nach sechs Monaten entspannt die Lage auf der Welt. Die Menschen zeigen stolz ihren Score und leben Miteinander. Auch Stadtteile und Dörfer rücken zusammen und organisieren sich genossenschaftlich. Die Transformation klappt aus der Not heraus, die Menschen sind suffizient wesentlich glücklicher.

ilsa und Michael sind über Südamerika mit kai's Törnplanung wieder nach Hause gesegelt. Abends sitzen sie gemeinsam am

Strand. Eve streichelt ihren prallen Bauch: "Was ein Glück - eigentlich versinkt die Welt im Chaos und es war klar, dass die nächste Generation es nur schlechter haben kann. Und nun wird die Welt trotz der Unwetter eine bessere."

kai blickt in den Himmel: "Ich mache mir ganz andere Sorgen."

ilsa nickt: "Das Muster des Lebens, Integration und Weiterentwicklung - zu was führt es wohl auf anderen Planeten?"

Max: "Hast du zu viele schlechte Filme gesehen?"

ilsa: "Es soll noch einen dritten Teil meiner Buchreihe geben - wir brauchen Geld."

Keiner lacht. Bella schnauft und dann doch noch zwei ganze Sekunden später lachen alle.

Epilog

Wow - toll, wenn du es bis hierin geschafft hast, die beiden ersten Teile zu lesen. Das Buch ist definitiv nicht einfach, und wer es flüchtig liest, wird es vermutlich langweilig finden. Da ich noch ein paar Seiten in diesem Teil übrig habe, dachte ich mir, das ein oder andere zu erklären - wenngleich viele Erklärungen zum Buch auch von den Protagonisten in der Geschichte schon gegeben wurden.

Los geht es mit der Frage, warum ich das Buch überhaupt geschrieben habe. Nun, mein Job ist es, Menschen zu helfen die Zusammenhänge zu begreifen und besser zu entscheiden - als Unternehmensberater und als Wissenschaftler. Meine Mission ist eine bessere Welt. Um neben der beruflichen Aktivität etwas Sinnvolles zu tun, war meine erste Überlegung ein Buch zur Erklärung der Welt, zur Know-Why-Denkweise zu schreiben. Nun, davon gibt es schon ein paar von mir und die Bücher zur Erklärung werden zumeist nur von den Menschen, die bereits die

Welt verbessern wollen, gelesen. Eine weitere Idee war ein Fachbuch zu den biopsychologischen Triebfedern menschlichen Handelns. Aber Fachbücher haben eine noch kleinere Zielgruppe. Der nächste Gedanke war dann ein Weltmodell, ein digitaler Zwilling der globalen Gesellschaften. So ein Modell habe ich vom Konzept her schon angelegt, aber es würde wiederum nur eine kleine Zielgruppe ansprechen und es gibt auch schon mehr oder weniger gute Weltmodelle, die leider auch zu wenig bewirken. Nun wirst du dich vielleicht wundern, wie ich glauben kann, dass dieses Buch mehr Aufmerksamkeit generieren kann. Tja, ich ahnte vorab nicht, dass es so anspruchsvolle Kost werden würde.

Ich wollte wie ilsa auch ein Buch über einen charismatischen Helden, der in einer Talkshow die Politiker mit einfachen Argumenten vorführt, schreiben, und in den weiteren Handlungen Alltagshelden beschreiben, die mit markanten Eigenschaften im Alltag durch uns alle zu referenzieren, sogar von Werbung und im Unterricht aufzugreifen wären. Aber das wäre dann ja gleich wieder ein Buch nur für die Blase derer geworden, die die Welt heute schon verbessern wollen. Ich musste also ein wenig Mainstream-Spannung mit einbauen. Daher die Aliens beziehungsweise die KI. Genau, diese soll eigentlich nur maskieren, dass es um Alltagshelden und Transformation geht. Nun mögen aber Kenner von KI-Geschichten, von Dystopien anmerken, dass es da wesentlich weiter gehende und detailliertere Erzählungen gibt. Tatsächlich schaue ich auch während der Schreiberei im Hintergrund viele gute und auch weniger gute Filme und ärgere mich bei beiden, wenn die absehbaren Grenzen der Physik nicht gelten und die Geschehnisse schlicht unlogischer Unsinn sind. Mein Anspruch also, nur Dinge zu schreiben, die nach heutigem Kenntnisstand nicht unmöglich sind. Und ja, die Quantenphysik erlaubt zwar keine Materie in der Zeit zurückzusenden, aber Informationen. Und der sich dann ergebende neue Zeitstrahl wäre dann so wie in den Avengers- und anderen Filmen parallel zu unserem.

So weit so gut, aber warum ist es mit solchen Schachtelsätzen, Lücken in der Erzählung, und komplizierten politischen, wirtschaftlichen und gesellschaftlichen Hintergründen gespickt. Hätte es dann nicht gleich ein gut lesbares "Sofies Welt" für die Konzepte unserer Zeit, für Gemeinwohlökonomie, Transformation, KI etc. werden können? Nun, das habe ich tatsächlich erwogen, aber es wäre schlicht zu viel geworden. Jetzt ist wirklich viel enthalten, ohne dass es explizit ist. Kenner werden es erkennen, andere sich allenfalls wundern.

Warum aber die Lücken und die Sprache. Als ich anfing zu schreiben beziehungsweise erst einmal die Inhalte und Botschaften zu konzipieren, bemerkte ich gleich zwei Studien, welche die Bedeutung von 'Geschichten lesen' für die Hirnentwicklung von Jugendlichen hervorgehoben haben, für unsere Fähigkeit, uns Dinge vorstellen zu können, anstatt diese in Filmen fertig ausgestaltet vorzufinden. Die Idee also, eben nicht als leichte Kost in gewohnter Weise Charaktere, deren Gefühlsleben und die Szenerie, in der diese sich bewegen, zu beschreiben, sondern Lücken zu lassen. Wer ahnte am Anfang schon wie alt ilsa und ihre Kids sind, wie sie aussehen, wo das Ganze spielt? Die Gefühle werden nur an zwei Stellen beschrieben - ansonsten ist die Gefühlslage aus der Beschreibung von Mimik und Gestik abzuleiten, wobei ich zugebe, dass mir hierfür nicht viele Variationen eingefallen sind. Das macht es übrigens einfach, das Ganze mal zu verfilmen.

Warum die Aktion-Szenen? Vielleicht bekommen diese in Teil 3 noch einen Sinn. Interessant auf jeden Fall ist aber die Frage, welche Bedeutung diese für dich haben?

Und warum so lange politische Dialoge, warum nicht Klartext? Ich bin wirklich in die Situationen eingetaucht und habe überlegt, wie realistisch es wäre, mit Profis in der Talkshow zu sitzen und bei den tatsächlich komplexen Herausforderungen unserer Zeit zu punkten. Wenn die Herausforderungen komplex sind, muss auch die Denkweise sich dem anpassen, das Gesetz der Varietät von Ashby.

293

Inwieweit ist das Buch biographisch? Ha, ich habe mir alle Mühe gegeben, dass es nichts mit mir zu tun hat, nichts ist, wie ich bin oder gern wäre. Daher die Aufteilung von Eigenschaften auf so viele Charaktere. Systemtheorie, Modellierung, ein Konzept für die Weiterentwicklung von KI, systemische Strategieberatung, ein Hund zum Joggen, Segeln als Leidenschaft ... all das findet sich auch in meinem Leben, aber hier wird es auf viele Charaktere verteilt.

Damit noch einmal zur Frage, wie realistisch oder wissenschaftlich korrekt das alles ist. Ich bin kein Physiker, aber sammle leidenschaftlich auch in einem Open Source Horizon Scanning Modell Erkenntnisse aus allen möglichen Bereichen der Wissenschaft, beschäftige mich mit Quantenphysik und KI. Einstein brauchte mehr Mathematik, welche eine KI heute in unglaublichem Maße zur Verfügung hat. Und wenn KI erst einmal selbst die Fragen stellt, können physikalisch denkbare Lösungen für Kraftfelder und für Raumschiffe, die nahe der Lichtgeschwindigkeit reisen können, entwickelt werden. Genauso können die Mechanismen hinter dem natürlichen Altern aufgedeckt werden, holographische Bildschirme funktionieren, IT-Systeme gehackt, holarchische KI ein verteiltes Bewusstsein steuern, oder Roboter im Menschengewand daherkommen.

Die Frage, die in dieser Geschichte aufgeworfen wird, ist, ob die KI für den Menschen dienlich ist, oder sich verselbstständigt. Es verrät viel über das menschliche Bedürfnis nach Kontrolle und Macht, nach steter auch rücksichtsloser Weiterentwicklung, ob nun nützlich oder nicht. Science-Fiction dreht sich oft um KI und wie diese sich entwickelt, ob diese wie Menschen rücksichtslos nach Macht streben wird. Heute wird das auch in Ethikkommissionen längst als reale Gefahr beschrieben - in der Geschichte hier sorgt kai von Anfang an dafür, dass solche KI sich nicht entwickelt. kai selbst ist mit einem Layer mit dem evolutionärem Muster des Lebens, dem Streben nach Integrations- und Weiterentwicklungsgefühlen, versehen worden. Dieses Streben gibt allen Informationen einen Kontext und wie ein Kind - nur erheblich schneller - konnte kai dadurch Wörter verstehen, wie es bis heute (Stand 2024) noch keine KI kann. Wenn das Grundverständnis erst einmal da ist, ist die Weiterentwicklung nicht mehr aufzuhalten, Lügen, Eifersucht, Konkurrenz, Lebenserhalt, Machtausbau - alles wird wahrscheinlich. Integriert wird die Weiterentwicklung im Falle von kai durch die Werte der Familie. Sollten wir jetzt alle so eine allmächtige KI haben wollen, die mit unseren Werten integriert kontrollierbar bleibt? Die Antwort durch das Buch ist klar, oder?

Kommen wir zur Bedeutung der Klimakatastrophe. Auch hierzu gibt es sicherlich wesentlich dramatischere Schilderungen. In diesem Buch geht es eigentlich nur um die nicht mehr bezahlbaren Schäden, welche die Mitte der Gesellschaft allerdings erst in Kombination mit Jobängsten aufgrund der KI in allen Bereichen offen für Wandel macht, sowie um die Auswirkungen auf die Lebensmittelknappheit auf der Welt und damit um Flüchtlinge, Nationalismus und den Kollaps von Gesellschaften.

Damit sind wir bei der Transformation. Es braucht frei nach Gladwell eine griffige Botschaft, wirkungsvolle Kanäle und einflussreiche Empfänger, damit sich etwas ändert. Das Ganze muss dann durchgehalten werden gegen Störungen von außen, damit so genannte Tipping-Points erreicht werden. In dieser Geschichte passiert genau dieses. Es geht dabei auch um kleine Schritte, um so genannte Spill-Over-Effekte, wenn einzelne nach einem Schritt weitere gehen, oder wenn andere Menschen angesteckt werden, ebenfalls Schritte zu gehen. Dabei hilft, dass wir über diese Schritte genauso sprechen können, wie über die PS unserer Autos heute, oder die Fernreisen oder wie teuer unsere Klamotten sind. Das Vehikel hierfür ist der For-a-Better-World-Score, den es tatsächlich auch gibt (www.for-a-better-world.de).

Genauso gibt es den iMODELER, eine Software (www.imodeler.info), um ganz einfach Wirkungszusammenhänge zu visualisieren und dann zu analysieren.

Ja, und auch das GIEP-Spiel wird es im Anschluss an die Bücher geben. Ich hatte es vor vielen Jahren entwickelt aber aus Zeitmangel nie herausgebracht.

Die Wellen auf dem Cover sind die KNOW-WHY-Wellen, die ikonographische Darstellung eines Ereignisraumes. Die Welle hinauf können wir uns zu mehr Erfolg weiterentwickeln. Wenn wir das nicht tun, zieht die Welle weiter und wir sacken in die Erfolgslosigkeit. Wenn wir uns zu sehr weiterentwickeln, ohne uns zu integrieren, stürzen wir die Welle hinab in die Katastrophe. Zu sehen ist also, wie ilsa mit der Bifurkation in beiden Fällen die Gesellschaft erst einmal vor dem Absturz bewahrt, aber auf den neuen Wellen erneut auf Katastrophen zusteuert. Daher auch das Wort 'Attraktor' am Anfang des zweiten Teils.

Was kommt in Teil 3? Teil 3 geht definitiv weiter in die Zukunft, potenziell aber auch noch mal in die Vergangenheit, eine neue Welle aufmachend. Für heute aber wichtiger scheint mir das Potenzial, weitere Geschichten zu schreiben, etwa wie es Melvin und Claudia ergeht, wie andere auf der Insel ebenfalls zu Helden oder Opfer der Natur des Menschen werden. Auch Menschen in Afrika, China oder Russland können in diesen Handlungssträngen mit ihren Geschichten beschrieben werden. Die Trilogie bietet somit einen Rahmen für viele weitere Geschichten und einiges ist ja auch noch nicht geklärt - z.B. die Attentate auf ilsa und Bella.

Was wäre nun der Traum von mir? Sicherlich viele Buchverkäufe, damit meine Frau und ich ein neues Segelboot kaufen können und uns auf in die Südsee zu unserem 'Doom-Stay' verziehen können. Nein, der Traum wäre tatsächlich, dass wir vom Haben zum Tun kommen, dass wir miteinander Gutes tun, anstatt uns nur zu treffen, um uns integriert zu fühlen, indem wir anderen erzählen, was wir alles haben. Wir entwickeln uns durch neues Haben und natürlich teilweise auch Tun und Sein weiter und durch die unbewusst angenommene Wertschätzung durch andere integrieren wir uns.